W0399059

LE BAISER DE CAÏN

DU MÊME AUTEUR
CHEZ LE MÊME ÉDITEUR

Tout ce qui meurt
... Laissez toute espérance

John Connolly

LE BAISER DE CAÏN

Traduction de Jacques Martinache

Roman

PRESSES DE LA CITÉ

Titre original : *The White Road*

Le Code de la propriété intellectuelle n'autorisant, aux termes de l'article L. 122-5, 2° et 3° a), d'une part, que les « copies ou reproductions strictement réservées à l'usage privé du copiste et non destinées à une utilisation collective » et, d'autre part, que les analyses et les courtes citations dans un but d'exemple et d'illustration, « toute représentation ou reproduction intégrale ou partielle faite sans le consentement de l'auteur ou de ses ayants droit ou ayants cause est illicite » (art. L. 122-4).
Cette représentation ou reproduction, par quelque procédé que ce soit, constituerait donc une contrefaçon sanctionnée par les articles L. 335-2 et suivants du Code de la propriété intellectuelle.

© John Connolly, 2002
© Presses de la Cité, 2003, pour la traduction française

ISBN 2-258-06180-6

Pour Darley Anderson

I

Quel est cet autre qui marche toujours près de toi ?
Quand je compte, il n'y a que toi et moi cheminant ensemble,
Mais lorsque je regarde au loin la route blanche
Il y a toujours un autre qui glisse en silence près de toi,
Enveloppé dans une cape brune à la capuche relevée.
J'ignore si c'est un homme ou une femme,
Mais qui marche près de toi de l'autre côté ?

T. S. Eliot, *La Terre vaine*

Prologue

Ils viennent.

En camion, en voiture, ils viennent, suivis de panaches de fumée bleue qui sont comme des taches sur l'âme dans l'air clair de la nuit. Ils viennent, avec leurs femmes et leurs enfants, leurs amants et leurs amoureuses, parlant des récoltes et des bêtes, des voyages qu'ils feront, des cloches de l'église et de l'école du dimanche, de robes de mariée et de prénoms pour les enfants à naître, de qui a dit ceci et qui a dit cela, de choses petites et grandes, de ce qui constitue l'essentiel de la vie dans un millier de bourgades semblables à la leur.

Ils viennent avec de quoi manger et boire, et les odeurs des poulets rôtis et des tartes sortant du four leur mettent l'eau à la bouche. Ils viennent avec de la saleté sous les ongles et l'haleine empestant la bière. Ils viennent en chemises repassées et robes à fleurs, cheveux bien peignés et cheveux fous. Ils viennent la joie au cœur et la vengeance en tête, l'excitation lovée tel un serpent au creux de leur ventre.

Ils viennent voir brûler l'homme.

Les deux types firent halte chez Cebert Yaken, « La Petite Station-Service la plus Sympa de tout le Sud », près des berges de l'Ogeechee, sur la route de Caina. Cebert avait peint la pancarte lui-même en 1968, en jaune et rouge vifs, et depuis, chaque année au 1er avril, il montait sur le toit en terrasse pour rafraîchir les couleurs afin que le soleil ne ternisse jamais leur éclat ni n'estompe leur souhait de bienvenue. Chaque jour, la pancarte projetait son ombre sur le parking propre, sur les fleurs dans leurs bacs, sur les pompes à essence rutilantes et sur les seaux remplis d'eau pour que les chauffeurs puissent enlever les restes d'insectes collés à leur pare-brise. Au-delà s'étendaient des champs en friche, et dans la chaleur de ce début de septembre, le miroitement montant de la route faisait danser les sassafras dans l'air immobile. Les papillons se mêlaient aux feuilles tombant des arbres, orange paresseux, blancs tachetés, bleus à longue queue s'élevant d'un bond au passage des véhicules telles les voiles de navires aux brillantes couleurs tanguant sur une mer houleuse.

De son tabouret, près de la fenêtre, Cebert guettait l'arrivée des voitures, cherchait du regard les plaques immatriculées dans un autre Etat pour préparer un bon vieil accueil sudiste, vendre peut-être du café et des doughnuts, écouler quelques cartes touristiques à la couverture jaunie par le soleil.

Cebert s'habillait pour le rôle : salopette bleue avec son nom brodé sur le sein gauche, casquette de la Co-Op Beef Feeds posée en arrière sur son crâne. Il avait des cheveux blancs, une longue moustache qui s'incurvait de manière exotique sur sa lèvre supérieure et dont les pointes se rejoignaient presque sur son menton. Derrière son dos, les gens du village disaient qu'on avait l'impression qu'un oiseau venait de s'envoler de son nez, mais ils n'y mettaient aucune méchanceté. Sa famille vivait dans la région depuis des générations et ils considéraient Cebert comme un des leurs. Il annonçait les ventes de gâteaux maison et les piqueniques sur les vitres de sa station-service et donnait pour toutes les bonnes causes qui se présentaient. Si s'habiller et se conduire comme Pépé Walton l'aidait à vendre un peu plus d'essence et une ou deux barres chocolatées en sus, tant mieux pour lui.

Au-dessus du comptoir en bois derrière lequel Cebert

était assis, sept jours par semaine, partageant le service avec sa femme et son garçon, un tableau d'affichage intitulé « Regardez donc qui est passé ! » était couvert de centaines de cartes commerciales. Il y en avait d'autres encore, punaisées sur les murs et les encadrements des fenêtres, sur la porte menant au minuscule bureau de Cebert. Des milliers de Abe B. Tout-le-monde ou de Bob R. Quidam, traversant la Géorgie pour vendre de l'encre à photocopier ou des produits capillaires, avaient remis leur carte au vieux Cebert afin de laisser un souvenir de leur visite à la Petite Station-Service la plus Sympa de tout le Sud. Cebert ne les enlevait jamais, si bien que les cartes s'empilaient les unes sur les autres en un processus d'accrétion, telles des roches sédimentaires. Certes, quelques-unes étaient tombées au fil des ans ou avaient glissé derrière les glacières, mais pour la plupart, si un Abe B. ou un Bob R. repassaient des années plus tard avec un petit Abe ou un petit Bob en remorque, il y avait de bonnes chances pour qu'ils retrouvent leur carte enfouie sous une centaine d'autres, vestige de la vie qui avait été la leur autrefois et de l'homme qu'ils avaient été.

Les deux types qui firent le plein et mirent de l'eau dans le radiateur fumant de leur Taurus pourrie juste avant cinq heures, cet après-midi-là, n'étaient en revanche pas du genre à laisser leur carte. Cebert le vit tout de suite, il sentit même quelque chose céder dans son ventre lorsqu'ils le regardèrent. Leur comportement suggérait une menace à peine contenue, aussi potentiellement mortelle qu'un revolver au chien relevé ou une lame nue. Cebert hocha vaguement la tête quand ils entrèrent et se garda bien de leur demander leur carte. Ces types n'auraient pas aimé qu'on se souvienne d'eux, et si vous étiez aussi malin que Cebert, vous faisiez de votre mieux pour les oublier dès qu'ils avaient payé leur essence (en liquide, bien sûr) et que la poussière soulevée par leur voiture était retombée.

Parce que si, plus tard, vous décidiez de vous souvenir d'eux, par exemple quand les flics viendraient poser des questions et donner des signalements, les deux gars pourraient l'apprendre et décider de se souvenir de vous, eux aussi. Et la prochaine fois que quelqu'un passerait voir le vieux Cebert, ce serait avec une couronne, et le vieux Cebert ne discuterait plus le bout de gras et ne vendrait plus de cartes touristiques, principalement parce qu'on ne peut plus faire ces choses-là lorsqu'on a été transformé en écumoire.

Il regarda le plus courtaud des deux, le Blanc qui avait remis de l'eau dans la machine lorsqu'ils étaient arrivés, jeter un œil sur les CD bon marché et les quelques livres de poche que Cebert proposait sur un présentoir près de la porte. L'autre, le grand Noir en chemise tout aussi noire et jean de luxe, inspectait d'un air détaché les coins du plafond et les étagères chargées de paquets de cigarettes, derrière le comptoir. Quand il se fut assuré qu'il n'y avait pas de caméra, il prit son portefeuille et, de ses doigts gantés de cuir, compta deux billets de dix pour régler le plein et deux sodas puis attendit en silence que Cebert lui rende la monnaie. Leur voiture, la seule arrêtée aux pompes, avait des plaques d'immatriculation de New York, mais elle était couverte de boue et Cebert ne voyait pas grand-chose à part la marque et la couleur, et Miss Liberté scrutant la saleté.

— Vous faut pas une carte, par hasard ? s'enquit-il, plein d'espoir. Un guide touristique, peut-être ?

— Non, merci, répondit le Noir.

Cebert fouilla dans la caisse. Pour une raison quelconque, ses mains s'étaient mises à trembler. Nerveux, il se lança dans le genre de conversation débile qu'il s'était juré d'éviter. Il avait l'impression de se tenir à côté de lui-même, de regarder un vieil imbécile à la moustache tombante marcher vers une mort prématurée en alignant les inepties les unes derrière les autres.

— Vous passez un moment dans le coin ?

— Non.

— Alors, on vous reverra pas, je suppose.

— Allez savoir.

Le ton de l'homme lui fit lever les yeux de la caisse enregistreuse. Il avait les mains moites. De l'index, il poussa une pièce, l'entendit retomber dans la caisse en tintant. Le Noir paraissait sacrément détendu, de l'autre côté du comptoir, mais Cebert sentait sur sa gorge une pression qu'il ne pouvait expliquer. C'était comme si le client était deux personnes, l'une en jean et chemise noire avec une pointe d'accent du Sud, l'autre, invisible, qui serait passée de l'autre côté du comptoir et comprimerait lentement les voies respiratoires de Cebert.

— On repassera peut-être un de ces jours, ajouta-t-il. Vous serez toujours là ?

— J'espère, coassa Cebert.

— Vous vous souviendrez de nous, vous croyez ?

La question était posée d'un ton léger, avec peut-être une trace de sourire, mais on ne pouvait se méprendre sur son sens.

Cebert déglutit.

— Je vous ai déjà oubliés, monsieur.

Le Noir hocha la tête, sortit avec son compagnon, et Cebert ne relâcha sa respiration qu'une fois leur voiture hors de vue et l'ombre de la pancarte retombée sur le parking désert.

Lorsque les flics vinrent lui poser des questions, un ou deux jours plus tard, Cebert secoua la tête, déclara qu'il ne se rappelait pas si deux types comme eux étaient passés cette semaine-là. Hé, il en passait des gens pour prendre la 301 ou la nationale, c'était comme un tourniquet à Disney World, ici. De toute façon, ils se ressemblent tous, les Noirs, vous savez ce que c'est. Il offrit aux policiers du café et des Twinkies, les regarda partir et dut se rappeler, pour la seconde fois de la semaine, de relâcher sa respiration.

Ensuite, il se tourna vers les cartes commerciales couvrant chaque centimètre du mur, se pencha et souffla sur la poussière de l'épaisseur la plus proche. Le nom d'Edward Boatner apparut. A en croire sa carte, Edward vendait des pièces de machine pour une compagnie de Hattiesburg,

Mississippi. Si Edward repassait un jour, il pourrait jeter un coup d'œil à sa carte. Elle serait toujours là, parce qu'Edward voulait qu'on se souvienne de lui.

Mais Cebert ne gardait aucun souvenir de ceux qui ne voulaient pas qu'on se souvienne d'eux.

Un vieux bien sympathique, et loin d'être bête.

Un chêne noir se dresse sur une pente à l'extrémité nord d'un champ vert, ses branches se dessinant comme des os sur le ciel éclairé par la lune. C'est un très vieil arbre à l'écorce épaisse et grise, creusée de profonds sillons verticaux réguliers, une relique fossilisée laissée par une marée depuis longtemps oubliée. Par endroits, le dessous orange de l'écorce, dénudé, dégage une odeur âcre, désagréable.

Ce n'est pas l'odeur naturelle du chêne noir qui se dresse au bord du champ d'Ada. Par les nuits chaudes, quand le monde est silencieux et que la lune brille d'un feu pâle sur la terre desséchée, l'arbre exhale une odeur différente, étrangère à son espèce et qui fait cependant autant partie de lui que les feuilles de ses branches et les racines de son sol. C'est une odeur d'essence et de chair brûlée, de déchets humains et de cheveux roussis, de caoutchouc fondu et de coton enflammé. C'est une odeur de mort atroce, de peur et de désespoir, l'odeur de derniers moments vécus sous les rires et les quolibets des voyeurs.

Approchez, vous verrez les parties inférieures des branches noircies, calcinées. Regardez, là, sur le tronc : une entaille dans le bois, maintenant effacée mais autrefois luisante, à l'endroit où l'écorce a été violemment frappée. L'homme qui a laissé cette marque, la dernière qu'il ait imprimée sur ce monde, s'appelait Will Embree, il avait une femme et un enfant, un emploi payé un dollar de l'heure dans une épicerie. Sa femme, c'était Lila Embree, Lila Richardson de son nom de jeune fille, et le corps de son mari – après la lutte désespérée qui l'avait conduit à frapper le tronc de l'arbre si fort de son pied botté qu'il avait arraché un morceau d'écorce et laissé dans le bois une profonde blessure – ne lui fut jamais restitué. Ses restes furent brûlés, la foule préleva en souvenir des os noircis de ses doigts et de ses orteils, puis un anonyme envoya à Lila une photo que Jack Morton, de Nashville, avait fait imprimer par paquets de cinq cents en format carte postale, où l'on voyait les traits de Will Embree tordus et boursouflés, une silhouette souriant à ses pieds tandis que la flamme de la torche bondissait vers les jambes de l'homme que Lila avait aimé. Son cadavre fut jeté dans un marais et les poissons débarrassèrent ses os des derniers lambeaux de chair brûlée, jusqu'à ce qu'ils se détachent et s'éparpillent dans la vase du fond. L'écorce ne recouvrit jamais l'entaille faite par Will Embree. L'homme illettré avait laissé sa marque sur l'unique monument à son trépas aussi sûrement que s'il l'avait gravée dans la pierre.

Il y a des branches de ce vieil arbre où les feuilles ne poussent plus. Les papillons ne s'y posent pas, les oiseaux n'y font pas leur nid. Quand ses glands tombent par terre, frangés de leurs écailles brunes velues, on les laisse se putréfier là. Même les corbeaux détournent leurs yeux noirs de ces fruits pourrissants.

Autour du tronc, une plante grimpante s'enroule. Ses feuilles sont larges et de chaque nœud jaillit une grappe de petites fleurs vertes. Elles répandent une odeur de décomposition et, dans la journée, elles sont noires des mouches attirées par leur puanteur. Ce sont des stapelias, Smilax herbacea, *ou fleurs de charogne. Il n'en pousse nulle part ailleurs dans un rayon de cent cinquante kilomètres. Comme le chêne noir lui-même, elles sont uniques. Ici, dans le champ d'Ada, les deux espèces coexistent, parasite et saprophyte : l'une se nourrissant de sève, l'autre tirant sa vie des morts.*

Et la complainte que le vent chante dans ces branches parle de souffrance et de regret, de douleur et de disparition. L'arbre lance un appel par-dessus les champs en friche et les cabanes d'une seule pièce, par-dessus des arpents de maïs et des brouillards de coton. Il appelle les vivants comme les morts, et de vieux fantômes viennent s'attarder dans son ombre.

Il y a maintenant des lumières à l'horizon et des voitures sur la route. C'est le 17 juillet 1964 et ils arrivent.

Ils viennent voir brûler l'homme.

Virgil Gossard sortit sur le parking jouxtant la Taverne de P'tit Tom et émit un rot sonore. Un ciel de nuit sans nuage s'étirait au-dessus de lui, dominé par une lune froide. Au nord-ouest, la constellation du Dragon était visible, la Petite Ourse au-dessus, Hercule en dessous, mais Virgil n'était pas du genre à perdre son temps à contempler les étoiles, pas si cela devait l'empêcher de repérer par terre une pièce perdue, et les formes que les astres prenaient ne lui parlaient pas. Dans les arbres et les buissons, les derniers grillons chantaient, sans risquer d'être dérangés par la circulation car cette partie de la route était tranquille, avec peu de maisons, encore moins de gens, la plupart ayant abandonné leur foyer des années plus tôt pour des lieux forcément plus prometteurs. Les cigales étaient déjà parties et bientôt les bois se prépareraient au silence hivernal. Virgil l'accueillerait avec plaisir : il n'aimait pas les bestioles. Plus tôt dans la journée, un morceau de peluche verdâtre avait rampé sur sa main tandis qu'il était au lit et il avait senti une brève piqûre quand le chasseur masqué, explorant les draps sales de Virgil à la recherche de punaises, l'avait mordu. L'insecte était mort une seconde plus tard mais la piqûre le démangeait encore. C'était pour cette raison que Virgil avait pu dire aux flics quelle heure il était quand les hommes étaient venus : neuf heures et quart. Il avait vu luire les chiffres à sa montre quand il s'était gratté.

Il n'y avait que quatre voitures dans le parking, quatre voitures pour quatre hommes. Les trois autres étaient restés dans le bar, regardant la rediffusion d'un match de hockey sur la télé merdique, mais Virgil Gossard n'avait jamais aimé le hockey. Sa vue n'était plus aussi bonne qu'avant et le palet filait trop vite pour qu'il pût le suivre. C'était comme ça. Virgil n'était pas très intelligent mais au moins il le savait, ce qui le rendait peut-être plus intelligent qu'il ne le pensait. Il y avait plein de gars qui se prenaient pour Frank Einstein ou Bob Gates, mais pas Virgil. Virgil savait qu'il était bête, alors il gardait la bouche fermée et les yeux ouverts, du mieux qu'il pouvait, et il essayait simplement de faire avec.

Il sentit un tiraillement dans sa vessie et soupira. Il aurait dû y aller avant de sortir mais les toilettes chez P'tit Tom puaient plus que P'tit Tom lui-même, ce qui n'était pas peu dire, vu que Tom puait comme s'il crevait de l'intérieur. Bah, tout le monde crevait, de l'intérieur, de l'extérieur, mais la plupart des gens prenaient au moins un bain de temps en temps pour éloigner les mouches. Pas P'tit Tom Rudge : s'il avait essayé de prendre un bain, l'eau aurait quitté la bassine en signe de protestation.

Virgil se pressa l'entrejambe, dansa d'un pied sur l'autre. Il ne voulait pas retourner à l'intérieur mais si Tom le surprenait en train de pisser dans son parking, Virgil rentrerait chez lui avec la botte de Tom enfoncée dans le cul, et il avait suffisamment d'ennuis comme ça sans y ajouter un lavement au cuir. Il aurait pu aller un peu plus loin sur la route, mais plus il y pensait, plus son envie se faisait pressante. S'il attendait encore...

Bon, tant pis, il n'attendrait pas plus longtemps. Il ouvrit sa braguette, passa deux doigts à l'intérieur de son pantalon et s'approcha en se dandinant du mur latéral de la taverne. Il poussa une longue expiration tandis que la pression diminuait et ses yeux se fermèrent en une brève extase.

Ils se rouvrirent tout grands quand un objet froid le toucha derrière l'oreille gauche. Virgil ne bougea pas. Il concentrait son attention sur le contact du métal sur sa peau, le gargouillement de l'urine sur le bois et la pierre, et la présence d'une masse imposante derrière son dos.

— Je te préviens, bouseux, fit une voix, tu fais tomber une goutte de ta sale pisse sur mes godasses et il faudra t'équiper d'un nouveau crâne avant de te mettre dans une boîte en sapin.

Virgil avala sa salive, répondit :

— J'peux pas m'arrêter.

— Je te demande pas d'arrêter. Je te demande rien. Je te

dis seulement : laisse pas tomber une goutte de ta saloperie d'urine sur mes chaussures.

Virgil laissa échapper un petit sanglot, tenta de diriger le jet vers la droite. Il n'avait bu que trois bières mais il avait l'impression de pisser le Mississippi. Arrête-toi, pensa-t-il. Risquant un coup d'œil sur sa gauche, il vit un pistolet noir tenu par une main noire émergeant d'une manche de veste noire. A l'autre bout de la manche, il y avait une épaule noire, un revers noir, une chemise noire et le bord d'un visage noir.

Le pistolet pressa plus fort contre son crâne pour lui intimer l'ordre de regarder devant lui mais Virgil sentit soudain l'indignation monter en lui. Un nègre avec un flingue, dans le parking de la Taverne de P'tit Tom ! Il n'y avait pas beaucoup de sujets sur lesquels Virgil Gossard avait des opinions tranchées mais l'un d'eux était à coup sûr les nègres, particulièrement armés d'un flingue. L'ennui, dans ce pays, c'était pas qu'il y avait trop d'armes, c'était que trop de ces armes étaient en de mauvaises mains, et parmi les mauvaises mains, il y avait celles des négros. De la façon dont Virgil voyait les choses, les Blancs avaient besoin d'armes pour se protéger de tous ces nègres portant des flingues et commettant des crimes. La solution, c'était de prendre leurs armes aux nègres, du coup vous auriez moins de crimes, et moins de Blancs avec des armes parce qu'ils auraient moins de raisons d'avoir peur. C'était tout simple : les nègres devaient pas avoir d'armes. Et voilà-t-y pas qu'un de ces nègres appuyait en ce moment sur son crâne le canon d'un de ces flingues tombés en de mauvaises mains ! Ça, ça ne lui plaisait pas du tout. C'était la preuve qu'il avait raison : les nègres devraient pas avoir d'armes et...

Le flingue en question pressa plus fort derrière l'oreille de Virgil et la voix dit :

— Hé, tu sais que tu parles tout haut, là ?

— Merde, geignit Virgil, qui cette fois s'entendit.

La première des voitures s'engage dans le champ puis s'arrête ; ses phares éclairent le vieux chêne dont l'ombre grandit lentement dans la pente derrière lui, comme un sang noir qui se répand sur la terre. Un homme descend côté conducteur, fait le tour de la voiture et ouvre la portière pour la femme. Agés tous deux d'une quarantaine d'années, ils ont des visages durs et portent des vêtements de mauvaise qualité, des chaussures si souvent raccommodées que le cuir d'origine n'est guère plus qu'un souvenir entre les pièces et les coutures. L'homme prend dans le coffre un panier d'osier dont une serviette aux carreaux rouges passés, soigneusement placée dessus, cache le contenu. Il tend le panier à la femme, tire un drap déchiré de dessous la roue de secours et l'étale sur le sol. La femme s'assoit, ramène ses jambes sous elle et déplie la serviette. Il y a dans le panier quatre morceaux de poulet frit, quatre petits pains au babeurre, un saladier de chou cru, deux bouteilles de citronnade maison, ainsi que deux assiettes et deux fourchettes. Elle prend les assiettes, les essuie avec la serviette et les pose sur le drap. L'homme s'installe à son aise près d'elle et ôte son chapeau. La soirée est chaude, les moustiques ont déjà commencé à piquer. Il en écrase un d'une taloche et regarde ses restes sur sa main.

– Fi d'garce, grogne-t-il.

– Surveille ton langage, Esau, le rabroue sa femme en partageant la nourriture.

Elle veille à ce que le morceau de blanc lui revienne parce que c'est un homme bon et travailleur, malgré son langage, et qu'il a besoin de manger.

– 'mande pardon, dit Esau tandis qu'elle lui donne une assiette de poulet et de salade de chou en secouant la tête devant les manières de l'homme qu'elle a épousé.

Derrière et autour d'eux, d'autres voitures se garent. Il y a des couples, des vieux, de jeunes garçons de quinze et seize ans. Certains conduisent des camions à l'arrière desquels leurs voisins s'éventent avec un chapeau. D'autres arrivent en grosses Buick Roadmaster, Dodge Royal, Ford Mainline, et même dans une vieille Kaiser Manhattan. Aucun véhicule n'a moins de sept ou huit ans. Ils partagent un repas ou s'appuient au capot de leur voiture et boivent de la bière à la bouteille. On échange des poignées de main, des tapes dans le dos. Bientôt une quarantaine de véhicules, peut-être plus, ont envahi le champ d'Ada et braquent leurs phares sur le chêne noir. Une centaine de personnes attendent et d'autres continuent à arriver.

Les occasions de ce genre ne se présentent plus si souvent, maintenant. Les beaux jours des barbecues de nègres sont révolus et les vieilles lois cèdent sous les pressions imposées de l'extérieur. Certains se rappellent encore les récits du lynchage de Sam Hose à Newman en 1899, quand on avait organisé des trains spéciaux pour que plus de deux mille personnes venues de loin puissent voir comment les habitants de la Géorgie traitaient les nègres violeurs et meurtriers. Aucune importance si Sam Hose n'avait violé personne et n'avait tué que le planteur Cranford en légitime défense. Sa mort servirait de leçon aux autres. Ils l'avaient donc castré, lui avaient coupé les doigts et les oreilles, puis écorché le visage, avant de répandre le pétrole et d'approcher la torche. La foule s'était disputé des morceaux de ses os et les avait conservés comme souvenirs. Sam Hose, l'une des cinq mille victimes de lynchages en moins d'un siècle : des violeurs, des assassins, du moins le disait-on. Dans le tas, il y avait tous ceux qui avaient simplement fanfaronné ou prononcé des menaces en l'air alors qu'ils auraient mieux fait de se taire. Ce genre de propos risquait d'énerver toutes sortes de gens et de causer des ennuis sans fin. Des propos comme ça, il fallait les étouffer dans l'œuf avant qu'ils ne se transforment en cri, et il n'y avait rien de tel qu'un nœud coulant et une torche pour réduire un homme ou une femme au silence.

Ah, les beaux jours...

Il est neuf heures et demie environ quand ils entendent les trois camions approcher, et un murmure d'excitation parcourt la foule. Les têtes se tournent quand les phares balaient le champ. Ils sont au moins six par véhicule. Dans le camion du milieu, un Ford rouge, un Noir est assis à l'arrière, les mains liées derrière le dos. Il est grand, un mètre quatre-vingt-quinze ou plus, les muscles de ses épaules et de son dos sont durs et saillent comme des melons dans un sac. Il a du sang sur le crâne et le visage, l'un de ses yeux, tuméfié, est fermé.

Il est là.

L'homme à brûler est là.

Virgil était certain qu'il allait mourir. Sa grande gueule venait de lui causer de gros ennuis, peut-être les derniers qu'il connaîtrait. Mais le Seigneur souriait à Virgil, même s'Il ne souriait pas assez pour expédier le nè... pardon, l'homme armé, au loin. Virgil sentait toujours son haleine sur sa joue quand il parlait.

— Répète ce mot encore une fois et t'auras intérêt à bien profiter de ton petit pipi, parce que ce sera le dernier.

— Pardon, dit Virgil.

Il s'efforçait de chasser le terme offensant de son esprit mais il revenait chaque fois de plus belle.

— Pardon, répéta-t-il.

— Bon, t'as fini de pisser ?

Virgil acquiesça de la tête.

— Alors, range ton truc. Une chouette pourrait le prendre pour un ver et le bouffer.

Virgil eut la vague impression qu'il venait de se faire insulter mais se hâta quand même de remiser sa virilité dans sa braguette avant de s'essuyer les mains sur son pantalon.

— T'as une arme sur toi ?

— Non.

— Je parie que tu regrettes.

— Ouais, reconnut Virgil dans un accès de franchise soudaine et peut-être malavisée.

Il sentit des mains lui tapoter le corps de haut en bas mais le pistolet resta où il était, pressé contre sa peau. Ils étaient plusieurs, conclut-il. Bon Dieu, il avait peut-être la moitié de Harlem derrière lui. Il sentit un contact froid sur ses poignets quand des menottes emprisonnèrent ses mains dans son dos.

— Maintenant, tourne-toi vers la droite.

Virgil obéit. Il faisait face à la rase campagne qui s'étendait derrière le bar, jusqu'au fleuve.

— Si tu réponds à mes questions, je te laisse détaler dans les champs. Compris ?

Virgil hocha la tête.

— Thomas Rudge, Willard Hoag, Clyde Benson, ils sont à l'intérieur ?

Virgil était le genre de type qui mentait systématiquement, même quand il n'y avait apparemment aucun avantage à ne pas dire la vérité. Il valait mieux mentir et se dépatouiller plus tard que dire la vérité et avoir des ennuis tout de suite.

Fidèle à son personnage, il secoua la tête.

— T'es sûr ?

Il ouvrit la bouche pour broder sur son mensonge mais le claquement de la salive dans sa bouche coïncida avec l'impact de son front contre le mur quand le pistolet s'enfonça dans sa nuque.

— On va y entrer, dans ce bar, de toute façon, reprit la voix. S'il y a personne, t'as pas à t'en faire, du moins jusqu'à ce qu'on te cherche pour te redemander où ils sont. Mais si on les trouve assis au comptoir à descendre de la bière fraîche, tu regretteras que ta maman ait rencontré ton papa. Tu me suis ?

Virgil suivait parfaitement.

— Ils sont là, confirma-t-il.

— Avec combien d'autres ?

— Personne, rien qu'eux trois.

Le Noir – Virgil avait enfin commencé à penser à lui sous ce terme – éloigna l'arme de sa tête et lui tapota l'épaule.

— Merci, euh... Désolé, j'ai pas saisi ton nom.

— Virgil.

— Ben, merci, Virgil, dit l'homme en abattant la crosse du pistolet sur son crâne. T'as été super.

Sous le chêne noir, une vieille Lincoln s'est mise en position. Le camion rouge se gare à côté, trois hommes encapuchonnés de taies d'oreiller grimpent sur le plateau, font choir le Noir par terre. Il tombe sur le ventre, le visage dans la poussière. Des mains fortes le mettent debout et il fixe les trous sombres grossièrement percés dans le tissu avec des allumettes et des cigarettes. Il sent des relents d'alcool bon marché.

Il s'appelle Errol Rich mais aucune pierre, aucune croix portant ce nom ne marquera jamais le lieu de son dernier repos. Dès l'instant où on l'a arraché à la maison de sa mère, Errol a cessé d'exister. Toute trace de sa présence physique sera effacée de cette terre. Seuls se souviendront de sa vie ceux qui l'ont aimé, seuls se souviendront de sa mort ceux qui sont rassemblés là ce soir.

Pourquoi est-il là ? Errol Rich va être brûlé parce qu'il a refusé de céder, de plier le genou, parce qu'il a manqué de respect à des gens qui lui sont supérieurs.

Errol Rich va mourir parce qu'il a cassé une vitrine.

Il conduisait sa camionnette, sa vieille camionnette au pare-brise fendu et à la peinture écaillée quand il avait entendu le cri.

« Hé, négro ! »

Quelque chose l'avait alors frappé durement entre les yeux ; du verre s'était brisé, lui entaillant le visage et les mains. Il avait freiné, senti l'odeur. Sur son giron, la bouteille cassée répandait le reste de son contenu sur le siège et sur son pantalon.

De l'urine. Ils s'étaient mis à plusieurs pour remplir une bouteille et l'avaient jetée sur son pare-brise. Alors, il avait essuyé le liquide qui coulait de sa figure, pisse et sang mêlés, avait regardé les trois hommes qui se tenaient au bord de la route, à quelques pas de l'entrée du bar.

« Qui c'est qui a jeté ça ? » avait-il demandé.

Aucun des trois n'avait répondu. Ils avaient peur. Errol Rich était un homme fort, puissant. Ils s'étaient attendus à ce qu'il s'essuie le visage et reparte, pas à ce qu'il s'arrête et les affronte.

« C'est toi, P'tit Tom ? »

Errol se tenait devant Thomas Rudge, le patron du bar, mais P'tit Tom détournait les yeux.

« Si c'est toi, tu ferais mieux de me le dire tout de suite, sinon je mets le feu à ta baraque. »

N'obtenant pas de réponse, Errol Rich, qui avait toujours eu un caractère explosif, avait pris à l'arrière de sa camionnette un poteau en bois et s'était tourné vers les trois hommes. Qui reculèrent, sûrs qu'il allait se ruer sur eux. Au lieu de quoi, il avait lancé le poteau dans la vitrine du bar de Tom Rudge, était remonté dans sa camionnette et avait redémarré.

Maintenant, Errol Rich va mourir pour un panneau de verre bon marché, et toute une petite ville est venue assister à l'événement. Il les regarde, ces gens qui craignent Dieu, ces fils et filles de la terre, et il sent la chaleur de leur haine sur lui, avant-goût du brasier à venir.

Je réparais les choses, pense-t-il. Je prenais ce qui était cassé et je le faisais marcher de nouveau.

Il tente de chasser de son esprit cette idée qui semble surgie de nulle part, mais elle s'incruste.

J'avais un don. Je prenais un moteur, une radio ou même une télé en panne, et je les réparais. Je n'avais jamais lu de manuel, je n'avais reçu aucune formation. C'était un don, un don que j'avais et qui aura bientôt disparu.

Il scrute la foule, les visages tendus par l'attente. Il voit un jeune garçon de quatorze ou quinze ans dont les yeux brillent d'excitation. Il le reconnaît, reconnaît aussi l'homme qui a la main sur l'épaule de l'adolescent. Cet homme avait apporté son poste de radio à Errol dans l'espoir qu'il pourrait le réparer avant Santa Anita parce qu'il aimait écouter les retransmissions de courses de chevaux. Errol avait remplacé le cône du haut-parleur, l'homme l'avait remercié et lui avait donné un dollar de plus parce qu'il s'était décarcassé pour lui.

L'homme s'aperçoit qu'Errol le regarde et détourne les yeux. Aucune aide à attendre de ce côté, aucune pitié à attendre d'un de ces types. Il va mourir pour avoir cassé une vitrine et ils trouveront quelqu'un d'autre pour réparer leurs moteurs et leurs radios, quoique pas aussi bien, et pour plus cher.

Les jambes entravées, Errol est forcé de sautiller jusqu'à la Lincoln. Les hommes masqués le hissent sur le toit et lui passent une corde autour du cou tandis qu'il s'agenouille. Il remarque un tatouage sur le bras du plus costaud : le prénom Kathleen *inscrit sur une bannière brandie par des anges. La main resserre le nœud coulant. On lui verse de l'essence sur la tête et il frémit. Puis il lève les yeux et prononce les derniers mots qui sortiront de sa bouche sur cette terre.*

– Ne me brûlez pas, implore-t-il.

Il s'est résigné à sa mort, à sa disparition inéluctable ce soir, mais il ne veut pas brûler.

Je vous en prie, Seigneur, ne les laissez pas me brûler...

L'homme au tatouage aveugle Errol en projetant le reste du bidon dans ses yeux puis descend du camion.

Errol Rich se met à prier.

Le petit homme blanc entra le premier dans le bar, où une odeur de bière éventée flottait dans l'air. Sur le sol, la poussière et les mégots formaient de petits tas le long du comptoir, là où on les avait repoussés à coups de balai. Des cercles noircis marquaient le sol aux endroits où des semelles avaient écrasé des milliers de cendres rouges. La peinture orange des murs s'était boursouflée et avait éclaté comme une peau infectée. Il n'y avait aucune décoration, rien que des plaques de marques de bière qu'on avait utilisées pour dissimuler les plus gros dégâts.

La salle n'était pas très grande, pas plus de dix mètres sur cinq. Le comptoir, à gauche, avait la forme d'une lame de patin à glace, avec la partie incurvée près de l'entrée. A l'autre extrémité, une petite pièce servait de bureau et de remise. Les toilettes se trouvaient après le comptoir, à côté de la porte de derrière. Quatre box s'alignaient contre le mur de droite, face à une paire de tables rondes, sur la gauche.

Deux hommes étaient assis au comptoir, un troisième se tenait debout derrière. Ils devaient avoir une soixantaine d'années, tous les trois. Les deux clients portaient des casquettes de base-ball, des tee-shirts délavés sous des chemises en coton plus délavées encore. L'un d'eux avait un long couteau à la ceinture, l'autre un pistolet sous son tee-shirt.

Le patron du bar donnait l'impression d'un type qui avait

peut-être été costaud et en forme autrefois, des années plus tôt. Massifs, ses épaules, sa poitrine et ses bras étaient maintenant enrobés d'une épaisse couche de lard, et ses seins pendaient comme ceux d'une femme âgée. De vieilles taches jaunes de transpiration encerclaient le dessous des manches de sa chemisette blanche ; son pantalon lui tombait sur les hanches d'une façon qui aurait semblé à la mode chez un adolescent mais qui était parfaitement ridicule chez un sexagénaire. Sa chevelure, encore bien fournie, était d'un blanc jaunâtre, et son visage était en partie obscurci par une barbe d'une semaine.

Tous les trois suivaient le match de hockey sur l'antique télé du bar mais leurs têtes tournèrent à l'unisson quand le nouveau venu entra. Pas rasé, il portait des baskets crasseuses, une chemise hawaïenne criarde et un pantalon de toile fripé. Il ne venait sûrement pas d'un quartier situé au-delà de Christopher Street, encore que personne dans le bar ne sût exactement où se trouvait Christopher Street. Ils connaissaient en revanche ce genre de type, ça oui. Ils le sentaient. Il avait beau être mal rasé et attifé comme un traîne-savates, ce jeune, c'était comme s'il portait un tee-shirt avec *Pédé* inscrit dessus.

— Je peux avoir une bière ? demanda-t-il en s'approchant du comptoir.

Le patron ne réagit pas avant une bonne minute puis prit une Bud dans la glacière et la posa devant le client.

Le petit homme blanc regarda la canette comme s'il voyait une Bud pour la première fois.

— Vous n'avez rien d'autre ?

— On a de la Bud light.

— Waouh, carrément !

Le patron ne réagit pas et lâcha :

— Deux cinquante.

Pas exactement le genre d'endroit où l'on pouvait ouvrir une ardoise.

Le petit homme tira trois billets d'une liasse épaisse, ajouta cinquante *cents* en monnaie pour porter le pourboire à un dollar. Les yeux des trois hommes demeurèrent fixés sur ses mains fines, délicates, tandis qu'il remettait l'argent dans sa poche, puis revinrent au match de hockey. Le petit homme choisit un box derrière les deux clients, s'adossa au coin, allongea les jambes sur la banquette et tourna la tête vers le poste. La porte s'ouvrit de nouveau, un autre client entra dans le bar, un Cohiba non allumé dans la bouche. Il se déplaçait si silencieusement que personne ne le remarqua avant qu'il soit à un mètre du comptoir. L'un des clients tourna alors la tête vers la gauche, le découvrit et annonça :

— P'tit Tom, t'as un mec de couleur dans ton bar.

P'tit Tom et l'autre habitué s'arrachèrent au match pour examiner le Noir qui était maintenant assis sur un tabouret au bout du comptoir en forme de L.

— Whisky, s'il vous plaît.

P'tit Tom ne bougea pas. D'abord une tapette, maintenant un nègre. Drôle de soirée. Son regard passa du visage de l'homme à sa chemise coûteuse, à son jean bien repassé et à sa veste croisée.

— T'es pas d'ici, mon gars ?

— On peut dire ça.

— Y a un boui-boui à bamboulas à trois kilomètres d'ici sur la route. Là-bas, ils te serviront.

— Ça me plaît, ici.

— Moi, ça me plaît pas que t'y sois, répliqua P'tit Tom. Dégage, mon gars, avant que j'en fasse une affaire personnelle.

— Alors, vous ne me servez pas ? fit l'homme, qui n'avait pas l'air surpris.

— Non, je te sers pas. Maintenant, tu te barres ou il faut qu'on s'en occupe ?

A sa gauche, les deux hommes changèrent de position sur leur tabouret, déjà tout émoustillés. L'objet de leur attention plongea une main dans la poche de sa veste, en tira une bouteille de whisky dans un sac en papier marron, dévissa le bouchon. P'tit Tom passa la main droite sous le comptoir, la ramena armée d'une batte Louisville Slugger.

— Tu bois pas ça ici, mon gars, prévint-il.

— Telle n'est pas mon intention, répondit le Noir. Et m'appelle pas « mon gars ». Mon nom, c'est Louis.

Puis il renversa la bouteille et regarda son contenu couler sur le comptoir. L'alcool tourna au coude du bar, dont le rebord l'empêchait de se répandre par terre, passa devant les trois hommes. Ils écarquillèrent les yeux de surprise quand le Noir alluma son cigare avec un Zippo en cuivre.

Il se leva, tira une longue bouffée de son Cohiba.

— Attention, les culs-terreux, dit-il en laissant tomber le cigare dans le whisky.

L'homme au tatouage tape un coup sec sur le toit de la Lincoln. Le moteur rugit, la voiture regimbe une ou deux fois comme un bœuf au bout d'une corde avant de démarrer dans un nuage de poussière, de feuilles mortes et de fumée d'échappement. Errol Rich semble un moment figé en l'air puis son corps se déplie. Ses longues jambes descendent vers le sol mais ne l'atteignent pas, ses pieds décochent dans l'air des ruades impuissantes. Un gargouillis sort de ses lèvres et ses yeux saillent quand la corde lui serre le cou, de plus en plus fort. Le visage congestionné, il est pris de convulsions, des gouttes rouges parsèment maintenant son menton et sa poitrine. Une minute s'écoule et Errol continue à lutter.

Sous lui, l'homme au tatouage prend une branche entourée d'un chiffon de lin imbibé d'essence, l'allume et fait un pas en avant. Il lève la torche pour que le Noir puisse la voir, l'approche de ses jambes.

Errol s'embrase et, malgré la pression sur sa gorge, il parvient à pousser un cri, un long ululement aigu, la marque d'une souffrance atroce. Il pousse un second cri et les flammes lui entrent dans la bouche, ses cordes vocales se mettent à brûler. Il rue encore et encore tandis qu'une odeur de viande grillée emplit l'air, jusqu'à ce qu'enfin il cesse de bouger.

L'homme qui brûle est mort.

Le comptoir prit feu, un petit mur de flammes s'éleva, roussit les barbes, les sourcils, les cheveux. L'homme au pistolet sous le tee-shirt sauta en arrière, couvrit ses yeux de sa main gauche et porta la droite à son arme.

— Oublie ça, fit une voix.

Un Glock 19 apparut à quelques centimètres de sa figure, tenu fermement par l'homme à la chemise voyante. La main droite, qui avait déjà soulevé le tee-shirt, s'arrêta. Le petit homme blanc – il s'appelait Angel – tira le pistolet de son étui et le braqua sur le pilier de bar, qui avait maintenant deux canons à quelques centimètres de son visage. Près de la porte, la main de Louis serrait un SIG dirigé vers la poitrine de l'homme au couteau à la ceinture. Derrière le comptoir, P'tit Tom Rudge, le visage rubicond et la respiration haletante, aspergeait d'eau les dernières flammes.

— Pourquoi t'as fait ça, bordel ?

Il regardait le Noir et le SIG qui avait pivoté pour se braquer sur le milieu de sa poitrine. Le visage de P'tit Tom changea d'expression, son agressivité naturelle chassant aussitôt une brève lueur de peur.

— Ça te défrise ? répliqua Louis.

— *Moi*, ça me défrise.

C'était l'homme au couteau, enhardi depuis que le SIG n'était plus braqué sur lui. Il avait des traits étranges, comme rabotés : un menton à peine marqué qui se perdait dans un cou maigre et long ; des yeux bleus profondément enfoncés dans leurs orbites, des pommettes qui semblaient avoir été brisées et aplaties par des coups anciens et presque oubliés. Il fixait le Noir d'un air impassible, les mains écartées du corps, à quelque distance du couteau mais pas trop loin. Louis se dit que ce ne serait pas une mauvaise idée de se débarrasser de lui. Un homme qui porte un couteau à la ceinture sait généralement s'en servir, et souvent très vite. L'une des armes d'Angel décrivit un arc de cercle et s'arrêta sur lui.

— Déboucle ta ceinture, ordonna Louis.

L'homme au couteau hésita un instant puis obtempéra.

— Maintenant, défais-la.

Il la saisit et tira. La ceinture se bloqua une ou deux fois avant de libérer la gaine ; le couteau tomba.

— Ça ira, dit Louis. C'est toi, Willard Hoag ?

Les yeux enfoncés ne cillèrent pas et demeurèrent rivés au visage du Noir.

— Je te connais ?

— Non, tu me connais pas.

— De toute façon, les nègres se ressemblent tous pour moi.

— J'avais deviné que tu dirais ça, Willard. Le type derrière toi, c'est Clyde Benson, hein ? Et toi... (le SIG se leva légèrement devant le patron du bar), tu es Tom Rudge.

La rougeur du visage de P'tit Tom n'était due qu'en partie à la chaleur des flammes. La fureur montait en lui, on la voyait dans le tremblement de ses lèvres, dans la façon dont ses doigts s'ouvraient et se refermaient. Le mouvement faisait bouger le tatouage de son bras, comme si les anges agitaient lentement la bannière ornée du prénom *Kathleen*.

Et toute cette colère était dirigée contre ce Noir qui le menaçait dans son bar.

— Tu peux m'expliquer ce qui se passe ? demanda P'tit Tom.

— Une expiation, voilà ce qui se passe.

Il est dix heures passées quand la femme se lève. On l'appelle Mamie Lucy bien qu'elle n'ait pas cinquante ans et soit encore une belle femme avec de la jeunesse dans les yeux et peu de rides sur sa peau sombre. A ses pieds est assis un jeune garçon de sept ou huit ans, déjà grand pour son âge. A la radio, Bessie Smith chante « Weeping Willow Blues ».

La femme qu'on appelle Mamie Lucy ne porte qu'une chemise de nuit et un châle et elle a les pieds nus. Pourtant elle se lève et franchit la porte, descend le perron à pas prudents, mesurés. Derrière, le garçonnet la suit, c'est son petit-fils. « Mamie Lucy, qu'est-ce qu'il y a ? » demande-t-il, mais elle ne répond pas. Plus tard, elle lui parlera de mondes à l'intérieur de mondes, d'endroits où la membrane séparant les vivants des morts est si fine qu'ils peuvent se voir, se toucher. Elle lui parlera de la différence entre créatures diurnes et noctambules, des droits que les morts entendent exercer sur ceux qu'ils ont laissés derrière eux.

Elle lui parlera de la route que nous parcourons tous et que nous partageons tous, vivants et morts.

Mais pour le moment, elle resserre son châle autour d'elle et marche vers la lisière de la forêt, s'y arrête et attend dans la nuit sans lune. Il y a une lumière parmi les arbres, comme si une météorite tombée du ciel frôlait à présent le sol, embrasée et cependant éteinte. Il n'y a pas de chaleur, mais quelque chose se consume au cœur de cette nuit.

Et lorsque le garçon regarde dans les yeux de sa grand-mère, il voit l'homme qui brûle.

— Vous vous souvenez d'Errol Rich ? lança Louis.

Personne ne répondit mais un muscle se contracta sur la face de Benson.

— J'ai dit : vous vous souvenez d'Errol Rich ?

— On voit pas de quoi tu veux parler, négro, répondit Hoag. Tu te goures de bonshommes...

Le SIG pivota, tressauta dans la main de Louis. La poitrine de Willard Hoag cracha du sang par le trou percé dans son sein gauche. Il bascula en arrière, entraînant un tabouret avec lui, tomba lourdement sur le dos. Sa main gauche étreignit quelque chose d'invisible par terre puis il ne bougea plus.

Clyde Benson se mit à pleurer et ce fut comme un signal. P'tit Tom se jeta à terre derrière son comptoir, tendit les mains vers le fusil, sous l'évier. D'un coup de pied, Clyde Benson expédia un tabouret dans les jambes d'Angel et se rua vers la porte. Il arrivait au niveau des toilettes quand son tee-shirt se boursoufla à deux endroits sur son épaule. Il passa la porte de derrière en titubant et disparut dans l'obscurité. Angel s'élança derrière lui.

Les grillons avaient cessé de chanter et le silence de la nuit semblait étrangement lourd, comme si la nature attendait l'inévitable issue de cette altercation. Benson, désarmé et perdant son sang, avait presque atteint le bord du parking quand l'homme au pistolet le rattrapa. Fauché par un croche-pied, le fugitif tomba, aspergeant la terre de sang devant lui. Il se mit à ramper vers l'herbe haute, comme si en y parvenant il serait en sécurité. Une botte passa sous sa poitrine, le transperça d'une douleur chauffée à blanc quand elle le retourna sur le dos. Il ferma involontairement les yeux. Lorsqu'il les rouvrit, l'homme à la chemise tapageuse se tenait au-dessus de lui et braquait l'arme sur sa tête.

— Fais pas ça, le supplia Benson. S'il te plaît.

L'homme ne dit mot.

— S'il te plaît, répéta Benson dans un sanglot. Je me suis repenti de mes péchés. J'ai trouvé Jésus.

L'homme appelé Angel hocha la tête.

— Alors, t'as pas à t'en faire.

Son doigt pressa la détente.

Dans l'obscurité des pupilles de la femme, l'homme qui brûle se dessine, des flammes s'élèvent de sa tête et de ses bras, de ses yeux et de sa bouche. Pas de peau, pas de cheveux, pas de vêtements. Il n'y a qu'un feu en forme d'homme, une souffrance en forme de feu.

« Pauvre garçon, murmure la femme. Pauvre, pauvre garçon. »

Les larmes sourdent à ses yeux, glissent doucement sur ses joues. Les flammes se mettent à vaciller. La bouche de l'homme qui brûle s'ouvre, le trou sans lèvres forme des mots que seule la femme peut entendre. Le feu meurt, passe du blanc au jaune jusqu'à ce qu'il ne reste qu'une silhouette de l'homme, noire sur noir, puis plus rien que les arbres et les larmes et le contact de la main de la femme sur celle du petit garçon.

« Viens, Louis », dit-elle en le ramenant vers la maison.

L'homme qui brûle est en paix.

P'tit Tom se redressa avec le fusil, découvrit la salle déserte, son copain mort par terre. Il déglutit, se déplaça vers la gauche, vers le bout du comptoir. Il avait fait trois pas quand le bois éclata au niveau de sa cuisse et que des balles le transpercèrent, brisant le fémur gauche et le tibia droit. Il s'effondra, hurla lorsque ses jambes blessées heurtèrent le sol mais réussit quand même à décharger les deux canons du fusil à travers le bois de piètre qualité du comptoir, qui explosa en une pluie d'esquilles et de verre brisé. P'tit Tom sentit une odeur de sang, de poudre et de whisky mélangés. Ses oreilles sifflèrent quand le fracas des détonations s'estompa, faisant place à un murmure de liquide s'écoulant.

Et à un bruit de pas.

Tournant les yeux vers la gauche, Rudge vit Louis au-dessus de lui. Le canon du SIG était braqué sur sa poitrine. P'tit Tom trouva un reste de salive dans sa bouche, l'avala. De la main, il tenta d'arrêter le sang qui giclait de l'artère sectionnée de sa cuisse, mais celui-ci continua de couler entre ses doigts.

— T'es qui ? demanda-t-il.

Dehors, deux coups de feu claquèrent, simultanément.

— Une dernière fois : tu te souviens d'un homme appelé Errol Rich ?

P'tit Tom secoua la tête.

— Merde, je sais pas...

— Tu l'as brûlé, tu devrais t'en souvenir.

Louis dirigea le canon du SIG sur l'arête du nez de Rudge, qui leva la main droite pour se couvrir la face.

— *Je me souviens ! Je me souviens !* Seigneur. Oui, j'étais là. J'ai vu ce qu'ils ont fait.

— Ce que *tu* as fait.

P'tit Tom secoua vigoureusement la tête.

— Non, tu te trompes. J'étais là mais je lui ai rien fait.

— Tu mens. Me mens pas, dis-moi la vérité. Paraît que c'est bon pour l'âme, de se confesser.

Louis abaissa son arme et fit feu. L'extrémité du pied droit de Rudge disparut dans une bouillie de cuir et de sang. P'tit Tom couina quand le canon du SIG s'approcha de son pied gauche et les mots jaillirent de ses tripes comme de la vieille bile :

— Arrête, je t'en supplie. Bon Dieu, ça fait mal. Je regrette ce qu'on lui a fait. On était jeunes, on savait pas. C'est horrible ce qu'on a fait, je le sais, maintenant.

Son regard implorait Louis, tout son visage était baigné de sueur, comme s'il était en train de fondre.

— Y a pas un jour qui passe sans que je pense à lui, à ce qu'on lui a fait. Tu crois que je vis pas avec ce poids sur la conscience ?

— Tout à fait entre nous, répondit Louis, je te crois pas.

— Fais pas ça, geignit P'tit Tom avec un geste de supplication. Je trouverai un moyen de réparer ce que j'ai fait. Je t'en prie.

— Te bile pas, je l'ai trouvé, le moyen, dit Louis.

Et Thomas Rudge mourut.

Dans la voiture, ils démontèrent les pistolets, essuyèrent chaque pièce avec des chiffons propres et les jetèrent dans les champs et les rivières devant lesquels ils passaient, sans échanger un mot avant d'être à des kilomètres du bar.

— Comment tu te sens ? demanda enfin Louis.

— Comme engourdi, répondit Angel. Sauf dans mon dos. Mon dos me fait mal.

— Et Benson ?

— C'était pas le bon mais je l'ai tué quand même.

— Ils le méritaient.

Angel écarta d'un geste la déclaration de son ami comme si elle n'avait ni substance ni signification.

— Comprends-moi bien, dit-il. Ce qu'on vient de faire me pose pas de problème, mais tuer Benson ne m'a pas soulagé, si c'est ce que tu me demandes. C'est pas lui que j'avais envie de tuer. Quand j'ai appuyé sur la détente, je n'ai pas vu Clyde Benson. J'ai vu le prédicateur. Faulkner.

Il y eut un silence. Les champs sombres défilaient, les formes creuses de maisons aux reins cassés se dessinaient sur l'horizon.

Ce fut Angel qui parla de nouveau :

— Bird aurait dû le tuer quand il en avait l'occasion.

— Peut-être.

— Y a pas de peut-être. Il aurait dû le buter.

— Il est pas comme nous. Il ressent trop les choses, il pense trop.

Angel poussa un profond soupir.

— Sentir et penser, c'est pas la même chose. Tant que ce vieux salaud vivra, il sera une menace pour nous tous.

A côté de lui, Louis acquiesça d'un hochement de tête dans l'obscurité.

— En plus, il m'a charcuté, reprit Angel. Et j'avais juré que plus jamais personne m'entaillerait la couenne. Plus jamais.

Au bout d'un moment, Louis lui dit avec douceur :

— Nous devons attendre.

— Quoi ?

— Le bon moment, l'occasion.

— Et si elle ne vient pas ?

— Elle viendra.

— Me sers pas ce boniment, s'énerva Angel avant de répéter sa question. Et si elle ne vient pas ?

Louis tendit la main, caressa la joue de son compagnon.

— Alors, nous la provoquerons.

Peu de temps après, ils franchirent la frontière de l'Etat pour passer en Caroline du Sud, juste en dessous d'Allendale, et personne ne les arrêta. Ils laissaient derrière eux la forme inconsciente de Virgil Gossard, les corps de P'tit Tom Rudge, Clyde Benson et Willard Hoag, les trois hommes qui s'étaient moqués d'Errol Rich, qui étaient allés le chercher chez lui et l'avaient pendu à un arbre.

Là-bas, dans le champ d'Ada, à la lisière nord, là où le terrain s'élevait, un chêne noir brûlait ; ses feuilles se racornissaient et brunissaient, la sève sifflait et grésillait en sortant du tronc et ses branches ressemblaient aux os d'une main enflammée se découpant sur le noir constellé d'étoiles de la nuit.

1

Bear racontait qu'il avait vu la morte.

C'était une semaine plus tôt, une semaine avant la descente sur Caina qui laisserait trois hommes sans vie. Le soleil était devenu la proie de nuages prédateurs sales et gris comme la fumée d'un feu de détritus. Il y avait dans l'air une immobilité qui prédisait la pluie. Dehors, le chien bâtard des Blythe était allongé sur la pelouse, mal à l'aise, le corps aplati, la tête reposant entre les pattes de devant, les yeux ouverts et inquiets. Les Blythe habitaient Dartmouth Street, Portland, dans une maison surplombant Back Cove et les eaux de Casco Bay. D'habitude, des oiseaux volaient alentour – mouettes, canards, colverts – mais rien ne traversait le ciel, ce jour-là. Comme un monde peint sur verre, attendant d'être fracassé par des forces invisibles.

Nous étions assis en silence dans le petit séjour. Bear, l'air apathique, regarda par la fenêtre comme s'il guettait les premières gouttes venant confirmer une peur secrète. Aucune ombre ne glissait sur les parquets de chêne ciré, pas même les nôtres. J'entendais le tic-tac de l'horloge en porcelaine entourée, sur le dessus de la cheminée, des photos d'un temps plus heureux. Je me surpris à fixer l'image de Cassie Blythe maintenant sur sa tête son chapeau de diplômée que le vent s'efforçait d'emporter, le pompon soulevé et gonflé comme le plumage d'un oiseau effrayé. Elle avait des cheveux noirs frisés et des lèvres un peu trop grandes pour son visage, un sourire hésitant, mais ses yeux marron étaient paisibles, pas encore obscurcis par la tristesse.

Bear s'arracha à la contemplation du jour, tenta d'affronter le regard d'Irving Blythe et de sa femme mais échoua et s'abîma dans une inspection concentrée de ses pieds. Ses yeux avaient évité les miens depuis le début, refusant même de prendre acte de ma présence dans la pièce. C'était un grand costaud vêtu d'un jean élimé, d'un tee-shirt vert et d'un gilet en cuir qui semblait à présent trop juste pour loger confortablement sa carcasse. Sa barbe était devenue longue et broussailleuse en prison ; ses cheveux, qui lui tombaient sur les épaules, étaient gras et mal peignés. Il s'était fait faire quelques tatouages de taulard pendant les années écoulées depuis notre dernière rencontre : une silhouette de femme médiocrement exécutée sur l'avant-bras droit, une dague sous l'oreille gauche. Il avait des yeux bleus endormis et éprouvait parfois des difficultés à se remémorer les détails de son histoire. C'était un personnage pitoyable, un homme dont l'avenir était au mieux derrière lui.

Quand les pauses devenaient trop longues, son compagnon lui touchait le bras et parlait pour lui, enchaînant les mots jusqu'à ce que Bear retrouve le chemin sinueux de ses souvenirs. L'homme qui accompagnait Bear portait un costume bleu pastel sur une chemise blanche, et le nœud de sa cravate rouge était si gros qu'on eût dit une tumeur sortant de sa gorge. Cheveux argent et hâle permanent, il s'appelait Arnold Sundquist et était détective privé. Il s'était occupé de l'affaire Cassie Blythe jusqu'à ce qu'un ami des Blythe leur suggère de s'adresser plutôt à moi. En privé, si je puis dire, je leur avais conseillé de se passer des services d'Arnold Sundquist, à qui ils versaient mille cinq cents dollars par mois pour rechercher leur fille. Elle avait disparu six ans plus tôt, peu après avoir obtenu son diplôme de fin d'études, et personne n'avait eu de ses nouvelles depuis. Sundquist était le deuxième détective privé engagé par les Blythe pour enquêter sur les circonstances de la disparition de Cassie et il n'aurait pas ressemblé davantage à un parasite s'il avait eu des crocs lui sortant de la bouche. Il était si huileux qu'on n'aurait pas été étonné de voir une flaque le suivre à la trace. Je calculai qu'il avait dû leur soutirer environ trente mille dollars au cours des deux années pendant lesquelles il était censé avoir travaillé pour eux. Des gens aux revenus stables comme les Blythe sont durs à trouver, du côté de Portland : pas étonnant qu'il s'agitât autant pour regagner leur confiance, et leur argent.

Ruth Blythe m'avait téléphoné une heure plus tôt pour m'annoncer que Sundquist avait repris contact avec eux en prétendant avoir du nouveau concernant Cassie. Quand elle avait appelé, je coupais de l'érable et du bouleau pour l'hiver qui approchait et je n'avais pas eu le temps de me changer. Il y avait de la sève sur mes mains, sur mon jean déchiré et sur mon tee-shirt *Arm the Lonely*. Et devant moi Bear, récemment sorti du pénitencier d'Etat de Mule Creek, les poches tintant de produits pharmaceutiques bon marché achetés dans des drugstores défraîchis de Tijuana, nous racontait comment il avait vu la jeune femme morte.

Parce que Cassie Blythe était morte. Je le savais, et je soupçonnais que ses parents le savaient aussi. Je pense qu'ils avaient senti, à l'instant même de sa mort, une sorte de déchirement ou de torsion dans leur cœur, et qu'ils avaient compris qu'il était arrivé quelque chose à leur unique enfant, qu'elle ne leur reviendrait jamais. Bien sûr, ils avaient continué à nettoyer sa chambre, l'époussetant soigneusement une fois par semaine, changeant les draps deux fois par mois pour qu'ils soient frais au cas où elle réapparaîtrait finalement, porteuse d'histoires fantastiques pour expliquer six longues années de silence. Jusqu'à ce qu'ils soient informés du contraire, il y aurait toujours une possibilité que leur Cassie soit encore en vie, même si l'horloge de la cheminée sonnait doucement son glas.

Bear avait purgé trois ans en Californie pour recel. Il était plutôt taré, de ce côté-là. Taré au point de voler des trucs qu'il possédait déjà. Trop taré pour distinguer Cassie Blythe d'une poubelle, mais il n'en débitait pas moins à nouveau son histoire, trébuchant parfois, les traits déformés par l'effort pour se rappeler des détails dont j'étais sûr que Sundquist l'avait forcé à les apprendre : comment il était descendu au Mexique après sa libération de Mule Creek afin de faire provision de médicaments bon marché pour ses nerfs ; comment il était tombé sur Cassie Blythe buvant avec un Mexicain plus âgé qu'elle dans un bar du boulevard Agua Caliente, près de l'hippodrome ; comment il avait parlé à Cassie et reconnu son accent du Maine quand le type était allé aux gogues ; comment le type était revenu et avait dit à Bear de s'occuper de ses affaires avant de pousser Cassie vers une voiture qui les attendait. Quelqu'un du bar l'avait informé que l'homme s'appelait Hector et possédait une maison à Rosarito Beach. Bear n'avait pas d'argent pour les suivre, mais il était sûr que la femme qu'il avait vue était Cassie Blythe. Il se souvenait d'avoir vu sa photo dans les journaux que sa sœur lui envoyait en prison pour passer le temps, alors qu'il n'aurait même pas su lire les numéros du loto. Cassie avait même regardé par-dessus son épaule quand il avait crié son nom. Elle ne donnait pas l'impression d'être malheureuse ou retenue contre son gré. Pourtant, la première chose qu'il avait faite en rentrant à Portland, ça avait été de prendre contact avec M. Sundquist, parce que M. Sundquist était le détective privé cité dans les articles des journaux. M. Sundquist lui avait dit qu'il ne s'occupait plus de l'affaire, qu'un nouveau détective privé l'avait remplacé. Mais Bear ne voulait avoir affaire qu'à M. Sundquist. Il avait confiance en lui. Il avait entendu dire du bien de lui. Non, si les Blythe voulaient que Bear les aide avec son histoire du Mexique, ils devaient remettre M. Sundquist sur l'affaire. Sundquist, qui hochait régulièrement la tête près de Bear, se redressa à ce point du récit et me lança un regard désapprobateur.

— La présence de ce monsieur met Bear mal à l'aise, dit-il. M. Parker a une réputation d'homme violent.

Bear, avec ses deux mètres et ses cent cinquante kilos, fit

de son mieux pour avoir l'air nerveux. Il l'était vraiment, d'ailleurs, mais cela n'avait rien à voir avec les Blythe ni avec l'éventualité fort improbable que je parvienne à lui infliger une correction.

Je le fixais sans sourciller.

Je te connais, Bear, disaient mes yeux, et je ne crois pas un mot de ce que tu racontes. Ne fais pas ça. Arrête avant que ça n'aille trop loin.

Après avoir achevé son histoire pour la deuxième fois, il poussa un soupir de soulagement. Sundquist lui tapota le dos et imprima sur son visage son expression la plus préoccupée. Il était dans le métier depuis quinze ans et avait joui pendant presque tout ce temps d'une réputation plutôt bonne, à défaut d'être excellente, mais dernièrement il avait connu quelques problèmes : un divorce, des rumeurs sur l'argent qu'il perdait au jeu. Les Blythe étaient une vache à lait qu'il ne pouvait se permettre de perdre.

Irving Blythe demeura silencieux quand Bear eut terminé et ce fut Ruth, sa femme, qui parla la première :

— Irving, dit-elle en touchant le bras de son mari, je pense que...

Il leva une main et elle s'interrompit aussitôt. J'avais des sentiments mêlés à l'égard d'Irving Blythe. Il était de la vieille école et traitait quelquefois sa femme en passagère de deuxième classe. Il avait été directeur général de la compagnie International Paper à Jay et avait affronté le Syndicat de la papeterie quand celui-ci avait cherché à organiser les travailleurs des forêts du Nord dans les années 1980. La grève de dix-sept mois en 1987 et 1988 à International Paper avait été l'un des conflits les plus âpres de l'histoire de l'Etat, avec plus d'un millier d'ouvriers remplacés pendant le mouvement. Irv Blythe s'était résolument opposé à tout compromis et la société lui avait versé une somme rondelette en signe de reconnaissance quand il avait fini par prendre sa retraite et rentrer à Portland. Mais cela ne voulait pas dire qu'il n'aimait pas sa fille ni que sa disparition ne l'avait pas fait vieillir très vite ces six dernières années, l'embonpoint tombant de son corps comme de l'eau d'un bloc de glace en train de fondre. Sa chemise blanche pendouillait sur ses bras et sa poitrine et j'aurais pu loger mon poing dans l'espace séparant son col de son cou. Son pantalon, serré à la taille, bouffait sur du vide, là où ses fesses et ses cuisses le remplissaient autrefois. Tout en lui parlait d'absence et de perte.

— Je crois que nous devrions avoir un entretien, vous et moi, monsieur Blythe, dit Sundquist. En tête à tête, ajouta-t-il en jetant un regard à Ruth Blythe.

Un regard signifiant que ce serait une conversation d'hommes, que les émotions d'une femme ne devaient en aucun cas perturber, aussi sincères soient-elles.

Blythe se leva et Sundquist le suivit dans la cuisine, laissant sa femme assise sur le canapé. Bear se leva lui aussi et tira de la poche de son gilet un paquet de Marlboro.

— Je sors en griller une, m'dame, dit-il.

Elle répondit d'un simple hochement de tête et regarda la masse de Bear s'éloigner, porta à sa bouche un poing fermé en se raidissant pour se défendre d'un coup qu'elle avait déjà reçu. C'était elle qui avait encouragé son mari à se passer des services de Sundquist. Il avait accepté uniquement parce que l'enquête ne progressait pas, mais j'avais l'impression qu'il ne m'aimait pas beaucoup. Ruth était une petite femme, mais petite à la manière des fox-terriers, et sa taille cachait son énergie et sa ténacité. Je me rappelai les reportages télévisés sur la disparition de Cassie, les Blythe assis à une table avec Ellis Howard, le directeur adjoint de la police de Portland, Ruth tenant dans ses mains une photo de sa fille. Quand j'avais accepté de reprendre l'affaire, elle m'avait confié les cassettes de la conférence de presse, ainsi que des coupures de journaux, des photos et les rapports de Sundquist sur des progrès de plus en plus minces. Six ans plus tôt, j'aurais dit que Cassie Blythe ressemblait davantage à son père qu'à sa mère mais, à mesure que les années s'écoulaient, la ressemblance entre Ruth et Cassie s'était accentuée. L'expression des yeux de Ruth, son sourire, et même ses cheveux, rappelaient plus fortement ceux de Cassie. D'une manière étrange, c'était comme si Ruth Blythe s'était transformée, avait acquis certaines facettes du physique de Cassie afin, ce faisant, de devenir à la fois fille et femme pour son mari, de maintenir en vie une partie de Cassie alors même que l'ombre de sa perte s'allongeait sur eux.

— Il ment, n'est-ce pas ? me demanda-t-elle après le départ de Bear.

Un moment, je fus tenté de mentir aussi, de prétendre que je n'en étais pas sûr, qu'il ne fallait rien exclure, mais je ne pouvais pas lui dire des choses pareilles. Elle méritait mieux que des mensonges. D'un autre côté, elle méritait mieux qu'apprendre qu'il n'y avait aucun espoir et que sa fille ne lui reviendrait jamais.

— Je crois que oui, répondis-je.

— Pourquoi est-ce qu'il fait ça ? Pourquoi est-ce qu'il cherche à nous faire du mal ?

— Je ne pense pas qu'il cherche à vous faire du mal, madame Blythe. Pas Bear. C'est plutôt qu'il se laisse facilement manipuler.

— C'est Sundquist, alors ?

— Je vais aller parler à Bear, dis-je en guise de réponse.

Je me levai et me dirigeai vers la porte d'entrée. Dans la vitre de la fenêtre, je vis le reflet de Ruth Blythe, son visage tourmenté tandis qu'elle luttait entre son désir de saisir le mince espoir apporté par Bear et sa certitude qu'il s'effriterait comme de la cendre dans sa main si elle s'y risquait.

Dehors, je trouvai Bear tirant sur une cigarette et tâchant de convaincre le chien des Blythe de jouer avec lui. L'animal l'ignorait.

Je me rappelais Bear du temps de ma jeunesse, quand il était à peine plus petit et un rien plus taré. Il vivait dans une modeste maison d'Acorn, derrière Spurwinck Road, avec sa mère, ses deux sœurs aînées et son beau-père. De braves gens : la mère travaillait au Woolworth, le beau-père conduisait un camion de livraison pour une compagnie de soda. Ils étaient morts, maintenant, mais les sœurs habitaient encore dans le coin, l'une à East Buxton, l'autre à South Windham, ce qui avait été commode pour venir voir Bear quand il avait tiré trois mois à l'établissement pénitentiaire de Windham pour voies de fait à l'âge de vingt ans. C'était la première fois qu'il tâtait de la prison et il avait eu de la chance de ne pas y retourner dans les années qui avaient suivi. Il avait servi un moment de chauffeur à des gars de Riverton puis était parti pour la Californie à la suite d'un conflit territorial qui avait fait un mort et un handicapé à vie. Bear n'était pas mêlé à l'affaire, mais il allait y avoir un sérieux règlement de comptes et ses sœurs l'avaient persuadé de partir. Loin. Il avait trouvé un boulot de plongeur à L.A., avait eu de nouveau de mauvaises fréquentations et avait fini à Mule Creek. Il n'y avait pas de vraie méchanceté en lui, ce qui ne le rendait pas moins dangereux pour autant. Bear était une arme que d'autres pouvaient manier en lui promettant de l'argent, du travail ou peut-être même simplement une compagnie. Il n'avait sur le monde qu'un regard dérouté. Il était revenu chez lui mais semblait aussi perdu et déplacé qu'autrefois.

— Je peux pas te parler, me prévint-il quand je me dirigeai vers lui.

— Pourquoi ?

— M. Sundquist veut pas. Il dit que tu feras qu'embrouiller les choses.

— Quelles choses ?

Il sourit, agita l'index.

— Nan-nan, je suis pas si bête.

Je fis un pas sur la pelouse et m'accroupis, les mains tendues. Aussitôt, le chien se leva et s'approcha lentement en remuant la queue. Quand il fut près de moi, il renifla mes doigts puis enfouit son museau entre mes mains tandis que je lui grattais les oreilles.

— Comment ça se fait qu'il est pas venu vers moi ? demanda Bear, l'air offensé.

— Tu lui as peut-être fait peur, répondis-je, regrettant

immédiatement mes paroles en voyant son expression dépitée. Ou peut-être qu'il a senti l'odeur de mon chien sur moi. Tu as peur de Bear, mon vieux ? Il n'est pas si terrible.

Bear s'accroupit à côté de moi, de manière aussi peu menaçante que sa masse le lui permettait, puis passa ses énormes doigts dans les poils du crâne de l'animal. Les yeux du chien se tournèrent vers lui, un peu inquiets, et je le sentis se raidir, puis il commença à se détendre quand il comprit que le colosse ne lui voulait aucun mal. Ses yeux se fermèrent de plaisir sous la caresse conjuguée de nos mains.

— C'était le chien de Cassie, déclarai-je, la main de Bear cessant momentanément d'explorer la fourrure de la bête.

— C'est un beau chien, dit-il.

— Oui. Bear, pourquoi tu fais ça ?

Il ne répondit pas mais je vis la flamme de la culpabilité osciller dans les profondeurs de ses yeux, comme un petit poisson égaré qui sent l'approche d'un prédateur. Il voulut éloigner sa main mais le chien leva son museau et le pressa contre ses doigts jusqu'à ce qu'il reprenne sa caresse.

— Je sais que tu ne veux de mal à personne, Bear. Tu te souviens de mon grand-père ?

Mon grand-père avait été adjoint au shérif du comté de Cumberland. Bear hocha la tête en silence.

— Il m'a dit un jour qu'il avait senti de la douceur en toi, poursuivis-je, même si tu n'en avais pas conscience. Il pensait que tu avais les qualités pour devenir quelqu'un de bien.

Il me regarda, apparemment sans comprendre, mais je persévérai :

— Ce que tu fais aujourd'hui, ce n'est pas gentil, et ce n'est pas bien. Ces gens vont souffrir. Ils ont perdu leur fille, ils veulent désespérément croire qu'elle est vivante au Mexique. Qu'elle est vivante, point. Mais toi et moi, Bear, on sait que ce n'est pas vrai. On sait qu'elle n'est pas là-bas.

Il ne dit rien, comme s'il espérait que j'allais magiquement disparaître et cesser de le harceler.

— Qu'est-ce qu'il t'a promis ?

Ses épaules s'affaissèrent légèrement mais il parut presque soulagé d'avouer :

— Il a dit qu'il me donnerait cinq cents dollars, et peut-être du travail. J'ai besoin de l'argent. Du boulot aussi. C'est dur de trouver du boulot quand on a eu des ennuis. Il a dit que t'apportais rien à ces gens et qu'en leur racontant cette histoire je les aiderais, finalement.

Je sentis la tension libérer mes épaules, et en même temps un sentiment de regret, un pincement en songeant à ce que les Blythe éprouveraient quand je confirmerais que Bear et Sundquist avaient menti au sujet de leur fille. Pourtant, je ne pouvais me résoudre à en tenir Bear pour responsable.

— J'ai des amis qui pourraient peut-être te trouver du travail. J'ai entendu dire qu'on cherche quelqu'un pour donner un coup de main à la Coop de Pine Point. Je pourrais te recommander.

Il me regarda.

— Tu ferais ça ?

— Je peux aller annoncer aux Blythe que leur fille n'est pas au Mexique ?

Bear avala sa salive.

— Je suis désolé, marmonna-t-il. J'aurais tellement voulu qu'elle soit au Mexique. J'aurais voulu la voir vraiment. Tu leur diras ?

Il était comme un grand enfant, à peine capable de comprendre la souffrance qu'il allait leur causer.

Au lieu de répondre, je lui tapotai l'épaule en guise de remerciement.

— Je t'appelle chez ta sœur pour te tenir au courant, au sujet du boulot. Tu as besoin d'argent pour prendre un taxi ?

— Nan, je rentre à pied, c'est pas loin.

Il fit au chien une dernière friction vigoureuse et se dirigea vers la rue. Le chien le suivit, renifla ses mains jusqu'à ce qu'il arrive au trottoir puis s'allongea de nouveau sur le sol et le regarda partir.

A l'intérieur de la maison, Ruth Blythe avait gardé la

même position sur le canapé. Quand elle leva les yeux vers moi, je décelai dans ses yeux la lueur minuscule que je m'apprêtais à éteindre.

Je secouai la tête et quittai la pièce quand elle se leva pour aller se réfugier dans la cuisine.

Assis sur le capot de la Plymouth de Sundquist, je le regardai sortir de la maison. Son nœud de cravate était de guingois et sur sa joue une trace rouge marquait l'endroit où la main ouverte de Ruth Blythe l'avait frappé. Il s'arrêta au bord de la pelouse, me regarda d'un air inquiet.

— Qu'est-ce que tu vas faire ? me lança-t-il.

— Maintenant ? Rien. Je ne poserai pas un doigt sur toi.

Il se détendit visiblement.

— Mais tu es fini comme privé, ajoutai-je. J'y veillerai. Ces gens méritent mieux.

— C'est toi qu'ils méritent ? s'esclaffa-t-il. Tu sais, Parker, il y a plein de gens qui ne t'apprécient pas et qui ne te prennent pas pour la merveille des merveilles. Tu aurais dû rester à New York, parce que tu n'as rien à faire dans le Maine.

Il fit le tour de sa voiture, ouvrit la portière.

— De toute façon, j'en ai marre de cette vie, continua-t-il. Je serai pas mécontent d'en sortir. J'irai en Floride. Toi, tu peux rester ici à te les geler.

Je m'éloignai de la Plymouth.

— La Floride ?

— Ouais, la Floride.

Je hochai la tête et regagnai ma Mustang. Les premières gouttes de pluie commencèrent à tomber des nuages, aspergeant la masse de métal et de fils tordus garée le long du trottoir, se mélangeant à l'huile qui coulait lentement dans le caniveau tandis que la clef de contact de Sundquist tournait inutilement.

— En tout cas, dis-je, tu n'iras pas en voiture.

Je rattrapai Bear dans la rue et le déposai à Congress Street. Il se dirigea à grands pas vers le vieux port, où la foule des touristes s'écartait devant lui comme la terre devant le soc. Je songeai à ce que mon grand-père avait dit de lui et à la façon dont le chien l'avait suivi jusqu'au bout de la pelouse en lui reniflant la main avec espoir. Il y avait de la gentillesse en Bear, et même de la douceur, mais sa faiblesse et sa stupidité le rendaient vulnérable aux manipulations et aux perversions. C'était un homme en équilibre, et on ne pouvait pas savoir de quel côté pencherait la balance, au final.

J'appelai Pine Point le lendemain matin et Bear commença à y travailler peu de temps après. Je ne le revis plus jamais et je me demande encore maintenant si j'ai eu raison d'intervenir dans sa vie.

Quand je regarde le marais de Scarborough des fenêtres de ma maison et que je vois les chenaux fendre l'herbe et se croiser, chacun d'eux soumis aux mêmes crues, aux mêmes cycles de la lune, et trouvant cependant son propre chemin vers la mer, il me semble que je comprends un peu mieux la nature de ce monde, la façon dont des formes de vie apparemment différentes sont inextricablement enchevêtrées. La nuit, à la clarté de la pleine lune, les chenaux brillent de reflets argent et blanc, minces routes qui se jettent dans la grande plaine miroitante, tout là-bas, et je m'imagine sur eux, marchant sur la route blanche, écoutant les voix qui résonnent dans les joncs tandis que l'eau m'emporte vers le monde nouveau qui m'attend.

2

Douze serpents au total, de simples couleuvres jarretières. Elles avaient élu domicile dans une cabane abandonnée au bord de mon terrain, en sécurité parmi les lattes du plancher effondré et les poutres pourrissantes. Je repérai l'une d'elles qui se coulait dans un trou sous le perron de la véranda en ruine, rentrant probablement au logis après une matinée passée à chasser. En éventrant le plancher avec un pied-de-biche, je trouvai les autres. La plus petite mesurait trente centimètres de long, la plus grande près d'un mètre. Elles s'enroulaient les unes sur les autres tandis que le soleil faisait briller les bandes jaunâtres de leur dos comme des bandes de néon dans la pénombre. Quelques-unes avaient déjà aplati leur corps pour mieux montrer leurs couleurs en guise d'avertissement. Je touchai la plus proche de l'extrémité de mon pied-de-biche et l'entendis siffler. Une odeur douceâtre, désagréable, s'éleva du trou quand elles lâchèrent le musc contenu dans les glandes situées à la base de leur queue. Près de moi, Walter, mon labrador doré de huit mois, recula, le nez frémissant. Dérouté, il aboya. Je le caressai derrière l'oreille et il me regarda pour se rassurer : c'était sa première rencontre avec des serpents et il ne savait pas trop ce qu'on attendait de lui.

— Ne fourre pas ton museau là-dedans, Walt, lui conseillai-je, sinon tu te retrouveras avec une de ces bêtes accrochée au bout.

Nous avons beaucoup de couleuvres jarretières dans le Maine. Ce sont des reptiles coriaces, capables de survivre à des températures glaciales pendant un mois entier, ou de passer l'hiver dans l'eau grâce aux courants chauds. Puis, quand le soleil commence à réchauffer les rochers, généralement à la mi-mars, elles sortent de leur hibernation et commencent à chercher un partenaire. En juin ou juillet, elles se reproduisent. La plupart du temps, on trouve dix à douze jeunes dans un nid ; parfois, il n'y en a que trois. Le record est de quatre-vingt-cinq, ce qui fait beaucoup. Celles-là avaient probablement choisi de s'installer dans la cabane à cause de la rareté relative des conifères dans cette partie de mon terrain. Les conifères rendent le sol acide, ce qui est mauvais pour les petits animaux nocturnes, l'en-cas préféré des jarretières.

Je remis les planches en place et retournai au soleil, Walter sur mes talons. Les couleuvres jarretières sont des créatures imprévisibles. Certaines vous mangeront dans la main, d'autres vous mordront et ne lâcheront pas prise avant d'être épuisées ou mortes. Là, dans cette vieille cabane, elles ne feraient probablement de mal à personne et la population locale de mouffettes, de ratons laveurs, de renards et de chats les délogerait bientôt. Je résolus de les laisser tranquilles. Quant à Walter, il devrait apprendre à s'occuper de ses affaires.

Sous moi et parmi les arbres, le marais étincelait au soleil du matin et des oiseaux sauvages glissaient sur l'eau, montrant brièvement leur silhouette entre les herbes et les joncs oscillants. Les Indiens avaient donné à ce lieu le nom d'Owascoag, la Terre aux Nombreuses Herbes, mais ils avaient disparu depuis longtemps et pour les gens qui y vivaient maintenant, c'était simplement « le marais », l'endroit où la Dunstan et la Nonesuch mêlent leurs eaux à l'approche de la mer. Les malards, qui y résidaient toute l'année, avaient été rejoints pour l'été par des carolins, des pilets, des canards noirs et des sarcelles, mais les visiteurs repartiraient bientôt pour échapper aux rigueurs de l'hiver du Maine. Leurs sifflements et leurs cris, portés par le vent, se conjuguaient au bourdonnement des insectes dans la douce clameur de l'accouplement, de la chasse et de l'esquive. Je suivis des yeux l'arc de cercle d'une hirondelle plongeant vers la boue et se posant sur un rondin à demi pourri. La saison avait été sèche et la nourriture abondante pour ces oiseaux. Ceux qui habitaient près du marais leur étaient reconnaissants car elles réduisaient non seulement le nombre des moustiques mais aussi celui des taons, autrement plus féroces.

Scarborough est une communauté ancienne, l'une des premières colonies établies sur la côte nord de la Nouvelle-Angleterre, pas une simple station de pêche provisoire mais un village qui deviendrait un foyer permanent pour les familles qui y vivaient. Ces villages comptaient beaucoup de colons anglais, dont mes ancêtres maternels ; d'autres vinrent du Massachusetts et du New Hampshire, attirés par la promesse de bonnes terres. Le premier gouverneur du Maine, William King, naquit à Scarborough mais en partit à dix-neuf ans quand il devint patent que le coin n'avait pas grand-chose à offrir en matière de richesse et de possibilités de réussir. On y a livré des batailles – comme la plupart des petites villes de la côte, Scarborough a baigné dans le sang – et la communauté est affligée par la laideur de la Route 1, mais le marais a survécu à toutes ces vicissitudes et ses eaux rougeoient comme de la lave au soleil couchant. Le lieu était protégé mais le développement continu de Scarborough avait entraîné la construction de nouvelles habitations – pas toutes jolies, certaines même franchement laides – près de la laisse des hautes eaux du marais, les nouveaux venus étant séduits à la fois par la beauté du lieu et la présence de populations plus anciennes. La grande maison à pignon noir que j'habitais datait des années 1930 et était en grande partie protégée de la route et du marais par un bosquet. De ma véranda, je pouvais contempler l'eau et retrouver parfois une paix que je n'avais pas connue depuis longtemps.

Mais c'est un genre de paix éphémère, une échappatoire à la réalité qui prend fin dès que vous détournez les yeux et que votre attention revient sur les problèmes qui se posent concernant ceux que vous aimez et qui comptent sur vous, ceux qui veulent quelque chose de vous mais pour qui vous n'éprouvez rien en retour, ceux qui vous feraient mal, à vous et à vos proches, s'ils en avaient l'occasion. A ce moment de ma vie, j'étais amplement pourvu dans les trois catégories.

Rachel et moi avions emménagé dans cette nouvelle demeure quatre semaines plus tôt seulement, après que j'eus cédé la vieille maison de mon grand-père et le terrain adjacent de Mussey Road, à trois kilomètres de là, aux Services postaux américains. Un immense centre de tri postal était en construction à un jet de pierre de la maison et on m'avait versé une somme importante pour que je quitte les lieux afin qu'on puisse y installer une zone de maintenance pour les avions postaux.

J'avais ressenti un pincement de tristesse quand la vente avait enfin été conclue. C'était la maison où ma mère et moi étions venus de New York après la mort de mon père, la maison où j'avais passé mon adolescence et où j'étais revenu à mon tour après avoir perdu ma femme et mon enfant. Deux ans et demi plus tard, je prenais un nouveau départ. Le grossesse de Rachel commençait tout juste à se voir et il nous avait semblé approprié d'entamer notre vie de couple dans un nouveau foyer, un lieu que nous aurions choisi ensemble, meublé et décoré ensemble, et dans lequel, espérions-nous, nous vivrions et vieillirions ensemble. En outre, comme mon ex-voisin Sam Evans me l'avait fait remarquer peu avant la conclusion de la vente, alors qu'il s'apprêtait lui-même à partir vivre dans le Sud, il fallait être fou pour imaginer supporter la proximité de milliers de postiers qui constituaient autant de petites bombes à retardement pleines de frustration prêtes à exploser dans un déferlement de violence.

« Je ne suis pas sûr qu'ils soient vraiment si dangereux que ça », avais-je répondu.

Il avait eu l'air sceptique. Sam avait été le premier à vendre quand la Poste avait fait ses offres, et ses biens se trouvaient pour l'heure dans un camion prêt à partir pour la Virginie. J'avais les mains poussiéreuses de l'avoir aidé à charger les cartons.

« Tu as vu le film *Postman ?* m'avait-il demandé.

— Non. Il paraît que c'est une merde.

— Une merde abominable. On aurait dû déshabiller Kevin Costner, le tremper dans le miel et l'attacher à un poteau sur une fourmilière pour son interprétation, mais là n'est pas la question. De quoi parle *Postman* ?

— D'un postier ?

— D'un postier *armé*. De tas de postiers armés, en fait. Si tu avais accès aux fichiers des vidéoclubs pourris de toutes les villes américaines, tu sais ce que tu découvrirais ?

— Du porno ?

— Ça, je ne sais pas, avait-il prétendu. Tu découvrirais que les seules personnes qui ont loué *Postman* plus d'une fois étaient des postiers. Je t'assure. Tu peux vérifier. Le film est comme un appel aux armes pour eux. C'est une vision de l'Amérique dans laquelle les postiers sont des héros et descendent tous ceux qui les font chier. C'est du porno pour postier. Ils s'installent probablement en rond pour le regarder ensemble et se branler devant leurs passages préférés... »

J'avais discrètement fait un pas en arrière pour m'écarter de lui.

« Ecoute ce que je te dis, avait-il poursuivi en agitant l'index. *Postman* est pour les postiers ce que Marilyn Manson est pour ces cinglés de lycéens. Attends que la tuerie commence, tu verras si le vieux Sam n'avait pas raison. »

Je me demandais encore s'il avait parlé sérieusement. Je l'imaginais barricadé dans une ferme de Virginie, attendant l'apocalypse postale. Sam m'avait serré la main et s'était dirigé vers le camion. Sa femme et ses enfants étaient partis avant lui et il se réjouissait sans doute à l'avance de la tranquillité de la route. Parvenu à la portière, il m'avait adressé un clin d'œil en souriant.

« Laisse pas les salauds t'avoir, Parker.

— Jusqu'à présent, ils n'ont pas réussi. »

Un instant, le sourire avait disparu de son visage et les courants sous-jacents de ses commentaires avaient ridé la surface de sa bonne humeur.

« Ça veut pas dire qu'ils arrêteront d'essayer.

— Je sais. »

Il avait hoché la tête.

« Si tu passes un jour par la Virginie...

— Je le sais aussi : je m'arrête surtout pas. »

Il m'avait adressé un salut de la main et il était parti, le majeur dressé dans un dernier adieu au futur centre de tri de la Poste des Etats-Unis.

J'étais encore perdu dans mes souvenirs quand Rachel m'appela de la véranda en agitant le téléphone sans fil. Je répondis de la main et Walt fila à toute allure vers elle. Ses cheveux roux flamboyaient au soleil et je sentis une fois de plus mon ventre se crisper en la voyant. Mes sentiments pour elle s'enroulaient et se tordaient en moi, de sorte que pendant un moment j'eus du mal à les isoler et à les identifier. Il y avait de l'amour – de cela j'étais sûr – mais aussi de la gratitude, du désir... et, inévitablement, de la peur : peur pour nous, peur qu'un jour je la déçoive d'une manière ou d'une autre et la force à me quitter, peur pour notre enfant à naître, car j'avais déjà perdu une fille, je l'avais vue encore et encore, dans mon sommeil agité, s'éloigner de moi et disparaître dans les ténèbres, sa mère à côté d'elle, et peur pour Rachel, peur panique de ne pas réussir à la protéger, de laisser un malheur lui arriver quand j'aurais le dos tourné. Alors, elle aussi me serait arrachée.

Et j'en mourrais, car je ne pourrais supporter une telle souffrance une deuxième fois.

— Un dénommé Elliot Norton, chuchota-t-elle, la main sur l'appareil, quand je la rejoignis. Il dit qu'il est un vieil ami.

J'acquiesçai de la tête, tapotai les fesses de Rachel en prenant le téléphone. Par jeu, elle me décocha une taloche sur l'oreille en réponse – du moins, je pense que c'était par jeu. Je la regardai rentrer dans la maison pour se remettre au travail. Elle se rendait encore à Boston deux fois par semaine pour assurer ses travaux dirigés de psychologie, mais elle effectuait la plus grande partie de ses recherches dans le petit bureau que nous avions installé pour elle dans l'une des chambres d'amis, la main doucement posée sur son ventre tandis qu'elle écrivait. Elle me regarda par-dessus son épaule en se dirigeant vers la cuisine et remua le postérieur de manière provocante.

— Vile créature, grommelai-je.

Elle me tira la langue et disparut.

— Pardon ? fit la voix d'Elliot au téléphone, avec un accent du Sud plus marqué que dans mon souvenir.

— J'ai dit « vile créature ». Ce n'est pas la façon dont je salue habituellement les avocats. Je leur réserve plutôt « parasite » ou « sangsue », suivant l'humeur.

— Tu ne fais aucune exception ?

— Généralement pas. A propos, j'ai trouvé un nid de tes semblables au bout de mon jardin, ce matin.

— Je ne te demanderai pas de quoi tu parles. Comment tu vas, Charlie ?

— Bien. Ça fait une paie, Elliot.

Elliot Norton était attorney assistant au département criminel des services du DA de Brooklyn quand j'étais inspecteur. Nous nous étions plutôt bien entendus sur les plans professionnel et personnel quand nos chemins se croisaient, jusqu'au jour où il s'était marié et était retourné dans sa Caroline du Sud, où il exerçait maintenant le droit, du côté de Charleston. Il m'envoyait encore une carte à Noël chaque année. J'avais dîné avec lui une fois à Boston, deux ans auparavant, quand il était venu s'occuper de la vente d'une propriété dans les White Mountains, et j'avais dormi chez lui quelques années plus tôt quand Susan, ma première femme, et moi étions passés en Caroline du Sud, au début de notre mariage. Il approchait maintenant de la quarantaine, prématurément grisonnant et divorcé de sa femme,

Alicia, une fille suffisamment belle pour arrêter la circulation un jour de pluie. Je ne savais rien des circonstances de leur séparation, mais je présumais qu'Elliot était le genre de type à s'égarer à l'occasion loin du foyer conjugal. Quand nous avions dîné ensemble, au Sonsi, dans Wewbury, les filles en robe d'été qui passaient devant les portes ouvertes lui tiraient quasiment les yeux des orbites, comme à un personnage de Tex Avery.

— Ben, tu sais, nous, dans le Sud, on aime pas trop la compagnie, dit-il d'une voix traînante. En plus, ça nous prend pas mal de temps, de maintenir les gens de couleur à leur place, et tout ce genre de trucs.

— C'est bien d'avoir un hobby.

— Tu peux le dire. Toujours détective privé ?

Je me rendis compte que la conversation à bâtons rompus avait soudain pris fin.

— Toujours.

— Tu cherches du boulot ?

— Ça dépend quel genre de boulot.

— J'ai un client qui doit passer en jugement. J'aurais besoin d'un coup de main.

— Le Maine est loin de la Caroline du Sud, Elliot.

— Justement. Les privés locaux ne s'intéressent pas beaucoup à mon affaire.

— Pourquoi ?

— Parce qu'elle sent mauvais.

— Très mauvais ?

— Un jeune de dix-neuf ans accusé d'avoir violé sa copine puis de l'avoir tabassée à mort avec une pierre. Il s'appelle Atys Jones. Il est noir. Sa petite amie était blanche. Et riche.

— D'accord, c'est plutôt mauvais.

— Il dit qu'il est innocent.

— Et tu le crois ?

— Je le crois.

— Avec tout le respect que je te dois, Elliot, les prisons sont pleines de types qui se prétendent innocents...

— Je sais ça. J'ai contribué moi-même à en mettre quelques-uns à l'ombre et je sais qu'ils étaient coupables. Mais là, c'est différent. Atys ne l'a pas tuée. Je suis prêt à parier tout ce que je possède sur son innocence. Je l'ai fait, d'ailleurs : ma maison sert de garantie à sa caution.

— Qu'est-ce que tu attends de moi ?

— J'ai besoin de quelqu'un pour m'aider à le mettre en lieu sûr et vérifier ensuite les déclarations des témoins. Quelqu'un qui n'est pas d'ici et qui ne se laissera pas intimider facilement. En gros, une semaine de travail, peut-être un ou deux jours de plus. Ecoute, Charlie, ce gosse est condamné à mort avant même d'avoir mis les pieds au tribunal. Au train où vont les choses, il ne vivra peut-être pas assez longtemps pour passer en jugement.

— Où il est, en ce moment ?

— A la prison du comté de Richland, où je dois aller le chercher. J'ai repris l'affaire des mains d'un avocat commis d'office et le bruit court que des voyous de la Skinhead Riviera pourraient essayer de se faire un nom en le saignant en taule. C'est pour ça que j'ai demandé et obtenu sa libération sous caution. Atys Jones est une cible toute désignée à Richland.

Je m'appuyai à la balustrade de ma véranda. Walter s'approcha avec dans la gueule un os en caoutchouc qu'il pressa contre ma main. Il avait envie de jouer. Je comprenais ce qu'il éprouvait. C'était une magnifique journée d'automne, Rachel rayonnait de savoir que notre premier enfant grandissait lentement en elle et nous étions à l'aise sur le plan financier. Ce genre de situation incite à lever le pied et à en profiter tant que ça dure. J'avais besoin du client d'Elliot Norton comme d'un caillou dans ma chaussure.

— Je ne sais pas trop, Elliot. Chaque fois que tu ouvres la bouche, tu me donnes une bonne raison de plus de me boucher les oreilles.

— Bon, tant que j'ai ton attention, autant t'annoncer le pire. Sa copine s'appelait Marianne Larousse. C'était la fille d'Earl Larousse.

La mention de ce nom me rappela certains détails de l'affaire. Earl Larousse était probablement le plus gros entrepreneur, des Caroline jusqu'au Mississippi. Il possédait des plantations de tabac, des puits de pétrole, des exploitations minières, des usines. Il possédait même la plus grande partie de Grace Falls, la petite ville où Elliot avait grandi. Pourtant, on ne parlait pas d'Earl Larousse dans la rubrique mondaine ni dans les pages financières, on ne le voyait pas aux côtés de candidats à la présidence ou de parlementaires lourdauds. Il faisait appel à des firmes de relations publiques pour garder son nom hors du domaine public et donner des réponses évasives aux journalistes ainsi qu'à tous ceux qui tentaient de mettre le nez dans ses affaires. Earl Larousse tenait à sa vie privée et était prêt à débourser de grosses sommes pour la préserver, mais la mort de sa fille avait placé sa famille sous les projecteurs. Sa femme était morte quelques années plus tôt et il avait un fils, Earl Junior, de deux ans plus âgé que Marianne, mais aucun des membres survivants du clan Larousse n'avait fait de déclaration publique sur le meurtre de la jeune fille ou le procès à venir de son assassin.

Elliot Norton défendait l'homme accusé d'avoir violé et tué la fille d'Earl Larousse, et c'était un engagement qui ferait probablement de lui le type le plus impopulaire de la Caroline du Sud, après son client. Tous ceux qui seraient entraînés dans le tourbillon de l'affaire en pâtiraient, cela ne faisait aucun doute. Même si Earl ne décidait pas de faire justice lui-même, il s'en trouverait beaucoup d'autres pour s'en charger parce qu'il était l'un des leurs, parce que c'était lui qui payait leurs salaires, et parce que Earl verrait d'un bon œil celui qui lui ferait la faveur de châtier le meurtrier de sa fille.

— Je regrette, Elliot, ce n'est pas le genre de truc dans lequel j'ai envie de me retrouver impliqué en ce moment.

Il y eut un silence à l'autre bout de la ligne.

— Je suis désespéré, Charlie, dit-il enfin. (Cela s'entendait dans sa voix, avec d'autres choses aussi : fatigue, peur, frustration.) Ma secrétaire me laisse tomber à la fin de la semaine parce qu'elle n'approuve pas ma clientèle, et bientôt je devrai aller m'acheter de quoi manger en Géorgie parce que plus personne ici n'acceptera de me vendre quoi que ce soit...

Haussant le ton, il poursuivit :

— Alors, viens pas me dire que tu veux pas être mêlé à ça comme si tu te présentais au Congrès ou je ne sais quoi, parce que c'est ma maison et peut-être ma vie qui sont en jeu et...

Il n'acheva pas sa phrase. Qu'y avait-il à ajouter ?

Je l'entendis pousser un profond soupir.

— Excuse-moi, murmura-t-il. Je sais pas pourquoi j'ai dit ça.

— Pas de problème, assurai-je.

Ce qui était faux, bien sûr, pour lui comme pour moi.

— J'ai appris que tu vas être papa, reprit Elliot. C'est bien, après tout ce qui s'est passé. Si j'étais à ta place, moi aussi je resterais dans le Maine et j'oublierais qu'un connard m'a téléphoné tout d'un coup pour m'inviter à me joindre à sa croisade. Ouais, je crois que je ferais ça, si j'étais toi. Prends soin de toi, Charlie Parker. Et occupe-toi bien de madame.

Il raccrocha. Je lançai le téléphone sur un des fauteuils et me passai les mains sur le visage. Le chien était maintenant lové à mes pieds, mordillant de ses crocs pointus l'os coincé entre ses pattes de devant. Le soleil brillait toujours sur le marais et les oiseaux glissaient toujours lentement sur ses eaux, s'appelant entre les roseaux, mais la nature transitoire et fragile de ce que je contemplais pesait maintenant sur moi. Je me surpris à regarder en direction de la cabane en ruine où les couleuvres jarretières étaient nichées, attendant qu'un rongeur ou un petit oiseau passe à leur portée. Vous pouviez les fuir, vous raconter qu'elles ne vous faisaient aucun mal et que vous n'aviez aucune raison de les déranger. Si c'était vrai, vous n'auriez peut-être jamais à les affronter de nouveau, et peut-être que des créatures plus grosses et plus fortes s'occuperaient d'elles pour vous.

Mais vous pouviez aussi retourner un jour dans cette cabane, soulever ce même plancher, et là où il n'y avait qu'une douzaine de serpents, il y en aurait peut-être des centaines, et tous les vieux planchers, toutes les poutres pourries au monde ne suffiraient pas à les contenir. Parce que nier leur existence ou les oublier ne les ferait pas partir.

Cela les aiderait simplement à se reproduire.

L'après-midi, je laissai Rachel au travail dans son bureau pour aller à Portland. Mon survêtement et mes baskets étaient dans le coffre de la voiture et j'avais l'intention de me rendre au 1 City Center et de faire une heure ou deux d'exercices mais je me retrouvai finalement à flâner dans les rues, à musarder dans la boutique de livres anciens Carlson & Turner de Congress Street et au Bullmoose Music du vieux port. J'écoutai le dernier album des Pinetop Seven, *Bringing Home the Last Great Strike*, un exemplaire de lancement du *Heartbreaker* de Ryan Adams et *Leisure and Other Songs*, par un groupe du nom de Spokane, parce qu'il était dirigé par Rick Alverson, ancien leader de Drunk, qui faisait le genre de musique qu'on a envie d'écouter quand les vieux amis vous laissent tomber ou quand vous apercevez votre ancien grand amour dans une rue de la ville, tenant la main d'un autre homme et le regardant comme elle vous regardait autrefois. Il y avait encore beaucoup de touristes, la dernière vague de l'été. Bientôt les feuilles commenceraient à jaunir et la vague suivante débarquerait pour voir les arbres flamboyer comme un brasier jusqu'à la frontière canadienne.

J'étais en colère contre Elliot et plus encore contre moi-même. L'affaire qu'il me proposait paraissait difficile mais les affaires difficiles font partie du métier. Si je restais à attendre les enquêtes toutes cuites, je mourrais de faim ou je deviendrais cinglé. Deux ans plus tôt, je serais descendu en Caroline du Sud pour aider Elliot sans la moindre hésitation, mais maintenant j'avais Rachel, j'allais devenir à nouveau père. La vie m'offrait une seconde chance, je ne voulais pas la compromettre.

Je retournai à la voiture, pris cette fois ma tenue de sport dans le coffre et passai une heure à m'échiner comme je ne l'avais jamais fait dans la salle de gym, faisant travailler mes muscles jusqu'à ce qu'ils brûlent, et je dus m'asseoir sur un banc, la tête baissée, en attendant que le pire de la nausée qui m'avait saisi soit passé. Mais je me sentais toujours aussi mal en retournant à Scarborough et la transpiration qui coulait de mon visage était comme la sueur imprégnant un lit de malade.

Rachel et moi ne parlâmes pas vraiment du coup de téléphone avant le dîner. Si nous formions un couple depuis plus d'un an et demi, nous ne vivions sous le même toit que depuis deux mois. Certains me regardaient maintenant d'un œil différent, comme s'ils se demandaient comment un homme ayant perdu sa femme et sa fille dans des circonstances aussi terribles moins de trois ans plus tôt pouvait se résoudre à recommencer, à faire un autre enfant et à tenter de lui trouver une place dans un monde qui avait engendré des monstres capables de dépecer une fille et sa mère.

Mais si je n'avais pas essayé, si je n'avais pas tendu la main à une autre personne et établi avec elle un lien ténu, incertain, dans l'espoir qu'il pourrait un jour nous rapprocher, alors le Voyageur, la créature qui m'avait enlevé ma femme et ma fille, aurait gagné. Je ne pouvais rien changer au fait que nous avions tous souffert à cause de lui, mais je refusais d'être sa victime pour le reste de ma vie.

Et cette personne était, à sa façon tranquille, quelqu'un d'extraordinaire. Elle avait vu en moi quelque chose qui méritait d'être aimé, d'être sauvé, et avait entrepris de faire sortir cette chose du trou profond où elle s'était réfugiée pour ne plus souffrir. Elle n'était cependant pas naïve au point de croire qu'elle pouvait me sauver : elle m'avait plutôt donné envie de me sauver moi-même.

Rachel avait été bouleversée en découvrant qu'elle était enceinte. Je l'avais été un peu aussi, au début, mais, même alors, l'événement semblait avoir une justesse, un à-propos qui nous avaient permis d'envisager notre avenir avec une sorte de confiance paisible. Nous avions parfois l'impression que la décision d'avoir un enfant avait été prise pour nous par une puissance supérieure ; tout ce que nous pouvions faire, c'était nous accrocher et profiter du voyage. Encore que Rachel n'eût sans doute pas utilisé le verbe « profiter » : après tout, c'était elle qui sentait une étrange lourdeur dans tous ses gestes depuis que le test s'était révélé positif, elle qui s'était mise à examiner sa silhouette avec inquiétude quand elle avait commencé à prendre du poids en de curieux endroits, elle que j'avais trouvée en larmes à la table de la cuisine, en pleine nuit, accablée par des sentiments d'effroi, de tristesse et d'épuisement, elle qui vomissait chaque matin aussi sûrement que le soleil se levait, elle qui, les mains sur son ventre, écoutait les intervalles entre ses battements de cœur avec frayeur et émerveillement, comme si elle pouvait entendre le petit paquet de cellules croître lentement en elle. Le premier trimestre avait été particulièrement difficile pour Rachel. Maintenant que le deuxième était entamé, elle trouvait de nouvelles réserves d'énergie dans les premiers coups de pied de son bébé, dans la confirmation que ce qu'elle abritait en elle n'était plus une potentialité mais une réalité.

Tandis que je la regardais, Rachel mordait dans un steak si rouge qu'elle devait le tenir avec sa fourchette pour l'empêcher de filer vers la porte. A côté, des pommes de terre, des carottes et des courgettes formaient de petites montagnes.

— Tu ne manges pas ? me demanda-t-elle quand elle s'interrompit brièvement pour respirer.

J'entourai mon assiette d'un bras protecteur.

— Pas toucher, dis-je, méchant chien.

Walt leva la tête vers moi, les yeux traversés d'un éclair de confusion.

— Pas toi, le rassurai-je.

Il remua la queue et Rachel finit de mastiquer, braquant soudain vers moi sa fourchette momentanément vide.

— C'est le coup de fil de ce matin. Je me trompe ?

Je hochai la tête, jouai avec ma nourriture puis racontai l'histoire d'Elliot.

— Voilà toute l'histoire, conclus-je. Il est dans les ennuis jusqu'au cou, et ce sera kif-kif pour tous ceux qui se mettront de son côté contre Earl Larousse...

— Tu l'as déjà rencontré, ce Larousse ?

— Non. Je ne le connais que parce que Elliot m'a raconté des choses sur lui, dans le temps.

— De vilaines choses ?

— Pas pires que ce qu'on peut attendre d'un homme qui a plus d'argent que quatre-vingt-dix-neuf virgule neuf pour cent des habitants de l'Etat : intimidation, pots-de-vin, opérations foncières frauduleuses, accrochages avec le ministère de l'Environnement au sujet de rivières et de champs pollués, les trucs habituels. Cela ne rend pas la mort de sa fille moins douloureuse pour lui.

L'image d'Irv Blythe passa brièvement dans ma tête et je la chassai de la main comme une mouche.

— Norton est sûr que son client ne l'a pas tuée ?

— Apparemment. Il a repris l'affaire à un autre avocat, il s'est porté garant pour la caution, et ce n'est pas le genre d'homme à risquer son argent ou sa réputation dans une cause perdue. D'un autre côté, un Noir accusé du meurtre d'une fille blanche et riche serait en danger parmi les détenus du régime général si un prisonnier se mettait dans la tête de se faire bien voir de la famille affligée. D'après Elliot, ou il faisait libérer son client sous caution ou il l'accompagnait à son enterrement. C'était l'alternative.

— Le procès aura lieu quand ?

— Bientôt.

J'avais consulté sur Internet les articles des journaux concernant le meurtre et, manifestement, on avait accéléré la procédure dès le début. Marianne Larousse n'était morte que depuis quelques mois, mais l'affaire serait jugée au début de l'année prochaine. La loi n'aimait pas faire attendre des gens comme Earl Larousse.

Nous nous regardâmes par-dessus la table.

— Nous n'avons pas besoin de cet argent, dit Rachel. Pas vraiment.

— Je sais.

— Et tu n'as pas envie d'aller là-bas.

— Non, sûrement pas.

— Alors, bon.

— Alors, bon.

— Mange ton dîner avant que je l'engloutisse.

Après le repas, j'emmenai Rachel en voiture chez *Len Libby's*, sur la Route 1, et nous nous installâmes dehors sur un banc pour déguster notre crème glacée. *Len Libby's* se trouvait auparavant dans Spurwink Road, sur le chemin de Higgins Beach, avec des tables à l'intérieur où les gens s'asseyaient et bavardaient. Il s'était établi dans ses nouveaux locaux quelques années plus tôt, au bord de la nationale, et si la glace était toujours bonne, la manger en regardant quatre files de circulation, ce n'était vraiment pas la même chose.

Rachel et moi ne parlions pas. Le soleil se couchait derrière nous, nos ombres s'allongeaient devant nous, s'étirant comme nos espoirs et nos craintes pour l'avenir.

— Tu as lu le journal, aujourd'hui ? me demanda-t-elle.

— Non, pas eu le temps.

Elle prit son sac, fouilla à l'intérieur jusqu'à ce qu'elle ait trouvé ce qu'elle cherchait, un article du *Press Herald* qu'elle me tendit aussitôt.

— Je ne sais pas pourquoi je l'ai découpé, dit-elle. Je savais que tu finirais par tomber dessus, mais une partie de moi ne voulait pas que tu le lises. J'en ai assez de voir son nom.

Je dépliai la coupure.

THOMASTON – *Le révérend Aaron Faulkner restera à la prison d'Etat de Thomaston jusqu'à son procès, a déclaré hier un porte-parole des autorités pénitentiaires. Faulkner, mis en examen cette année pour meurtre et complicité de meurtre, a été transféré il y a un mois de la prison à sécurité maximale de l'Etat à celle de Thomaston après ce qui semble avoir été une tentative de suicide manquée.*

Faulkner a été arrêté à Lubec en mai, après une confrontation avec un détective privé de Scarborough, Charlie Parker, au cours de laquelle deux personnes, un homme et une femme, ont été tuées. Des tests ADN ont révélé que l'homme, qui se faisait appeler Elias Pudd, était en fait le fils de Faulkner, Leonard. La femme a été identifiée comme étant Muriel Faulkner, la fille du prédicateur.

Faulkner a été officiellement inculpé en mai des meurtres des baptistes d'Aroostook, la communauté religieuse qu'il dirigeait et qui avait disparu d'Eagle Lake en janvier 1964, et de complicité de meurtre dans l'assassinat d'au moins quatre autres personnes, dont Jack Mercier, entrepreneur et ancien sénateur de l'Etat du Maine.

Les restes des baptistes d'Aroostook ont été découverts près d'Eagle Lake en avril dernier. Les autorités du Minnesota, de l'Etat de New York et du Massachusetts examinent aussi des affaires non résolues dans lesquelles Faulkner et sa famille pourraient être impliqués, bien qu'aucune tentative n'ait encore été faite pour inculper Faulkner en dehors du Maine.

Selon des sources émanant des services de l'attorney général du Maine, le FBI et le Bureau pour l'alcool, le tabac et les armes à feu étudient également le dossier de Faulkner en vue de l'inculper de crimes fédéraux.

James Grimes, l'avocat du révérend, a déclaré hier à la presse qu'il demeure préoccupé par l'état de santé de son client et qu'il envisage de faire appel devant la Cour suprême de l'Etat après la décision du tribunal du comté de Washington de refuser une libération sous caution. Faulkner se dit innocent de toutes les charges portées contre lui et prétend avoir été quasiment séquestré par sa famille pendant quarante ans.

LE PLUS DE PHIL MOYER *: l'expert en entomologie auquel les enquêteurs ont fait appel pour dresser la liste des araignées et insectes retrouvés dans les bâtiments de Lubec occupés par le révérend Aaron Faulkner et sa famille a confié hier au* Press Herald *qu'il avait presque achevé sa tâche. Selon un représentant de la police de l'Etat, cette collection aurait été rassemblée par Leonard Faulkner, alias Elias Pudd, au fil de nombreuses années.*

« Nous avons jusqu'ici répertorié environ deux cents espèces différentes d'araignées, ainsi qu'une cinquantaine d'espèces d'insectes », a déclaré le docteur Martin Lee Howard. Selon lui, la collection comprenait des espèces très rares, dont un certain nombre que son équipe n'a pas encore réussi à identifier.

« L'une d'elles serait une forme extrêmement féroce d'araignée de grotte, a ajouté le docteur Howard. En tout cas, elle n'est pas originaire des Etats-Unis. » Quand on lui a demandé si ses recherches avaient permis de dégager des hypothèses, le docteur Howard a répondu que le seul point commun unissant les diverses espèces était « leur caractère déplaisant ». Il a ajouté : « J'ai voué ma vie à la recherche sur les insectes et les araignées et je dois reconnaître qu'il y en a là un grand nombre que je n'aimerais pas trouver dans mon lit la nuit. »

Le docteur Howard a poursuivi : « Nous avons découvert une grande quantité de recluses, une très grande quantité. Celui qui a constitué cette collection avait une véritable tendresse pour elles, et ce n'est pas un sentiment très courant, vous vous en doutez. La tendresse est même à peu près la dernière chose qu'une personne ordinaire peut éprouver pour une recluse. »

J'ai replié l'article et je l'ai jeté à la poubelle. L'éventualité d'un appel concernant le refus de libération sous caution était préoccupante. L'attorney général avait immédiatement convoqué un grand jury après l'arrestation de Faulkner, pratique courante pour un cas qui semblait devoir porter sur des affaires restées longtemps sans solution. Un grand jury de vingt-trois membres avait été spécialement réuni à Calais, dans le comté de Washington, vingt-quatre heures après que Faulkner eut été appréhendé, et un mandat d'arrêt avait été délivré après qu'il eut été mis en examen pour meurtre et complicité de meurtre. L'accusation avait alors demandé une « audience Harnish » pour trancher sur la question de la caution. Par le passé, quand la peine de mort était encore en vigueur dans l'Etat du Maine, les personnes passibles de la peine capitale n'avaient pas droit à une mise en liberté sous caution. Après l'abolition de la peine de mort, la Constitution avait été amendée afin de dénier toute caution pour les crimes autrefois passibles de la peine de mort, à la condition qu'il y eût « des preuves évidentes et de fortes présomptions » de la culpabilité supposée de l'accusé. Pour établir ces preuves et présomptions, l'accusation pouvait demander une audience Harnish, présidée par un juge et pendant laquelle les deux parties avaient la possibilité de présenter leurs arguments.

Rachel et moi avions témoigné, de même que l'inspecteur de la police de l'Etat responsable de l'enquête sur la mort des fidèles de Faulkner et le meurtre de quatre personnes à Scarborough sur l'ordre présumé du révérend. Bobby Argus, assistant de l'attorney général, avait argué que Faulkner présentait à la fois un risque de fuite et une menace pour les témoins de l'accusation. Jim Grimes avait fait de son mieux pour saper les arguments du procureur, mais six jours à peine s'étaient écoulés depuis l'arrestation de Faulkner et l'avocat en était encore à essayer de remonter au score. Au total, la balance avait penché pour un refus de libération sous caution, mais de justesse. Il n'y avait que peu de preuves solides permettant de lier Faulkner aux crimes dont il était accusé, et l'audience Harnish avait contraint l'accusation à faire la démonstration de la pauvreté relative de son dossier. Le fait que Grimes parlât maintenant ouvertement d'appel indiquait qu'il croyait possible qu'un juge de la plus haute cour de l'Etat parvienne à une conclusion différente. Je n'osais pas penser à ce qui pourrait se passer si Faulkner était libéré.

— Nous pourrions prendre du recul et voir ça comme de la pub gratuite, fis-je en une tentative d'humour parfaitement foireuse. On n'en finira pas avant qu'il ne soit enfermé une fois pour toutes, et encore...

— Je crois que cette affaire est ton moment fondateur, soupira Rachel.

Je pris mon air le plus romantique et lui pressai la main.

— Non, mon moment fondateur, c'est *toi*, déclamai-je d'un ton théâtral.

Elle sourit et l'ombre de Faulkner s'éloigna temporairement de nous. Je lui pris la main et elle porta mes doigts à sa bouche pour lécher un reste de crème glacée.

— Viens, dit-elle, les yeux brillants d'une autre faim. Rentrons.

Une voiture était garée dans notre allée et je l'identifiai dès que je l'aperçus entre les arbres : la Lincoln d'Irving Blythe. Quand je m'arrêtai, il ouvrit sa portière, libérant un flot de musique classique qui coula comme du miel dans l'air immobile du soir. Rachel le salua et entra dans la maison. Je regardai les lumières s'allumer et les stores descendre dans notre chambre. Irv Blythe avait parfaitement choisi son moment s'il essayait de m'empêcher d'avoir une vie amoureuse active.

— Qu'est-ce que je peux faire pour vous, monsieur Blythe ? demandai-je, d'un ton censé l'informer sans erreur possible que faire quelque chose pour lui n'occupait pas une des premières places sur ma liste de priorités.

Il avait les mains profondément enfoncées dans les poches de son pantalon, serré bien au-dessus de ce qui restait de sa panse, ce qui faisait paraître ses jambes trop longues pour son corps. Nous avions peu parlé ensemble depuis que j'avais accepté d'enquêter sur les circonstances de la disparition de sa fille. C'était surtout avec sa femme que j'étais en contact. J'avais revu les rapports de la police, j'avais commencé à interroger à mon tour les personnes qui avaient vu Cassie peu avant sa disparition et j'avais reconstitué son emploi du temps pendant ces derniers jours. Mais trop de temps s'était écoulé pour qu'elles se rappellent un élément nouveau. Dans certains cas, elles avaient même du mal à se souvenir de quoi que ce soit. Jusqu'ici, je n'avais rien glané d'intéressant et j'avais décliné l'offre d'honoraires aussi rondelets que ceux dont Sundquist avait longtemps bénéficié. J'avais dit aux Blythe que je leur facturerais le temps que je passerais sur l'affaire, rien de plus. Pourtant, si Irv Blythe ne m'était pas ouvertement hostile, il me laissait le sentiment qu'il aurait préféré que je ne m'occupe pas de l'enquête. Je me demandais dans quelle mesure les événements de la veille affecteraient nos relations. En l'occurrence, ce fut lui qui aborda le sujet :

— Hier, à la maison... commença-t-il avant de s'interrompre.

J'attendis.

— Ma femme pense que je vous dois des excuses, fit-il, le visage cramoisi.

— Et vous, vous pensez quoi ?

Répartie brusque, pour le moins.

— Je pense que j'avais envie de croire Sundquist et l'homme qu'il avait amené. Je vous en ai voulu d'avoir anéanti l'espoir qu'ils avaient fait naître.

— C'était un faux espoir, monsieur Blythe.

— Monsieur Parker, jusqu'ici, nous avions eu très peu d'espoir.

Il sortit les mains de ses poches et se mit à gratter la peau de ses paumes, comme s'il espérait y trouver la cause de sa souffrance et l'extirper, telle une esquille. Je remarquai des plaies à moitié guéries sur l'une de ses mains et des plaques dénudées sur son cuir chevelu, là où il s'était arraché les cheveux, de douleur et de frustration.

Il était temps de clarifier les choses entre nous.

— J'ai l'impression que vous ne m'aimez pas beaucoup, dis-je.

Sa main droite cessa de gratter et battit l'air, comme s'il essayait d'y saisir ses sentiments envers moi afin de les exhiber sur sa paume ridée et écorchée pour ne pas être forcé de les mettre en mots.

— Ce n'est pas ça, répondit-il. Je suis sûr que vous faites très bien votre métier. J'ai lu les journaux, je sais que vous avez résolu des affaires difficiles, que vous avez retrouvé des personnes disparues depuis des années, depuis plus longtemps encore que Cassie. L'ennui, monsieur Parker, c'est que ces gens sont généralement morts quand vous les retrouvez.

Les derniers mots étaient sortis de sa bouche en un flot précipité et lui avaient laissé un tremblement dans la voix.

— Je voudrais tellement retrouver ma fille vivante...

— Et vous pensez que m'engager revient à reconnaître qu'elle a disparu pour toujours ?

— Quelque chose comme ça, oui.

La remarque d'Irv Blythe rouvrit en moi des blessures qui, comme les siennes, n'étaient qu'à demi cicatrisées. Il y avait ceux que je n'avais pas réussi à sauver, c'était vrai, et d'autres qui avaient succombé longtemps avant que je commence à comprendre la nature de ce qui les avait frappés. Mais j'avais conclu un arrangement avec mon passé : si j'avais échoué à protéger certaines personnes, si j'avais surtout échoué à protéger ma propre femme et ma propre fille, je n'étais pas entièrement responsable de ce qui leur était arrivé. Susan et Jennifer avaient été victimes d'un tueur, et même si j'étais resté auprès d'elles vingt-quatre heures sur vingt-quatre pendant quatre-vingt-dix-neuf jours, il aurait attendu que je tourne brièvement le dos, le centième jour, pour fondre enfin sur elles. Je me tenais maintenant à la croisée de deux mondes, celui des vivants et celui des morts, et je m'efforçais d'apporter à chacun d'eux un peu de paix. C'était tout ce que je pouvais faire pour réparer. Mais je n'avais aucune envie de laisser Blythe s'ériger en juge de mes fautes, pas maintenant. J'ouvris sa portière pour lui.

— Il se fait tard, monsieur Blythe. Désolé de ne pouvoir vous donner les assurances que vous attendez. Tout ce que je peux vous dire, c'est que je continuerai à poser des questions. Je continuerai à essayer.

Il hocha la tête, promena les yeux sur le marais mais ne fit pas mine de monter dans sa voiture. Le clair de lune brillait sur l'eau et la vue des chenaux miroitants parut l'inciter à une ultime introspection.

— Je sais qu'elle est morte, monsieur Parker, avoua-t-il

à voix basse. Je sais qu'elle ne nous reviendra pas vivante. Tout ce que je désire, c'est qu'elle repose dans un endroit beau et tranquille, où elle sera en paix. Je ne crois pas à la fin des choses. Je ne crois pas que cette histoire finira un jour pour nous. Je veux simplement mettre ma fille en terre, pour pouvoir aller la voir avec ma femme et déposer des fleurs à ses pieds. Vous comprenez ?

Je faillis tendre le bras et lui presser l'épaule, mais Irving Blythe n'aurait pas apprécié. Je me contentai de lui répondre, avec le plus de douceur possible :

— Je comprends, monsieur Blythe. Soyez prudent sur la route. Je vous appellerai.

Il monta cette fois dans la Lincoln et ne me regarda pas avant de l'avoir dirigée vers la route. Alors, ses yeux croisèrent les miens dans le rétroviseur et j'y lus la haine qu'avaient fait naître les mots que, d'une certaine façon, je l'avais forcé à prononcer, l'aveu que je lui avais arraché.

Je ne rejoignis pas Rachel tout de suite. Assis sur la véranda, je regardai passer les feux de voitures solitaires jusqu'à ce que les piqûres des moustiques me contraignent à rentrer. Rachel était endormie, et pourtant elle sourit lorsqu'elle me sentit près d'elle.

Près d'eux.

Cette nuit-là, une voiture s'arrêta devant la maison d'Elliot Norton, à la lisière de Grace Falls. Elliot entendit la portière s'ouvrir, des pas fouler la pelouse de son jardin. Il tendait déjà la main vers l'arme posée sur sa table de chevet quand la fenêtre de sa chambre explosa. La pièce s'embrasa. L'essence enflammée aspergea ses bras et sa poitrine, mit le feu à ses cheveux. Il brûlait encore quand il descendit l'escalier en titubant, franchit la porte d'entrée, se jeta sur la pelouse et se roula dans l'herbe humide pour éteindre les dernières flammèches.

Il resta étendu sur le dos au clair de lune, regardant sa maison se consumer.

Et tandis que la maison d'Elliot Norton flambait, tout là-bas dans le Sud, je me réveillai en entendant une voiture avancer lentement sur Old County Road. Rachel dormait à côté de moi. A chaque inspiration, quelque chose cliquetait dans ses voies respiratoires, un faible bruit aussi régulier que le tic-tac d'un métronome. Doucement, je me glissai hors du lit et allai à la fenêtre.

Une vieille Cadillac noire était arrêtée sur le pont enjambant le marais. Même de loin, je distinguais à la clarté de la lune les éraflures et les bosses de la carrosserie, la courbe fracturée du pare-chocs avant endommagé, les nervures étoilant un coin du pare-brise. J'entendais le moteur tourner mais aucune fumée ne sortait du pot d'échappement, et malgré le clair de lune je ne parvenais pas à voir l'intérieur de la voiture à travers le verre sombre des vitres.

J'avais déjà vu ce coupé de ville, conduit par un nommé Stritch, une créature immonde, pâle et difforme. Mais Stritch était mort, la poitrine percée d'une balle, et la voiture avait été détruite.

La portière arrière s'ouvrit. J'attendis, mais personne ne se montra. La portière demeura ouverte une minute ou deux jusqu'à ce qu'une main invisible la referme, avec un bruit sourd de couvercle de cercueil qui me parvint par-dessus l'eau et l'herbe, puis la Cadillac fit demi-tour et prit la direction du nord-ouest, vers Oak Hill et la Route 1.

J'entendis un mouvement dans le lit.

— Qu'est-ce qu'il y a ? demanda Rachel.

Je me tournai vers elle et vis les ombres traverser la chambre, atteindre Rachel et commencer lentement à dévorer sa pâleur.

— Qu'est-ce qu'il y a ? répéta Rachel.

J'étais de retour dans le lit, assis, droit et raide, et j'avais repoussé les couvertures avec mes pieds. La main de Rachel était sur ma poitrine, douce et chaude.

— Une voiture, dis-je.

— Où ça ?

— Dehors. Il y avait une voiture.

Je me levai, complètement nu, retournai à la fenêtre, écartai de nouveau le rideau, mais il n'y avait rien dehors, rien que la route tranquille et les fils d'argent de l'eau sur le marais.

— Reviens te coucher, dit Rachel.

Je la rejoignis et la tins contre moi tandis qu'elle glissait doucement dans le sommeil.

Et je veillai sur elle jusqu'au matin.

3

Elliot Norton me téléphona le lendemain de l'incendie criminel. Il avait des brûlures profondes sur le visage et les bras mais estimait qu'il avait eu de la chance, tout compte fait. Le feu avait détruit trois pièces au premier étage de sa maison et laissé un grand trou dans le toit. Comme aucun entrepreneur local n'acceptait de se charger des travaux, il avait engagé des gars de Martinez, une petite ville située juste après la frontière de l'Etat, en Géorgie, pour réparer les dégâts.

— Tu as prévenu les flics ? lui demandai-je.

— Ouais, ils sont venus tout de suite. Ils ne manquent pas de suspects mais s'ils arrivent à inculper quelqu'un, j'abandonne le droit et je me fais moine. Ils savent que c'est lié à l'affaire Larousse, je sais que c'est lié à l'affaire Larousse, on est tous d'accord là-dessus. Pour le reste...

— Des suspects, tu disais ?

— Ils vont arrêter trois ou quatre abrutis locaux, mais ça ne mènera à rien s'ils ne trouvent pas quelqu'un qui a vu ou entendu quelque chose et a le courage de témoigner. Beaucoup de gens se contenteront de penser qu'il ne fallait pas que je m'attende à autre chose en prenant cette affaire.

Elliot se tut et je devinai qu'il cherchait à me faire rompre le silence. Ce que je fis, bien sûr.

— Qu'est-ce que tu comptes faire ?

— A ton avis ? Lâcher Atys ? C'est mon client, Charlie, je ne peux pas faire ça. Je ne peux pas me laisser intimider.

Il resserrait sur moi l'étau de la culpabilité, délibérément. Ça ne me plaisait pas mais il pensait probablement qu'il n'avait pas le choix.

Pourtant ce n'était pas seulement l'exploitation qu'il faisait de notre amitié qui me mettait mal à l'aise. Elliot Norton était un très bon avocat mais jamais encore je n'avais vu le lait de la tendresse humaine couler de lui dans le cadre de ses activités professionnelles. Or il avait mis sa maison et peut-être même sa vie en jeu pour un jeune gars qu'il ne connaissait probablement pas six mois plus tôt, et cela ne lui ressemblait pas. Je n'étais pas sûr de pouvoir continuer à lui refuser mon aide, malgré mes doutes, mais je pouvais au moins essayer d'obtenir de lui des réponses qui me satisferaient.

— Pourquoi tu fais ça, Elliot ?

— Quoi, être avocat ?

— Non, être l'avocat de ce garçon.

Je me préparais à entendre un laïus comme quoi un homme doit quelquefois se dresser pour faire ce qui doit être fait, que personne d'autre ne défendrait ce jeune et que lui, Elliot, n'avait pu se résoudre à attendre qu'on attache Jones sur une civière et qu'on lui injecte du poison dans les veines jusqu'à ce que son cœur s'arrête. Au lieu de quoi, il m'étonna. Peut-être était-ce la fatigue, ou les événements de la veille, mais quand il répondit, il y avait dans sa voix une amertume que je ne lui connaissais pas.

— Tu sais, une partie de moi a toujours détesté Grace Falls. Les comportements, la mentalité de petite ville. Les gars que je voyais autour de moi, ils ne rêvaient pas de devenir des magnats de l'industrie, des hommes politiques ou des juges. Non, tout ce qu'ils voulaient, c'était boire de la bière et baiser, et pour pouvoir faire ça, ils pensaient que gagner mille dollars par mois en travaillant dans une station-service leur suffirait largement. Ils ne quitteraient jamais cette ville, et s'ils ne partaient pas, il fallait absolument que je parte, moi.

— Alors tu es devenu avocat.

— Exactement. Une noble profession, quoi que tu puisses penser.

— Et tu es allé à New York.

— Je suis allé à New York mais j'ai détesté New York plus encore que Grace Falls, et ce qui m'a fait tenir, c'était la certitude que j'avais encore quelque chose à prouver.

— Et maintenant tu vas défendre ce type pour prendre ta revanche sur tous les autres ?

— Quelque chose comme ça. Je le sais au fond de moi, Charlie : Atys n'a pas tué Marianne Larousse. Il manque peut-être d'éducation et de bonnes manières, mais ce n'est ni un violeur ni un assassin. Il n'est pas question que je les laisse l'exécuter pour un meurtre qu'il n'a pas commis.

Je réfléchissais à ses explications. J'étais peut-être mal placé pour condamner sa croisade, moi qu'on avait si souvent accusé d'en mener une.

— Je te rappelle demain, dis-je. Essaie d'éviter les ennuis d'ici là.

Il poussa un soupir devant ce qu'il considérait sans doute comme un rai de lumière dans l'obscurité.

— Merci, j'oublierai pas.

Quand je raccrochai, Rachel m'observait, appuyée au chambranle de la porte.

— Tu vas là-bas, hein ?

Ce n'était pas une accusation, simplement une question. Je haussai les épaules.

— Peut-être.

— Tu estimes avoir une dette envers lui, on dirait.

— Non, pas envers lui en particulier, répondis-je.

Je n'étais pas sûr de pouvoir mettre mes raisons en mots mais je sentais que je me devais d'essayer, autant pour moi-même que pour Rachel.

— Quand j'ai eu des ennuis, quand j'ai accepté des affaires difficiles, et même plus que difficiles, j'ai toujours trouvé des gens prêts à me soutenir : toi, Angel, Louis, d'autres aussi, et plusieurs d'entre eux n'ont pas survécu à leur engagement. Maintenant que quelqu'un me demande de l'aider, je ne suis pas sûr de pouvoir refuser aussi facilement.

— Un renvoi d'ascenseur ?

— Quelque chose comme ça. Mais si je vais là-bas, il y a des choses dont il faudra s'occuper d'abord.

— Comme ?

Je ne répondis pas.

— Moi, tu veux dire, poursuivit Rachel. (Des doigts invisibles tracèrent de fines lignes d'irritation sur son front.) Nous en avons déjà parlé.

— Non, j'en ai parlé et tu t'es bouché les oreilles.

Sentant mon ton monter, je pris une longue inspiration avant d'ajouter :

— Ecoute, tu refuses de porter une arme...

— Je ne t'écoute plus, me coupa-t-elle en sortant précipitamment de la pièce.

Quelques secondes plus tard, j'entendis la porte de son bureau claquer.

Je retrouvai le sergent Wallace MacArthur, de la police de Scarborough, à la Panera Bread Company du Maine Mall. Je m'étais accroché avec lui pendant les événements qui avaient conduit à l'arrestation de Faulkner, mais nous avions réglé notre différend en mangeant ensemble au Back Bay Grill. D'accord, le repas m'avait coûté pas loin de deux cents sacs, mais ce n'était pas cher payé pour l'avoir de nouveau dans mon camp.

Je commandai un café et le rejoignis dans le box où il triturait un petit pain chaud à la cannelle dont le glaçage avait pris la consistance du beurre fondu et laissait des taches sur les petites annonces du dernier numéro du *Casco Bay Weekly*. La rubrique « Rencontres » du *CBW* abondait en femmes qui avaient envie de câlins au coin du feu, de balades à pied en plein hiver ou de cours de danse expérimentale. Aucune d'elles ne semblait convenir à MacArthur, qui était à peu près aussi câlin qu'un buisson de houx et n'aimait aucune activité physique impliquant de sortir du lit. Grâce à un métabolisme de lévrier et à son style de vie de célibataire, il avait passé la quarantaine sans tomber dans les chausse-trappes de l'alimentation saine et de l'exercice régulier. L'idée que MacArthur se faisait de l'exercice, c'était changer de doigt pour appuyer sur le bouton de la télécommande.

— Tu as trouvé quelqu'un à ton goût ? m'enquis-je.

Il mastiquait pensivement un morceau du petit pain.

— Comment ça se fait que toutes ces femmes se disent « séduisantes », « mignonnes » et « faciles à vivre » ? Je cherche partout, et je rencontre jamais de femmes comme ça. Je tombe sur des moches, des repoussantes, des difficiles à vivre. Si elles sont aussi formidables, pourquoi elles doivent mettre une annonce dans les dernières pages du *Casco Bay Weekly* ? Pour tout te dire, j'ai l'impression que certaines de ces femmes mentent.

— Tu devrais essayer les annonces plus... « spécialisées ».

Les sourcils de MacArthur firent un bond étonné.

— Les dingues ? Tu plaisantes. Je comprends même pas ce qu'elles veulent, pour la plupart.

Il tourna discrètement la page, jeta un rapide coup d'œil aux tables voisines pour s'assurer que personne ne l'observait et murmura :

— Tiens, il y en a une qui cherche un « substitut masculin » à sa douche. Qu'est-ce que c'est que ce truc ? Je comprendrais même pas ce qu'elle demande. Elle veut que je répare sa douche ou quoi ?

Je le regardai, il me regarda. Pour un homme qui était flic depuis plus de vingt ans, MacArthur semblait un peu naïf.

— Quoi ? grogna-t-il.

— Rien.

— Si, vas-y.

— Je pense simplement que ce n'est pas une femme pour toi.

— Je sais pas ce qui est pire : comprendre ou ne pas comprendre ce qu'elles cherchent. Bon Dieu, tout ce que je veux, c'est une relation simple, normale. Ça doit bien exister quelque part, non ?

Je n'étais pas sûr qu'il y eût des relations simples et normales, mais je comprenais ce qu'il voulait dire. Wallace MacArthur n'entendait être le « substitut de douche » de personne.

— Aux dernières nouvelles, tu aidais la veuve d'Al Buxton à oublier son chagrin, lui rappelai-je.

Buxton avait été adjoint au shérif du comté d'York jusqu'à ce qu'il contracte une étrange maladie dégénérative qui l'avait fait ressembler à une momie sans ses bandelettes. Sa mort n'avait été pleurée par personne, quasiment : il était si désagréable qu'à côté de lui des portes de prison avaient l'air accueillantes.

— Ça n'a pas duré, marmonna MacArthur. Je crois pas qu'elle avait beaucoup de chagrin à oublier. Tu sais, elle m'a raconté un jour qu'elle avait baisé avec l'embaumeur de Buxton. Je crois qu'il a même pas eu le temps de se laver les mains tellement elle était pressée...

— Elle lui était peut-être reconnaissante du boulot qu'il avait fait. Al était beaucoup mieux mort que vivant. D'une compagnie plus agréable, aussi.

MacArthur s'esclaffa et cela sembla lui irriter les yeux. Ce fut seulement alors que je remarquai qu'ils étaient rouges et gonflés. On aurait dit qu'il avait pleuré. Son célibat l'affectait peut-être plus que je ne pensais.

— Qu'est-ce que tu as ? On dirait que tu viens d'apprendre la mort de la mère de Bambi.

Il porta machinalement une main à ses yeux, puis se ravisa.

— J'ai pris un coup de lacrymo, ce matin.

— Mince. Qui t'a fait ça ?

— Jeff Wexler.

— L'*inspecteur* Jeff Wexler ? Pourquoi ? Tu l'as dragué ? Tu sais, le chanteur des Village People n'était pas vraiment flic, tu ne devrais pas t'imaginer que ça marche à tous les...

— T'as fini ? J'ai pris un coup de lacrymo parce que c'est le règlement, dans le service : tu veux porter une bombe lacrymo, tu dois savoir l'effet que ça fait d'en prendre dans la figure, histoire que tu réfléchisses avant de t'en servir sur quelqu'un d'autre.

— Vraiment ? Et ça marche ?

— Terrible ! J'avais envie de sortir et d'asperger le premier salopard venu pour me sentir mieux. Ça pique, ce truc !

Surprise : le gaz lacrymogène pique. Qui l'eût cru ?

— Quelqu'un m'a dit que tu travailles pour les Blythe, reprit MacArthur. La piste doit être plutôt froide.

— Ils n'ont pas renoncé, même si les flics l'ont fait.

— Ce n'est pas juste, Charlie, et tu le sais.

Je levai une main pour m'excuser.

— J'ai reçu la visite d'Irv Blythe hier soir. J'ai été contraint de leur dire que le premier espoir qu'ils avaient depuis des années était sans fondement. Je m'en suis voulu. Ils souffrent, Wallace. Ça fait six ans, et ils souffrent encore tous les jours. On les a oubliés. Je sais que ce n'est pas la faute des flics. Je sais que la piste est froide. Mais pas pour les Blythe.

— Tu penses qu'elle est morte ? me demanda-t-il d'un ton indiquant qu'il était déjà parvenu à sa propre conclusion.

— J'espère que non.

— Il y a toujours de l'espoir. Sinon, je regarderais pas les petites annonces, ajouta-t-il avec un pâle sourire.

— De l'espoir, oui, pas de l'optimisme irraisonné.

Il me fit un doigt d'honneur.

— Bon, tu voulais me voir ? Tu aurais pu arriver à l'heure, j'ai dû me payer mon petit pain à la cannelle, et c'est cher, ces trucs-là...

— Désolé. Ecoute, il se pourrait que je parte pour une

semaine. Rachel n'aime pas que je joue les mères poules et elle refuse de porter une arme.

— T'as besoin de quelqu'un qui passe de temps en temps jeter un œil sur elle ?

— Jusqu'à ce que je rentre.

— D'accord.

— Je te remercie.

— C'est à cause de Faulkner ?

Je haussai les épaules.

— En un sens.

— Tous ses gars sont morts, Parker. Il n'y a plus que lui.

— Peut-être.

— Il s'est passé quelque chose qui te fait penser le contraire ?

Je secouai la tête. Rien de plus qu'un sentiment de malaise et la conviction que Faulkner ne laisserait pas passer sans réagir l'extermination de sa progéniture.

— Tu es béni des dieux, Parker, tu le sais, ça ? Les services du procureur ont donné l'ordre de tout laisser tomber : pas de poursuites contre toi pour entrave à la justice, pas d'inculpation pour les cadavres que vous avez laissés à Lubec, toi et ton pote. D'accord, ce n'étaient pas des assistantes sociales, mais quand même...

— Je sais, répartis-je d'un ton sec. Bon, tu enverras quelqu'un ?

— Pas de problème. Je passerai moi-même, quand je pourrai. Tu penses qu'elle serait d'accord pour un signal d'alarme ?

Je réfléchis. Il faudrait probablement déployer des trésors de diplomatie dignes de l'ONU, mais je supposai que Rachel finirait par accepter.

— Probablement. Tu as quelqu'un en tête pour l'installation ?

— Je connais un gars. Donne-moi un coup de fil quand tu lui auras parlé.

Je le remerciai, me levai pour partir. J'avais fait trois pas quand sa voix me rappela :

— Hé, elle aurait pas des copines célibataires ?

— Si, je crois, répondis-je juste avant de comprendre dans quoi je m'étais fourré. Oh non. Tu me prends pour une agence matrimoniale ?

— Allez, c'est le moins que tu puisses faire.

— Je lui demanderai, grommelai-je en secouant la tête. Je ne te promets rien.

Quand je partis pour de bon, MacArthur avait un sourire aux lèvres. Un sourire et beaucoup de glaçage.

Je passai le reste de la matinée et une partie de l'après-midi à rattraper de la paperasse en souffrance, à établir la facture de deux clients, puis je revis mes maigres notes sur Cassie Blythe. J'avais interrogé son ex-petit ami, ses amis les plus proches, ses collègues de travail, ainsi qu'un responsable de la boîte de recrutement de Bangor où elle s'était rendue le jour de sa disparition. Comme sa voiture était en révision, elle avait pris un autocar qui avait quitté la gare Greyhound au coin de Congress et St John vers huit heures du matin. Selon les rapports de la police et l'enquête de Sundquist, le chauffeur se souvenait d'avoir échangé quelques mots avec elle. Elle avait passé une heure dans les bureaux de la boîte de recrutement, à West Market Square, avant d'aller flâner à la librairie BookMarcs. L'un des vendeurs se rappelait qu'elle avait demandé s'ils avaient des livres dédicacés de Stephen King.

Cassie Blythe avait ensuite disparu. La partie retour de son billet n'avait pas été utilisée et on n'avait rien trouvé indiquant qu'elle serait rentrée par une autre compagnie de cars ou par avion. Sa carte de crédit n'avait pas servi depuis le jour de sa disparition. J'étais à court de gens à interroger et je n'avais pas la moindre idée de la manière dont je pourrais retrouver Cassie Blythe, morte ou vivante.

La Lexus noire s'arrêta devant la maison peu après trois heures. J'étais en haut en train d'imprimer des articles sur le meurtre de Marianne Larousse. La plupart étaient remarquablement pauvres en informations, exception faite d'un court papier du *State* précisant qu'Elliot Norton avait succédé à l'avocat commis d'office pour l'affaire, un nommé Laird Rhine. Dans une brève déclaration au journaliste, Elliot avait souligné que si Rhine était un excellent avocat, Atys Jones avait de meilleures chances de s'en tirer avec un avocat choisi par lui qu'avec un défenseur commis d'office et pressé par le temps. Rhine n'avait fait aucun commentaire. L'article datait de deux semaines et il sortait de mon imprimante au moment même où la Lexus arriva.

L'homme qui descendit côté passager portait des baskets Reebok, un pantalon et une chemise en toile de jean, le tout taché de peinture. Il avait l'air d'arriver tout droit d'un défilé de mannequins pour un congrès de décorateurs, à supposer que le goût des décorateurs se soit récemment porté sur les cambrioleurs homo en semi-retraite mesurant dans les un mètre soixante-cinq. A la réflexion, quand j'habitais l'East Village, il y avait effectivement un certain nombre de décorateurs dont les goûts avaient pris cette direction.

Le chauffeur de la voiture faisait au moins une tête de plus que son compagnon et arborait la dernière tenue de sa garde-robe d'été, mocassins sang de bœuf et complet de lin beige. Sa peau noire brillait au soleil, obscurcie seulement par une infime repousse de cheveux sur son crâne et une barbiche autour de ses lèvres plissées.

— Ah, c'est quand même plus sympa que ta baraque pourrie d'avant, dit Louis quand je descendis les accueillir.

— Si tu la détestais tellement, pourquoi tu y venais ?

— Parce que ça t'emmerdait, voilà pourquoi. Y a autre chose que tu voudrais savoir ?

Je tendis le bras pour lui serrer la main et me retrouvai avec la poignée d'un sac Louis Vuitton dans la paume.

— Je donne jamais de pourboire, prévint-il.

— Je l'ai deviné quand j'ai constaté que tu étais bien trop radin pour te payer l'avion pour venir passer un week-end ici.

Son sourcil droit se haussa d'un millimètre.

— Hé, je bosse pour toi gratos, j'apporte ma propre artillerie et je paie mes balles. Je peux pas me permettre en plus de prendre l'avion pour venir ici !

— Tu trimballes toujours un arsenal dans ton coffre ?

— Pourquoi, t'as besoin de quelque chose ?

— Non, mais si ta voiture est frappée par la foudre, je saurai ce qui est arrivé à ma pelouse.

— On n'est jamais trop prudent. Les gens sont méchants, tu sais.

— Il y a un mot pour ceux qui pensent que le monde entier cherche à les avoir : parano.

— Ouais, et y a un mot pour ceux qui le pensent pas : refroidi.

Il passa devant moi pour rejoindre Rachel et la serra doucement dans ses bras. Rachel était la seule personne au monde envers qui Louis montrait de l'affection. Je supposais cependant qu'il accordait de temps de temps à Angel une petite tape sur la tête. Après tout, ils étaient ensemble depuis près de six ans.

— Il s'améliore en vieillissant, je crois, dis-je à Angel qui venait d'apparaître près de moi.

— S'il empirait juste un peu, il lui pousserait huit pattes et un aiguillon au bout de la queue, répondit-il.

— Waouh, et tout ça pour toi !

— Ouais, je suis verni, hein ?

Angel semblait avoir vieilli, depuis notre dernière rencontre. Des rides marquées entouraient ses yeux et sa bouche, et sa chevelure noire était maintenant parsemée de gris. Il marchait même plus lentement, comme s'il craignait de faire un faux pas. Je savais par Louis qu'il souffrait encore beaucoup du dos : Faulkner, le prédicateur, avait découpé un rectangle de peau entre ses omoplates et l'avait laissé saigner dans une vieille baignoire. Les greffes avaient pris, mais les cicatrices lui faisaient mal à chaque mouvement. De plus, les deux hommes avaient enduré une période de séparation forcée. L'implication directe d'Angel dans les événements de Lubec avait inévitablement attiré sur lui l'attention de la police. Il vivait maintenant dans un autre appartement, à dix rues de chez Louis, pour que celui-ci ne tombe pas dans la sphère d'investigation des flics : le passé de Louis n'aurait pas supporté un examen poussé de la part des forces de l'ordre. Ils prenaient même un risque en venant ici ensemble, mais c'était Louis qui l'avait suggéré et je n'avais aucunement l'intention d'en discuter avec lui. Peut-être avait-il pensé que cela ferait du bien à Angel d'être entouré d'autres personnes qui l'aimaient.

Angel dut deviner mes pensées car il eut un sourire morose.

— J'ai pas l'air en forme, hein ?

— Tu n'as jamais eu l'air en forme, répondis-je en lui rendant son sourire.

— C'est vrai, j'oubliais. Bon, on entre. Je me sens comme un invalide, avec toi.

Je vis Rachel l'embrasser tendrement sur la joue et lui murmurer quelque chose à l'oreille. Pour la première fois depuis son arrivée, il s'esclaffa.

Mais quand Rachel me regarda par-dessus l'épaule d'Angel, ses yeux étaient emplis de tristesse.

Nous dînâmes au Katahdin, au carrefour de Spring et de High, à Portland. Le mobilier y est hétéroclite, le décor excentrique, et on a l'impression de manger dans la salle de séjour d'un particulier. Rachel et moi adorons cet endroit. Malheureusement, beaucoup d'autres personnes aussi, et nous dûmes attendre un moment au bar en écoutant les habitués échanger des ragots. Angel et Louis commandèrent une bouteille de chardonnay Kendall-Jackson et je m'autorisai à en boire un demi-verre. Pendant une longue période après la disparition de Jennifer et Susan, je n'avais plus touché à l'alcool. J'étais dans un bar le soir où elles étaient mortes et j'avais trouvé toute une série de façons de me torturer pour n'avoir pas été là alors qu'elles avaient besoin de moi. Je prenais maintenant une bière de temps en temps et, dans les grandes occasions, un verre de vin à la maison. Boire ne me manquait pas. J'avais en grande partie perdu le goût de l'alcool.

Nous obtînmes finalement une table dans un coin de la salle et nous commençâmes par les excellents petits pains au babeurre du Katahdin. La conversation roula sur la grossesse de Rachel, la laideur de mes meubles et les derniers potins de New York pendant qu'ils mangeaient leurs fruits de mer et que je dégustais ma viande grillée à la londonienne.

— Ta maison est pleine de vieilles merdes, dit Louis.

— De meubles anciens, rectifiai-je. Ils me viennent de mon grand-père.

— Ils pourraient bien venir de Moïse, c'est quand même des vieilles merdes. T'es comme ces enfoirés d'e-Bay qui vendent leurs saletés sur la Toile. Quand est-ce que tu lui achètes d'autres meubles, Rachel ?

Elle écarta les mains, style « Laissez-moi en dehors de ça ». L'hôtesse s'approcha pour s'assurer que tout allait bien. Elle sourit à Louis, un peu déconcerté de constater qu'il ne l'intimidait pas. La plupart des gens le trouvaient intimidant, pour le moins, mais l'hôtesse du Katahdin, une superbe et forte femme, ne faisait pas dans le genre intimidé, Dieu merci. Elle préférait le ravitailler en petits pains au babeurre et lui lancer les mêmes regards qu'un chien à un os particulièrement alléchant.

— Je crois que tu lui plais, commenta Rachel, rayonnante d'innocence.

— J'ai vu. Je suis homo, pas aveugle.

— Il faut dire qu'elle ne te connaît pas aussi bien que nous, ajoutai-je. Mange quand même. Tu auras besoin de toutes tes forces pour t'enfuir.

Angel gardait le silence, comme il l'avait fait pendant la majeure partie de la journée. Il s'anima un peu quand la conversation dériva sur Willie Brew, le type qui tenait le garage de Queens qui m'avait fourni ma Boss 302 et dont Angel et Louis étaient des associés discrets.

— Son fils a engrossé une nana, m'apprit-il.

— Lequel ? Leo ?

— Non, l'autre, Nicky. Celui qui a l'air d'un savant idiot, sans le côté savant.

— Il saura se conduire de manière responsable ?

— C'est déjà fait. Il s'est tiré au Canada. Le père de la fille a pété un câble. Son nom, c'est Pete Drakonis, mais tout le monde l'appelle Jersey Pete. Faut pas déconner avec les mecs qui ont un nom d'Etat, sauf peut-être les Vermont. Les Vermont, la seule chose dans laquelle ils sont capables de t'embringuer, c'est sauver les baleines et boire du thé tchaï...

Au café, je leur parlai d'Elliot Norton et de son client. Angel secoua la tête d'un air las en soupirant :

— La Caroline du Sud, c'est pas le coin que je préfère.

— Il s'écoulera du temps avant qu'on y organise un défilé de la Gay Pride, admis-je.

— Tu disais qu'il est d'où, ce type ? fit Louis.

— De Grace Falls. Une petite ville près de...

— Je sais où c'est, me coupa-t-il.

Quelque chose dans son ton me fit taire. Même Angel lui lança un regard, mais sans insister. Nous regardâmes Louis émietter entre le pouce et l'index un morceau de petit pain abandonné.

— Tu comptes partir quand ? me demanda-t-il.

— Dimanche.

Rachel et moi avions discuté et étions convenus que ma conscience ne me laisserait en paix que si je descendais là-bas au moins un jour ou deux. J'avais même osé aborder le sujet de ma rencontre avec MacArthur. A ma surprise, elle avait accepté à la fois les passages réguliers et les interrupteurs d'alarme dans la cuisine et dans la grande chambre.

Soit dit en passant, elle avait aussi accepté de trouver un rencard à MacArthur.

Louis semblait consulter une sorte de calendrier mental.

— Je te retrouverai là-bas, m'annonça-t-il enfin.

— *Nous* te retrouverons là-bas, corrigea Angel.

— J'ai quelque chose à faire avant, lui dit Louis. En chemin.

Angel donna une chiquenaude à une miette.

— J'ai rien d'autre de prévu, répondit-il d'un ton délibérément neutre.

La conversation avait pris une route étrange et je n'avais pas envie d'aller plus avant dans cette direction. Je réclamai plutôt l'addition.

— Tu as une idée de ce qu'il voulait dire ? me murmura Rachel tandis que nous regagnions ma voiture.

Devant nous, Angel et Louis marchaient en silence.

— Non, répondis-je, mais j'ai l'impression que quelqu'un va beaucoup regretter que ces deux-là aient quitté New York.

J'espérais simplement que ce ne serait pas moi.

Cette nuit-là, je me réveillai en entendant du bruit en bas. Je laissai Rachel endormie dans le lit, enfilai une robe de chambre et découvris en descendant que la porte d'entrée était entrouverte. Angel était assis dans un des fauteuils de la véranda, en pantalon de survêtement et vieux tee-shirt Doonesbury, les pieds nus sur la balustrade. Il avait un verre de lait à la main et regardait le marais éclairé par la lune. De la gauche nous parvint le ululement d'une chouette effraie. Deux de ces rapaces nichaient dans le cimetière de Black Point. Parfois, la nuit, les phares de la voiture les surprenaient volant vers la cime d'un arbre, un campagnol ou une souris se débattant encore dans leurs serres.

— Les chouettes t'empêchent de dormir ?

Il me jeta un coup d'œil par-dessus l'épaule et je retrouvai un peu de l'Angel d'autrefois dans son sourire.

— C'est le silence qui m'empêche de dormir.

— Je peux faire marcher mon klaxon et jurer en arabe, si ça peut t'aider.

— Oh ! tu ferais ça pour moi ?

Autour de nous, les moustiques dansaient, attendant une

occasion de descendre en piqué. Je pris des allumettes sur l'appui de la fenêtre, en craquai une, approchai la flamme d'un serpentin antimoustiques et m'assis à côté d'Angel. Il me proposa son verre.

— Tu veux du lait ?

— Non, j'essaie d'arrêter.

— T'as raison. Tout ce calcium, ça finirait par te tuer.

Après avoir bu une gorgée, il reprit :

— Tu t'en fais pour elle ?

— Pour qui ? Pour Rachel ?

— Ouais, Rachel. Tu crois que je parlais de Chelsea Clinton ?

— Elle va bien. Mais il paraît que Chelsea Clinton a de bons résultats en fac, alors, pas de problème non plus de ce côté-là.

Un sourire flotta sur ses lèvres, comme un bref battement d'ailes de papillon.

— Tu sais ce que je veux dire.

— Je sais, confirmai-je. Quelquefois, oui, j'ai peur. Je descends ici dans le noir, je regarde le marais et je prie, tellement j'ai la frousse. Je prie pour qu'il n'arrive rien à Rachel et à notre enfant. Franchement, je crois avoir eu ma part de souffrance. Nous l'avons tous eue. J'espérais que le livre était refermé pour un bout de temps.

— Dans un endroit pareil, par une nuit pareille, on en vient à penser qu'il pourrait arriver des tas de choses. C'est beau, ici. Paisible, aussi.

— Tu envisages de venir y prendre ta retraite ? Si tu fais ça, il faudra que je déménage encore.

— Nan, j'aime trop la ville. Mais c'est reposant, ça change.

— J'ai des serpents dans ma cabane.

— Comme tout le monde, non ? Qu'est-ce que tu comptes faire ?

— Les laisser tranquilles. En espérant qu'ils partiront, ou que quelqu'un d'autre les tuera pour moi.

— Sinon ?

— Sinon, je devrai m'en occuper moi-même. Tu peux me dire ce que tu fais dehors ?

— J'ai mal au dos. Et aussi aux cuisses, là où ils ont prélevé de la peau pour les greffes.

Dans ses yeux, les formes de la nuit se reflétaient si clairement qu'elles semblaient faire partie de lui, éléments d'un monde obscur qui aurait réussi à pénétrer dans son âme et à la coloniser.

— Je les vois encore, tu sais, ce prédicateur de merde et son fils, me maintenant pendant qu'ils me tailladaient. Il me murmurait dans l'oreille, tu sais, ce putain de Pudd, il murmurait en me frottant le front, il me disait que tout allait bien pendant que son vieux me charcutait. Chaque fois que je me mets debout ou que je m'étire, je sens cette lame sur ma peau, je l'entends murmurer et je me retrouve dans cette baignoire. Et la haine revient. Je n'ai jamais éprouvé une telle haine.

— Elle s'estompe, non ?

— Tu crois ?

— Oui.

— D'accord. Mais elle ne disparaît pas.

— Non. Elle fait partie de toi. Tu en fais ce que tu dois faire.

— J'ai envie de tuer quelqu'un, déclara Angel.

D'une voix dénuée de sentiment, du ton anodin qu'on prendrait pour annoncer qu'on a envie d'une douche froide, par une chaude journée. C'était Louis le tueur. Même s'il tuait pour des mobiles qui étaient bien au-delà de l'argent, de la politique ou du pouvoir, même si, quoi qu'il ait pu faire par le passé, ceux qu'il choisissait maintenant de liquider n'étaient en général regrettés par personne, Louis avait ça en lui : pouvoir supprimer une vie et ne pas avoir le sommeil troublé pour autant.

Angel était différent. Placé dans des situations où il fallait choisir entre tuer et être tué, il avait pris des vies. Cela le préoccupait, mais il vaut mieux être préoccupé au-dessus du sol que sans préoccupation sous terre, et j'avais des raisons toutes personnelles de lui être reconnaissant de ses actes. Mais Faulkner avait brisé quelque chose en lui, le dérisoire barrage qu'Angel avait édifié pour contenir la tristesse, la souffrance et la rage provoquées par ce qu'on lui avait infligé pendant toute sa vie. Je n'en connaissais que des fragments – violences sexuelles, faim, rejet, brutalités –, mais je commençais à en voir les conséquences.

— Tu refuseras quand même de témoigner contre lui si on te le demande ? dis-je.

Je savais que l'assistant du DA s'interrogeait encore sur l'utilité de faire comparaître Angel, d'autant qu'il faudrait l'y contraindre par une assignation. Angel n'était pas du genre à se rendre de son plein gré dans les salles d'audience.

— Je ferais pas un témoin terrible, me rappela-t-il.

C'était vrai mais je ne savais pas si je devais lui révéler la faiblesse du dossier et les craintes de voir l'accusation s'effondrer faute de preuves plus solides. Comme un article de journal le soulignait, Faulkner prétendait qu'il avait été séquestré par son fils et sa fille pendant quarante ans, qu'ils étaient les seuls responsables de la mort de ses fidèles et des violences perpétrées contre des groupes et des individus dont la foi différait de la leur, qu'ils lui avaient apporté de la peau et des os provenant de leurs victimes et l'avaient forcé à les conserver comme des reliques. Défense classique : « Ce sont les morts qui ont fait tout ça. »

— Tu sais où se trouve Caina ? demanda Angel.

— Non.

— En Géorgie. Louis est né dans le coin. En descendant en Caroline du Sud, on s'arrêtera à Caina. Juste pour que tu saches.

Il y avait dans son regard une lueur féroce que je reconnus instantanément car je l'avais vue autrefois dans mes propres yeux. Il se leva en détournant le visage pour me cacher les signes de sa douleur, marcha vers la porte grillagée.

— Ça ne réglera rien, prédis-je.

Il s'arrêta.

— Qu'est-ce que ça peut foutre ?

Le lendemain matin, Angel parla à peine au petit déjeuner et le peu qu'il dit ne m'était pas adressé. Notre conversation sur la véranda ne nous avait pas rapprochés. Elle avait au contraire confirmé l'existence d'un fossé croissant entre nous, un éloignement que Louis reconnut avant leur départ.

— Vous avez discuté, hier, tous les deux ?

— Un peu.

— Il pense que t'aurais dû buter le prédicateur quand t'en avais la possibilité.

Nous regardions Rachel parler à voix basse à Angel. Il avait la tête baissée et hochait par moments la tête mais je sentais la nervosité qui le traversait par vagues. L'heure de parler, de raisonner, était passée.

— Il me le reproche ?

— C'est pas aussi simple pour lui.

— Et toi ?

— Non, je te reproche rien. Angel serait mort si tu lui avais pas sauvé la peau deux fois. Y a pas d'embrouille entre toi et moi. Angel, il est juste préoccupé.

Angel se pencha, déposa un baiser tendre mais bref sur la joue de Rachel et se dirigea vers leur voiture. Il se tourna vers nous, m'adressa un signe de tête et monta dans la Lexus.

— Je vais à Thomaston aujourd'hui, dis-je.

Louis se raidit à côté de moi.

— A la prison ?

— Oui.

— Je peux savoir pourquoi ?

— Faulkner a souhaité ma présence.

— Et t'as accepté de le voir ?

— Ils ont besoin d'aide, Faulkner ne leur donne absolument rien. Ça ne peut pas faire de mal, d'après eux.

— Ils se gourent.

Je ne relevai pas et rappelai :

— Ils peuvent encore assigner Angel à comparaître.

— Faudrait d'abord qu'ils le trouvent.

— En témoignant, il contribuerait à ce que Faulkner reste derrière les barreaux jusqu'à la fin de ses jours.

Louis s'éloignait déjà.

— Peut-être qu'Angel et moi, on veut pas qu'il soit derrière les barreaux, me lança-t-il. Peut-être qu'on préfère qu'il soit dehors, là où on peut l'atteindre.

Je regardai leur voiture descendre Black Point Road, traverser le pont, s'engager dans Old County et disparaître. Rachel me rejoignit, me prit la main.

— Si seulement Elliot Norton n'avait pas appelé, dit-elle. Depuis son coup de téléphone, rien n'est plus pareil.

Je lui pressai la main, à la fois pour la rassurer et exprimer mon accord. Elle avait raison. D'une manière ou d'une autre, notre vie avait été affectée par des événements dans lesquels nous n'avions aucune part. Les fuir ne réglerait rien, en tout cas.

Et tandis que nous étions côte à côte, Rachel et moi, dans un marécage de Caroline un homme tendait la main vers sa forme noire reflétée dans l'eau et était dévoré par elle.

4

L'homme répondant au nom de Landron Mobley s'immobilisa et tendit l'oreille, le doigt posé à l'extérieur du pontet de sa carabine de chasse. Au-dessus de sa tête, de l'eau de pluie tombait des feuilles d'un peuplier de Virginie, tachait le tronc gris et massif de l'arbre. Les coassements profonds et sonores des crapauds-buffles montaient des sous-bois, à sa droite, tandis qu'un mille-pattes d'un brun rougeâtre contournait la pointe de sa botte gauche, chassant araignées et insectes. Les cloportes détalaient ou se recroquevillaient en petites boules grises argentées pour se protéger. Le mille-pattes s'enroula autour d'une des petites bestioles et chercha la partie où la tête et la partie inférieure métallique du corps se joignaient, le point vulnérable où injecter son venin. La lutte fut courte, l'issue fatale pour le cloporte, et Mobley reporta son attention sur ce pour quoi il était venu.

Il appuya la crosse en noyer de la Voere contre son épaule, cligna des yeux pour en chasser la sueur et approcha son œil droit du bout de la lunette, le poli bleuté de l'arme luisant faiblement dans la lumière de cette fin d'après-midi. A sa droite, le bruissement se fit de nouveau entendre, suivi d'un *clii-clii-clii* aigu. Mobley mit en joue, fit pivoter légèrement sa carabine jusqu'à ce qu'elle s'arrête sur un enchevêtrement de gommiers, d'ormes et de sycomores duquel des plantes grimpantes mortes pendaient, comme des peaux de serpent abandonnées. Il prit sa respiration, la relâcha lentement. Le milan jaillit du couvert, sa longue queue noire fourchant derrière lui, sa tête et son ventre blancs étrangement fantomatiques sur le noir de l'extrémité de ses ailes, comme si une ombre était tombée sur lui, annonçant sa mort prochaine.

Sa poitrine explosa en une gerbe et il parut bondir dans l'air quand la balle de 308 le traversa. Il dégringola vers le sol quelques secondes plus tard, atterrit dans un boqueteau d'aulnes. Mobley écarta la crosse de son épaule, éjecta le chargeur de cinq balles à présent vide. En plus du milan, ses balles avaient abattu un raton laveur, un opossum de Virginie, un pinson chanteur et une tortue alligator, cette dernière décapitée alors qu'elle se chauffait au soleil sur un rondin.

Mobley s'approcha des aulnes, examina le sol jusqu'à ce que le cadavre de l'oiseau lui apparaisse, le bec entrouvert, le corps percé d'un trou luisant, noir et rouge. Il éprouva une satisfaction que ses autres proies ne lui avaient pas procurée, un plaisir presque sexuel dû à la nature transgressive de l'acte qu'il venait de commettre, non seulement la fin d'une petite vie mais la disparition d'un peu de grâce et de beauté dans le monde que l'animal avait habité. Mobley toucha l'oiseau du bout du canon de la Voere et le corps chaud céda sous la pression, les plumes se recourbèrent légèrement sur elles-mêmes comme pour refermer la blessure, le temps semblant s'écouler à l'envers, comme si les chairs allaient se recoller, le sang réintégrer le corps, la poitrine, maintenant défoncée, se gonfler de nouveau et le milan s'élancer en l'air, jusqu'à ce que le moment de l'impact devienne un instant non de destruction mais de création.

Mobley s'agenouilla, rechargea soigneusement son arme puis s'assit sur le tronc d'un hêtre abattu et prit une Miller High Life dans son sac à dos. Il la décapsula, but longuement, éructa, les yeux fixés sur l'endroit où le milan avait touché la terre, comme s'il s'attendait effectivement à ce qu'il s'élève du sol, tout ensanglanté, et monte vers le ciel. Dans un recoin obscur de lui-même, Mobley souhaitait secrètement que l'oiseau ne soit pas mort mais seulement blessé : en écartant les feuilles, il l'aurait trouvé s'agitant par terre, battant vainement des ailes, le sang coulant du trou dans sa poitrine. Mobley se serait agenouillé, il aurait placé sa main gauche sur le cou de l'oiseau et glissé un doigt dans la blessure, le tournant à l'intérieur. L'animal se serait débattu, il aurait senti sa chaleur contre sa peau, la chair se déchirant sous la pression de son doigt, jusqu'à ce qu'enfin le milan tressaille et meure, Mobley devenant lui-même une balle, à la fois instrument et agent de la destruction de l'oiseau.

Il ouvrit les yeux.

Il avait du sang sur les doigts. Baissant la tête, il vit le milan éventré, les plumes éparpillées par terre, les yeux sans vie reflétant le mouvement des nuages dans le ciel. Sans y penser, il porta ses doigts à ses lèvres, goûta le milan avec sa langue puis cligna des yeux et essuya ses mains à son pantalon, à la fois embarrassé et excité par cette soudaine fusion de l'acte et du désir. Ils lui venaient si rapidement, ces moments écarlates, qu'ils lui tombaient souvent dessus avant même qu'il sente leur approche et se terminaient avant qu'il ait pu jouir d'eux.

Pendant un temps, il avait trouvé dans son travail un exutoire à ses fantasmes. Il tirait une des détenues de sa cellule et laissait ses doigts explorer sa chair, une main plaquée sur sa bouche tandis qu'il lui écartait les jambes de force. Mais c'était fini. Landron Mobley faisait partie des cinquante et un gardiens qui avaient été licenciés cette année par l'administration pénitentiaire de Caroline du Sud pour « rapports inconvenants » avec des détenues. Inconvenant : Mobley faillit sourire. C'était ce que l'administration avait déclaré aux médias pour tenter de masquer la réalité des faits. Bien sûr, certaines détenues y participaient de leur plein gré, à cause de leur solitude ou par pure lubricité, ou pour obtenir en échange deux ou trois paquets de cigarettes, de l'herbe, voire quelque chose d'un peu plus fort. C'était comme une passe, rien de plus, et Landron Mobley n'était pas contre se taper une petite chatte en échange d'une bonne action, sûrement pas. En fait, Landron Mobley n'avait rien contre se taper une chatte, et plusieurs détenues de la prison pour femmes de Columbia avaient de bonnes raisons de le regarder avec un certain respect et, oui, de la peur, une fois qu'il leur avait montré ce à quoi elles devaient s'attendre si elles contrariaient ce bon vieux Landron. Landron, avec ses yeux mornes et vides qui cherchaient à combler leur néant avec les émotions reflétées sur le visage d'une femme aux lèvres retroussées de plaisir ou de douleur, il ne faisait pas de différence entre les deux extrêmes, les sentiments de l'autre étant sans importance pour lui, mais sa préférence, à dire vrai, allait à la résistance, à la lutte et à la reddition forcée. Landron, rôdant de cellule en cellule, cherchant une faiblesse dans les corps recroquevillés sous les couvertures. Landron, gonflé de venin, se penchant vers une mince forme noire, la paralysant sous son poids en s'abattant sur elle. Landron, parmi les gouttes d'eau tombant des feuilles et les cris des crapauds-buffles, le sang du milan encore chaud sur ses doigts, entrant en érection au souvenir de ces moments.

Et puis l'un des torchons locaux avait révélé qu'une détenue nommée Myrna Chitty avait été agressée alors qu'elle purgeait une peine de six mois pour vol de sac à l'arraché, et il y avait eu une enquête. Et voilà-t-il pas que Myrna Chitty parle aux enquêteurs des visites occasionnelles de Landron dans sa cellule et raconte qu'il l'a violée sur sa couchette, qu'elle l'a entendu défaire sa ceinture, et la douleur, Seigneur, la douleur. Le lendemain, Landron ne figurait plus sur le registre de paie et, la semaine suivante, il recevait une lettre de licenciement, mais ça ne devait pas s'arrêter là. Une réunion de la commission de pénologie était prévue pour le 3 septembre et on parlait d'accusations de viol portées contre Landron et deux autres gardiens qui auraient laissé leur ardeur prendre le pas sur leur professionnalisme. C'était embarrassant pour tout le monde et Mobley savait que si les membres de la commission obtenaient ce qu'ils voulaient, il serait cloué au pilori.

Une chose était sûre : Myrna Chitty ne témoignerait pas dans un procès pour viol. Il savait ce qui arrivait aux anciens matons qui se retrouvaient en cabane, il savait que ce qu'il avait infligé aux femmes dont il avait la garde lui serait rendu au centuple ; il n'avait pas l'intention de se laisser enfiler par une succession de taulards ni de passer chaque jour sa nourriture au tamis pour en ôter des éclats de verre. Devant un tribunal, le témoignage de Myrna Chitty équivaudrait à une condamnation à mort pour Landron Mobley, une condamnation qui serait appliquée, tôt ou tard, au moyen d'un couteau fabriqué en prison ou d'un manche à balai. Elle devait être libérée le 5 septembre, sa peine ayant été réduite en échange de sa coopération à l'enquête, et Landron serait là quand elle ramènerait ses sales fesses blanches dans sa petite maison pourrie. Il aurait avec elle une petite conversation et devrait peut-être lui remettre en mémoire ce qui lui manquait, maintenant qu'elle n'avait plus ce vieux Landron pour passer la voir dans sa cellule ou l'emmener aux douches pour une fouille à corps. Non, Myrna Chitty ne poserait pas sa main sur une bible et ne traiterait pas Landron Mobley de violeur. Myrna Chitty apprendrait à la fermer ou Myrna Chitty mourrait.

Il avala une autre longue gorgée et frappa la terre de la pointe de sa botte. Landron Mobley n'avait pas beaucoup d'amis. L'alcool le rendait mauvais mais il faut dire à sa décharge qu'il était largement aussi mauvais à jeun. Ça s'était toujours passé comme ça, avec lui. Il restait en marge, méprisé pour son manque d'éducation, son goût pour la violence, et pour les miasmes de sexualité abjecte qui s'accrochaient à lui comme un brouillard pollué.

Il avait eu une femme, autrefois. Elle s'appelait Lynnette. Elle n'était pas jolie ni même intelligente, mais elle lui servait quand même de femme et il l'avait usée comme il en avait usé tant d'autres au fil des années. Un jour, en rentrant de la prison, il avait découvert qu'elle était partie. Elle n'avait pas emporté grand-chose à part une valise de vieilles nippes et un peu de liquide que Landron gardait dans un pot à café ébréché pour les cas d'urgence. Il se rappelait encore la colère qu'il avait éprouvée, son sentiment d'abandon et de trahison tandis que sa voix résonnait, vaine et creuse, dans leur maison bien rangée.

Il l'avait retrouvée, cependant. Il l'avait avertie de ce qui lui arriverait si elle essayait un jour de le quitter, et Landron était un homme de parole, quand ça comptait. Il avait suivi sa trace jusqu'à une chambre d'un motel minable à la sortie de Macon, en Géorgie, et elle et lui s'étaient payé une partie de plaisir. Lui, du moins. Il ne pouvait pas parler pour Lynnette. Quand il en avait eu fini avec elle, elle ne pouvait pas parler pour elle non plus, et ce n'était pas dans cette vie-là qu'un homme pourrait regarder son visage sans avoir envie de vomir.

Un moment, Landron descendit dans son monde personnel de fantasmes : un monde où les Lynnette savaient se tenir à leur place et ne filaient pas pendant que leur homme avait le dos tourné ; un monde où il portait encore son uniforme et pouvait encore sélectionner les plus faibles des détenues pour son amusement ; dans ce monde, Myrna Chitty essayait de lui échapper mais il gagnait du terrain, gagnait du terrain, et finissait par la rattraper et la tournait vers lui, et ses yeux marron s'emplissaient de peur tandis qu'il la forçait à s'allonger...

Autour de lui, le Congaree parut reculer, ses limites se brouillèrent et le marais se transforma en un brouillard de gris, de noir et de vert, où seuls le bruit des gouttes d'eau et les cris des oiseaux détournaient l'attention de Mobley. Bientôt, il ne les entendit même plus tandis qu'il se mouvait à son rythme dans son propre monde écarlate.

Pourtant, Landron Mobley n'avait pas quitté le Congaree.

Landron Mobley ne quitterait jamais le Congaree.

Le marais Congaree est vieux, très vieux. Il l'était déjà quand les hommes préhistoriques y chassaient. Hernando de Soto le traversa en 1540, les Indiens Congaree y furent anéantis par la variole en 1698. Les colons anglais utilisèrent les voies d'eau de l'intérieur pour le traverser dans les années 1740, mais il fallut attendre 1786 pour qu'Isaac Huger entreprenne la construction d'un véritable système de ferry. A ses extrémités nord-ouest et sud-ouest, des corps d'ouvriers sont enterrés sous la boue et la vase, abandonnés là où ils tombèrent pendant la construction de digues menée par James Adams et d'autres au dix-neuvième siècle.

L'exploitation du bois commença à cette époque, sur des terres appartenant à la Santee River Cypress Lumber Company de Francis Beidler, et cessa en 1915. En 1969, l'intérêt reprit pour l'exploitation du bois, et les coupes à blanc débutèrent en 1974, faisant naître un mouvement des gens du cru pour sauver des terres dont certaines n'avaient jamais été déboisées et représentaient la dernière étendue importante de forêt ancienne de feuillus dans cette partie du pays. Il y avait maintenant près de onze mille hectares classés monument national, s'étirant de la jonction de la Myers Creek et de l'Old Bluff Road, au nord-ouest, jusqu'aux limites des comtés de Richland et de Calhoun, au sud-est, près de la ligne de chemin de fer. Seule une petite bande de terre de quatre kilomètres environ demeurait propriété privée. C'était près de cette bande que Landron Mobley était maintenant assis, perdu dans ses rêves de femmes en pleurs. Le Congaree était son domaine. Ce qu'il y avait fait autrefois, parmi les arbres, dans la boue, ne le tourmentait jamais. Il y repensait au contraire avec délices et ses souvenirs enrichissaient la pauvreté de son existence présente. Là, le temps perdait toute signification et Mobley revivait dans les plaisirs remémorés. Il n'était jamais plus proche de lui-même que dans le Congaree.

Ses yeux s'ouvrirent tout à coup mais il demeura immobile.

Lentement, presque imperceptiblement, il tourna la tête

vers la gauche et son regard se posa sur les doux yeux marron d'une biche à queue blanche. D'un pelage brun roux, elle faisait environ un mètre cinquante au garrot, avec des cercles blancs autour du nez, des yeux et de la gorge. Sa queue battait, révélant son dessous blanc. Mobley avait senti qu'il y avait des cerfs dans le coin. Il avait croisé leurs traces, un kilomètre et demi plus bas, vers la rivière, et avait suivi la piste de leurs crottes, à travers la végétation broutée et les troncs d'arbre dont les mâles faisaient sauter l'écorce en y frottant leurs bois, mais l'avait finalement perdue dans les épais fourrés. Il avait presque abandonné tout espoir de tuer un cerf et voilà qu'une superbe biche le fixait de dessous un pin à feuilles glabres. Gardant son œil sur la bête, Mobley tendit la main droite vers sa carabine.

Sa main ne saisit que du vide. Intrigué, il tourna la tête. La Voere avait disparu et seule une légère empreinte dans la terre meuble indiquait l'endroit où il l'avait laissée. Il se leva d'un bond, entendit la biche émettre un grognement d'alarme avant de gagner le couvert des arbres, la queue dressée. Mobley remarqua à peine la fuite de l'animal : la Voere était sans doute son bien le plus précieux et quelqu'un l'avait subtilisée pendant qu'il rêvassait, la bite à la main. Il cracha rageusement par terre, regarda autour de lui, découvrit deux traces de pied à une cinquantaine de centimètres sur la droite, mais au-delà les buissons étaient si denses qu'il ne put trouver d'autres traces du voleur. Le dessin imprimé dans la terre était celui de semelles épaisses, avec un motif en zigzag, laissé par un pas lourd.

— Enfoiré, fit-il d'une voix sifflante.

Puis plus fort :

— Enfoiré ! *Enfoiré !*

Il examina de nouveau les empreintes et sa colère retomba, remplacée par les premiers mordillements de la peur : il était seul dans le Congaree, et sans arme. Le voleur était peut-être retourné dans le marais avec son butin, mais il était peut-être resté à proximité, guettant sa réaction. Mobley scruta les arbres et le sous-bois sans déceler le moindre signe de la présence d'un autre être humain. En toute hâte, et le plus silencieusement qu'il put, il ramassa son sac à dos et marcha en direction de la rivière.

Regagner l'endroit où il avait laissé son bateau lui prit près de vingt minutes car sa progression fut ralentie par son désir de faire le moins de bruit possible et par des pauses à intervalles réguliers pour s'assurer qu'il n'était pas suivi. Une ou deux fois, il crut apercevoir une silhouette entre les arbres mais, quand il s'arrêta, il ne détecta aucun mouvement et n'entendit que le léger bruit de l'eau dégouttant des feuilles et des branches.

Les oiseaux avaient cessé de chanter.

A l'approche de la rivière, il accéléra le pas. Ses bottes faisaient un faible bruit de succion en s'arrachant à la boue. Il se retrouva dans une forêt naine de moignons de cyprès, bordée de troncs abattus et des formes grises d'arbres morts servant maintenant d'abris à des pics et à de petits mammifères. Une partie de cette dévastation était un vestige de l'ouragan Hugo, qui avait décimé le parc en 1989, stimulant du même coup les nouvelles pousses. Au-delà de quelques jeunes arbres, Mobley distingua les eaux sombres de la Congaree même, alimentée par les épanchements du Piedmont. Il traversa au pas de charge le dernier muret de végétation et parvint à la rive. De la mousse espagnole pendant à une branche de cyprès lui chatouilla la nuque quand il rejoignit l'endroit où il avait attaché sa barque.

Elle avait disparu.

Et il y avait autre chose à la place.

Une femme.

Comme elle lui tournait le dos, il ne pouvait voir son visage et un drap blanc la recouvrait de la tête aux pieds comme un peignoir à capuchon. Elle se tenait dans l'eau peu profonde, où le courant agitait les extrémités du drap. Sous le regard de Mobley, elle s'abaissa, prit de l'eau dans ses mains et s'en aspergea la figure. Mobley remarqua qu'elle était nue sous son espèce de tunique blanche. Elle était forte et la raie sombre de ses fesses s'était dessinée sur le tissu quand elle s'était accroupie : une peau chocolat sous le glaçage du drap. Mobley se sentait presque émoustillé, sauf que...

Sauf qu'il n'était pas sûr que le mot « peau » convienne à ce qu'il y avait sous le drap. C'était plutôt comme si la femme avait eu des écailles ou une carapace. Cette peau avait émis une substance ou en avait été enduite, et le tissu y adhérait par endroits. Elle avait quelque chose de reptilien, donnant à la femme un aspect prédateur qui incita Mobley à reculer d'un pas. Il essaya de voir les mains de la créature mais elles étaient maintenant sous l'eau. Lentement, la femme se pencha davantage, enfonçant d'abord les poignets puis les coudes, jusqu'à ce qu'elle soit presque pliée en deux. Il l'entendit soupirer, de plaisir, semblait-il. C'était le premier son qu'elle émettait. En courant vers la berge, il avait fait plus de bruit que la biche effrayée, mais la femme ne s'en était pas aperçue ou avait choisi de ne pas reconnaître sa présence. Malgré son trouble, Mobley décida de mettre fin à cette comédie.

— Hé ! cria-t-il.

La femme ne répondit pas mais il crut voir son dos se raidir légèrement.

— Hé ! répéta-t-il. Je te parle.

Cette fois, elle se leva mais ne se tourna pas. Mobley avança jusqu'à ce que ses pieds soient presque au bord de l'eau.

— Je cherche une barque. Tu l'as vue ?

La femme était maintenant tout à fait immobile. Mobley pensa que sa tête semblait trop petite pour son corps puis se rendit compte qu'elle était complètement chauve et que des écailles transparaissaient à travers le tissu couvrant son crâne. Il tendit une main pour la toucher.

— Je t'ai demandé si...

Il sentit une forte pression sur sa jambe gauche, qui s'effondra sous son poids au moment où il entendit la détonation. Il bascula sur le côté, à moitié dans l'eau, baissa les yeux vers ce qui restait de son genou. La balle avait emporté la rotule, et ce qu'il y avait dessous était blanc et rouge. Déjà son sang coulait dans le Congaree. Il ouvrit ses mâchoires serrées, poussa un hurlement de douleur. Il se retourna pour chercher le tireur et une deuxième balle s'enfonça dans ses reins, toucha la colonne vertébrale en traversant le corps. Mobley tomba sur le flanc, vit une mare noire s'élargir autour de ses jambes. Bien que paralysé, il sentait la douleur qui colonisait une à une les cellules de son être.

Entendant des pas s'approcher, il tourna les yeux, ouvrit la bouche pour parler mais quelque chose de pointu pénétra dans sa chair sous son menton. Le crochet perça les tissus mous, traversa la langue et le palais. La douleur était inimaginable, plus terrible encore que celle qui lui taraudait la jambe et les reins. Il voulut crier mais le crochet lui fermait maintenant la bouche et il n'émit qu'un croassement discordant. La pression s'accrut quand sa tête fut brutalement tirée en arrière puis on le traîna lentement vers la forêt. Il voyait l'acier du crochet devant son visage, il en sentait le goût sur sa langue, le contact sur ses dents. Il tenta de lever une main pour le saisir, mais il commençait déjà à s'affaiblir et ses doigts ne firent qu'effleurer le métal avant de retomber. Son corps laissait une traînée de sang luisante sur les feuilles et la terre. Au-dessus de lui, le feuillage étendait un linceul sombre sur le ciel. La forêt se resserra autour de lui et il regarda une dernière fois vers la rivière au moment où la femme ôtait sa tunique et se tournait vers lui, complètement nue.

Au plus profond de lui, dans le lieu sombre où se tenait le véritable Landron Mobley, celui qui n'aimait rien tant qu'infliger des souffrances aux autres, une horde de femmes couvertes d'écailles s'abattit sur lui et il se mit à crier.

II

Il n'a apporté aucun réconfort, il n'a sauvé personne,
Il va à la dérive sous des lunes coupables.

Darren Richard, Pinetop Seven,
« Mission District »

5

Rétrospectivement, je distingue une structure dans tout ce qui est arrivé : une étrange conjonction d'événements disparates, une série de liens entre des phénomènes apparemment sans rapport remontant loin dans le passé. Je me rappelle les alvéoles laissées par des couches successives se recouvrant imparfaitement, la proximité de ce qui a disparu et de ce qui reste, et je commence à comprendre. Nous ne sommes pas seulement prisonniers de notre propre histoire mais aussi de celle de tous ceux avec qui nous avons choisi de partager notre vie. Angel et Louis ont apporté leur passé avec eux, Elliot Norton aussi, tout comme moi, et cela n'aurait donc pas dû m'étonner : tout comme les vies s'enchevêtraient, s'influençaient, les passés aussi commençaient à exercer leur attraction, tirant innocents et coupables sous la terre, les noyant dans des eaux saumâtres, les déchiquetant entre les langues de terre du Congaree.

A Thomaston, le premier maillon attendait d'être découvert.

Le pénitencier de Thomaston, dans le Maine, avait l'aspect rassurant d'une prison. Du moins, il semblait rassurant tant qu'on n'y était pas détenu. Quiconque y arrivait dans la perspective d'une longue incarcération sentait son moral sombrer face à ces hautes et imposantes murailles. Le pénitencier avait été brûlé et reconstruit deux fois depuis son entrée en fonctions, dans les années 1820. L'endroit avait été choisi comme site de la prison d'Etat parce qu'il était situé à peu près au milieu de la côte du Maine et accessible par bateau pour le transport des détenus, mais la prison approchait maintenant du terme de son existence. Un établissement à haute sécurité connu sous le sigle MCI, Maine Correctional Institution, avait été édifié à quelques kilomètres de distance, en 1992. Il était destiné à accueillir de grands criminels qui ne sortaient quasiment jamais de leur cellule, ainsi que des prisonniers présentant des troubles graves du comportement, et la nouvelle prison d'Etat serait construite ultérieurement sur un terrain adjacent. En attendant, Thomaston continuait à abriter quatre cents hommes environ, notamment le prédicateur Aaron Faulkner, et ce depuis sa tentative de suicide.

Je me rappelai la réaction de Rachel quand elle avait appris que Faulkner avait apparemment essayé de mettre fin à ses jours.

« Ça ne colle pas, avait-elle dit. Ce n'est pas son genre.

— Il l'a pourtant fait. Et ce n'est sûrement pas un appel à l'aide. »

Elle s'était mordillé la lèvre inférieure.

« S'il l'a fait, c'est pour atteindre un objectif. D'après les journaux, les entailles à ses poignets étaient profondes mais pas au point de lui faire courir un danger immédiat. Il s'est coupé des veines, pas des artères. Ce n'est pas l'acte d'un homme qui veut réellement mourir. Pour une raison quelconque, il souhaitait sortir du MCI. La question est de savoir pourquoi. »

J'allais avoir l'occasion de poser la question à l'intéressé lui-même.

Après le départ d'Angel et Louis pour New York, je me rendis à Thomaston, laissai ma voiture au parking « visiteurs » devant la grille principale, entrai dans le bâtiment et donnai mon nom au sergent de la réception. Derrière lui, au-delà du détecteur de métal, un mur de verre blindé et teinté dissimulait la salle de surveillance principale de la prison, reliée aux systèmes d'alarme et aux caméras vidéo. Elle surplombait le parloir où, en des circonstances ordinaires, j'aurais été conduit pour rencontrer face à face l'un des hommes emprisonnés dans l'établissement.

Sauf que les circonstances n'étaient pas ordinaires et que le révérend Aaron Faulkner était loin d'être un détenu comme les autres.

Un gardien arriva pour m'accompagner. Je franchis le détecteur de métal, attachai mon laissez-passer à ma veste, pris l'ascenseur pour le niveau administratif, au deuxième étage. Dans cette partie de la prison, appelée « secteur vulnérable », aucun détenu n'était admis sans gardien ; elle était séparée du « secteur dur » par un système de portes à commande pneumatique qu'on ne pouvait ouvrir en même temps, de sorte que même si un prisonnier parvenait à passer la première, la deuxième restait close.

Le directeur de la prison m'attendait dans son bureau, avec le chef des gardiens. Au cours des trente dernières années, l'établissement avait oscillé entre divers régimes : partant d'une discipline stricte, appliquée avec raideur, il était passé par une phase de libéralisme largement décriée par les gardiens les plus anciens et qui s'était mal terminée, pour atteindre finalement un point intermédiaire penchant vers le conservatisme. En d'autres termes, les prisonniers ne crachaient plus sur les visiteurs et on pouvait déambuler sans danger parmi les détenus du régime général, ce qui m'arrangeait plutôt.

Une sonnerie de trompette annonça la fin de la promenade, et par les fenêtres je vis des prisonniers en tenue bleue commencer à traverser les cours pour regagner leurs cellules. Thomaston s'étendait sur une zone de trois ou quatre hectares et enserrait notamment Haller Field, le terrain de sport de la prison, entre ses murailles taillées dans la roche. Quelque part, dans un coin éloigné, se trouvait l'ancien lieu des exécutions, que rien de particulier ne signalait au visiteur.

Le directeur m'offrit du café puis commença à jouer nerveusement avec sa propre tasse, qu'il faisait tourner par son anse sur la table. Le maton en chef, presque aussi imposant que la prison elle-même, demeura debout, silencieux. S'il était aussi mal à l'aise que le directeur, il ne le montrait pas. Il s'appelait Joe Long et son visage exprimait toute l'émotion d'un Indien de débit de tabac. Son supérieur finit par se lancer :

- - Vous comprendrez que tout ceci est très inhabituel, monsieur Parker. Les visites se déroulent normalement au parloir, pas à travers les barreaux d'une cellule...

Il s'interrompit, attendit ma réaction.

— Franchement, je préférerais ne pas être ici, déclarai-je. Je n'ai aucune envie de me retrouver face à Faulkner avant le procès.

Les deux hommes échangèrent un regard.

— Selon les rumeurs, ce procès s'annonce comme un désastre, reprit le directeur d'un ton las et vaguement écœuré.

Je ne répondis pas. Il poursuivit donc, comme pour meubler le silence :

— Je suppose que c'est la raison pour laquelle le procureur tient tellement à ce que vous parliez à Faulkner. Vous croyez qu'il laissera échapper quelque chose ?

L'expression de ses traits m'avisa qu'il connaissait déjà la réponse, mais je donnai quand même à sa question l'écho qu'il attendait :

— Il est trop malin pour ça.

— Alors, pourquoi êtes-vous ici, monsieur Parker ? demanda le chef des gardiens.

— Pour ne rien vous cacher, je ne sais pas, soupirai-je.

Il ne dit pas un mot de plus tandis qu'il me faisait traverser, avec un de ses adjoints, le dortoir numéro 7 puis l'infirmerie, où des vieillards en fauteuil roulant recevaient les médicaments nécessaires pour faire durer le plus longtemps possible leur peine de prison à vie. Les dortoirs 5 et 7 accueillaient les détenus âgés et malades qui partageaient des salles de plusieurs lits décorées de pancartes écrites à la main (« Faut t'y faire », « Le Lit d'Elie »...). Autrefois, des prisonniers « spéciaux » et vieux comme Faulkner y auraient été envoyés, ou placés en « isolement administratif » dans une cellule du régime général, avec restriction de mouvements, le temps qu'une décision soit prise à leur sujet. Mais la principale unité d'isolement se trouvait maintenant au MCI, qui ne disposait pas d'un service de soins psychiatriques, et la tentative de Faulkner contre sa propre personne semblait requérir un examen psychiatrique sous une forme ou une autre. La suggestion de le transférer à l'hôpital psychiatrique d'Augusta avait été rejetée par le procureur, pour ne pas inciter les futurs jurés à associer dans leur esprit Faulkner et maladie mentale, ainsi que par les avocats du révérend, qui craignaient que l'accusation ne profite de l'occasion pour étudier d'un peu plus près leur client. Comme le procureur considérait la prison du comté inadaptée pour Faulkner, Thomaston offrait une solution de compromis.

Faulkner s'était coupé les veines avec une mince lame de céramique qu'il avait dissimulée dans le dos de sa bible avant son transfert au MCI. Il l'avait gardée pendant près de trois mois sans l'utiliser. Un gardien effectuant sa ronde de nuit habituelle l'avait découvert, les poignets ensanglantés, et avait appelé à l'aide au moment même où Faulkner perdait apparemment connaissance. En conséquence, le révérend fut envoyé à l'unité de stabilisation de santé mentale située dans l'extrémité ouest de la prison de Thomaston, où on le plaça d'abord dans le couloir des cas graves. On lui prit ses vêtements, on les remplaça par une blouse en nylon. Il fut mis sous la surveillance constante d'une caméra et d'un gardien qui notait tous ses mouvements et tous ses propos dans un cahier. En outre, toute communication était enregistrée. Après cinq jours aux cas graves, Faulkner fut transféré aux cas moyennement graves, où il eut de nouveau droit à la tenue bleue des détenus, à des articles de toilette (mais pas de rasoir), aux repas chauds, aux douches et aux coups de téléphone. Il avait entamé une série de tête-à-tête avec un psychologue de la prison et avait été examiné par des psychiatres. Puis il avait pris contact avec ses avocats et sollicité l'autorisation de me parler. Sa requête de demeurer dans sa cellule pour cet entretien avait été satisfaite, ce qui surprendra peut-être.

Quand j'arrivai à l'USSM, les gardiens finissaient des hamburgers au poulet que les prisonniers n'avaient pas mangés. Dans le foyer de l'unité, les prisonniers interrompirent leurs activités pour me regarder. L'un d'eux, un homme trapu, voûté, mesurant à peine un mètre cinquante, s'approcha des barreaux et me lorgna en silence. Je croisai son regard, n'aimai pas ce que j'y lus et détournai les yeux. Mes accompagnateurs s'assirent sur le bord d'un bureau tandis qu'un des gardiens de l'unité me conduisait à la cellule de Faulkner, au bout du couloir.

Je sentis le froid alors que j'étais encore à trois mètres de lui. Je crus d'abord à une sensation causée par ma répugnance à me retrouver face au vieil homme puis je vis le gardien qui m'accompagnait frissonner.

— Et le chauffage ? m'enquis-je.

— Il est à fond, répondit-il. Cette taule laisse filer la chaleur comme si on soufflait dans un tamis, mais jamais à ce point-là.

Il s'arrêta alors que nous étions encore hors du champ de vision de l'occupant de la cellule et baissa la voix :

— C'est lui. Le prédicateur. Il gèle, dans sa cellule. On a installé des radiateurs devant mais ça suffit pas.

Il se dandina d'un pied sur l'autre et poursuivit :

— C'est à cause de Faulkner. Il fait tomber la température, je sais pas comment. Ses avocats gueulent contre les conditions de détention, mais on peut rien y faire.

Au moment où il finissait sa phrase, une tache blanche bougea sur ma droite. Les barreaux de la cellule étant presque dans le prolongement de ma ligne de vision, la main qui était apparue semblait surgie d'un mur d'acier. Les longs doigts blancs tâtaient l'air, se pliaient et tournaient comme s'ils étaient doués non seulement du sens du toucher mais aussi de ceux de la vue et de l'ouïe.

Puis la voix se fit entendre, un bruit de limaille tombant sur du papier :

— Parker. Tu es venu.

Lentement, j'approchai de la cellule et vis l'humidité sur les murs. A la lumière artificielle, les gouttelettes luisaient comme des milliers de minuscules yeux d'argent. Une odeur de moisi montait de la cellule et de l'homme qui se tenait devant moi.

Il était plus petit que dans mon souvenir et on avait coupé ras ses longs cheveux blancs, mais ses yeux brûlaient encore de la même étrange intensité. Il était toujours horriblement maigre : il n'avait pas pris de poids, à l'inverse de certains détenus quand ils passent au régime alimentaire carcéral. Il me fallut un moment pour comprendre pourquoi.

Malgré le froid de la cellule, Faulkner dégageait des vagues de chaleur. Il aurait dû être brûlant, avoir le visage fiévreux, le corps agité de tremblements, mais il n'y avait pas une goutte de sueur sur sa figure, pas un signe de malaise. Sa peau était sèche comme du papier et donnait l'impression qu'il était sur le point de s'embraser de l'intérieur, que les flammes qui s'apprêtaient à jaillir de lui allaient le consumer et ne laisser que des cendres.

— Approche, me dit-il.

Près de moi, le gardien fit non de la tête.

— Je suis bien où je suis, répondis-je.

— Tu as peur de moi, pécheur ?

— A moins que vous ne soyez capable de passer à travers de l'acier... fis-je.

Mes paroles me rappelèrent la main surgie apparemment de nulle part et je m'entendis déglutir péniblement.

— Je n'ai pas besoin de tours de passe-passe. Je sortirai d'ici bientôt, affirma-t-il.

— Vous croyez ?

Il se pencha en avant, pressa son visage contre les barreaux froids.

— Je le *sais*, dit-il.

Il sourit et sa langue pâle sortit de sa bouche, lécha ses lèvres parcheminées.

— Qu'est-ce que vous voulez ?

— Parler.

— De quoi ?

— De la vie. De la mort. De la vie après la mort ou, si tu préfères, de la mort après la vie. Ils viennent encore à toi, Parker ? Les disparus, les morts ? Tu les vois encore ? Moi oui. Ils viennent à moi.

Il sourit de nouveau, prit une inspiration qui se brisa dans sa gorge, comme sous le coup d'une excitation sexuelle naissante.

— Ils sont si nombreux, poursuivit-il. Ils me demandent de tes nouvelles, ceux que tu as envoyés là-bas. Ils veulent savoir quand tu les rejoindras. Ils ont des projets pour toi. Je leur réponds : « Bientôt. Il sera avec vous très bientôt. »

Au lieu de répliquer à ses railleries, je lui demandai pourquoi il s'était coupé les veines. Il tint ses poignets tailladés devant moi et les regarda, presque avec étonnement.

— Je voulais peut-être les priver de leur vengeance.

— Vous n'avez pas fait un très bon boulot.

— Question d'opinion. Je ne suis plus dans cet endroit, cet enfer moderne. J'ai des contacts avec d'autres, dit-il, les yeux brillants. Je pourrai peut-être même sauver quelques âmes égarées.

— Vous avez quelqu'un en tête ?

— Pas toi, pécheur, répondit-il en riant. Ça, c'est sûr. Tu es au-delà du salut.

— Vous avez pourtant demandé à me voir.

Le sourire s'estompa, mourut.

— J'ai un marché à te proposer.

— Vous n'avez pas de quoi marchander.

— J'ai ta femme, murmura la voix rauque.

Je ne fis aucun mouvement vers lui et pourtant il s'écarta brusquement des barreaux, comme si la force de mon regard l'avait projeté en arrière.

— Qu'est-ce que tu as dit ?

— Je t'offre la sécurité de ta femme et de ton enfant à naître. Je t'offre une vie que ne viendra pas perturber la peur des représailles.

— Vieil homme, c'est contre le procureur que tu te bats maintenant. Garde tes marchandages pour le tribunal. Et si tu fais encore allusion à ceux qui me sont proches, je...

— Qu'est-ce que tu feras ? persifla-t-il. Tu me tueras ? Tu as eu l'occasion de le faire, elle ne reviendra pas. Et ce n'est pas seulement contre le procureur que je me bats. Tu ne te rappelles pas ? Vous avez tué mes enfants, toi et ton collègue perverti. Qu'est-ce que tu as fait à l'homme qui avait tué ta fille, Parker ? Tu ne l'as pas pourchassé, peut-être ? Tu ne l'as pas abattu comme un chien enragé ? Pourquoi t'attends-tu à ce que je réagisse autrement à la mort de mes enfants ? Est-ce qu'il y aurait une règle pour toi et une autre pour le reste de l'humanité ?

Il poussa un soupir théâtral et conclut :

— Mais je ne suis pas comme toi. Je ne suis pas un tueur.

— Qu'est-ce que tu veux, vieil homme ?

— Je veux que tu restes en dehors du procès.

— Et si je refuse ?

Il haussa les épaules.

— Alors on ne pourra pas exclure des actes dirigés contre toi ou contre eux. Pas de mon fait, naturellement : malgré mon animosité compréhensible envers toi, je n'ai aucunement l'intention de vous faire du mal, à toi ou à tes proches. Je n'ai jamais fait de mal à personne, je ne vais pas commencer maintenant. Mais il y en a d'autres qui épouseraient ma cause si je ne leur signifiais pas clairement que je ne le souhaite pas.

Je me tournai vers le gardien.

— Vous avez entendu ?

Il acquiesça de la tête et Faulkner porta son regard impassible sur lui.

— Je ne fais que proposer de plaider pour qu'il n'y ait pas de représailles contre toi, Parker. Et de toute façon,

M. Anson n'est pas en mesure de t'aider. Il fornique avec une petite putain dans le dos de sa femme. Pire, dans le dos des parents de la fille. Elle a quel âge, monsieur Anson ? Quinze ans ? La loi condamne le détournement de mineure...

— Pourriture !

Ledit Anson se rua vers les barreaux mais je le retins par le bras. Il se tourna vers moi et je crus un moment qu'il allait me frapper, mais il se contint et se dégagea. Sur ma droite, je vis ses collègues approcher. Il leva une main pour leur faire savoir que tout allait bien et ils s'arrêtèrent.

— Qui sait quel mal est tapi dans le cœur des hommes ? fit Faulkner à voix basse. L'Ombre le sait ! Laisse-moi, pécheur. Laisse-moi tranquille et je ferai la même chose pour toi. Je suis innocent des accusations portées contre moi.

— L'entretien est terminé, Faulkner...

— Non, il ne fait que commencer. Tu te souviens de ce qu'a dit notre ami commun avant de mourir, pécheur ? Tu te souviens des mots que le Voyageur a prononcés ?

Je ne répondis pas. Il y avait chez Faulkner beaucoup de choses que je détestais, beaucoup d'autres que je ne comprenais pas, mais ce qui me troublait plus que tout, c'était qu'il fût au courant d'événements qu'il ne pouvait pas connaître. D'une façon que je n'arrivais pas à saisir, il avait inspiré l'assassin de Susan et de Jennifer, il l'avait guidé sur le chemin que cet homme avait pris et l'avait finalement conduit jusqu'à notre porte.

— Il ne t'aurait pas parlé de l'enfer, par hasard ? Il ne t'aurait pas dit que ce monde est l'enfer et que nous y vivons ? C'était un homme malavisé à de nombreux égards, mais sur ce point il avait raison. Nous sommes en enfer. Quand les anges rebelles ont chu, c'est ici qu'ils ont été consignés. Brisés, privés de leur beauté et condamnés à errer ici. Tu ne crains pas les anges noirs, Parker ? Tu devrais. Ils te connaissent et bientôt ils s'en prendront à toi. Ce que tu as subi jusqu'ici n'est rien à côté de ce qui approche. Comparé à eux, je suis insignifiant, je suis un simple fantassin envoyé pour préparer le terrain. Ce qui s'abattra sur toi n'est même pas humain.

— Vous êtes complètement fou.

— Non, chuchota Faulkner. Je suis damné pour mon échec mais tu seras damné avec moi pour la part prise dans cet échec. Ils te damneront. Ils arrivent déjà.

Je secouai la tête. Anson, les autres gardiens, même les barreaux et les murs, semblèrent fondre et disparaître. Il n'y eut plus que le vieil homme et moi, face à face. J'avais le visage en sueur, comme s'il m'avait passé sa terrible fièvre.

— Tu ne veux pas savoir ce qu'il m'a dit quand il est venu ? Tu ne veux pas connaître les discussions qui ont mené à la mort de ta femme et de ta petite fille ? Quelque part, au fond de toi, tu ne veux pas savoir de quoi nous avons parlé ?

Je m'éclaircis la voix, et les mots, quand ils sortirent de ma gorge, semblaient hérissés de clous :

— Vous ne les connaissiez même pas.

Il s'esclaffa.

— Je n'avais pas besoin de les connaître. Mais toi... Oh, nous avons parlé de toi. Grâce à lui, j'en suis venu à te connaître mieux que tu ne te connais toi-même, à certains égards. Curieusement, je suis heureux que nous ayons fini par nous rencontrer, même si...

Son visage s'assombrit.

— Nous avons tous deux payé cher ce croisement de nos chemins. Romps maintenant avec tout ceci et il n'y aura plus de conflit entre nous. Continue sur cette voie et je ne pourrai pas empêcher ce qui risque de se produire.

— Adieu.

Je commençai à m'éloigner mais mon accrochage avec Anson m'avait mis à portée de Faulkner. Sa main saisit le revers de ma veste et, profitant du fait que j'étais en déséquilibre, il me tira vers lui. Instinctivement, je tournai la tête vers lui pour lui crier de me lâcher.

Faulkner me cracha dans la bouche.

Il me fallut un moment pour comprendre ce qui était arrivé et puis je me jetai sur lui. Anson me tira par-derrière. Les autres gardiens accoururent et m'emmenèrent tandis que je ne cessais de cracher pour chasser de ma bouche le goût de Faulkner, qui hurlait :

— Prends cela comme un cadeau, Parker ! Un cadeau que je te fais, pour que tu puisses voir comme je vois !

Je repoussai les gardiens, m'essuyai les lèvres. En levant la tête, je remarquai que le petit prisonnier brun au dos voûté me fixait.

Puis il sourit, les bras écartés, agitant les doigts jusqu'à ce qu'un gardien regarde de son côté. Il cessa alors, laissa ses bras retomber.

Le gardien n'y prêta pas attention. Après tout, l'homme était muet et ne faisait que ce que font les muets.

Ils parlent par signes.

J'étais presque à ma voiture quand j'entendis des bruits de pas sur le gravier derrière moi. C'était Anson.

— Ça va ? me demanda-t-il, l'air embarrassé.

Je hochai la tête. Je m'étais gargarisé dans la salle des gardiens avec un bain de bouche que j'avais emprunté, mais j'avais encore l'impression qu'une partie de Faulkner se propageait en moi, m'infectait.

— Ce que vous avez entendu... commença-t-il.

Je l'interrompis :

— Votre vie privée est votre affaire. Cela ne me regarde pas.

— Ce qu'il a dit, c'est pas ce qu'on pourrait croire.

— Ça ne l'est jamais.

Un rougeoiement partit de son cou et s'étendit sur ses traits, comme par osmose.

— Vous faites le malin avec moi ?

— Je vous l'ai dit, c'est votre affaire. J'ai une question à vous poser, cependant. Je n'ai pas de micro planqué sur moi, si ça peut vous rassurer. Vous pouvez vérifier.

Il considéra un moment ma suggestion, me fit signe de continuer.

— Je me contrefous de la loi ou des raisons que vous avez de faire ça. Tout ce que je veux savoir, c'est si les détails qu'il a donnés sont exacts.

Anson fixa ses pieds, acquiesça de la tête.

— Un des autres gardiens aurait pu lui en parler ?

— Non. Personne n'est au courant.

— Un détenu, alors ? Quelqu'un du coin qui aurait été en mesure de colporter des ragots de prison ?

— Non, je ne crois pas.

Quand j'ouvris la portière de la voiture, Anson éprouva le besoin de faire un dernier commentaire macho. Là comme ailleurs, il ne semblait pas capable de dominer ses pulsions.

— Si quelqu'un apprend cette histoire, vous serez dans la merde.

La menace sonnait creux, y compris pour lui-même, sans doute. Je le voyais dans les marbrures de sa peau, dans la façon dont il essayait de faire saillir les muscles de son cou. Je ne dis mot et le regardai repartir vers la grille principale, lentement, comme s'il rechignait à se retrouver à proximité de Faulkner.

Une ombre tomba sur lui, comme si un énorme oiseau était descendu du ciel et tournoyait au-dessus de lui. D'autres oiseaux survolaient les murs de la prison. Ils étaient gros et noirs, décrivaient des boucles paresseuses, mais il y avait dans leurs mouvements quelque chose d'étrange. Ils glissaient dans l'air, dépourvus de la grâce et de la beauté des vrais oiseaux, leurs corps grêles en conflit avec leurs ailes immenses, comme s'ils luttaient contre la pesanteur, le torse menaçant toujours de piquer vers le sol.

L'un d'eux se sépara des autres, de plus en plus grand tandis qu'il descendait en spirale, se posa enfin sur l'un des miradors, et je vis que ce n'était pas un oiseau, et je sus ce que c'était.

L'ange noir avait un corps émacié, des bras réduits à de

la peau momifiée sur des os frêles, un visage allongé de prédateur. Il posa une main munie de serres sur la vitre tandis que ses ailes, emplumées de noir, battaient l'air sur un rythme lent. Il fut rejoint par d'autres, chacun prenant position en silence sur les murailles et les tours. Ils ne faisaient aucun mouvement vers moi mais je sentais leur hostilité, et autre chose aussi : un sentiment de trahison, comme si d'une certaine façon j'étais l'un d'eux et leur avais tourné le dos.

— Des corbeaux, fit une voix près de moi.

Une vieille femme. Elle portait dans une main un sac en papier marron destiné sans doute à l'un des détenus : un fils, peut-être, ou un mari, parmi les vieux du dortoir 7.

— Jamais j'en ai vu autant, ajouta-t-elle.

Et c'étaient bien des corbeaux, maintenant, d'une cinquantaine de centimètres au moins, l'extrémité de leurs ailes clairement visible tandis qu'ils sautillaient sur les murailles en s'appelant.

— Je ne savais pas qu'ils formaient d'aussi grandes bandes...

— Normalement, non, mais allez savoir ce qui est normal, maintenant, marmonna-t-elle en prenant la direction de la grille.

Je montai en voiture, démarrai, parcourus une centaine de mètres ; dans mon rétroviseur, les oiseaux noirs ne rapetissaient pas à mesure que je m'éloignais. Ils semblaient au contraire grandir alors que la prison reculait, et je sentais leurs yeux sur moi pendant que la salive du prédicateur envahissait mon corps comme un cancer.

Un cadeau que je te fais, pour que tu puisses voir comme je vois.

A part la prison et sa boutique d'artisanat carcéral, il n'y avait pas grand-chose à Thomaston pour retenir un visiteur mais la ville comptait quand même un *diner* plutôt bon offrant de la tarte maison, du pudding servi tout chaud aux gens du coin et à ceux qui venaient là après avoir vu un proche par-dessus une table ou à travers un panneau de verre. J'achetai un autre flacon de bain de bouche au drugstore et me rinçai de nouveau dans le parking avant d'entrer dans le *diner*.

La petite salle au mobilier de bric et de broc était vide à l'exception de deux hommes âgés assis l'un à côté de l'autre, qui regardaient passer les voitures, et d'un type jeune, vêtu d'un costume sur mesure, installé dans un box en bois près du mur, son pardessus soigneusement plié à côté de lui, une fourchette reposant sur les miettes et le reste de crème de son assiette, un exemplaire de *USA Today* devant lui. Je commandai un café, pris un siège en face de lui.

— Vous n'avez pas l'air bien, me dit-il.

Je sentis la fenêtre attirer mon regard bien que, de l'endroit où j'étais, le pénitencier ne fût pas visible. Je secouai la tête pour en chasser les visions de créatures sombres attendant sur les murailles de la prison. Elles n'étaient pas réelles. Ce n'était que des corbeaux. J'étais malade, l'agression de Faulkner me donnait la nausée.

Elles n'étaient pas réelles.

— Salut, Stan. Beau costume, ajoutai-je afin de m'obliger à sortir de mes pensées.

Il ouvrit sa veste pour me montrer l'étiquette sur la doublure.

— Armani. Acheté dans un magasin d'usine. Je garde la facture dans ma poche intérieure, au cas où on m'accuserait de corruption.

Mon café arriva et la serveuse retourna feuilleter un magazine derrière le comptoir.

Stan Ornstead était assistant du district attorney et faisait partie de l'équipe constituée pour établir le dossier de l'accusation. C'était lui qui m'avait convaincu de parler à Faulkner – avec l'accord d'Andrus, le DA adjoint – et qui avait pris des dispositions pour que l'entretien ait lieu dans la cellule, afin que je puisse constater les conditions que Faulkner s'était apparemment imposées lui-même. Stan n'avait que quelques années de moins que moi et un brillant avenir, disait-on. Il faisait son chemin ; simplement, il ne le faisait pas assez vite à son goût. Il avait espéré que l'affaire Faulkner accélérerait les choses mais, comme le directeur de la prison l'avait fait remarquer, l'affaire Faulkner prenait une vilaine tournure et menaçait d'entraîner dans les grands fonds tous ceux qui y étaient mêlés.

— Vous avez l'air un peu secoué, me dit Stan une fois que j'eus avalé quelques gorgées de café revigorantes.

— Il fait cet effet aux gens.

— Il n'a rien laissé échapper ? demanda-t-il.

Je me raidis sur mon siège et il écarta les mains en hochant la tête.

— Ils mettent des micros dans les cellules ? interrogeai-je.

— Non, « ils » ne le font pas, si vous parlez de l'administration pénitentiaire.

— Mais quelqu'un d'autre s'en est chargé ?

— La cellule a été piégée. Officiellement, nous ne sommes pas au courant.

« Piéger » était le terme utilisé pour une opération de surveillance non autorisée par un tribunal. Plus particulièrement, c'était le mot employé par le FBI pour qualifier une telle opération.

— Les fédéraux ?

— Les trench-coats n'ont pas trop confiance en nous. Ils craignent que nos chefs d'accusation ne suffisent pas pour coincer Faulkner, alors ils glanent toutes les informations qu'ils peuvent, partout où ils peuvent, dans l'éventualité d'une inculpation fédérale ou de doubles poursuites. Toutes les conversations avec ses avocats, ses médecins, son psy, et même son ennemi juré – vous, au cas où vous ne le sauriez pas –, sont enregistrées. Ils espèrent qu'il finira au moins par lâcher quelque chose qui pourrait les conduire à d'autres types comme lui, ou même à d'autres crimes qu'il pourrait avoir commis. Tout cela est irrecevable devant un tribunal, naturellement, mais c'est utile si ça marche.

— Et il pourrait réussir à s'en tirer ?

Ornstead haussa les épaules.

— Vous savez ce qu'il prétend : il a été séquestré par sa famille pendant des années, il n'a pris aucune part aux crimes commis par la Confrérie ou ceux qui y étaient associés, il n'était même pas au courant. Rien ne le lie directement aux meurtres, et les portes des pièces souterraines dans lesquelles il vivait étaient munies de verrous à l'extérieur...

— Il était chez moi quand ils ont essayé de me tuer.

— Oui, mais vous étiez dans les vapes. Vous me l'avez dit vous-même.

— Rachel l'a vu, elle.

— Elle venait de recevoir un coup sur la tête et elle avait du sang dans les yeux. Elle reconnaît qu'elle ne se souvient pas d'une grande partie de ce qui a été dit, et il n'était pas là pour la suite.

— Il y a un trou dans le sol, à Eagle Lake, où on a retrouvé dix-sept corps, les restes de ses fidèles.

— Il prétend que des querelles ont éclaté entre les familles. Elles se sont battues entre elles puis se sont tournées contre sa propre famille. Elles ont tué sa femme. Ses enfants se sont vengés. Il affirme qu'il était à Presque Isle le jour de la tuerie.

— Il a torturé Angel.

— Il le nie, il dit que ce sont ses enfants qui l'ont fait et qu'ils l'ont forcé à regarder. De toute façon, votre ami refuse de témoigner et même si nous l'assignions à comparaître, le premier avocat venu le réduirait en pièces. Ce n'est pas un témoin crédible. Et sans vouloir vous vexer, vous ne faites pas un témoin idéal, vous non plus.

— Tiens donc. Et pourquoi ?

— Vous vous êtes beaucoup servi de votre artillerie et ce n'est pas parce que les charges ont été abandonnées contre vous qu'elles ont disparu des écrans radar. Vous pouvez être sûr que l'équipe juridique de Faulkner sait tout sur vous. Ses avocats soutiendront que vous avez débarqué là-bas en cassant tout, en tirant dans tous les coins, et que le vieil homme a eu de la chance de s'en sortir vivant.

Je poussai ma tasse sur le côté.

— C'est pour ça que vous m'avez fait venir ici ? Pour démolir mon histoire ?

— Il vaut mieux le faire ici qu'au tribunal. Nous avons des problèmes. Et peut-être d'autres soucis en perspective.

J'attendis. Il poursuivit :

— Les avocats de Faulkner ont confirmé qu'ils demanderont à la cour d'appel de revoir la décision sur la caution dans les dix jours qui viennent. Nous pensons que le juge disponible pourrait être Wilton Cooper, et ce n'est pas exactement une bonne nouvelle...

Wilton Cooper n'était qu'à quelques mois de la retraite, mais il continuerait jusqu'au bout à être une épine dans le pied de l'attorney général. Il existait entre eux une animosité palpable dont les origines se perdaient dans les brumes du temps.

— Si Cooper est chargé de la révision, tout est possible, prévint Ornstead. Les allégations de Faulkner sont du pipeau mais nous avons besoin de temps pour réunir des preuves qui permettront de les réfuter, et le procès n'aura peut-être pas lieu avant des années. Vous avez vu sa cellule : on y gèle. Ses avocats disposent d'experts indépendants qui affirmeront que le maintien de Faulkner en détention constitue un danger pour sa santé et qu'il mourra si nous le gardons en prison. Le transférer à Augusta reviendrait à nous tirer une balle dans le pied au cas où ils plaideraient la folie. Nous n'avons pas les installations pour lui au MCI, alors où le mettre si nous lui faisons quitter Thomaston ? A la prison du comté ? Hors de question. Voilà donc ce qui nous attend : un procès sans témoins fiables, sans preuves suffisantes pour présenter un dossier solide, et un accusé qui sera peut-être mort avant qu'on le traduise en jugement. Cooper va se balader, sur ce coup-là.

Je m'aperçus que je serrais ma tasse si fort que l'anse avait laissé une marque sur ma paume. Je relâchai ma prise, regardai le sang affluer de nouveau dans les parties blanches de ma main.

— Si on le libère sous caution, il disparaîtra, prédis-je. Il n'attendra pas son procès.

— Ça, nous n'en savons rien.

— Bien sûr que si.

Nous étions tous les deux penchés au-dessus de la table et nous venions apparemment de parvenir à la même conclusion. Près de la fenêtre, les deux vieux, probablement attirés par la tension qui émanait de nous, s'étaient retournés pour nous observer. Je me renversai en arrière dans le box et les fixai ; ils se remirent à regarder passer les voitures.

— De toute façon, reprit Ornstead, même Cooper n'établira pas la caution en dessous d'un nombre à sept chiffres, et nous ne pensons pas que Faulkner ait accès à de telles sommes.

Tous les avoirs de la Confrérie avaient été gelés et les services de l'attorney général essayaient de remonter la piste pouvant mener à d'autres comptes encore inconnus. Mais quelqu'un payait les avocats de Faulkner, et un nombre décourageant de dingues d'extrême droite et d'intégristes religieux envoyaient de l'argent au fonds ouvert pour sa défense.

— On sait qui organise le fonds ? demandai-je.

Officiellement, il était sous la responsabilité d'un cabinet juridique, Muren & Associés, à Savannah, Géorgie, mais c'était une officine de bas étage. Il devait y avoir autre chose qu'une équipe d'avocats véreux du Sud opérant d'un bureau aux chaises en plastique. D'ailleurs, l'équipe juridique de Faulkner, dirigée par le sinistre Jim Grimes, était indépendante de Muren. Mis à part son physique lugubre, Grimes était l'un des meilleurs avocats de la Nouvelle-Angleterre. Il aurait su se débarrasser d'un cancer rien qu'au boniment et il n'était pas bon marché.

Ornstead poussa un long soupir parfumé au café et à la nicotine.

— Je vous donne le reste des mauvaises nouvelles : Muren a reçu il y a deux jours la visite d'un nommé Edward Carlyle. Les factures téléphoniques indiquent que les deux hommes sont en contact depuis le début de l'affaire, et Carlyle est l'un de ceux qui détiennent la signature du compte-chèques du fonds.

Je haussai les épaules.

— Ce nom ne me dit rien.

Ornstead tapota délicatement des doigts sur la table.

— Edward Carlyle est le bras droit de Roger Bowen. Et Bowen est...

— Une ordure, achevai-je. Une saloperie de raciste.

— Un néonazi, ajouta-t-il. Ouais, l'horloge s'est arrêtée quelque part vers 1939, pour lui. Un type charmant. Il a probablement investi dans les fours à gaz avec l'espoir que les affaires pourraient reprendre dans le secteur, façon bonne vieille « solution finale ». Autant que nous puissions en juger, c'est lui qui est derrière le fonds. Il s'efforce de ne pas trop se faire remarquer depuis quelques années, mais quelque chose l'a fait sortir de son trou. Il prononce des discours, participe à des rassemblements, fait passer la sébile. J'ai dans l'idée qu'il tient beaucoup à faire libérer Faulkner.

— Pourquoi ?

— C'est ce que nous essayons de savoir.

— Bowen est basé en Caroline du Sud, non ?

— Il opère entre la Caroline du Sud et la Géorgie mais passe la majeure partie de son temps quelque part au bord de la Chattooga. Pourquoi ? Vous avez l'intention d'aller dans le coin ?

— Peut-être.

— Je peux savoir pour quelle raison ?

— Un ami dans le besoin.

— La pire espèce. Vous pourriez en profiter pour demander à Bowen pourquoi Faulkner est si important pour lui, quoique je ne vous le conseille pas. Je ne crois pas que vous figuriez en bonne place sur la liste des personnes dont il souhaite faire la connaissance.

— Je ne figure en bonne place sur aucune liste.

Ornstead se leva, me pressa l'épaule.

— Vous me fendez le cœur.

Je sortis en même temps que lui, l'accompagnai jusqu'à sa voiture, garée juste en face.

— Vous avez tout entendu, je présume ? dis-je, faisant allusion aux micros cachés dans la cellule.

— Ouais. Vous voulez parler du gardien, Anson ? Ça ne me chiffonne pas trop. Et vous ?

— La fille est mineure. Je ne pense pas qu'Anson aura sur elle une influence positive.

— Non, sûrement pas. Nous pouvons charger quelqu'un de s'en occuper.

— Je vous en serais reconnaissant.

— D'accord. J'ai une question à vous poser. Qu'est-ce qui s'est passé, à la prison ? On a entendu une sorte de bousculade...

— Faulkner m'a craché dans la bouche.

— Merde. Vous croyez que vous devriez faire des analyses ?

— Non, mais j'avalerais volontiers un peu d'acide de batterie pour me nettoyer l'intérieur.

— Pourquoi il a fait ça ? Pour vous mettre en rogne ?

Je secouai la tête.

— Non. Il m'a dit que c'était un cadeau, pour m'aider à mieux voir.

— Voir quoi ?

Je gardais le silence mais je connaissais la réponse.

Faulkner voulait que je voie qui il était.

6

Le mouvement raciste militant n'a jamais été particulièrement important en nombre. Son noyau dur compte probablement vingt-cinq mille membres au maximum, auquel il faut ajouter cent cinquante mille sympathisants actifs, et peut-être quatre cent mille sympathisants « du bord de route », qui ne donnent ni leur argent ni leur temps mais vous parleront de la menace que les gens de couleur et les Juifs constituent pour la race blanche, pour peu que vous leur déliiez la langue en les faisant boire. Plus de la moitié du noyau dur comprend des membres du Klan, le reste se composant de skinheads et de divers petits nazillons. Le niveau de coopération entre ces groupes est très faible et vire parfois à une concurrence à la limite de l'agression déclarée. L'appartenance au groupe est rarement stable : les membres adhèrent et partent sans arrêt, selon les besoins de leurs employeurs, la force de leurs ennemis et les décisions des tribunaux.

Mais à la tête de chaque groupe il y a une équipe de militants aguerris, et même lorsque leurs mouvements changent de nom, même lorsqu'ils se battent entre eux et éclatent en factions de plus en plus minuscules, ces dirigeants demeurent en place. Ce sont des missionnaires, des prosélytes qui prêchent l'évangile de l'intolérance dans les foires de comté, les rassemblements et les conférences, les lettres d'information, les brochures et les émissions de la nuit à la radio.

Parmi ces hommes, Roger Bowen était l'un des plus anciens, et aussi l'un des plus dangereux. Né dans une famille baptiste de Gaffney, en Caroline du Sud, près des contreforts de la Blue Ridge, il était passé par toutes les organisations d'extrême droite, y compris quelques-uns des groupes néonazis les plus notoires de ces vingt dernières années. En 1983, à l'âge de vingt-quatre ans, Bowen avait été l'un des trois jeunes hommes interrogés sans inculpation sur leur appartenance à l'Ordre, société secrète liée aux Nations aryennes et fondée par le raciste Robert Matthews. En 1983 et 1984, l'Ordre commit une série d'attaques de fourgons blindés et de braquages de banques pour financer ses opérations, qui incluaient incendies volontaires, attentats à la bombe et contrefaçon. L'Ordre était également responsable des meurtres d'Alan Berg, animateur d'une émission-débat à Denver, et d'un nommé Walter West, membre de l'organisation soupçonné de trahir ses secrets. Finalement, tous les membres de l'Ordre furent appréhendés, excepté Matthews lui-même, tué pendant un échange de coups de feu avec des agents du FBI en 1984. Aucune preuve ne reliant Bowen à ces activités, il échappa aux poursuites, et la vérité sur son implication dans l'Ordre disparut avec Matthews. Malgré le nombre relativement faible de ses militants, l'Ordre avait monopolisé contre lui un quart des ressources totales en hommes du FBI. Les faibles dimensions du groupe avaient d'ailleurs joué en sa faveur, rendant difficile une infiltration, comme le sort du malheureux Walter West l'attestait.

Bowen dériva un moment avant de trouver une sorte de havre dans le Klan, auquel le FBI avait cependant en grande partie arraché les crocs : des klavernes avaient fermé, le prestige du mouvement était en chute libre, l'âge moyen des membres avait commencé à baisser quand les membres les plus anciens avaient cessé de militer ou étaient morts. En conséquence, les relations, traditionnellement difficiles, du

Klan avec le néonazisme étaient devenues moins ambiguës, les jeunes recrues se montrant moins délicates que les anciens sur de telles questions. Bowen avait rejoint l'Empire invisible de Bill Wilkinson, les Chevaliers du Ku Klux Klan, mais quand ledit Empire invisible avait été démantelé, en 1993, après de coûteuses poursuites judiciaires, Bowen avait déjà fondé son propre Klan, les Confédérés blancs.

A cette différence près qu'il ne recrutait pas de membres comme les autres Klans et que le nom même de Klan n'était pour lui qu'un pavillon de complaisance. Les Confédérés blancs ne comptèrent jamais plus d'une douzaine d'individus, mais ils détinrent un pouvoir et une influence allant bien au-delà de leur dimension et contribuèrent fortement à la nazification du Klan dans les années 1980, brouillant encore davantage les lignes de démarcation traditionnelles entre membres du Klan et néonazis.

Bowen ne niait pas la Shoah, il en aimait l'idée, au contraire : la possibilité d'une force capable d'un meurtre à une échelle jamais conçue auparavant, d'un meurtre sous-tendu par un sens de l'ordre et de la planification, l'exaltait. C'était cela, plus que des scrupules moraux, qui l'avait conduit à prendre ses distances avec les outrages désinvoltes, les explosions de violence sporadiques endémiques dans le mouvement. Au rassemblement annuel de Stone Mountain, en Géorgie, il avait même publiquement condamné l'assassinat d'un Noir d'une cinquantaine d'années, Bill Pierce, battu à mort en Caroline du Nord par un groupe de rebuts de klaverne complètement soûls, et avait dû quitter la tribune sous les huées. Depuis, Bowen évitait Stone Mountain. Ces gens ne le comprenaient pas et il n'avait pas besoin d'eux, bien qu'il continuât à œuvrer en coulisse, soutenant d'occasionnelles marches du Klan dans de petites villes sur la frontière entre la Géorgie et la Caroline du Sud. Même si, comme c'était souvent le cas, seule une poignée d'hommes y participait, la menace d'une marche suscitait encore de nombreux articles dans les journaux et des bêlements indignés des moutons libéraux, contribuant au climat d'intimidation et de méfiance dont Bowen avait besoin pour poursuivre sa tâche. Les Confédérés blancs étaient essentiellement une façade, un décor de théâtre. Un trompe-l'œil de magicien. Le vrai tour était accompli hors de vue et le mouvement de la baguette était sans rapport avec l'illusion produite.

Car c'était Bowen qui s'efforçait de panser les vieilles inimitiés ; Bowen qui jetait des ponts par-dessus les divisions entre les Patriotes chrétiens et les Aryens, les skinheads et les Klans ; Bowen qui tendait la main aux membres les plus extrêmes et les plus braillards de la droite chrétienne ; Bowen qui comprenait l'importance de l'unité, de l'intercommunication, de l'extension des sources de financement ; Bowen qui pensait qu'en plaçant Faulkner sous sa protection il convaincrait ceux qui croyaient à l'histoire du prédicateur de réorienter leurs dons dans sa direction. La Confrérie avait collecté plus de cinq cent mille dollars l'année précédant l'arrestation de Faulkner. Des clopinettes, comparées au pactole que drainaient les télévangélistes les plus connus, mais cela représentait des revenus conséquents pour Bowen et sa clique. Il avait vu l'argent affluer dans le fonds pour la défense de Faulkner : il y avait déjà de quoi couvrir dix pour cent d'une caution à sept chiffres, et au-delà, et les dons continuaient à arriver, mais aucun garant ne serait assez fou pour couvrir la totalité de la somme dans l'éventualité d'une révision de la décision en faveur du révérend. Bowen avait d'autres plans, d'autres fers au feu. S'il jouait bien ses cartes, Faulkner serait en liberté et disparaîtrait avant la fin du mois, et si les rumeurs selon lesquelles Bowen l'avait mis en lieu sûr persistaient, tant mieux pour Bowen. En fait, que le prédicateur reste en vie ou meure par la suite importait peu. Il suffirait qu'il demeure invisible, et cela, il pouvait le faire aussi bien sur terre que dessous.

Bowen avait cependant de l'admiration pour ce que le vieil homme et sa Confrérie avaient réalisé. Sans avoir recours aux braquages de banque qui avaient miné l'Ordre, avec des troupes qui ne dépassèrent jamais quatre ou cinq personnes, il avait mené une campagne de meurtres et d'intimidations de cibles vulnérables pendant une trentaine d'années tout en dissimulant magistralement ses traces. Le FBI et le Bureau pour l'alcool, le tabac et les armes à feu n'étaient toujours pas parvenus à lier la Confrérie aux assassinats de médecins pratiquant l'IVG, d'homosexuels déclarés, de dirigeants juifs et d'autres croquemitaines de l'extrême droite dont on pensait que Faulkner avait autorisé la liquidation.

Fait étrange, Bowen n'avait jamais vraiment envisagé d'épouser la cause de Faulkner avant que Kittim ne fasse sa réapparition. Kittim était une légende pour l'extrême droite, une sorte de héros. Il avait rejoint Bowen peu après l'arrestation du prédicateur, et l'idée de s'impliquer dans l'affaire était ensuite venue naturellement à Bowen. S'il ne se rappelait pas exactement ce que Kittim était censé avoir accompli, ni même d'où il venait, cela n'avait pas d'importance. C'est comme ça avec les héros, non ? Ils ne sont pas entièrement réels, et avec Kittim à ses côtés, Bowen sentait en lui une nouvelle détermination, une quasi-invincibilité.

C'était un sentiment si fort qu'il se rendait à peine compte de la peur qu'il éprouvait en présence de cet homme.

Son admiration, transformée en actes après l'arrivée de Kittim, avait manifestement flatté l'ego de Faulkner qui, par l'intermédiaire de ses avocats, avait accepté de hisser ses couleurs au mât de Bowen et lui avait même promis des fonds provenant de comptes cachés auxquels ses persécuteurs ne pouvaient remonter, si Bowen arrangeait sa disparition. Avant tout, le vieil homme ne voulait pas mourir en prison : plutôt être traqué le reste de sa vie que pourrir derrière les barreaux en attendant son procès. Faulkner avait sollicité une faveur supplémentaire, ce qui avait agacé Bowen sur le moment, mais quand le vieil homme avait précisé de quoi il s'agissait, Bowen s'était rasséréné. Ce n'était qu'une petite faveur, après tout, et elle lui procurerait autant de plaisir qu'à Faulkner.

Bowen pensait avoir trouvé en Kittim l'homme idéal pour ce boulot.

Il se trompait.

En réalité, c'était Kittim qui l'avait trouvé.

La camionnette de Bowen s'arrêta dans une petite clairière devant la cabane, juste de l'autre côté de la limite de la Caroline du Sud, dans l'ouest du Tennessee. La cabane était en bois sombre, quatre marches grossièrement équarries menant à une véranda, deux étroites fenêtres de chaque côté.

A droite de la porte, un homme assis dans un fauteuil à bascule fumait une cigarette. C'était Carlyle. Il avait des cheveux courts et bouclés qui avaient commencé à tomber quand il avait vingt ans mais dont la chute s'était mystérieusement arrêtée dix ans plus tard, le laissant avec une tignasse de clown jaune autour de son crâne en dôme. Carlyle était en bonne condition physique, comme la plupart de ceux dont Bowen s'entourait. Il buvait peu et Bowen ne se rappelait pas l'avoir vu fumer auparavant. Il avait l'air fatigué, malade, et Bowen sentit en s'approchant une odeur de vomi.

— Ça va pas ? s'enquit-il.

Carlyle essuya ses lèvres avec ses doigts, en examina les extrémités.

— Pourquoi ? J'ai de la merde sur moi ?

— Non, mais tu pues.

Carlyle tira une dernière bouffée de sa cigarette, l'éteignit soigneusement sur la semelle de sa botte, s'assura que le mégot était froid puis l'émietta et laissa le vent en emporter les brins de tabac.

— Où est-ce qu'on l'a trouvé, ce type ? demanda-t-il quand il eut terminé.

— Qui ça ? Kittim ?

— Ouais, Kittim.

— C'est une légende, dit Bowen comme s'il récitait un mantra.

Carlyle passa une main sur son crâne chauve.

— Ça, je le sais. Enfin, je crois que je le sais.

Ses traits prirent une expression incertaine puis dégoûtée.

— En fait, c'est un malade, ajouta-t-il.

— Nous avons besoin de lui.

— On se débrouillait sans lui jusqu'à maintenant.

— C'est différent. Vous avez tiré quelque chose du gars ?

Carlyle secoua la tête.

— Il sait rien. C'est qu'un tas de muscles.

— Tu es sûr ?

— Crois-moi, Roger, s'il savait quelque chose, il nous l'aurait dit. Mais l'autre cinglé s'acharne sur lui.

Bowen ne croyait pas trop aux grandes conspirations juives. Bien sûr, il y avait des banquiers et des hommes d'affaires juifs, mais ils étaient dispersés un peu partout quand on regardait le tableau d'ensemble. Pourtant, à en croire Faulkner, des vieux Juifs de New York avaient décidé de le faire exécuter et avaient chargé un homme du boulot. Cet homme était mort, mais Faulkner voulait savoir qui l'avait envoyé pour pouvoir se venger le moment venu, et Bowen pensait que ça ne pouvait pas nuire de savoir contre qui ils se battaient. C'était pour cette raison qu'ils avaient enlevé le jeune dans les rues de Greenville, où il avait attiré l'attention en posant des questions. Après quoi, il avait été amené ici dans le coffre d'une voiture, ligoté et bâillonné, et on l'avait remis à Kittim.

— Où il est ?

— Derrière.

Quand Bowen voulut passer devant lui, Carlyle tendit un bras pour lui barrer le passage.

— T'as mangé ?

— Pas grand-chose.

— Tant mieux pour toi.

Le bras retomba. Bowen contourna la cabane jusqu'à un enclos qui avait autrefois servi à parquer des porcs. Ça sent encore, pensa Bowen, mais quand il découvrit ce qui gisait sur le sol au milieu de l'enclos, il comprit que l'origine de l'odeur était humaine, pas animale.

Le jeune homme était nu, attaché à quatre piquets sous le soleil. Il avait une barbe courte soigneusement taillée, des cheveux noirs collés à son crâne par la sueur et la boue. Une ceinture de cuir lui entourait la tête. L'homme penché au-dessus de lui portait une salopette et explorait de ses doigts gantés les plaies et les entailles qu'il avait faites avec son couteau, s'arrêtant quand le prisonnier se raidissait et émettait de faibles piaulements derrière son bâillon, puis reprenant son travail. Bowen ne savait pas comment il avait gardé le jeune en vie, ou même simplement conscient, mais Kittim possédait de multiples talents. En entendant Bowen approcher, il se redressa, son corps se dépliant comme celui d'un insecte dérangé dans ses activités, et se tourna vers lui.

Kittim mesurait un mètre quatre-vingt-cinq. La casquette et les lunettes noires qu'il portait en permanence dissimulaient en grande partie ses traits, délibérément, parce qu'il avait un problème de peau. Bowen ignorait ce que c'était et n'avait jamais eu le courage de poser la question mais Kittim avait un visage violacé, avec des touffes de cheveux filasse attachées à un crâne qui semblait s'écailler. Il avait l'air d'un marabout, bâti pour se nourrir de créatures mortes ou agonisantes. Ses yeux, quand il choisissait de les montrer, étaient d'un vert très sombre, comme ceux d'un chat. Sous la salopette, son corps était dur et mince, presque étique. Il était rasé de près et sentait la viande et l'après-rasage Polo.

Et parfois l'huile bouillonnante.

Bowen jeta un coup d'œil au jeune homme écartelé par terre puis ramena son attention sur Kittim. Carlyle avait raison, bien sûr : c'était un malade, et parmi la petite troupe de Bowen, seul Landron Mobley, qui ne valait guère mieux lui-même qu'un chien enragé, semblait avoir quelque affinité avec lui. Ce n'était pas seulement les tortures infligées au jeune Juif qui écœuraient Bowen mais leur caractère charnel. Kittim était excité, Bowen le voyait à la bosse gonflant l'entrejambe de sa salopette. Un moment, il laissa sa colère prendre le pas sur la peur sous-jacente qui lui inspirait cet homme.

— Tu t'amuses bien ? lui lança-t-il.

Kittim haussa les épaules.

— Tu m'as demandé de lui faire cracher ce qu'il sait.

Sa voix faisait penser au bruit d'un balai sur un sol de pierre poussiéreux.

— D'après Carlyle, il ne sait rien.

— Ce n'est pas Carlyle qui commande, ici.

— Non. C'est moi, et je te demande si tu as tiré de lui quelque chose d'utile, fit Bowen.

Kittim le fixa à travers ses lunettes puis lui tourna le dos.

— Laisse-moi, maugréa-t-il, s'agenouillant pour reprendre l'exploration du corps du prisonnier. Je n'ai pas terminé.

Au lieu de s'éloigner, Bowen dégaina le pistolet qu'il portait dans un holster. Il songea de nouveau à l'étrangeté de cet homme, à son allure spectrale et à son passé. C'était comme s'ils l'avaient fait apparaître, comme s'il était l'incarnation de leurs haines et de leurs peurs, une abstraction devenue chair. C'était lui qui était venu à Bowen, qui lui avait offert ses services. Ce qu'on savait de lui s'était insinué en Bowen tel un gaz se répandant dans une pièce, et il avait été incapable de le renvoyer. Qu'est-ce que Carlyle avait dit ? Qu'il était une légende, mais pourquoi ? Qu'est-ce qu'il avait fait ?

Il ne semblait pas s'intéresser à la cause, aux nègres, aux pédés et aux youpins, dont la simple existence alimentait leur haine. Kittim semblait loin de tout ça, même quand il torturait une victime nue à ses pieds. Et maintenant, il avait le front de lui dire ce qu'il fallait faire, il lui ordonnait de le laisser comme s'il était un nègre portant un plateau. Il était temps que Bowen reprenne le contrôle de la situation et montre à tout le monde qui était le patron. Il contourna Kittim, braqua l'arme sur le jeune homme.

— Non, murmura Kittim.

Bowen se tourna vers lui et...

Kittim miroitait.

On eût dit qu'une vague de chaleur intense s'était abattue sur lui et le faisait onduler après son passage. Un instant, il fut à la fois Kittim et quelque chose d'autre, un être noir ailé, aux yeux d'oiseau mort reflétant le monde sans laisser voir la moindre trace de vie en lui. Sous sa peau pendante et desséchée, ses os étaient visibles, les jambes légèrement courbes, les pieds trop longs. L'odeur d'huile se fit plus forte et Bowen comprit. En doutant de Kittim, en laissant percer son propre sentiment de colère, il avait permis à son esprit de percevoir un aspect de la vraie nature de Kittim, jusque-là dissimulé.

Il est vieux, pensa Bowen, plus vieux qu'il n'y paraît, plus vieux qu'aucun de nous n'aurait pu l'imaginer. Il doit se concentrer pour maintenir son apparence. C'est pour cette raison que sa peau est comme ça, qu'il marche si lentement, qu'il se tient à l'écart. Il doit lutter pour maintenir son aspect extérieur. Il n'est pas humain. C'est...

Bowen fit un pas en arrière pendant que la forme de Kittim se reconstituait et il eut de nouveau sous les yeux un homme en salopette, aux mains gantées couvertes de sang.

— Qu'est-ce qu'il y a ? demanda Kittim.

Malgré sa confusion et sa peur, Bowen se garda bien de répondre. Son esprit s'activait pour restaurer sa santé mentale compromise, et il n'était déjà plus très sûr de ce qu'il avait entrevu. Non, Kittim n'avait pas miroité, il ne s'était pas transformé. Il ne pouvait être ce que Bowen avait imaginé l'espace d'un instant : une créature ailée, une sorte d'immonde oiseau mutant.

— Rien, grogna Bowen.

Il regarda d'un air stupide le pistolet qu'il tenait à la main, le glissa dans son étui.

— Alors, laisse-moi me remettre au travail, dit Kittim.

Et Bowen vit l'espoir mourir dans les yeux du jeune homme gisant par terre avant que la forme mince de Kittim ne les lui cache à nouveau.

Quand Bowen passa près de Carlyle en retournant à sa voiture, celui-ci tendit un bras pour le retenir et le laissa retomber en découvrant son visage.

— Tes yeux, dit-il. Qu'est-ce qui est arrivé à tes yeux ?

Bowen ne répondit pas. Plus tard, il raconterait à Carlyle ce qu'il avait vu, ou ce qu'il avait cru voir, et après ce qui devait encore arriver, Carlyle en parlerait aux enquêteurs. Pour l'heure, Bowen garda la chose pour lui et son visage ne refléta aucune émotion quand il démarra, pas même quand il se regarda dans le rétroviseur et s'aperçut que les vaisseaux de ses globes oculaires avaient éclaté, que ses pupilles étaient comme un trou noir au centre d'une flaque rouge sang.

Loin au nord, Cyrus Nairn se blottissait dans l'obscurité de sa cellule. Il était plus heureux en prison que dehors, avec les autres. Les autres ne le comprenaient pas, ils ne pouvaient pas le comprendre. Muet : c'était le mot que, toute sa vie, il avait entendu. Muet. Abruti. Schizo. Cyrus se moquait de ce qu'ils disaient, il savait qu'il était intelligent. Il soupçonnait aussi, au fond de lui, qu'il était fou.

Abandonné par sa mère à l'âge de neuf ans, il avait subi les mauvais traitements de son beau-père jusqu'à ce qu'il soit incarcéré pour la première fois, à dix-sept ans. Il se rappelait encore quelques détails sur sa mère : pas d'amour, encore moins de tendresse – ça, jamais –, mais cette expression dans ses yeux, quand elle avait commencé à mépriser ce qu'elle avait mis au monde au terme d'un accouchement difficile. Né bossu, l'enfant était incapable de se tenir droit et gardait les genoux fléchis, comme s'il peinait en permanence sous un fardeau invisible. Son front trop grand surplombait des yeux sombres aux iris presque noirs. Il avait un nez aplati, de longues narines, un petit menton arrondi. Sa lèvre supérieure avançait un peu au-dessus de sa lèvre inférieure et sa bouche charnue demeurait toujours entrouverte, même au repos, ce qui lui donnait l'air d'être sur le point de mordre.

Il était fort. Des muscles épais saillaient sur ses bras, ses épaules et sa poitrine, s'effilaient sur une taille mince avant d'exploser de nouveau aux fesses et aux cuisses. Sa force avait été son salut : s'il avait été faible, la prison l'aurait brisé depuis longtemps.

Il avait été condamné une première fois pour cambriolage avec violence après avoir pénétré dans la maison d'une femme de Houlton, armé d'un couteau qu'il avait fabriqué lui-même. La femme s'était enfermée dans sa chambre et avait appelé les flics, qui avaient arrêté Cyrus alors qu'il tentait de s'échapper par la fenêtre de la salle de bains. Dans la langue des signes, il leur avait expliqué qu'il cherchait seulement de l'argent pour s'acheter de la bière et ils l'avaient cru. Il avait quand même écopé de trois ans et tiré dix-huit mois.

C'était le psychiatre de la prison qui l'avait pour la première fois qualifié de « schizophrène » présentant ce que l'homme avait appelé des symptômes « positifs » classiques : hallucinations, fantasmes, étranges modes de pensée et d'expression, voix intérieures. Cyrus avait hoché la tête tandis qu'un traducteur lui expliquait tout cela par signes bien qu'il entendît parfaitement bien. Il avait simplement choisi de ne pas révéler ce fait, tout comme il avait apparemment choisi, des années plus tôt, de ne plus parler.

Ou peut-être avait-on fait ce choix pour lui, il ne savait pas trop.

On lui avait prescrit un traitement, les antipsychotiques dits de « première génération », mais il détestait leurs effets secondaires débilitants et avait rapidement appris à cacher qu'il ne les prenait plus. Plus que les effets secondaires, il détestait la solitude qui allait de pair avec les médicaments. Il haïssait le silence. Quand les voix avaient recommencé à lui parler, il les avait accueillies comme de vieilles amies de retour d'un pays lointain avec d'étranges histoires à raconter. Quand on l'avait enfin libéré, c'était à peine s'il pouvait entendre les pas du gardien qui l'accompagnait par-dessus la clameur des voix, tout excitées par la perspective de recouvrer la liberté et de reprendre les plans qu'elles avaient répétés avec soin pendant si longtemps.

Pour Cyrus, l'affaire de Houlton avait été un échec à deux titres : premièrement, il s'était fait prendre ; deuxièmement, il n'avait pas pu y faire ce pour quoi il était venu.

Il n'était pas venu pour l'argent.

Il était venu pour la femme.

Cyrus Nairn vivait dans une cabane sur un bout de terrain qui avait appartenu à la famille de sa mère, près de l'Androscoggin, à une quinzaine de kilomètres au sud de Wilton. Autrefois, les gens entreposaient des fruits et des légumes dans des cavités creusées dans la berge, où la température basse les gardait frais longtemps après qu'ils avaient été cueillis ou déterrés. Cyrus avait trouvé ces trous et les avait étayés, puis en avait dissimulé l'entrée avec des buissons et des branches. C'était là qu'il se réfugiait pour échapper au monde quand il était enfant. Parfois, il lui semblait presque qu'il avait été créé pour s'y glisser, qu'ils étaient son foyer naturel. La courbure de sa colonne vertébrale, son cou épais et court, ses jambes légèrement pliées aux genoux : tout son corps paraissait conçu pour ce lieu. Les trous froids cachaient maintenant d'autres choses, et même en été, du fait de la réfrigération naturelle, il devait y descendre à quatre pattes et renifler la terre avant de déceler le moindre indice de ce qui y reposait.

Après Presque Isle, Cyrus avait appris à être prudent. Il n'utilisait qu'une fois les couteaux qu'il fabriquait puis il les brûlait et en enfouissait la lame loin de sa cabane. Au début, il était capable d'attendre un an, voire plus, avant de recommencer, et il se contentait de rester accroupi dans le silence froid des cavités, jusqu'à ce que les voix redeviennent trop fortes et le forcent à se remettre en chasse. Et puis, à mesure qu'il prenait de l'âge, les voix s'étaient faites plus exigeantes, les intervalles s'étaient réduits ; et un jour, il avait essayé avec la femme de Dexter et elle avait crié, des hommes étaient accourus et l'avaient battu. Il en avait pris pour cinq ans, mais la fin était proche, maintenant. La commission des libérations conditionnelles avait examiné les résultats de

Cyrus au Hare PCL-R, un test mis au point par un professeur de psychologie de l'université de Colombie-Britannique et considéré comme un bon indicateur du risque de récidive et de violence, de la réaction du sujet à l'intervention thérapeutique, et la commission avait émis un avis positif. Dans quelques jours, Cyrus serait libre, libre de retourner à la rivière et à ses chères cavités. C'était pour ça qu'il aimait sa cellule, son obscurité, en particulier la nuit quand, fermant les yeux, il pouvait s'imaginer là-bas, parmi les femmes et les filles, les filles parfumées.

Il devait en partie sa libération à son intelligence naturelle, et si les services psychiatriques de la prison avaient étudié son cas de façon plus approfondie, ils auraient découvert que les facteurs génétiques ayant causé son état l'avaient aussi doté d'une créativité brillante. Cyrus avait toutefois bénéficié d'une aide inattendue, dans les dernières semaines.

Dès son arrivée à l'USSM, le vieil homme avait remarqué Cyrus de sa cellule, et ses doigts avaient commencé à remuer.

Salut.

Cela faisait si longtemps que Cyrus n'avait pas utilisé la langue des signes avec quelqu'un d'autre que le psy qu'il avait presque oublié comment converser. Lentement, puis plus vite, il avait répondu.

Salut. Je m'appelle...

Cyrus. Je connais ton nom.

Comment tu connais mon nom ?

Je sais tout sur toi, Cyrus. Sur toi et sur ton petit garde-manger.

Cyrus avait reculé et regagné sa cellule, où il était resté blotti dans un coin le reste de la journée, tandis que les voix criaient, se houspillaient. Mais, le lendemain, il était retourné au bord de la zone récréative. Le vieil homme l'attendait. Il savait. Il savait que Cyrus reviendrait le voir.

Qu'est-ce que tu veux ? avait « signé » Cyrus.

J'ai quelque chose pour toi.

Quoi ?

Le vieillard avait marqué une pause avant de faire le signe, celui que Cyrus s'adressait à lui-même dans la pénombre quand tout devenait trop menaçant pour lui et qu'il avait besoin d'un espoir, de quelque chose à quoi se raccrocher, de quelque chose à désirer.

Une femme, Cyrus. Je vais te donner une femme.

A quelques mètres à peine de l'endroit où Cyrus était étendu, Faulkner, agenouillé dans sa cellule, priait pour que son plan réussisse. Il savait qu'en venant à Thomaston il trouverait un détenu qu'il pourrait manipuler. Ceux de l'autre prison ne lui convenaient pas ; c'étaient des « longues peines » et Faulkner ne s'intéressait pas aux longues peines. Il s'était donc tailladé les poignets pour se faire transférer à l'unité de stabilisation de santé mentale et avoir accès à des prisonniers plus adaptés à son projet. Il s'attendait à rencontrer des difficultés, mais il avait repéré Nairn immédiatement et deviné sa souffrance.

Faulkner pressa ses mains l'une contre l'autre et le murmure de sa prière s'accentua.

Anson, le gardien, s'approcha en silence, s'arrêta pour considérer un instant la silhouette agenouillée. Puis son bras se détendit en un mouvement sec et la corde passa pardessus la tête de l'homme en prière. Avec un bref coup d'œil derrière lui, Anson tira, amena Faulkner, éructant et griffant l'air, contre les barreaux. Il l'obligea à se mettre debout, lui saisit la gorge.

— Saloperie ! fit-il d'une voix sifflante.

Il gardait un ton bas car il avait vu des hommes s'affairer dans la cellule avant que le prédicateur y soit transféré et il soupçonnait une mise sur écoute.

— Tu ouvres encore la bouche pour me baver dessus et je finirai ce que t'as commencé, menaça-t-il. T'as compris ?

Ses doigts s'enfoncèrent dans la peau sèche et brûlante de Faulkner, sentirent l'os, dessous, fragile, attendant d'être brisé. Anson relâcha son étreinte, laissa la corde se desserrer avant de tirer à nouveau dessus, projetant violemment la tête du vieil homme contre les barreaux.

— Et fais gaffe à ce que tu manges, vieux suceur de bites, parce que je vais m'amuser un peu avec ta bouffe avant qu'elle t'arrive, tu m'entends ?

Il lâcha une extrémité de la corde et laissa Faulkner s'effondrer sur le sol. Le prédicateur se releva lentement, se dirigea vers sa couchette en titubant et en respirant avec difficulté. Il écouta les pas du gardien s'éloigner puis s'assit et, restant à distance des barreaux, reprit ses prières.

Quelque chose sur le sol attira son attention et il tourna la tête pour en suivre le mouvement. Après l'avoir observé un moment, il l'écrasa de son pied.

— Mon garçon, je t'avais prévenu, murmura-t-il en décollant de sa semelle les restes de l'araignée. Je t'avais dit de les faire tenir tranquilles, tes petites chéries.

Il y eut à proximité un bruit qui pouvait être le sifflement d'un jet de vapeur ou l'expression d'une rage à peine contenue.

Dans sa propre cellule, Cyrus Nairn, à demi endormi, le souvenir de la terre humide envahissant ses sens, s'agita sur sa paillasse quand une autre voix s'ajouta au chœur qui résonnait dans sa tête. Ces dernières semaines, il l'entendait de plus en plus régulièrement depuis que le prédicateur et lui avaient commencé à communiquer et à partager les détails de leurs vies respectives. Cyrus accueillit avec plaisir l'arrivée de l'inconnu qui étendait ses vrilles dans son esprit, imposait sa présence et réduisait au silence les autres voix.

Bonsoir, dit Cyrus, entendant sa propre voix dans sa tête, celle que personne n'avait entendue depuis tant d'années, et « signant » simultanément le mot par habitude.

Bonsoir, Cyrus.

Le prisonnier sourit. Il ne savait trop comment appeler le visiteur parce qu'il avait beaucoup de noms, des vieux noms que Cyrus n'avait jamais entendus avant. Il y en avait deux, cependant, qu'il utilisait plus que d'autres.

Parfois, il se faisait appeler Leonard.

Le plus souvent, il se faisait appeler Pudd.

7

Ce soir-là, Rachel me regarda en silence tandis que je me déshabillais.

— Tu peux me dire ce qui s'est passé ? finit-elle par demander.

Je m'étendis à côté d'elle et elle s'approcha de moi, son ventre touchant le haut de ma cuisse. Je posai une main sur son corps, tentai de sentir la vie qui croissait en elle.

— Comment tu vas ? m'enquis-je.

— Super. Juste un peu vomi ce matin. Mais tout de suite après, je suis revenue dans la chambre et je t'ai embrassé !

— Charmant. Le fait que je n'ai pas trouvé ça plus désagréable que d'habitude est révélateur de ton hygiène personnelle.

Elle me pinça sauvagement la taille, leva une main pour la passer dans mes cheveux.

— Alors ? Tu n'as pas répondu à ma question.

— Il a dit qu'il voulait que je... que nous, je suppose, puisque tu seras convoquée aussi, refusions de témoigner. En échange, il a promis de nous laisser tranquilles.

— Tu le crois ?

— Non, et même si je le croyais, ça ne changerait rien. Stan Ornstead doute de mes qualités de témoin, mais je pense qu'il est simplement à cran et ses doutes ne t'incluent pas, de toute façon. Nous témoignerons, que nous le voulions ou pas, mais j'ai eu l'impression que cette perspective n'inquiétait pas vraiment Faulkner et qu'il était quasiment certain d'obtenir sa libération sous caution après révision de la décision du tribunal. Il s'embête peut-être tellement en prison qu'il a pensé que je pourrais le distraire.

— Et tu l'as distrait ?

— Un peu, mais il est du genre à s'amuser facilement. Il y a autre chose : sa cellule est glacée, comme si son corps absorbait la chaleur environnante. Et il a provoqué un des gardiens au sujet de ses relations avec une ado.

— Un ragot ?

— Non. Le type a réagi comme s'il avait reçu un coup en pleine figure. Il a reconnu les faits devant moi, un peu plus tard, et m'a certifié qu'il n'avait fait de confidences à personne. D'après Faulkner, la fille est mineure, ce que le gardien m'a confirmé.

— Tu vas intervenir ?

— Pour la fille ? J'ai demandé à Stan Ornstead de s'en occuper. C'est tout ce que je peux faire.

— Et qu'est-ce que tu en conclus, pour Faulkner ? Qu'il est médium ?

— Non, pas médium. Je ne crois pas qu'il existe un mot pour ce qu'il est. Au moment où je partais, il m'a craché dessus. Il m'a craché dans la bouche, en fait.

Je sentis Rachel se raidir.

— Ouais, dis-je, c'est l'effet que ça m'a fait, à moi aussi. Il n'y a pas assez de bains de bouche au monde pour nettoyer ça.

— Pourquoi il a fait une chose pareille ?

— Il a dit que cela m'aiderait à mieux voir.

— A mieux voir quoi ?

J'étais en terrain délicat. Je faillis tout lui raconter : la voiture noire, les créatures sur les murailles de la prison, les visions d'enfants perdus que j'avais eues par le passé, les visites que me rendaient Susan et Jennifer, venues d'un autre monde. J'avais envie de tout lui dire, mais j'en étais incapable et je ne comprenais pas pourquoi. J'eus l'impression qu'elle le sentit en partie, et choisit alors de ne pas insister. Si elle l'avait fait, comment aurais-je pu lui expliquer ? Moi-même, je m'interrogeais sur la nature de mon « don ». Je n'aimais pas penser que quelque chose en moi attirait ces âmes perdues. Il était quelquefois plus facile d'essayer de croire que c'était un trouble d'ordre psychologique, pas un don de voyance.

Je fus également tenté d'appeler Elliot Norton pour lui dire que ses ennuis ne me concernaient pas, que je ne voulais pas en entendre parler, mais je lui avais fait une promesse. Et tant que Faulkner resterait enfermé, dans l'attente d'une décision du tribunal sur sa mise en liberté sous caution, Rachel serait probablement en sécurité. Faulkner, j'en étais convaincu, ne tenterait rien qui pût compromettre sa libération.

La voiture noire était une autre paire de manches. Ce n'était ni un rêve, ni une réalité. C'était comme si, un court instant, quelque chose qui occupait un point aveugle de ma rétine avait dérivé dans mon champ de vision, comme si une légère altération de ma perception m'avait laissé voir ce qui était normalement invisible. Et pour des raisons que je ne saisissais pas tout à fait, je pensais que la voiture, réelle ou imaginaire, ne constituait pas une menace directe. Son dessein était plus flou, son symbolisme plus ambigu. Savoir que la police de Scarborough surveillerait la maison achevait de me tranquilliser, même s'il était peu probable qu'un officier de police signale la présence sur la route d'une Cadillac noire toute cabossée.

Il y avait aussi la question de Roger Bowen. Lui rendre visite ne donnerait sans doute rien de bon mais j'avais envie de le voir, de fouiner un peu autour de lui. J'avais surtout l'impression d'une convergence d'événements dont l'affaire d'Elliot Norton constituait un des éléments, distinct mais relié aux autres. Je ne crois pas beaucoup aux coïncidences. J'ai appris au fil des ans que ce qu'on prend pour une coïncidence est généralement une façon qu'a la vie de vous dire que vous ne faites pas assez attention.

— Il pense que les morts lui parlent, répondis-je finalement. Il pense que des anges difformes volent au-dessus de la prison de Thomaston. C'est ça qu'il voulait que je voie.

— Et tu les as vus ? fit Rachel.

Je la regardai, elle ne souriait pas.

— J'ai vu des corbeaux. Des tas de corbeaux. Avant que tu envisages de me faire dormir dans la chambre d'amis, sache que je ne suis pas le seul à les avoir vus.

— Je te crois. Rien de ce que tu me racontes sur ce vieillard ne saurait m'étonner. Même enfermé, il me donne la chair de poule.

— Je ne suis pas obligé de partir. Je peux rester ici avec toi, suggérai-je.

— Je ne veux pas que tu restes. Non, ce n'est pas ce que j'ai voulu dire. Réponds-moi franchement : nous sommes en danger ?

Je réfléchis.

— Je ne crois pas. Finalement, il ne se passera rien avant que ses avocats fassent appel. Ensuite, nous devrons reconsidérer la question. Pour le moment, le rôle d'ange gardien joué par la police de Scarborough n'est qu'une précaution superflue, même si elle aura peut-être besoin d'un petit coup de main non officiel...

Rachel ouvrit la bouche pour protester mais je couvris doucement ses lèvres de ma main. Elle fronça les yeux en signe de protestation.

— Ecoute, plaidai-je, c'est autant pour moi que pour toi. Ce ne sera ni voyant ni gênant et je dormirai un peu plus tranquille.

J'éloignai légèrement ma main de sa bouche en me préparant à une longue tirade. Les lèvres de Rachel s'écartèrent et je renouvelai ma pression. Elle eut un soupir résigné et, vaincue, laissa ses épaules s'affaisser. Cette fois, j'ôtai complètement le bâillon improvisé et l'embrassai. Elle ne réagit pas immédiatement, mais je sentis ensuite ses lèvres s'entrouvrir et sa langue frôler prudemment la mienne. Sa bouche s'ouvrit toute grande, je me serrai contre elle.

— Tu n'utiliserais pas le sexe pour obtenir ce que tu veux ? dit-elle, haletant un peu quand ma main caressa l'intérieur de sa cuisse.

Je haussai les sourcils en une piètre imitation d'amour-propre blessé.

— Bien sûr que non, affirmai-je. Je suis un homme. Le sexe est mon moteur, quoi qu'il arrive.

Je sentis son rire sur ma langue quand nous entamâmes doucement notre slow.

Je me réveillai dans l'obscurité. Aucune voiture n'attendait sur la route, et cependant elle me parut déserte depuis peu de temps.

Je quittai la chambre à coucher, descendis sans bruit à la cuisine. Je ne pouvais plus dormir. En arrivant aux dernières marches, je découvris Walt assis dans l'encadrement de la porte du séjour, les oreilles dressées, la queue battant lentement le parquet. Il me jeta un coup d'œil avant de ramener son attention sur la pièce et ne réagit pas quand je lui grattai le dessus de la tête. Ses yeux demeuraient fixés sur un pan d'obscurité, dans un coin que les doubles rideaux épais privaient de lumière mais qui était quand même plus sombre qu'il n'aurait dû l'être, comme une fosse creusée entre deux mondes.

Quelque chose dans cette obscurité avait attiré l'attention du chien.

Je saisis la seule arme à portée de main – le coupe-papier posé sur l'étagère du portemanteau – et pénétrai dans le séjour, conscient de ma nudité.

— Qui est là ? fis-je.

A mes pieds, Walt laissa échapper un gémissement, plus d'excitation que de peur. Je m'approchai du coin obscur.

Et une main émergea.

Une main de femme, très blanche. On lui avait infligé trois blessures horizontales si profondes que les os des doigts étaient visibles. Les plaies étaient anciennes, d'un brun grisâtre à l'intérieur, et la peau avait durci au pourtour. Il n'y avait pas de sang. La main continua à s'ouvrir, la paume tournée vers moi, les doigts tendus,

arrêtez

et je sus que ces blessures n'étaient que les premières, que la femme avait levé les mains pour se protéger de la lame mais que l'arme avait trouvé son visage et son corps malgré tout, et qu'il y avait d'autres entailles semblables sur elle, faites avant sa mort et après.

s'il vous plaît

Je me figeai.

Qui êtes-vous ?

vous me cherchez

Cassie ?

je sens que vous me cherchez

Où êtes-vous ?

perdue

Qu'est-ce que vous voyez ?

rien, le noir

Qui vous a fait ça ? Qui est-ce ?

personne

plusieurs en un seul

J'entendis alors un murmure s'élever et d'autres voix se joindre à la première.

cassie laisse-moi parler laisse-moi lui parler cassie est-ce qu'il nous aidera est-ce qu'il connaît mon nom est-ce qu'il peut me dire mon nom cassie cassie est-ce qu'il peut m'emmener d'ici je veux rentrer à la maison s'il te plaît je suis perdue cassie s'il te plaît je veux rentrer

s'il te plaît

Cassie, qui sont-elles ?

je ne sais pas

je ne les vois pas

mais elles sont toutes ici

il nous a toutes mises ici

Derrière moi, une main toucha mon épaule nue et Rachel fut près de moi, ses seins contre mon dos. Les voix faiblirent, à peine audibles, et cependant insistantes et désespérées.

s'il te plaît

Je me tournai. Face à moi et parfaitement endormie, Rachel plissa le front et murmura doucement :

— S'il te plaît.

8

Je pris l'avion à l'aéroport de Portland le lendemain matin. C'était un dimanche et les routes étaient encore tranquilles quand Rachel me déposa à l'entrée du terminal. J'avais déjà appelé Wallace MacArthur pour lui confirmer que je partais et je lui avais donné les numéros de mon portable et de l'hôtel. Rachel lui avait arrangé un rendez-vous avec une de ses amies, Mary Pinson, qui habitait Pine Point. Elle avait fait la connaissance de Mary à l'Audubon Society et pensait qu'elle et Wallace devraient bien s'entendre. De son côté, il avait pris la peine de consulter les fichiers des services de délivrance des permis de conduire pour voir la photo de Mary et se déclarait ravi de sa compagne potentielle.

« Elle a l'air bien, m'avait-il dit.

— Ouais, ben, ne t'emballe pas. Elle ne t'a pas encore vu, elle.

— Qu'est-ce qu'on peut me reprocher ?

— Tu as une image de toi très positive, Wallace. Chez quelqu'un d'autre, on pourrait prendre ça pour de la suffisance mais chez toi, ça passe. »

Il avait marqué un temps assez long avant de me demander :

« Sérieusement ? »

Rachel se pencha pour m'embrasser et je tins sa tête près de la mienne.

— Prends soin de toi, me recommanda-t-elle.

— Toi aussi. Tu as ton portable ?

Elle tira son téléphone de son sac d'un air obéissant.

— Et tu le laisseras ouvert ?

Elle opina du chef.

— Tout le temps ?

Plissement de lèvres. Haussement d'épaules. Hochement de tête réticent.

— J'appellerai pour vérifier.

Elle me boxa le bras.

— Va prendre ton avion. Il y a plein d'hôtesses de l'air qui attendent d'être séduites.

— Sérieusement ? dis-je, me demandant aussitôt si j'avais plus en commun avec Wallace MacArthur que je ne le pensais.

Louis m'avait déclaré un jour que le Nouveau Sud était comme l'ancien, sauf que tout le monde pesait cinq kilos de plus. Il était sans doute amer et ne faisait pas partie des fans de la Caroline du Sud, souvent considérée comme l'Etat le plus péquenaud et réac du Sud avec le Mississippi et l'Alabama, bien qu'il eût réglé ses problèmes raciaux d'une manière un tantinet plus évoluée. Quand Harvey Gantt était devenu le premier étudiant noir à fréquenter Clemson College, les autorités, plutôt que d'opter pour les barrages et les fusils, avaient estimé, à contrecœur, que le temps du changement était venu. C'était pourtant à Orangeburg, Caroline du Sud, que trois étudiants noirs avaient été tués, en 1968, pendant les manifestations devant le Bowling All Star réservé aux Blancs. Tous les habitants de Caroline du Sud âgés de plus de quarante ans avaient probablement fréquenté des établissements scolaires régis par la ségrégation et certains d'entre eux pensaient encore que le drapeau confédéré aurait dû flotter au-dessus du parlement de l'Etat, à Columbia.

Je me rendis à Charleston via Charlotte, qui faisait penser à un centre de tri pour rebuts de l'évolution et à une décharge pour les pires excès vestimentaires de l'industrie du polyester. Fleetwood Mac beuglait dans le juke-box du saloon Taste of Carolina, où des hommes enrobés en short et tee-shirt buvaient de la bière light dans un brouillard de fumée de cigarettes, pendant que des femmes, à côté d'eux, glissaient des pièces dans les machines à sous posées sur le bois poli du comptoir. Un type avec une tête de mort coiffée d'un bonnet de bouffon tatouée sur le bras gauche me lorgnait d'un œil mauvais de l'endroit où il était assis, jambes écartées, à une table basse, le col de son tee-shirt trempé de sueur. Je soutins son regard jusqu'à ce qu'il éructe et détourne la tête avec une expression d'ennui soigneusement étudiée.

Je cherchai sur les écrans le numéro de ma porte de départ.

Des avions partaient de Charlotte pour se rendre dans des endroits qu'aucune personne sensée n'aurait eu envie de visiter, le genre d'endroits où les routes auraient dû être à sens unique et mener ailleurs, n'importe où. Nous embarquâmes à l'heure et je me retrouvai assis près d'un costaud coiffé d'une casquette des pompiers de Charleston. Il se pencha vers moi pour regarder les véhicules et les avions militaires sur le tarmac, ainsi qu'un bimoteur Express de l'US Airways qui roulait vers la piste d'envol.

— Une chance qu'on soit à bord d'un jet et pas d'un de ces vieux coucous, commenta-t-il de sa voix traînante.

Je hochai la tête tandis qu'il inspectait du regard les bâtiments du terminal.

— Je me souviens quand Charlie était rien qu'un petit aéroport à deux pistes, poursuivit-il. Il était encore en construction. A l'époque, j'étais dans l'armée...

Je fermai les yeux.

Ce fut le plus long vol court de ma vie.

Charleston International était presque vide quand l'avion atterrit, les allées et les boutiques quasiment désertes. Au nord-ouest, à la base aérienne, des appareils kaki étaient alignés sous le soleil de l'après-midi, tendus comme des sauterelles prêtes à l'envol.

Ils me repérèrent dans la salle des bagages, près des agences de location de voitures. Ils étaient deux, un gros vêtu d'une chemise en chanvre de couleur vive, un autre plus âgé, les cheveux bruns rabattus en arrière, portant un tee-shirt et un gilet sous une veste de lin noir. Ils m'observèrent discrètement pendant que je m'occupais des papiers au comptoir Hertz puis attendirent à l'entrée latérale du terminal, quand je traversai la chaleur accablante du parking jusqu'à l'auvent sous lequel ma Mustang était garée. Le temps qu'on me donne les clefs, ils étaient dans une grosse Chevrolet Tahoe, à l'intersection avec la principale voie de sortie, et ils laissèrent deux voitures entre eux et moi jusqu'à la route nationale. J'aurais pu les semer mais ça ne présentait pas d'intérêt. Je savais qui ils étaient, c'était l'essentiel.

La Mustang récente que j'avais louée ne réagissait pas comme ma Boss 302. Quand j'appuyais sur l'accélérateur, il ne se passait rien pendant une bonne seconde, le temps que le moteur se réveille, s'étire et se gratte avant de se décider enfin à accélérer. Elle avait cependant un lecteur de CD et je pus écouter les Jayhawks en roulant sur la portion néobrutaliste de l'I-26, « I'd Run Away » à fond tandis que je prenais North Meeting Street pour Charleston, jusqu'à ce que l'ambiguïté du texte me fasse passer à la radio, les paroles résonnant encore dans ma tête.

Alors nous avons eu un petit garçon,
En sachant que ça ne durerait pas très longtemps.
C'était en gros ce que j'avais en tête,
Mais ce que j'avais en tête était tout faux.

Meeting Street est l'une des principales artères qui mènent à Charleston, au cœur du quartier des affaires et du tourisme, mais sa première partie n'a rien de ragoûtant. Un Noir vendait des pastèques sur le côté de la route à l'arrière d'une camionnette où les fruits étaient soigneusement alignés, sous une enseigne signalant le Diamonds Gentleman's Club. La Mustang tressauta en traversant une voie ferrée, passa devant des entrepôts aux portes condamnées par des planches, des centres commerciaux abandonnés, attira l'attention de gosses lançant des cerceaux sur des terrains envahis de broussailles et de vieux assis sur leur véranda, la peinture s'écaillant des façades des maisons, les mauvaises herbes s'échappant par les fissures des marches. Le seul bâtiment qui parût propre et neuf, c'était l'office des logements sociaux, en verre et briques rouges modernes. Il semblait inviter ceux qui survivaient grâce à ses bienfaits à le saccager, à voler tout le mobilier et les installations électriques. La Chevy resta dans mon sillage pendant tout le trajet. Je ralentis une ou deux fois, quittai Meeting pour décrire un cercle par Calhoun et Hutson et revenir dans Meeting, histoire d'embêter les deux hommes. Ils demeurèrent à distance jusqu'à ce que je pénètre dans la cour du Charleston Place Hotel, puis s'éloignèrent lentement.

Dans le hall de l'hôtel, des Blancs et des Noirs fortunés en habits du dimanche bavardaient et riaient, détendus après la messe. De temps à autre, un maître d'hôtel appelait un groupe ou une famille à passer dans la salle du restaurant, le brunch du dimanche au Charleston Place étant pour certains une tradition. Je les laissai à leur repas pour monter à ma chambre. Elle offrait deux grands lits et une vue imprenable sur la banque d'en face. Je m'assis sur le lit le plus proche de la fenêtre et composai le numéro d'Elliot Norton pour le prévenir que j'étais arrivé. Il poussa un long soupir de soulagement.

— Ça te va, l'hôtel ? me demanda-t-il.

— Oui, répondis-je sans enthousiasme.

Le Charleston Place était certes luxueux, mais plus un hôtel est grand, plus il est facile à des inconnus d'avoir accès aux chambres. En montant le grand escalier central du hall, je n'avais remarqué personne qui ressemblât à un détective et le couloir était désert, à part une femme de chambre poussant un chariot de serviettes et de produits de toilette. Elle ne m'avait pas même accordé un regard.

— C'est le meilleur de Charleston, assura Elliot. Il a une salle de gym, une piscine. Si tu préfères, je peux te réserver une piaule dans un autre hôtel où les punaises te tiendront compagnie...

— On m'a suivi depuis l'aéroport, annonçai-je.

— Mmm.

Il n'avait pas l'air surpris.

— Tu penses qu'on aurait pu mettre ton téléphone sur écoute ?

— C'est fort possible. Je n'ai jamais pris la peine d'inspecter la maison. Je n'en voyais pas la nécessité. Mais c'est dur de cacher quoi que ce soit, dans cette ville. En plus, comme je te l'ai dit, ma secrétaire m'a laissé tomber cette semaine en me faisant clairement comprendre qu'elle n'approuvait pas une partie de ma clientèle. Son dernier boulot a été de faire la réservation pour ta chambre. Elle en a peut-être parlé à quelqu'un.

La filature ne m'inquiétait pas trop. De toute façon, les personnes impliquées dans l'affaire ne tarderaient pas à apprendre ma présence. J'étais plus préoccupé par la possibilité que quelqu'un découvre nos projets pour Atys Jones et s'en prenne à lui.

— Bon, au cas où : plus d'appels de l'hôtel, de ton bureau ou de chez toi. Il nous faudra des portables neufs, je les achèterai ce soir. Pour les informations délicates, on attendra de se voir.

Les portables ne constituaient pas la solution idéale, mais si nous ne signions pas de contrats, si nous ne communiquions les numéros à personne et si nous les utilisions prudemment, ils feraient probablement l'affaire. Elliot me redonna le chemin pour aller chez lui, à cent trente kilomètres environ au nord-ouest de Charleston, et je promis d'y être en fin d'après-midi. Avant de raccrocher, il ajouta :

— A part ton confort, j'avais une autre raison de te réserver une chambre au CP.

J'attendis.

— Les Larousse y prennent le brunch du dimanche presque toutes les semaines, pour faire le point sur les affaires et les derniers ragots. Si tu descends maintenant, tu les verras probablement : Earl, Earl Junior, peut-être quelques cousins, des associés. J'ai pensé que tu aimerais leur jeter un coup d'œil discret, mais si on t'a suivi depuis l'aéroport, ils te surveillent peut-être aussi de leur côté. Désolé, vieux. J'ai foiré.

Je ne relevai pas.

Avant de redescendre dans le hall, je feuilletai les pages jaunes, appelai l'agence de location de voitures Loomis et demandai qu'on m'amène une Neon anonyme au parking d'ici une heure : ceux qui m'avaient à l'œil chercheraient la Mustang et je n'avais pas l'intention de leur faciliter la tâche.

Je repérai le groupe Larousse au moment où il sortait du restaurant. Earl, aisément reconnaissable d'après les photos que j'avais vues de lui dans la presse, portait son habituel costume blanc avec une cravate de soie noire, comme un Chinois en deuil. Chauve, lourdement bâti, il mesurait environ un mètre soixante-dix. Il avait à côté de lui une version plus jeune et plus mince de lui-même, quoique le fils eût une allure légèrement efféminée introuvable chez le père. La silhouette svelte d'Earl Junior disparaissait sous une chemise blanche bouffante et un pantalon noir, trop serré aux fesses et aux cuisses, qui lui donnait l'air d'un danseur de flamenco prenant son jour de repos. Il était d'un blond très clair, avec des sourcils presque invisibles, et devait se raser une fois par mois. Cinq autres personnes – trois hommes, deux femmes – conversaient avec eux en quittant la salle. Le groupe fut bientôt rejoint par une huitième personne, le brun aux cheveux rabattus en arrière qui m'avait pris en filature à l'aéroport. Le gus s'approcha d'Earl Junior et lui murmura quelque chose à l'oreille avant de s'éloigner. Aussitôt, Junior regarda dans ma direction, dit un mot à son père, se détacha du groupe et se dirigea vers moi. Je ne savais pas trop à quoi m'attendre, certainement pas à ce qu'il me tende la main avec un sourire forcé.

— Monsieur Parker ? Je me présente : Earl Larousse Junior.

Je lui serrai la main en demandant :

— Vous faites toujours suivre les gens depuis l'aéroport ?

Le sourire vacilla puis reprit son poste, plus crispé encore.

— Désolé. Nous étions curieux de voir à quoi vous ressemblez.

— Je ne saisis pas.

— Nous savons pourquoi vous êtes ici, monsieur Parker. Nous n'approuvons pas nécessairement, mais nous comprenons. Nous ne voulons pas de problème entre nous. Nous croyons savoir que vous avez un travail à faire. Notre souhait, c'est que la personne responsable de la mort de ma sœur soit punie avec toute la rigueur de la loi. Pour le moment, nous pensons que c'est Atys Jones. S'il apparaît que ce n'est pas le cas, nous l'accepterons. Nous avons fait nos déclarations à la police, nous lui avons dit tout ce que nous savons. Nous vous demandons simplement de respecter notre vie privée et de nous laisser en paix. Nous n'avons rien à ajouter à ce qui a été dit.

Cela sonnait comme un discours soigneusement répété. De plus, je trouvai le ton d'Earl Junior détaché. S'il semblait sincère, quoique mécanique, ses yeux étaient à la fois railleurs et un peu effrayés. Il portait un masque, mais je ne savais pas encore ce qui s'abritait derrière. A quelque distance, son père nous observait avec une expression hostile qui, pour une raison inconnue, semblait dirigée aussi bien contre son fils que contre moi. Earl Junior retourna auprès de son groupe et un voile tomba sur la colère de son père tandis qu'ils traversaient le hall en direction de leurs voitures.

N'ayant rien d'autre à faire, je retournai à ma chambre, me douchai, mangeai un sandwich club et attendis l'employé de l'agence de location. Quand la réception téléphona, je descendis, signai les papiers et allai prendre la voiture au parking. Je mis mes lunettes noires et sortis, sous un soleil qui faisait miroiter le pare-brise, mais il n'y avait pas trace de la Chevrolet et personne ne semblait s'intéresser à moi ou à ma Neon. Juste avant de quitter la ville, je fis halte dans un grand centre commercial et achetai deux téléphones portables.

Elliot Norton vivait à trois kilomètres de Grace Falls, dans une modeste maison blanche de style pseudo-colonial flanquée de deux piliers encadrant la porte d'entrée et d'une véranda courant sur toute la longueur du rez-de-chaussée. C'était le genre d'endroit où l'on préparait le mint julep avec une mixture toute faite, et la grande bâche en plastique couvrant le trou du toit ne contribuait pas à donner au lieu un air authentique. Je trouvai Elliot derrière, en conversation avec deux hommes en salopette appuyés à une camionnette. Les mots inscrits en grosses lettres sur le flanc du véhicule m'apprirent qu'ils travaillaient pour l'entreprise Dave, Construction et Toitures, à Martinez, Géorgie (« Un toit de rêve ? Appelez Dave ! »). A leur gauche, des éléments d'échafaudage attendaient d'être assemblés pour que les travaux puissent commencer dès le lendemain matin. L'un des couvreurs faisait distraitement sauter un morceau d'ardoise noirci dans sa main. En me voyant approcher, il arrêta son geste, pointa le menton dans ma direction. Elliot se retourna un peu trop vivement, puis laissa les deux ouvriers et me tendit la main.

— Bon Dieu, je suis content de te voir ! fit-il avec un grand sourire.

Sur le côté gauche de sa tête, ses cheveux avaient brûlé et on avait coupé ce qu'il en restait pour tenter de masquer les dégâts. Un pansement couvrait son oreille gauche, et des marques de brûlure luisaient sur sa joue, son menton et son cou. Ce qu'on voyait de sa main gauche prise dans un bandage blanc était couvert d'ampoules.

— Ne le prends pas mal, Elliot, mais tu n'as pas l'air à ton avantage.

— Je sais. Le feu a détruit la plupart de mes vêtements.

Viens, dit-il en me passant un bras derrière le dos. Je t'offre un thé glacé.

A l'intérieur, la maison sentait la fumée et l'humidité. L'eau avait pénétré dans les planchers du premier étage et endommagé les plâtres des pièces du rez-de-chaussée, où des nuages marron traversaient maintenant le ciel blanc des plafonds. Le papier mural avait commencé à se décoller, et Elliot devrait sans doute remplacer la plupart des poutres de l'entrée. Dans le séjour, je découvris un canapé-lit ouvert, des vêtements accrochés à la tringle des rideaux ou étalés sur les dossiers des sièges.

— Tu continues à vivre ici ? m'étonnai-je.

— Ouais, répondit-il en rinçant deux verres saupoudrés de cendres.

— Tu serais plus en sécurité à l'hôtel, non ?

— Possible, mais les gars qui ont fait ça à la maison reviendraient finir le travail.

— Ils pourraient revenir même si tu restes.

— Non, le meurtre, ce n'est pas leur genre. S'ils avaient voulu me tuer, ils l'auraient fait la première fois.

Il prit un pichet de thé glacé dans le réfrigérateur, remplit les verres. Je m'approchai de la fenêtre pour regarder le jardin d'Elliot et le paysage alentour. Le ciel était vide d'oiseaux, et les bois entourant la maison presque silencieux. Le long de la côte, les migrateurs avaient déjà pris leur envol, les carolins se joignaient aux sternes, les faucons, les fauvettes et les pinsons suivraient bientôt. Ici, plus à l'intérieur des terres, on sentait moins leur départ et même les résidents permanents manifestaient moins leur présence : les chants d'accouplement printaniers avaient cessé et les brillants plumages d'été faisaient lentement place aux tenues de deuil de l'hiver. Comme pour compenser l'absence des oiseaux et de leurs couleurs, les fleurs sauvages avaient commencé à s'épanouir maintenant que le pire de la canicule estivale était passé. Autour des asters, des tournesols et des verges d'or voletaient des papillons attirés par la prédominance de jaunes et de violets. Sous les feuilles, les épeires les guettaient sans doute.

— Quand est-ce que je pourrai parler à Atys Jones ? demandai-je.

— Ce sera plus facile une fois qu'on l'aura sorti du comté. On le prend demain en fin de journée au Centre de détention du comté de Richland, on le change de voiture derrière le Campbell's Country Corner pour semer ceux qui chercheraient à savoir où on l'emmène. De là, je le conduirai à la planque de Charleston.

— Qui sera l'autre chauffeur ?

— Le fils du vieux qui s'occupera d'Atys. Il est bien, il sait ce qu'il fait.

— Pourquoi ne pas le cacher plus près de Columbia ?

— Il sera plus en sécurité à Charleston, crois-moi. Dans la partie est de la ville, au cœur d'un quartier noir. Si quelqu'un vient poser des questions, on l'apprendra assez vite pour déménager Atys en cas de besoin. De toute façon, c'est un arrangement temporaire. Il se peut qu'on soit obligés de le planquer dans un endroit mieux protégé, peut-être même de faire appel à une agence de surveillance privée. On verra.

— C'est quoi, sa version de l'affaire ?

Elliot secoua la tête, frotta ses yeux de ses doigts sales.

— Sa version, c'est que Marianne Larousse et lui couchaient ensemble.

— Ils étaient amants ?

— Amants occasionnels. Atys pense qu'elle l'utilisait pour se venger de son frère et de son père, et lui, il était content d'en profiter.

Il fit claquer sa langue contre ses dents, poursuivit :

— Charlie, il faut que je te dise : mon client n'est pas précisément quelqu'un de charmant. C'est plutôt soixante-quinze kilos d'agressivité, avec une bouche à un bout et un trou du cul à l'autre, mais la plupart du temps, j'ai du mal à faire la différence entre les deux. D'après lui, la nuit où Marianne est morte, ils baisaient à l'avant de sa Grand Am. Ils se sont disputés, elle est partie en courant. Il lui a cavalé derrière, il a cru l'avoir perdue dans les bois, il a fini par la retrouver. La tête en bouillie.

— L'arme ?

— Trouvée sur place : une pierre de cinq kilos. Quand la police a arrêté Atys, il y avait du sang sur ses mains et ses vêtements, ainsi que des éclats de roche correspondant à l'arme. Il reconnaît avoir touché la tête et le corps de Marianne quand il l'a découverte et avoir écarté la pierre de son crâne en la faisant rouler. Il avait aussi du sang sur le visage, mais pas le genre d'éclaboussures qu'on reçoit quand on frappe quelqu'un avec une pierre. Pas de sperme dans le vagin, mais des traces de lubrifiant de capote – Trojan – correspondant à celles retrouvées dans le portefeuille d'Atys. Apparemment, elle était consentante, mais un bon procureur pourrait quand même invoquer le viol : ils se pelotent, ils s'excitent, puis elle essaie de faire machine arrière et il le prend mal. Je crois pas que ça tiendrait la route, mais ils essaieront d'étayer leur dossier de toutes les façons possibles.

— Tu penses avoir suffisamment d'éléments pour semer le doute chez les jurés ?

— Peut-être. Je cherche un expert pour témoigner sur les taches de sang. Naturellement, l'accusation en trouvera un autre qui dira exactement le contraire. Atys est un Noir accusé du meurtre d'une jeune Blanche du clan Larousse. Ça va être la bagarre d'un bout à l'autre, dans cette affaire. Le procureur cherchera à truffer le jury de Blancs des couches moyennes, d'âge moyen à vieux, qui verront en Jones le parfait croquemitaine noir. Le mieux qu'on puisse espérer, c'est diluer un peu la composition du jury, mais...

Il y avait toujours un « mais ». J'attendis.

— Il y a une histoire locale, derrière tout ça. La pire des histoires locales.

Elliot feuilleta les dossiers empilés sur la table de la cuisine. J'entrevis des rapports de police, des déclarations de témoins, des transcriptions d'interrogatoires d'Atys Jones et même des photos de la scène du crime. Mais je vis aussi des photocopies de pages de livres d'histoire, de vieilles coupures de journaux et de passages de bouquins sur l'esclavage et la culture du riz.

— Cette affaire, c'est une vraie vendetta, déclara Elliot.

9

Les premiers dossiers étaient bleus et rassemblaient des déclarations de témoins ainsi que d'autres informations recueillies par la police tout de suite après la mort de Marianne Larousse. Le dossier historique était vert. A côté, il y avait un mince dossier blanc. Je l'ouvris, fis plus qu'entrevoir cette fois les photos qu'il contenait et le refermai soigneusement : je n'étais pas encore prêt à étudier les rapports sur le cadavre de Marianne Larousse.

Comme il m'était arrivé de travailler pour un avocat dans le Maine, j'avais une assez bonne idée de ce qui m'attendait. Atys Jones serait l'élément essentiel, évidemment, du moins pour commencer. Un accusé confiera souvent à un enquêteur des choses qu'il n'a même pas dites à son avocat, parfois par simple oubli ou sous l'effet du stress suivant son arrestation, parfois parce qu'il fait davantage confiance à l'enquêteur qu'à son avocat, en particulier si c'est un avocat commis d'office et totalement débordé. En règle générale, toute information supplémentaire est transmise à l'avocat, qu'elle soit favorable ou préjudiciable à l'accusé. Elliot avait déjà recueilli des déclarations et des témoignages de personnes connaissant Jones – enseignants, anciens employeurs –, en vue de présenter au jury un profil positif de son client, et c'était autant de gros boulot en moins pour moi.

Je devrais ensuite revoir avec Jones les rapports de police

car ils constitueraient la base des accusations portées contre lui, mais aussi parce qu'il pourrait y relever d'éventuelles erreurs ou me signaler des témoins qui n'avaient pas été contactés. Ces rapports me serviraient également à vérifier les témoignages puisqu'ils comportaient généralement les adresses et numéros de téléphone des personnes interrogées. Après quoi, le vrai travail de recherche commencerait : il faudrait interroger à nouveau tous les témoins parce que les premiers rapports de police allaient rarement en profondeur, les flics préférant laisser les détails aux enquêteurs de l'accusation. Il faudrait obtenir des déclarations signées, et même si la plupart des témoins acceptaient de parler, ils seraient peu nombreux à accepter de signer un résumé de leur témoignage. En outre, les gars du procureur les avaient sans doute déjà interrogés, et ces types s'y entendaient pour vous conseiller de la fermer face aux enquêteurs de la défense. Tout bien considéré, j'avais un programme chargé et je ne ferais peut-être qu'effleurer l'affaire avant de devoir rentrer dans le Maine.

Je fis glisser vers moi le dossier vert et l'ouvris. Une partie de son contenu remontait au dix-septième siècle et aux origines de Charleston ; les coupures les plus récentes dataient de 1981.

— Il y a peut-être là-dedans, en partie, la raison pour laquelle Marianne Larousse est morte et Atys Jones accusé de son assassinat, dit Elliot. C'est le poids qu'ils portaient, qu'ils l'aient su ou non. Ce qui a détruit leurs vies.

En parlant, il fouilla dans les éléments de sa cuisine et revint à la table, le poing serré.

— D'une certaine façon, si nous sommes ici aujourd'hui, c'est à cause de ça, ajouta-t-il.

Ouvrant le poing, il fit tomber sur le plateau de la table une cascade de riz jaune.

Je suis né esclave dans le comté de Colleton. Mon papa il s'appelle Andrew, ma maman Violet. Ils étaient à la famille

Larousse. Maît' Adgar était un bon maît' pour ses esclaves. Il avait environ soixante familles d'esclaves avant que les Yankees arrivent et leur ruinent leur vie.

La Vieille Maîtresse, elle dit aux gens de couleur de se sauver. Elle vient avec un sac plein d'argent cousu dans une couverture, passque les Yankees, ils vont prendre tout ce qui a de la valeur. Elle nous dit qu'elle peut plus nous protéger. Ils sont entrés dans le grenier à riz, ils ont partagé le riz mais y en a pas assez pour nourrir tous les gens de couleur. Les plus mauvais des nègres et des négresses, ils suivent l'armée, mais nous on reste et on regarde les autres enfants mourir.

On était pas prêts pour ce qui est arrivé. On avait pas d'instruction, pas de terre, pas de vache, pas de poulet. Les Yankees, ils viennent et ils nous prennent tout, ils nous laissent rien que la liberté. Ils nous font comprendre qu'on est libres comme le maît'. Comme on sait pas écrire, on fait juste que toucher la plume et dire quel nom on veut qu'ils marquent. Après la guerre, maît' Adgar nous donne un tiers de ce qu'on récolte, maintenant qu'on est libres. Papa est mort juste avant ma maman. Ils sont restés sur la plantation et ils sont morts trois ans après qu'ils sont libres.

Mais ils m'ont raconté. Ils m'ont parlé du Vieux Maît', le père de Maît' Adgar. Ils m'ont raconté ce qu'il a fait...

(Récit d'Amy Jones, âgé de 98 ans lors de son entretien avec Henry Calder à Red Bank, Caroline du Sud. Extrait de *L'Ere de l'esclavage : entretiens avec d'anciens esclaves de Caroline du Nord et du Sud*, sous la direction de Judy et Nancy Buckingham, New Era, 1989.)

Comprendre le riz, c'est comprendre l'histoire, car l'histoire, c'est l'Or de Caroline.

La culture du riz a commencé ici dans les années 1680 avec l'arrivée en Caroline de graines venues de Madagascar. On l'a appelé l'Or de Caroline, à cause de sa qualité et de la couleur de son enveloppe, et parce qu'il a fait la fortune des familles associées à sa culture pendant des générations : des Anglais – les Heyward, les Drayton, les Middleton et les Alston – et des huguenots, notamment les Ravenel, les Manigault et les Larousse.

Les Larousse, descendants de l'aristocratie de Charleston, étaient l'une des quelques familles régissant quasiment tous les aspects de la vie de la ville, de l'appartenance à la société Ste Cecilia jusqu'à l'organisation de la saison des réceptions, qui durait de novembre à mai. Ils plaçaient plus haut que tout leur nom et leur réputation, qu'ils protégeaient avec leur argent et l'influence qu'il leur procurait. Ils n'auraient jamais soupçonné que leur sécurité et leur immense richesse seraient sapées par l'acte d'un seul esclave.

Les esclaves travaillaient de l'aube au coucher du soleil, six jours par semaine. On soufflait dans une conque pour les faire rentrer et son mugissement traversait les rizières embrasées par les rayons agonisants du crépuscule, les formes noires des hommes se dessinant comme des épouvantails dans un brasier. Ils redressaient le dos, levaient la tête et, lentement, entamaient la longue marche vers le grenier à riz et les huttes. Ils se nourrissaient de mélasse, de pois, de pain de maïs, parfois de la viande du bétail qu'ils élevaient. A la fin d'une longue journée, ils s'asseyaient dans leurs habits de drap blanc qu'il fabriquaient eux-mêmes, mangeaient et bavardaient. Quand arrivait une nouvelle livraison de chaussures à semelle de bois, les femmes trempaient le cuir brut dans l'eau chaude et le graissaient avec du suif ou de la couenne pour que le pied puisse s'y glisser plus aisément, et l'odeur restait sur leurs doigts quand elles faisaient l'amour à leurs hommes, des relents d'animaux morts se mêlant à l'âcreté de leur sueur.

Les hommes n'apprenaient ni à lire ni à écrire. Le Vieux Maît' était intransigeant sur ce point. On les fouettait quand ils volaient, quand ils mentaient ou regardaient un livre. Au bord du marais, il y avait une cabane en tourbe où l'on transportait ceux qui avaient la variole. La plupart n'en revenaient jamais. On gardait le Poney dans la grange et quand il fallait infliger des châtiments plus sévères, on y attachait l'homme ou la femme en faute avec des sangles, bras et jambes écartés, et on le flagellait. Quand les Yankees brûlèrent la grange, il y avait du sang à l'endroit du Poney, comme si le sol même avait commencé à rouiller.

Des esclaves de l'Est africain apportèrent une méthode de culture du riz qui permit aux planteurs de surmonter les problèmes auxquels avaient dû faire face les premiers colons anglais, qui trouvaient sa culture pénible. On instaura sur de nombreuses plantations un système de tâches qui permettait aux esclaves qualifiés de travailler dans une certaine indépendance et d'avoir du temps libre pour chasser, jardiner, améliorer le sort de leur famille. Les esclaves troquaient ensuite le fruit de leur travail avec le planteur, qui se trouvait ainsi en partie déchargé du fardeau de pourvoir à leurs besoins.

Ce système créa une hiérarchie parmi les esclaves. Au sommet de l'échelle, le surveillant, qui servait d'intermédiaire entre le planteur et la main-d'œuvre. Immédiatement en dessous, les artisans : forgerons, charpentiers et maçons. Ils étaient les chefs naturels de la communauté d'esclaves et devaient donc être surveillés plus étroitement pour éviter qu'ils ne fomentent des troubles ou ne s'enfuient.

La tâche la plus importante revenait cependant au surveillant des canaux car il tenait entre ses mains le sort de la récolte de riz. Les rizières étaient inondées avec de l'eau douce collectée dans des citernes sur une hauteur. Avec la marée, l'eau salée pénétrait dans l'intérieur des terres et faisait remonter l'eau douce à la surface des rivières côtières. C'était alors seulement qu'on pouvait ouvrir les grandes vannes pour laisser l'eau douce inonder les rizières, un système de vannes auxiliaires dirigeant l'eau vers les rizières voisines, technique d'irrigation dont le succès dépendait directement de l'implication des esclaves africains. Toute brèche, toute fissure dans les vannes laisserait l'eau salée envahir les rizières et détruire la récolte, de sorte que le surveillant des canaux, en plus d'ouvrir et de fermer les vannes principales, devait veiller au bon état des canaux et des fossés de drainage.

Henry, mari d'Annie, était le surveillant des canaux de la plantation Larousse. Son grand-père, mort maintenant, avait été capturé en janvier 1764 et emmené à la factorerie de Barra Kunda, en haute Guinée. De là, il avait été transporté en octobre à Fort James, sur la Gambie, principal lieu d'embarquement des esclaves destinés au Nouveau Monde. Il arriva en 1765 à Charles Town, où il fut acheté par la famille Larousse. A sa mort, il avait six enfants et seize petits-enfants, Henry étant l'aîné de ceux-là. Henry était marié à sa jeune femme Annie depuis six ans, et ils avaient maintenant trois jeunes enfants. Un seul, Andrew, parviendrait à l'âge adulte et engendrerait à son tour des enfants, lignée qui se prolongerait jusqu'au début du vingt et unième siècle et aboutirait à Atys Jones.

Un jour de 1833, les Blancs attachèrent Annie, femme de Henry, sur le Poney et la flagellèrent à en casser le fouet. La peau de son dos étant alors complètement lacérée, ils retournèrent la jeune Noire et recommencèrent avec un autre fouet. Leur intention était cependant de punir, pas de tuer. Annie était un bien trop précieux. Elle avait été reprise par un groupe d'hommes menés par William Rudge, dont le descendant pendrait plus tard un nommé Errol Rich à un arbre devant une foule rassemblée dans le nord-est de la Géorgie, avant de perdre la vie, tué par un Noir, dans une flaque de whisky. Rudge était le « patte-rouilleur », le patrouilleur dont la tâche consistait à pourchasser les esclaves qui choisissaient de s'enfuir. Annie s'était enfuie après qu'un nommé Coolidge eut tenté de la violer sur une route de terre battue alors qu'elle portait au Vieux Maît' de la viande d'une vache tuée la veille. Il lui déchirait ses vêtements quand elle avait saisi une branche sur le sol et l'avait frappé à l'œil, l'aveuglant à demi. Puis elle s'était enfuie car personne n'aurait cru qu'elle n'avait fait que se défendre, même si Coolidge n'avait pas prétendu qu'elle l'avait agressé parce qu'il l'avait surprise en train de boire de la gnôle volée sur le bas-côté de la route. Le patte-rouilleur et ses hommes l'avaient traquée et ramenée au Vieux Maît', on l'avait attachée sur le Poney et fouettée sous les yeux de son mari et de ses trois enfants. Mais elle n'avait pas survécu à la punition : prise de convulsions, elle était morte.

Trois jours plus tard, Henry, mari d'Annie et surveillant des canaux, avait inondé d'eau salée la plantation Larousse, détruisant toute la récolte.

Ils le pourchassèrent pendant cinq jours avec une troupe

d'hommes lourdement armés car il avait volé un Pepperbox Marston, et tout homme se trouvant dans sa ligne de tir quand il déchargerait d'un coup les six canons de l'arme aurait de bonnes chances de rencontrer le jour même son créateur. Prudents, les cavaliers restèrent en arrière et envoyèrent en avant-garde un groupe d'esclaves ibos en promettant une pièce d'or à celui qui trouverait leur proie.

Ils finirent par encercler Henry à la lisière du Congaree, non loin de l'endroit où se trouve maintenant un bar nommé Le Rat de Marais, *là où Marianne Larousse boirait un verre le soir de sa mort, car la voix du présent contient l'écho du passé. L'esclave qui avait retrouvé Henry gisait mort sur le sol, la poitrine percée par le Marston de trous aux bords déchiquetés.*

Avec trois sondes à riz, instruments métalliques creux en forme de T dont on enfonçait le bout pointu dans la terre, ils crucifièrent Henry sur un cyprès, ses testicules dans la bouche, et l'y laissèrent agoniser. Mais auparavant, le Vieux Maît' arriva avec une carriole dans laquelle se trouvaient les trois enfants de Henry, assis à l'arrière, et la dernière chose que vit l'esclave avant de fermer définitivement les yeux, ce fut son plus jeune fils, Andrew, traîné dans les fourrés par le Vieux Maît'. Puis l'enfant se mit à crier et Henry mourut.

Ce fut ainsi que tout commença entre les familles Larousse et Jones, maîtres et esclaves. Le riz, c'était la richesse. Le riz, c'était l'histoire. Il fallait la préserver. L'offense de Henry demeura un temps dans la mémoire des Larousse puis fut en grande partie oubliée, mais le souvenir des péchés des Larousse se perpétua de Jones en Jones. Et le passé fut transmis d'une génération à l'autre, comme un virus.

Le jour avait commencé à décliner. Les couvreurs de l'entreprise de Géorgie étaient partis. Dehors, une chauve-souris s'abattit du haut d'un grand chêne pour faire la chasse aux moustiques. Quelques-uns avaient réussi à pénétrer dans la maison et bourdonnaient à mon oreille en attendant de pouvoir me piquer. Je les écartai de la main. Elliot me donna un produit antimoustiques que j'étalai sur les parties exposées de ma peau.

— Mais il y avait encore des Jones travaillant pour les Larousse, même après ce qui s'était passé ? demandai-je.

— Que des esclaves meurent, ça arrivait quelquefois. D'autres autour d'eux avaient perdu des parents, des enfants aussi, ils n'en faisaient pas une affaire personnelle. Ce qui est fait est fait, pensaient certains Jones, il vaut mieux oublier le passé. Mais il y avait des Jones qui ne partageaient peut-être pas ce point de vue.

La guerre de Sécession dévasta la vie de l'aristocratie de Charleston en même temps que la ville elle-même. Les Larousse furent en partie épargnés grâce à leur prévoyance (ou leur trahison, peut-être, car ils avaient gardé l'essentiel de leur fortune en or, n'en convertissant qu'une faible partie en bons ou en devises de la Confédération). Toutefois, comme beaucoup d'autres sudistes vaincus, ils durent regarder les rescapés du 54e régiment du Massachusetts, les Nègres de Shaw, comme on les surnommait, défiler dans les rues de Charleston. Parmi eux, il y avait Martin Jones, l'arrière-arrière-grand-père d'Atys.

Une fois de plus, les vies des deux familles devaient entrer en collision violente.

Les cavaliers de la nuit galopent dans l'obscurité, silhouettes blanches sur la route noire. Nous sommes dans la Caroline du Sud des années 1870, pas celle du début d'un nouveau millénaire, et les cavaliers de la nuit y font régner la terreur. Ils parcourent la contrée, infligeant leur conception de la justice aux Noirs miséreux et aux républicains qui les soutiennent, refusant de se plier aux 14e et 15e Amendements. Ils sont le symbole de la peur des Blancs envers les Noirs, et une grande partie de la population blanche se tient derrière eux. Déjà des codes noirs, antidote aux réformes, ont été introduits pour limiter le droit des Noirs à porter une arme, à occuper une position sociale supérieure à celle de fermier ou de domestique, ou même à quitter leur domicile ou à recevoir un visiteur sans autorisation.

Le Congrès ripostera avec l'Amendement sur la Reconstruction, la loi de 1870 sur l'application de la législation, celle de 1871 sur le Ku Klux Klan. Le gouverneur Scott formera une milice noire pour protéger les votants aux élections de 1870, ce qui ne fera qu'attiser la rage de la population blanche. Finalement, l'habeas corpus serait suspendu dans les neuf comtés de l'intérieur, des centaines de membres du Klan seraient arrêtés sans respect de la procédure normale, mais pour le moment la Loi chevauche une monture couverte d'un drap et apporte avec elle la vengeance, et les décisions du gouvernement fédéral arriveront trop tard pour sauver trente-huit vies, trop tard pour empêcher des viols et d'autres atrocités, trop tard pour empêcher l'incendie et la destruction de fermes, de récoltes et de bétail.

Trop tard pour sauver Missy Jones.

En 1870, son mari, Martin, avait fait campagne pour le vote noir face aux intimidations et aux violences. Il avait refusé de renier le parti républicain et s'était fait fouetter pour la peine. Puis il avait donné son soutien et ses économies à la milice noire naissante, il avait défilé dans la ville avec ses hommes par un dimanche après-midi ensoleillé ; pas plus d'un sur dix n'était armé, mais c'était quand même un acte d'une arrogance sans précédent, de l'avis de ceux qui s'efforçaient d'endiguer la vague d'émancipation.

Ce fut Missy qui entendit les cavaliers approcher, Missy qui dit à son mari de s'enfuir, que cette fois ils le tueraient s'ils le trouvaient. Les cavaliers de la nuit ne s'en étaient pas encore pris à une femme dans le comté d'York, et Missy, quoique craignant les hommes armés, n'avait aucune raison de croire qu'ils commenceraient avec elle.

Ils le firent, pourtant.

Quatre hommes violèrent Missy Jones car s'ils ne pouvaient mettre la main sur le mari, ils lui feraient du mal à travers sa femme. Le viol ne s'accompagna d'aucune violence physique en dehors de l'acte lui-même, dépourvu, sembla-t-il à Missy, du moindre plaisir pour les hommes qui le commirent. C'était purement fonctionnel, comme marquer au fer une vache ou étrangler un poulet. Le dernier aida même Missy à se rhabiller et la soutint de son bras jusqu'à une chaise de la cuisine.

« Tu lui dis de bien se conduire, t'entends ? » fit-il. C'était un homme jeune et beau et elle décela dans ses traits quelque chose de son père et de son grand-père. Il avait le menton des Larousse, les cheveux blonds communs aux membres de la famille. Il s'appelait William Larousse. « On ne tient pas à revenir par ici », la prévint-il.

Deux semaines plus tard, William Larousse et deux autres Blancs tombèrent dans une embuscade à la sortie de Delphia et furent assaillis par un groupe d'hommes masqués armés de gourdins. Les compagnons du jeune homme s'enfuirent mais William, recroquevillé par terre, essuya une pluie de coups. Il resta paralysé, ne gardant que l'usage de sa main droite, incapable de manger autre chose que de la nourriture réduite en purée.

Missy Jones n'était pas au courant des représailles menées en son nom. Elle avait à peine adressé la parole à son mari quand il était revenu de sa cachette et lui parlait rarement depuis. Elle n'était pas non plus revenue dans leur lit et dormait avec le bétail dans leur petite étable, réduite, dans son esprit, au niveau des bêtes par les hommes qui l'avaient violée, sombrant lentement et inexorablement dans la folie.

Elliot se leva, jeta le reste de son café dans l'évier.

— Comme je le disais, il y avait ceux qui voulaient oublier le passé et ceux qui ne l'oublièrent jamais. C'est encore vrai aujourd'hui.

Il laissa ces derniers mots flotter dans l'air.

— Tu crois qu'Atys Jones en fait partie ? demandai-je.

Il haussa les épaules.

— Je crois qu'une partie de lui aimait l'idée qu'il baisait la fille d'Earl Larousse, et Earl par procuration. Je ne sais même pas si Marianne connaissait l'histoire des deux familles. Je suppose que leur passé commun avait plus d'importance pour les Jones que pour les Larousse, si tu me suis.

— Mais cette histoire appartient à la mémoire collective, non ?

— Des articles ont été écrits dans les journaux par ceux qui ont eu l'énergie de faire des recherches, mais ça n'a pas été très loin. Je serais quand même étonné qu'aucun des jurés ne soit au courant, et le passé pourrait très bien resurgir pendant le procès. Les Larousse ont un nom et une histoire, qu'ils protègent religieusement. Leur réputation n'a pas de prix pour eux. Quelles que soient leurs fautes passées, ils font maintenant des dons à des œuvres sociales, ils soutiennent les organisations charitables noires, ils prônent l'intégration scolaire. Ils ne décorent pas leurs maisons de drapeaux de la Confédération. Ils ont racheté les péchés des générations précédentes, mais le procureur pourrait invoquer les fantômes du passé pour accuser Atys Jones d'avoir cherché à punir la famille Larousse en lui prenant Marianne.

Il se leva, s'étira.

— A moins, bien sûr, que nous ne trouvions celui qui l'a tuée, poursuivit-il. Là, ce serait une autre affaire.

Je rangeai la photo de Missy Jones, morte à quarante ans, étendue dans son cercueil bon marché, et farfouillai dans les documents étalés sur la table jusqu'à ce que je trouve la dernière coupure. C'était un article en date du 12 juillet 1981 et relatant en détail la disparition de deux jeunes Noires vivant près du Congaree. Addy et Melia Jones avaient pris quelques verres ensemble dans un bar local, et personne ne les avait jamais revues.

Addy était la mère d'Atys.

Je montrai la coupure à Elliot.

— C'est quoi, ça ?

Il tendit le bras pour la prendre.

— Ça, c'est la dernière énigme pour toi. La mère et la tante de notre client ont disparu il y a dix-neuf ans, et ni lui ni personne n'a eu de leurs nouvelles depuis.

Ce soir-là, je retournai à Charleston en écoutant à la radio de la voiture une émission-débat diffusée par la station de Columbia. Maurice Bessinger, candidat malheureux au poste de gouverneur, propriétaire de la chaîne de restaurants locale Piggie Park – le Parc à Cochons –, avait pris le pli de faire flotter le drapeau confédéré au-dessus de ses établissements. Il arguait que c'était un symbole de l'héritage du Sud, et c'était peut-être vrai, à ce détail près que Bessinger avait participé deux fois à la campagne de George Wallace, qu'il avait dirigé l'Association nationale pour la préservation des Blancs et qu'il avait été traduit devant une cour fédérale pour violation de la loi sur les droits civiques de 1964 après avoir refusé de servir des Noirs dans ses restaurants. Il réussit à gagner en première instance, pour être finalement forcé en appel à ne plus exhiber la moindre marque de ségrégation. Depuis, il avait apparemment opéré une conversion en rejoignant le parti démocrate, mais les vieilles habitudes semblaient avoir la vie dure.

Je pensais au drapeau en roulant dans l'obscurité, aux familles Jones et Larousse, au poids de l'histoire qui, telle une ceinture de plomb ceignant leur corps, les tirait toujours davantage vers le fond. Quelque part, dans un passé encore vivant, il y avait la réponse à la mort de Marianne Larousse.

Mais ici, dans un endroit qui me semblait étranger, le passé prenait des formes étranges. Le passé était un vieillard drapé dans un drapeau rouge et bleu, hurlant son défi sous l'enseigne d'un cochon. Le passé était une main morte sur le visage des vivants. Le passé, je l'apprendrais plus tard, était une femme habillée de blanc, avec des écailles en guise de peau.

III

J'ai l'impression de me mouvoir dans un monde de fantômes
Et je me sens comme l'ombre d'un rêve.

Alfred Tennyson, *La Princesse*

10

Dans la tranquillité de ma chambre d'hôtel, j'ouvris enfin le dossier sur Marianne Larousse. L'obscurité qui m'entourait était moins une absence de lumière qu'une présence ressentie : des ombres sans substance. J'allumai la lampe de la table et étalai sur le bureau le matériau qu'Elliot m'avait remis.

Dès que mon regard se posa sur les photos, je dus détourner les yeux car je sentis peser sur moi le poids de la mort de Marianne, que je n'avais pourtant pas connue et que je ne connaîtrais jamais. J'allai à la porte, tentai de chasser les ombres en inondant la pièce de clarté, mais elles se réfugièrent simplement sous les tables, derrière le placard, pour attendre l'extinction inévitable de la lumière.

J'eus l'impression que mon être se scindait, que j'étais à la fois dans cette chambre d'hôtel, entouré des preuves de l'arrachement violent de Marianne Larousse à ce monde, et de retour dans la salle de séjour des Blythe, où la bouche de Bear remuait pour former des mensonges bien intentionnés, Sundquist, à côté de lui, le manipulant comme un ventriloque, infestant l'atmosphère de cupidité, de malveillance et de faux espoirs, tandis que Cassie me fixait de sa photo de fin d'études, un sourire hésitant flottant sur les lèvres, tel un oiseau qui n'ose pas se poser. J'essayai de l'imaginer vivante, commençant une nouvelle vie loin de chez elle, sûre que sa décision d'abandonner son existence antérieure était la bonne. Mais je n'y parvins pas, et lorsque je voulus me la représenter, je ne vis qu'une ombre sans visage et une main striée de plaies parallèles.

Cassie Blythe n'était plus en vie. Tout ce que j'avais appris sur elle me disait qu'elle n'était pas le genre de jeune femme à partir sur un coup de tête, condamnant ses parents à une vie de souffrance et de doute. Quelqu'un l'avait arrachée à ce monde et je ne savais pas si je serais à même de retrouver cette personne.

Je compris alors qu'Irving Blythe avait raison : me convier dans leur vie, c'était accepter l'échec, laisser la mort faire intrusion, car j'étais celui qui arrivait quand il n'y avait plus d'espoir, apportant une certitude à côté de laquelle l'ignorance semblait une bénédiction. Seule consolation, la possibilité que mon implication puisse apporter un peu de justice et que la vie puisse continuer avec l'assurance que les souffrances physiques de l'être cher avaient pris fin et que quelqu'un avait eu pour lui assez de compassion pour chercher à savoir pourquoi cette souffrance lui avait été infligée.

Jeune homme, j'étais devenu flic. J'étais entré dans la police parce que je pensais qu'il m'incombait de le faire. Mon père avait été policier, comme mon grand-père, mais mon père avait fini sa carrière et sa vie dans l'ignominie et le désespoir. Il avait pris deux vies avant de mettre fin à la sienne, pour des raisons qui ne seraient peut-être jamais éclaircies. Etant jeune, j'avais éprouvé le besoin d'assumer son fardeau et d'essayer de réparer ce qu'il avait fait.

Mais je n'étais pas un bon flic. Je n'en avais pas le tempérament, ni le sens de la discipline. Certes, j'avais d'autres talents – de la ténacité, le désir de découvrir et de comprendre –, mais ils n'avaient pas suffi à me permettre de survivre dans cet environnement. Il me manquait aussi un autre élément crucial : la distance. Je n'avais pas en moi les mécanismes de défense qui permettaient à mes collègues de regarder un cadavre et de n'y voir que cela : ni un être humain, ni une personne, seulement l'absence d'être, la négation de la vie. A un niveau superficiel mais en dernière instance indispensable, un processus de déshumanisation est nécessaire pour que les policiers puissent accomplir leur travail. Il se manifeste par un humour macabre, par un détachement apparent qui leur permet de parler de « macchabée » ou de « tas de viande » (sauf dans le cas d'un camarade abattu, car l'identification rend alors la prise de distance impossible), d'examiner les blessures et les mutilations sans dégringoler en larmes dans un lieu où la vie et la mort sont impossibles à supporter. Ils ont un devoir envers les vivants, envers ceux qui restent, et envers la loi.

Moi, je ne sentais pas cela. Jamais. J'ai appris au contraire à prendre les morts dans mes bras, et eux, en retour, ont trouvé un moyen de m'atteindre. Dans cette chambre d'hôtel, loin de chez moi, alors que j'étais confronté à la mort d'une autre jeune femme, la disparition de Cassie Blythe revenait me tourmenter. Je songeai à appeler ses parents mais qu'aurais-je pu leur dire ? A Charleston, je ne pouvais rien faire pour eux, et savoir que je pensais à leur fille ne leur serait que d'un piètre réconfort. J'avais envie d'en finir rapidement avec l'affaire d'Elliot, de vérifier les déclarations des témoins, de m'assurer de la sécurité d'Atys Jones, aussi hasardeux que ce pût être, et de retourner chez moi. Je ne pouvais rien faire de plus pour Elliot.

Pourtant, le corps de Marianne Larousse me faisait signe, en une intimité étrange, il me demandait d'être témoin, de comprendre la nature de ce dans quoi je m'engageais et les conséquences éventuelles de mon intervention.

Je ne voulais plus regarder les photos. J'étais fatigué de les regarder.

Je m'y collai, pourtant.

La souffrance, la terrible et écrasante souffrance.

Ce sont les photos qui font ça, quelquefois. On n'oublie jamais vraiment. Elles restent avec vous. Vous tournez le coin de la rue, vous passez devant une boutique aux fenêtres condamnées par des planches, un jardin envahi de mauvaises herbes ; la maison, derrière, pourrit comme une dent cariée parce que personne ne veut y vivre, parce que l'odeur de la mort y flotte encore, parce que le propriétaire a donné à quelques travailleurs immigrés cinquante dollars chacun pour la nettoyer au jet d'eau avec les mauvais produits d'entretien qu'ils avaient sous la main : des désinfectants inefficaces et des serpillières sales, qui étalent la puanteur au lieu de l'éliminer, qui transforment la logique des taches de sang nettes en une traînée floue de violence à demi remémorée, une ombre en travers des murs blancs. Puis ils ont peint la maison avec des peintures bon marché et aqueuses, passant le rouleau avec insistance sur les parties tachées, mais, une fois la peinture sèche, les taches étaient toujours là : une main sanglante avait traversé les blancs, les crèmes et les jaunes pour laisser le souvenir de son passage, incrusté dans le bois et le plâtre.

Alors le propriétaire ferme la porte à double tour, cloue des planches sur les fenêtres et attend que les gens oublient ou qu'un type trop désespéré ou trop idiot pour se soucier de cette histoire propose de louer la maison pour un loyer réduit, et le propriétaire accepte, bien sûr, ne serait-ce que pour tenter d'effacer le souvenir de ce qui s'est passé ici sous les problèmes et les soucis d'une autre famille, une sorte de nettoyage psychique qui peut réussir là où les immigrés ont échoué.

Vous pouvez entrer, si vous voulez. Vous pouvez montrer votre plaque et expliquer que c'est une enquête de routine, qu'on revient sur les affaires non résolues au bout de quelques années dans l'espoir que le temps aura révélé un détail précédemment caché. Mais vous n'avez pas besoin d'entrer, parce que vous étiez là, le soir où on l'a trouvée. Vous avez vu ce qui restait d'elle sur le sol de la cuisine, ou dans le jardin, ou en travers du lit. Vous avez vu comment, en même temps que son dernier souffle, quelque chose d'autre a quitté son corps, ce qui lui donnait sa substance, une espèce de structure interne arrachée d'une manière ou d'une autre sans endommager la peau, de sorte qu'elle s'est effondrée sur elle-même tout en se boursouflant, s'étalant et se contractant en même temps, des marques apparaissant déjà sur sa peau là où les insectes ont commencé à festoyer, parce que les insectes arrivent toujours avant les hommes.

Ensuite, vous devez peut-être trouver une photo. Quelquefois, le mari ou la mère, le père ou l'amant la cherchent pour vous et vous regardez leurs mains feuilleter les pages de l'album, fouiller dans une boîte à chaussures ou un sac, et vous vous demandez : Quelqu'un a vraiment fait ça ? Quelqu'un a réduit cette personne à ce que je vois maintenant ? Vous savez bien que oui – comment exactement, vous ne pouvez le dire, mais vous le savez –, et toucher les reliques de cette vie perdue vous semble être une seconde violation, une violation à laquelle vous devriez mettre fin d'un geste de la main parce que vous avez déjà échoué une fois et que maintenant, maintenant, vous avez la possibilité de réparer cet échec.

Vous ne le faites pas, cependant, pas tout de suite. Vous attendez et vous espérez qu'avec l'attente viendra la preuve, ou l'aveu, et que les premiers pas pourront être faits vers un retour à l'ordre, un équilibre entre les besoins des vivants et les demandes des morts. Mais ces images vous reviendront quand même plus tard, sans que vous le souhaitiez, et si vous êtes avec quelqu'un en qui vous avez confiance, vous direz peut-être : « Je me souviens. Je me souviens de ce qui s'est passé. J'étais là. J'étais témoin et, plus tard, j'ai essayé d'être plus que témoin. J'ai essayé d'apporter un peu de justice. »

Si vous y parvenez, si un châtiment est infligé et le dossier classé, vous éprouverez... pas du plaisir, non, mais un sentiment... de paix ? de soulagement ? Peut-être que ce que vous ressentirez n'a pas de nom, ne devrait pas avoir de nom. Ce n'est peut-être que le silence de votre conscience, parce qu'elle ne hurle pas un nom dans votre tête, cette fois, et vous n'avez pas besoin de rouvrir le dossier pour vous rappeler cette souffrance, cette mort, et votre échec à maintenir l'équilibre requis pour que la vie et le temps ne cessent pas à jamais.

Affaire classée : c'est bien l'expression, n'est-ce pas ? Cela fait si longtemps, semble-t-il, que vous n'avez pas eu à l'utiliser, à sentir l'hypocrisie de ces mots au moment où ils se forment sur votre langue et franchissent vos lèvres. Affaire classée. Sauf qu'elle n'est pas classée parce que l'absence est toujours ressentie dans les vies de ceux qui restent, dans les cent mille petits ajustements nécessaires pour tenir compte de cette absence, de la disparition de cette vie, pour continuer à vivre, malgré tout. Irv Blythe, en dépit de ses défauts, le comprenait. Il n'y a pas de fin. Il n'y a que des vies qui continuent ou qui s'achèvent, avec les conséquences qui en découlent à chaque fois. Au moins, ce ne sont plus les vivants qui vous préoccupent. Ce sont les morts qui restent en vous.

Alors vous étalez les photos et vous pensez : Je me souviens.

Je me souviens de toi.

Je n'ai pas oublié.

Tu ne seras pas oubliée.

Elle était étendue, le dos sur un lit de lis écrasés. Les fleurs blanches mourantes semblaient être des défauts du tirage, comme si le négatif lui-même avait été souillé au contact de cet acte. Le crâne de Marianne Larousse était gravement endommagé. Le cuir chevelu présentait des lacérations en deux endroits, de part et d'autre de la raie centrale, cheveux et filaments fibreux se croisant dans les plaies. Un troisième coup avait brisé le côté droit de la tête, et l'autopsie avait révélé des lignes de fracture s'étendant jusqu'à la base du crâne et le bord supérieur de l'orbite gauche. Le visage était rouge de sang, car le cuir chevelu, très vascularisé, saigne abondamment après une blessure, et le nez avait aussi été brisé. Les yeux étaient hermétiquement clos et les traits crispés, tordus sous la violence des coups.

Je feuilletai le dossier jusqu'au rapport d'autopsie. Il n'y avait sur le corps de Marianne Larousse aucune morsure, aucun hématome ou écorchure indiquant une agression sexuelle, et les poils étrangers retrouvés dans la toison pubienne de la victime provenaient d'Atys Jones. Les parties génitales de la jeune femme présentaient une certaine rougeur – due à un contact sexuel récent –, mais pas de lésion interne ou externe, pas de lacération. On avait relevé des traces de lubrifiant dans le conduit vaginal, ainsi que du sperme sur les poils pubiens, pas à l'intérieur du corps. Jones avait déclaré aux enquêteurs que Marianne et lui utilisaient des préservatifs pendant leurs rapports.

On avait retrouvé des fibres correspondant aux vêtements de Marianne Larousse sur le pull et le jean d'Atys Jones, des fibres d'acrylique du siège de la voiture d'Atys sur le chemisier et la jupe de Marianne, ainsi que des fibres de coton des vêtements du jeune Noir. D'après les techniciens, la possibilité que ces fibres aient une autre origine était faible.

Je n'étais toujours pas convaincu que Marianne Larousse ait été violée avant de mourir, mais ce n'était pas moi que l'accusation s'efforcerait de convaincre. Le taux d'alcool dans le sang de la jeune femme étant supérieur à la moyenne, un bon procureur pourrait arguer qu'elle n'était pas en état de résister à un jeune homme solide comme Atys Jones. En outre, Jones avait utilisé un préservatif dont le lubrifiant avait réduit les dommages physiques infligés à la victime.

Ce qu'on ne pouvait nier, c'était qu'Atys avait le visage et les mains couverts du sang de Marianne quand il était entré dans le bar pour demander de l'aide, et on avait retrouvé dans ce sang des fragments de la pierre utilisée pour la tuer. L'analyse des taches de sang autour du corps de Marianne Larousse révélait des éclaboussures dues à un impact de vélocité moyenne, les gouttelettes partant en étoile du point d'impact, au-dessus et au-delà de la tête, et sur le côté, là où le dernier coup, mortel, avait été assené. L'assaillant avait dû recevoir des éclaboussures sur la partie supérieure des jambes et sur les mains, peut-être sur le visage et le haut du corps. Il n'y avait pas d'éclaboussures visibles sur les jambes de Jones (mais son jean était trempé parce qu'il s'était agenouillé dans le sang de Marianne, et les éclaboussures auraient pu être absorbées ou recouvertes), et le sang tachant ses mains et son visage ne pouvait rien indiquer concernant les éclaboussures originelles parce qu'il avait été essuyé à plusieurs reprises.

Selon les déclarations de Jones, Marianne et lui s'étaient retrouvés ce soir-là à neuf heures. Elle avait déjà bu avec des amis à Columbia avant de prendre sa voiture pour le rejoindre au Rat de Marais. Des témoins les avaient vus bavarder puis quitter le bar ensemble. L'un d'eux, un pilier de comptoir du nom de J. D. Herrin, avait reconnu qu'il avait lancé des injures racistes à Jones au moment où les deux jeunes gens sortaient. D'après le gars, il devait être onze heures dix.

Jones déclara à la police qu'il avait ensuite eu des rapports sexuels avec Marianne Larousse dans sa voiture, elle dessus, lui assis sur le siège avant droit. Après l'amour, une querelle avait éclaté entre eux, commençant par une discussion au sujet des propos injurieux de Herrin et se focalisant ensuite sur le point de savoir si Marianne avait honte ou non d'être avec lui. Marianne était partie en claquant la portière mais, au lieu de monter dans sa propre voiture, elle avait couru vers le bois. Selon Jones, elle avait alors éclaté de rire et lui avait crié de la suivre jusqu'à la rivière, mais il était trop furieux pour ça. Ce n'est que dix minutes plus tard, ne la voyant pas revenir, qu'il s'était mis à sa recherche. Il l'avait trouvée, à une trentaine de mètres dans le sentier. Elle était déjà morte. Jones affirmait qu'il n'avait rien entendu pendant ces dix minutes, pas de cris, pas de bruit de lutte. Il ne se rappelait pas avoir touché le corps, mais il avait dû le faire puisqu'il avait du sang sur les mains. Il reconnaissait aussi qu'il avait dû bouger la pierre, qui reposait sur le côté du crâne de Marianne, il s'en était souvenu plus tard. Il était ensuite retourné dans le bar et on avait appelé la police. Jones avait été interrogé par des agents des FMOE, les Forces de maintien de l'ordre de l'Etat, dans un premier temps sans l'assistance d'un avocat puisqu'il n'avait été ni arrêté ni inculpé. Après l'interrogatoire, il fut appréhendé et mis en examen pour le meurtre de Marianne Larousse. On lui donna un avocat commis d'office, qui céda sa place par la suite à Elliot Norton.

C'est à ce point de l'histoire que j'intervenais.

Je promenai doucement mes doigts sur le visage de Marianne, le grain du papier photo faisant penser aux pores de la peau. Je suis désolé, pensai-je. Je ne te connaissais pas. Je n'ai aucun moyen de savoir si tu étais quelqu'un de bien ou non. Si je t'avais rencontrée, si je m'étais assis à côté de toi dans un bar ou une cafétéria, est-ce que nous nous serions entendus, fût-ce de cette manière infime et passagère qu'ont deux vies de se nouer brièvement avant de poursuivre leur chemin chacune de son côté, à la fois altérée et inchangée, l'un de ces courts instants de contact entre inconnus qui rendent cette vie supportable ? Je soupçonne que non. Nous étions très différents, je crois. Mais tu ne méritais pas de finir ainsi, et si je l'avais pu, je serais intervenu pour l'empêcher, même au risque de ma propre vie, parce que je n'aurais pas supporté de rester sans bouger et de te laisser souffrir, même si tu étais une inconnue pour moi. J'essaierai maintenant de mettre mes pas dans les tiens, de comprendre ce qui t'a amenée à cet endroit, pour reposer enfin parmi des lis écrasés, des insectes de nuit se noyant dans ton sang.

Je suis désolé d'avoir à faire ça. Des gens souffriront à cause de mon intervention, des éléments de ton passé dont tu aurais peut-être préféré qu'ils demeurent cachés resurgiront. Tout ce que je peux te promettre, c'est que celui qui t'a fait ça ne s'en tirera pas et ne restera pas impuni si ce que j'entreprends réussit.

Tout au long, je me souviendrai de toi.

Tu ne seras pas oubliée.

11

Le lendemain matin, j'appelai un numéro dans l'Upper West Side. Louis décrocha.

— Tu descends toujours ?

— Ouais. Je serai là dans deux jours.

— Comment va Angel ?

— Il est calme. Et toi ?

— Toujours le même.

— C'est si moche que ça ?

Je venais de parler à Rachel. Entendre sa voix m'avait fait me sentir seul et avait ranimé mon inquiétude pour elle.

— J'ai un service à te demander, dis-je.

— Demande toujours. Ça coûte rien de demander.

— Tu connais quelqu'un qui pourrait rester quelques jours auprès de Rachel, au moins jusqu'à ce que je rentre ?

— Ça va pas plaire à Rachel.

— Alors envoie quelqu'un qui s'en fout que ça lui plaise ou non.

Il y eut un silence, pendant lequel il considéra le problème. Quand il finit par répondre, je l'entendis presque sourire.

— Tu sais quoi ? J'ai exactement le type qu'il faut.

Je passai la matinée à donner des coups de téléphone puis je pris la voiture pour aller à Wateree et je parlai à un shérif adjoint du comté de Richland, qui s'était trouvé le premier sur les lieux le soir où Marianne Larousse était morte. Il confirma le contenu de son rapport mais, manifestement, il pensait qu'Atys Jones était coupable et que j'essayais de détourner le cours de la justice par le fait même de l'interroger sur l'affaire.

Je montai ensuite jusqu'à Columbia et passai quelque temps avec un agent spécial nommé Richard Brewer, à son quartier général. C'était son service, le FMOE, qui avait été chargé de l'enquête, comme pour tous les homicides commis dans l'Etat de Caroline du Sud, la juridiction de Charleston faisant parfois exception.

— Ils se croient indépendants, là-bas, commenta Brewer. La République de Charleston, on les appelle.

Il avait à peu près mon âge, des cheveux couleur paille et un physique de sportif. Il portait la tenue standard du service : pantalon de treillis vert, tee-shirt noir avec l'inscription « FMOE » en lettres vertes dans le dos, Glock 40 à la ceinture. Il était l'un des agents qui avaient travaillé sur l'affaire. Un peu plus accueillant que le shérif adjoint, il n'ajouta cependant pas grand-chose à ce que je savais déjà. Atys Jones était quasiment seul au monde, dit-il, avec pour unique famille quelques lointains parents. Il avait un travail de magasinier au Piggly Wiggly et vivait dans un studio sans ascenseur de Kingsville à présent occupé par une famille d'immigrés ukrainiens.

— Ce garçon, poursuivit Brewer en secouant la tête, il n'y avait déjà pas beaucoup de gens qui s'occupaient de lui, il y en a encore moins maintenant.

— Vous pensez que c'est lui ?

— Au jury d'en décider. De vous à moi, je ne vois aucun autre candidat à l'horizon.

— C'est vous qui avez parlé aux Larousse ?

Leurs déclarations figuraient dans les documents qu'Elliot m'avait confiés.

— Le père et le fils, plus le personnel de la maison. Ils avaient tous des alibis. Nous sommes des professionnels, monsieur Parker. Nous avons couvert toutes les possibilités.

Je ne crois pas que vous trouverez beaucoup de lacunes dans nos rapports.

Je le remerciai et il me donna sa carte au cas où j'aurais d'autres questions.

— Vous vous êtes trouvé un boulot difficile, conclut-il au moment où je le quittais. On va vous apprécier à peu près autant qu'une merde au soleil en plein été.

— Ce sera une expérience nouvelle pour moi.

Il haussa un sourcil sceptique.

De retour à l'hôtel, je demandai par téléphone des nouvelles de Bear aux gars de la Coop de Pine Point. Ils confirmèrent qu'il était arrivé à l'heure la veille et qu'il avait bossé aussi dur qu'on pouvait s'y attendre. Comme ils avaient l'air encore un peu tendus, je leur demandai de me passer Bear.

— Bear, comment ça va ?

— Ça peut aller. Non, c'est bien, je me sens bien, ici, rectifia-t-il. Ça me plaît, de travailler sur des bateaux.

— Content de l'apprendre. Ecoute, Bear, il faut que je te prévienne : si tu foires, ou si tu causes des ennuis à ces gens, je te retrouverai et je te traînerai personnellement chez les flics par la peau des fesses, compris ?

— Compris, répondit-il sans paraître peiné ou offensé.

Il avait probablement l'habitude de ce genre d'avertissements. Le tout était de savoir s'il les prenait en compte ou pas.

— Alors, c'est bon.

— Je déconnerai pas, promit-il. Je les aime bien, ces gens.

Après avoir raccroché, je passai une heure dans la salle de gym de l'hôtel et fis ensuite autant de longueurs de bassin que je pus sans boire la tasse. Puis je me douchai et je relus les parties du dossier dont Elliot et moi avions discuté la veille. Je revenais sans cesse à deux documents : le récit, photocopié dans un livre d'histoire locale épuisé, de la mort de Henry, le surveillant de canaux ; et la disparition, en 1981, de la mère et de la tante d'Atys Jones. Leurs photos me fixaient de la coupure de presse : deux femmes à jamais figées dans leur vingtaine d'années et disparues d'un monde qui les avait en grande partie oubliées. Jusqu'à ce jour.

En fin de journée, je sortis pour aller prendre un café et un muffin au Pinckney Café. En attendant Elliot, je feuilletai un exemplaire du *Post and Courier* laissé par un client. Un article en particulier attira mon œil : un mandat d'arrêt avait été délivré à l'encontre d'un ancien gardien de prison appelé Landron Mobley, qui avait négligé de se présenter à une audience de la commission de pénologie relative à des allégations de « rapports inconvenants » avec des détenues. Cette histoire retint mon attention, pour la seule raison que Mobley avait engagé Elliot Norton pour le représenter à la commission puis au procès qui suivrait sans doute. Je mentionnai ce détail à Elliot quand il arriva, un quart d'heure plus tard.

— Un drôle de phénomène, ce vieux Landron. Il finira par se présenter.

— Ce n'est pas un client huppé, fis-je remarquer.

Elliot jeta un coup d'œil à l'article, le poussa sur le côté, parut cependant estimer qu'une explication supplémentaire s'imposait.

— Je l'ai connu quand j'étais jeune, c'est sûrement pour ça qu'il s'est adressé à moi. Après tout, tout homme a le droit d'être défendu, aussi coupable soit-il.

Il leva un doigt en direction de la serveuse pour réclamer l'addition, et quelque chose dans ce geste m'indiqua que Landron Mobley avait cessé d'être un sujet de conversation souhaitable entre nous.

— Allons-y, dit-il. Il y a au moins un de mes clients dont je sais où il est.

Le centre de détention du comté de Richland se trouvait au bout de John Mark Dial Road, à cent cinquante kilomètres au nord-ouest de Charleston, ses environs immédiats étant annoncés par une succession de bureaux de cautionneurs et d'avocats. C'était un complexe de bâtiments bas en brique rouge entourés de deux rangées de grillage surmontées de fil barbelé. Ses fenêtres, basses et étroites, donnaient d'un côté sur le parking et, au-delà, sur les bois. Le grillage intérieur était électrifié.

Nous n'avions pas pu faire grand-chose pour empêcher l'information sur la libération imminente d'Atys Jones de parvenir aux médias et je ne fus pas vraiment étonné de découvrir une équipe de télévision, une poignée de journalistes et de photographes buvant du café et fumant des cigarettes sur le parking. J'étais parti dans ma Neon avant Elliot et je les observais depuis un bon quart d'heure quand sa voiture arriva. Rien d'excitant n'était survenu dans l'intervalle, ni pour eux ni pour moi, excepté une brève scène conjugale quand une épouse malheureuse, une femme menue, délicate, en hauts talons et robe bleue, était venue récupérer son mari à sa sortie de cellule. Du sang sur sa chemise, des taches de bière sur son pantalon, il sortit et cligna des yeux dans la lumière déclinante jusqu'à ce que sa femme lui flanque une baffe et le fasse profiter d'un vocabulaire explicite et plutôt relevé. Il donnait l'impression d'avoir envie de retourner au centre en courant pour s'enfermer dans sa cellule, surtout quand il remarqua les caméras et crut un instant qu'elles étaient là pour lui.

Les journalistes se ruèrent sur Elliot dès qu'il descendit de voiture puis tentèrent à nouveau de lui barrer le passage quand il ressortit, vingt minutes plus tard, du tunnel de barbelés menant à l'intérieur de la zone d'accueil de la prison, le bras autour des épaules d'un homme jeune à la peau marron clair qui gardait la tête baissée, la visière d'une casquette de base-ball quasiment rabattue sur l'arête du nez. Sans même gratifier les médias de l'habituel « pas de commentaire », Elliot poussa le jeune Noir dans sa voiture et démarra. Les représentants du quatrième pouvoir les plus portés au sensationnel se précipitèrent vers leur véhicule pour le suivre.

J'attendis qu'Elliot me dépasse puis je lui collai au train jusqu'à la sortie du parking et, donnant un bon coup de volant, je réussis à bloquer les deux voies avant de descendre de voiture. Le camion de la télévision s'immobilisa à un mètre de ma voiture, un cadreur en treillis de commando ouvrit sa portière et me cria de dégager.

J'examinai mes ongles. Ils étaient courts, bien coupés. Je m'efforçais de les garder propres. La propreté est une vertu sous-estimée.

— Tu m'entends ? Fous le camp de là, bon Dieu ! beuglait Commando, dont la figure virait au vermillon.

Derrière son camion, d'autres types des médias s'agglutinaient en se demandant ce qui se passait. Quelques jeunes Noirs, jean bas sur les hanches et tee-shirt Wu Wear, sortirent du bureau d'un cautionneur et s'approchèrent lentement pour profiter du spectacle.

Commando, fatigué de brailler pour rien, descendit de son camion et fonça sur moi. Il avait la quarantaine bien sonnée, des kilos en trop, et un air ridicule dans sa tenue de combat. Les jeunes Noirs le prirent aussitôt pour cible.

— Yo, GI Joe, où c'est qu'elle est, la guerre ?

— C'est fini, le Vietnam, enfoiré ! Laisse béton, tu peux pas vivre dans le passé.

Commando leur lança un regard de haine pure et simple, s'arrêta à trente centimètres de moi et se pencha jusqu'à ce que nos nez se frôlent.

— Qu'est-ce que tu fabriques, bordel ?

— Je barre la route.

— Je le vois bien. Pourquoi ?

— Pour que vous ne puissiez pas passer.

— Fais pas le malin. Tu bouges ta caisse ou je la percute avec mon camion.

Par-dessus son épaule, je vis des gardiens sortir de la prison, probablement pour venir contempler la cause de toute cette agitation. Il fallait arrêter. Le temps que les journalistes parviennent à la route, il serait trop tard pour qu'ils retrouvent Elliot et Atys. Et même s'ils retrouvaient la voiture, leur proie ne serait plus dedans.

— O.K., dis-je à Commando. Tu as gagné.

— C'est tout ? fit-il, l'air décontenancé.

— Bien sûr.

Il secoua la tête de frustration.

— A propos… poursuivis-je.

Il me regarda.

— Les jeunes sont en train de vider ton camion.

Je laissai le convoi des médias s'éloigner avant de prendre Bluff Road, passai devant l'église baptiste de Mill Creek et l'église méthodiste unie, poussai jusqu'au Campbell's Country Corner, à l'intersection de Bluff et de Pineview. Avec son toit en tôle et ses fenêtres à barreaux, le bar ne semblait pas très différent dans son principe de la prison du comté, à ce détail près qu'on pouvait y commander à boire et en partir quand on voulait. Il proposait de la « bière fraîche à prix d'ami », un tir à la dinde le vendredi et le samedi, et offrait une halte appréciée à ceux qui voulaient savourer le premier verre de la liberté. Une pancarte peinte à la main interdisait aux clients d'apporter leur propre bibine.

Je tournai dans Pineview, longeai le bar et un garage jaune, avisai une cabane au milieu d'un terrain envahi de broussailles. Derrière attendait un 4×4 GMC dans lequel Elliot et Atys avaient pris place tandis que la voiture de l'avocat poursuivait sa route avec un autre chauffeur. Le 4×4 sortit du terrain à mon arrivée, remonta Bluff en direction de la I-26 et je suivis en laissant quelques véhicules entre nous. Comme le plan prévoyait de conduire directement Jones à Charleston et à la planque, je fus étonné lorsque Elliot tourna à gauche dans le parking du Betty's Diner, ouvrit la portière côté passager et laissa Jones le précéder à l'intérieur du restaurant. Je garai la Mustang, entrai à mon tour en prenant un air détaché.

Le Betty's Diner se réduisait à une salle étroite avec, à gauche de la porte, un comptoir derrière lequel deux Noires prenaient les commandes tandis que deux hommes travaillaient aux fourneaux. Le mobilier se composait de tables et de chaises de jardin en plastique et les fenêtres étaient obscurcies par des stores et des barreaux. Deux postes de télé marchaient en même temps. L'air était lourd d'odeurs de friture. Elliot et Jones étaient assis à la table du fond.

— Vous pouvez m'expliquer ce que vous faites ? demandai-je en les rejoignant.

Elliot eut l'air embarrassé.

— Il a besoin de manger, bredouilla-t-il. Il a des crampes d'estomac. Il dit qu'il va tourner de l'œil s'il ne mange pas. Il a même menacé de sauter de la voiture.

— Elliot, va voir dehors, on entend encore l'écho du bruit de la porte de sa cellule qui se referme. Si on était encore plus près, c'est la bouffe de la prison qu'il mangerait.

Atys Jones ouvrit la bouche pour la première fois. Sa voix était plus aiguë que je ne m'y attendais, comme si elle avait mué la semaine d'avant et non cinq ans plus tôt.

— Je t'emmerde, mec, faut que je clape.

Il avait un visage mince, une peau si claire qu'il aurait pu être hispanique, des yeux vifs, inquiets. Il gardait la tête baissée en parlant et me regardait par-dessous la visière de sa casquette. Malgré ses airs bravaches, la prison l'avait brisé. Atys Jones était à peu près aussi dur qu'une omelette aux herbes. Cela ne rendait pas pour autant ses manières plus faciles à supporter.

— Tu avais raison, dis-je à Elliot. Un vrai charmeur. Tu n'aurais pas pu trouver quelqu'un de moins désagréable à sauver ?

— J'ai essayé mais Annie la Petite Orpheline était déjà prise.

— Putain, qu'est-ce que...

Jones allait se lancer dans une tirade prévisible. Je levai un doigt dans sa direction.

— Arrête. Tu me parles encore comme ça et tu n'auras que la salière comme dîner.

Il se dégonfla :

— J'ai rien bouffé, en taule. J'avais les foies.

Je me sentis honteux, et même coupable. Atys était un jeune homme effrayé, avec une copine morte et le souvenir de son sang sur ses doigts. Son sort était entre les mains de deux Blancs et d'un jury qui allait très probablement lui fournir une criante définition du mot « hostilité ». Tout bien considéré, c'était déjà un exploit de sa part de se tenir droit et d'avoir les yeux secs.

— S'il vous plaît. Laissez-moi manger.

Je poussai un soupir. De la fenêtre où nous étions assis, je pouvais voir la route, le 4x4 et toute personne approchant à pied. Si quelqu'un s'était mis en tête de s'en prendre à Jones, il ne le ferait pas au Betty's Diner. Elliot et moi étions les seuls Blancs de la salle et la poignée de clients des autres tables ignorait délibérément notre présence. Si je repérais un journaliste, je pouvais toujours faire sortir Jones par-derrière, à supposer que le Betty's eût une sortie à l'arrière. J'en faisais peut-être un peu trop.

— D'accord, concédai-je. Mais dépêche-toi.

Manifestement, Jones n'avait pas avalé grand-chose pendant son séjour en prison. Il avait les joues creuses, les yeux enfoncés, une éruption de boutons et de furoncles sur le visage et le cou. Il engloutit un plat de côtelettes de porc grillées avec du riz, des petits pois et des macaronis au fromage, et fit un sort dans la foulée à une tranche de fraisier. Elliot grignota quelques frites tandis que je me contentais d'un café de la machine Mr Coffee du comptoir. Quand nous eûmes terminé, Elliot me laissa avec Jones pour aller régler l'addition.

La main gauche du jeune Noir reposait à plat sur la table, avec pour seul ornement une Timex bon marché. La droite pressait la croix en acier pendant à son cou qui était en forme de T et semblait creuse. Quand je tendis la main pour la toucher, il se recula vivement, avec dans le regard une lueur qui ne me plut pas.

— Qu'est-ce que vous foutez ?

— Je voulais seulement regarder ta croix.

— C'est à moi. Personne peut y toucher.

— Atys, fis-je doucement, laisse-moi voir ta croix.

Il la garda un moment encore dans sa main puis lâcha un long « Meeerde », la passa par-dessus son cou et la laissa tomber dans ma paume. Je la fis osciller au bout de mes doigts, tirai sur la partie inférieure. Elle glissa, révélant un morceau d'acier effilé long de deux pouces. Je pris le T au creux de la main, fermai le poing en laissant la pointe passer entre majeur et annulaire.

— Où tu as eu ça ?

La lumière du soleil se reflétait sur la lame, dansait dans les yeux de Jones. Il rechignait à répondre.

— Atys, je ne te connais pas mais, crois-moi, tu commences déjà à me gonfler. Réponds à ma question.

Il secoua la tête de manière théâtrale.

— C'est un prêtre qui me l'a donnée.

— L'aumônier ?

— Non, un des prédicateurs qui passent à la prison. Il m'a dit qu'il avait été taulard lui aussi, dans le temps, mais que le Seigneur l'avait libéré.

— Il a dit aussi pourquoi il te donnait ce truc ?

— Parce qu'il savait que j'étais dans la merde, que des types essayaient de me tuer. La croix, c'était pour me protéger.

— Il t'a donné son nom ?

— Tereus.

— Il était comment, physiquement ?

Jones me regarda dans les yeux pour la première fois depuis que j'avais pris sa croix.

— Comme moi, répondit-il simplement. Comme un mec qui a été dans la merde.

Je remis la lame dans son étui et, après un instant d'hésitation, rendis la croix à Jones. Il eut l'air surpris puis hocha la tête pour prendre acte de mon geste.

Elliot revint à la table et nous partîmes. Ni Jones ni moi ne parlâmes de la croix. Cette fois, il n'y eut plus d'arrêt et personne ne nous suivait quand le 4x4 prit la direction de Charleston et de l'East Side.

L'East Side était l'un des premiers lotissements situés à l'extérieur de l'enceinte de la vieille ville et n'avait jamais connu la ségrégation. Blancs et Noirs se partageaient le dédale de rues bordé par Meeting et East Bay à l'ouest et à l'est, par Mary Street et la voie express traversant la ville au sud et au nord. Au milieu du dix-neuvième siècle, la population noire y était plus huppée que la blanche. Des ouvriers noirs, blancs, immigrés, continuèrent à cohabiter dans l'East Side jusqu'à la fin de la Seconde Guerre mondiale, quand les Blancs allèrent s'installer dans les banlieues à l'ouest de l'Ashley. L'East Side devint ensuite un quartier où il ne faisait pas bon s'aventurer pour un Blanc. La misère y prit racine, apportant avec elle les graines de la violence et de la drogue.

L'East Side était cependant de nouveau en train de changer. Des secteurs situés sous Calhoun et Judith Street, autrefois exclusivement noirs, accueillaient maintenant une population presque totalement blanche et aisée, et la vague de renaissance urbaine et d'embourgeoisement s'étendait aussi aux confins sud du quartier. Six ans plus tôt, le prix moyen d'une maison s'établissait à dix-huit mille dollars ; certaines, maintenant, dans Mary Street, atteignaient les deux cent cinquante mille dollars, et même des bâtisses de Columbus et d'Amherst, proches du petit parc où se retrouvaient les dealers, à proximité des logements sociaux orange et jaune, se vendaient deux ou trois fois ce qu'elles valaient cinq ans plus tôt. Mais c'était encore pour le moment un quartier noir, avec ses maisons aux couleurs passées, reliques d'une époque sans climatisation. La supérette Piggly Wiggly, au coin de Columbia et de Meeting, le magasin jaune de prêt sur gage Money Man, en face, la boutique de vins et alcools à prix cassés, tout parlait de vies fort éloignées de celles des Blancs riches revenant dans le quartier.

Les adolescents aux coins des rues et les vieux dans leur véranda nous regardaient passer avec méfiance ; un Blanc et un Noir dans une voiture, suivis par un Blanc dans une autre voiture. Nous n'étions peut-être pas des keufs mais, quoi que nous puissions être, nous n'annoncions rien de bon. Au croisement d'American et Reid, sur le flanc d'une maison de deux pièces construite comme une sorte de pièce de musée, quelqu'un avait écrit : « Les Afro-Américains ont hérité du mythe selon lequel il vaut mieux être pauvre que riche, nonchalant que travailleur, extravagant qu'économe et sportif qu'intellectuel. »

Je ne connaissais pas la source de cette citation, et Elliot non plus, quand je lui posai la question plus tard. Atys s'était contenté de jeter aux mots tracés sur le mur un regard sans expression. Il savait probablement déjà par expérience ce qu'ils signifiaient. Autour de nous, les hortensias étaient en fleur et des bambous aériens croissaient près du perron d'une maison proprette à un étage de Drake Street, à mi-chemin entre un bâtiment en ruine, à l'intersection de Drake et Amherst, et l'école primaire Fraser, au coin de Columbus. Elle était peinte en blanc rehaussé de jaune. Les volets étaient fermés au rez-de-chaussée, entrouverts à l'étage pour laisser passer l'air. Une baie vitrée faisait face à la rue, avec à droite l'entrée, surmontée d'un panneau décoratif en bois sculpté fabriqué en série. Une volée de cinq marches de pierre conduisait à la véranda.

Après s'être assuré que la rue était tranquille, Elliot engagea le 4x4 en marche arrière dans le jardin situé à droite de l'entrée. J'entendis des portières s'ouvrir puis des bruits de pas quand Elliot et Atys pénétrèrent dans la maison par-derrière. Drake semblait déserte, à l'exception de deux gamins qui jouaient à la balle près des barrières de sécurité de l'école. Ils y restèrent jusqu'à ce qu'il commence à pleuvoir – de grosses gouttes luisant à la lumières des réverbères qui venaient de s'allumer – puis coururent s'abriter. J'attendis une dizaine de minutes tandis que l'averse criblait le toit de la voiture et, enfin certain qu'on ne nous avait pas suivis, je me dirigeai moi aussi vers la maison.

Atys – je me forçais à le désigner en pensée par son prénom, dans un effort pour établir avec lui une sorte de lien – était assis, l'air mal à l'aise, à une table de cuisine en pin, Elliot à sa droite. Devant l'évier, une Noire d'âge mûr aux cheveux argent versait de la citronnade dans les verres que son mari lui tendait avant de les passer, un par un, aux invités. Il avait les épaules légèrement voûtées, mais la puissance de ses deltoïdes et de ses trapèzes transparaissait encore sous sa chemise blanche. Bien qu'il eût plus de soixante ans, il aurait facilement affronté Atys dans un combat régulier. Moi aussi, probablement.

— Le diable et sa femme qui se battent, dit-il tandis que je secouais ma veste pour en faire tomber les gouttes d'eau.

Je dus avoir l'air dérouté car il répéta sa phrase et me montra par la fenêtre la pluie se mêlant au soleil.

— Ent'ez, 'seyez-vous.

Elliot sourit de mon incompréhension.

— Gullah, expliqua-t-il.

C'était le terme couramment employé pour qualifier la langue et la population des îles côtières, dont une grande partie descendait d'esclaves à qui on avait octroyé des terres et des rizières abandonnées pour qu'ils s'y établissent après la guerre de Sécession.

— Ginnie et Albert vivaient à Yonges Island, mais Ginnie est tombée malade et l'un de leurs fils, Samuel, celui qui s'occupe de ma voiture, a insisté pour qu'ils viennent à Charleston. Cela fait dix ans qu'ils y habitent et je ne comprends toujours pas tout ce qu'ils disent, mais ce sont de braves gens. Ils savent ce qu'ils font. Il te prie d'entrer et de t'asseoir.

J'acceptai la citronnade, remerciai le couple et pris ensuite Atys par l'épaule pour le conduire dans la salle de séjour exiguë. Elliot se leva à demi pour nous suivre, mais je lui fis signe que je souhaitais être seul une ou deux minutes avec son client. Il n'eut pas l'air ravi mais se rassit.

Atys posa les fesses tout au bord du sofa, comme s'il s'apprêtait à s'élancer vers la porte d'une seconde à l'autre. Il évitait mon regard. Je m'installai en face de lui dans un fauteuil rembourré.

— Tu sais pourquoi je suis ici ? attaquai-je.

Il haussa les épaules.

— Parce qu'on vous paie pour ça.

— Il y a de ça, convins-je en souriant. Mais surtout, je

suis ici parce qu'Elliot ne croit pas que tu as tué Marianne Larousse. Beaucoup d'autres gars en sont convaincus, et mon boulot va consister à prouver qu'ils ont tort. Je ne peux le faire que si tu m'aides.

De la sueur perlait à son front. Il s'humecta les lèvres avant de répondre :

— Ils me tueront, de toute façon.

— Qui ça ?

— Les Larousse. Qu'ils le fassent eux-mêmes ou qu'ils refilent le boulot à l'Etat, c'est pareil. Ils me tueront quand même.

— Pas si nous réussissons à prouver qu'ils ont tort.

— Ouais, et vous ferez ça comment ?

Je n'y avais pas encore réfléchi, mais interroger ce jeune homme constituait un premier pas.

— Comment tu as connu Marianne Larousse ?

Il se renversa lourdement contre le dossier du sofa, résigné maintenant à parler de ce qui s'était passé.

— Elle était étudiante à Columbia.

— Tu n'as pas vraiment le genre étudiant, Atys.

— Je leur vendais de l'herbe, à ces enfoirés. Ils aiment acheter de la dope.

— Elle savait qui tu étais ?

— Non, elle savait rien de moi.

— Mais toi, tu savais qui elle était ?

— Exact.

— Tu connais les problèmes qu'il y a eu entre ta famille et les Larousse.

— C'est de l'histoire ancienne.

— Mais tu es au courant.

— Ouais.

— C'est elle qui t'a dragué ou c'est toi qui l'as draguée ?

Il rougit, eut un sourire épanoui.

— Ben, elle fumait, je fumais, c'est arrivé comme ça, genre.

— Ça a commencé quand ?

— En janvier, février peut-être.

— Et tu es sorti avec elle tout ce temps ?

— Une partie seulement. En juin, elle est partie. Je l'ai pas vue de fin mai jusqu'à y a une ou deux semaines avant que...

Sa voix s'étrangla.

— Sa famille savait que vous sortiez ensemble ?

— Peut-être. Elle leur disait rien, mais les gens parlent.

— Pourquoi tu sortais avec elle ?

Il ne répondit pas.

— Parce qu'elle était jolie ? Parce qu'elle était blanche ? Parce que c'était une Larousse ?

Il haussa les épaules en silence.

— Les trois, peut-être ?

— Ouais, je suppose.

— Tu l'aimais bien ?

Un muscle trembla sur sa joue.

— Ouais, je l'aimais bien.

Je marquai un temps avant de reprendre :

— Qu'est-ce qui s'est passé le soir où elle est morte ?

Le visage d'Atys se décomposa, toute son assurance, toute son affectation en disparurent comme un masque qu'on arrache pour révéler l'expression cachée dessous. Je sus alors avec une certitude absolue qu'il n'avait pas tué Marianne Larousse, car sa douleur était trop sincère et je compris que ce qui avait peut-être commencé comme un moyen de se venger d'un ennemi vaguement désigné s'était transformé chez Atys en affection, voire en un sentiment plus fort.

— On baisait dans ma voiture, devant le Rat de Marais. Les gens là-bas se battent les couilles de ce que vous faites, pourvu que vous ayez de la thune et que vous soyez pas un flic.

— Vous avez eu des rapports sexuels ?

— Ouais.

— Protégés ?

— Elle prenait la pilule, et moi j'avais fait des analyses

et tout, mais elle préférait quand même que je mette une capote.

— Ça t'embêtait ?

— Vous déconnez ou quoi ? Vous avez jamais baisé avec une capote ? C'est pas pareil. C'est comme...

Il chercha une comparaison.

— Mettre des chaussures pour prendre un bain ? suggérai-je.

Pour la première fois il sourit et un peu de glace entre nous se brisa.

— Ouais, sauf que j'avais jamais pris de bain aussi bon.

— Continue.

— On a commencé à se disputer.

— A quel sujet ?

— Au sujet qu'elle avait honte de moi, qu'elle voulait pas qu'on nous voie ensemble. On baisait toujours dans ma voiture, ou dans ma piaule quand elle était assez pétée pour s'en foutre. Le reste du temps, elle passait devant moi comme si j'existais pas.

— Votre dispute est devenue violente ?

— Non. Je l'ai pas touchée. Absolument pas. Mais elle s'est mise à gueuler et, d'un seul coup, elle s'est tirée. Je me suis dit « Laisse-la, laisse-la se calmer ». Après, je suis allé la chercher, je l'ai appelée... Et je l'ai trouvée.

Il avala sa salive, plaça ses mains derrière sa tête. Ses lèvres se plissèrent, il semblait au bord des larmes.

— Qu'est-ce que tu as vu ?

— Sa figure, elle était complètement défoncée. Son nez... Y avait plus que du sang. Je l'ai soulevée, j'ai écarté les cheveux de son visage mais elle était morte. Je pouvais rien faire pour elle. Elle était morte.

Il pleurait, maintenant, levant et abaissant le genou comme un piston sous l'effet du chagrin et de la rage qu'il retenait encore.

— Nous avons presque fini, murmurai-je.

Il hocha la tête, essuya ses larmes d'un mouvement preste du bras.

— Tu as vu quelqu'un ? Quelqu'un qui aurait pu lui faire ça ?

— Non, mec, personne.

J'observais ses yeux et je les vis se détourner de moi juste avant qu'il me réponde. Pour la première fois, il me mentait.

— Tu es sûr ?

— Ouais, je suis sûr.

— Je ne te crois pas.

Il allait me faire le coup de l'indignation et j'agitai un doigt devant lui en guise d'avertissement.

— Qu'est-ce que tu as vu ?

Sa bouche s'ouvrit et se referma deux fois avant d'émettre un son puis :

— J'ai cru voir quelque chose, je suis pas certain.

— Je t'écoute.

Il hocha de nouveau la tête, plus pour lui-même que pour moi.

— J'ai cru voir une femme. Elle était tout en blanc, elle s'éloignait dans le bois. Mais quand j'ai mieux regardé, y avait rien. C'était peut-être la rivière, la lumière qui se reflétait sur l'eau...

— Tu en as parlé à la police ? On ne mentionne pas de femme dans les rapports.

— Ils ont dit que je mentais.

Et il mentait encore. Même maintenant, il cachait quelque chose, mais je savais que je ne tirerais plus rien de lui pour le moment. Je me renversai dans mon fauteuil, lui tendis les rapports de police. Nous les étudiâmes un moment ensemble et il n'y trouva rien à contester, hormis la présomption implicite de sa culpabilité.

Atys se leva au moment où je remettais les rapports dans leur dossier.

— Terminé ? demanda-t-il.

— Pour le moment.

Il fit quelques pas, s'arrêta avant d'arriver à la porte et dit à voix basse :

— Ils m'ont fait passer devant la maison de la mort.

— Quoi ?

— Quand ils m'ont conduit à Richland, ils sont passés devant Broad River et ils m'ont montré la maison de la mort.

Le lieu des exécutions capitales de l'Etat se trouvait à la prison de Broad River, à Columbia, près du centre d'accueil et d'évaluation. Une disposition conjuguant torture psychologique et sens de la démocratie permettait aux détenus condamnés à la peine de mort avant 1995 de choisir entre électrocution et injection mortelle. Tous les autres étaient exécutés par injection, comme Atys Jones le serait si l'accusation réussissait à le convaincre du meurtre de Marianne Larousse.

— Ils m'ont dit qu'on m'attacherait avec des sangles et qu'on m'injecterait du poison dans le corps, et que je me sentirais mourir à l'intérieur mais que je pourrais pas bouger ni crier. Ils m'ont dit que c'était comme étouffer lentement.

Je gardai le silence et il conclut :

— J'ai pas tué Marianne.

— Je le sais.

— Mais ils me tueront quand même pour ça, soupira-t-il avec une résignation qui me glaça.

— Nous pouvons les en empêcher si tu nous aides.

Il secoua la tête et retourna d'un pas lent dans la cuisine. Elliot me rejoignit quelques secondes plus tard.

— Qu'est-ce que t'en penses ? me demanda-t-il à voix basse.

— Il cache quelque chose. Il finira bien par nous dire quoi.

— Nous n'avons pas le temps d'attendre, répartit Elliot.

En le suivant dans la cuisine, je vis les muscles de son dos se contracter sous sa chemise, ses mains s'ouvrir et se fermer le long de son corps. Il se tourna vers Albert.

— Vous avez besoin de quelque chose ?

— Nous à manger assez, répondit le vieux Noir.

— Je ne parle pas seulement de nourriture. Vous avez besoin d'argent ? D'une arme ?

La femme fit claquer son verre en le reposant sur la table, agita le doigt en direction d'Elliot.

— Vous pas amener malheu' su' nous, dit-elle d'un ton ferme.

— Ils pensent qu'avoir une arme dans la maison leur portera malheur, me murmura-t-il.

— Ils ont peut-être raison. Qu'est-ce qu'ils feront en cas d'ennuis ?

— Samuel vit ici et les flingues doivent lui poser moins de problèmes qu'à eux. Je leur donnerai nos numéros. S'il arrive quelque chose, ils appelleront l'un de nous. Assure-toi simplement d'avoir toujours ton portable sur toi.

Je remerciai le vieux couple pour sa citronnade et emboîtai le pas à Elliot quand il se dirigea vers la porte.

— Vous me laissez ici ? protesta Atys. Avec ces deux-là ?

— Ce gasson l'a d'sales manies, réprouva Ginnie. Ce gasson bientôt puni pou' sa mauvaiseté.

— Lâche-moi, rétorqua Jones.

Il avait l'air inquiet.

— Sois sage, Atys, lui recommanda Elliot. Regarde la télé, dors un peu. M. Parker passera te voir demain.

Les yeux du jeune Noir me lancèrent une dernière supplique désespérée.

— Merde, grogna-t-il. D'ici demain, ils m'auront bouffé, les deux, là.

Quand nous le laissâmes, la vieille femme avait recommencé à le houspiller. Dehors, nous rencontrâmes Samuel, le fils, qui rentrait chez lui. C'était un type élancé et beau, mon âge ou un peu plus jeune, avec de grands yeux marron. Elliot nous présenta et nous nous serrâmes la main.

— Pas de problème ? fit Elliot.

— Aucun, confirma Samuel. Je me suis garé devant votre bureau. Les clefs sont sur la roue arrière droite.

Elliot le remercia et le regarda entrer dans la maison.

— Tu es sûr qu'Atys sera en sécurité avec eux ? m'inquiétai-je.

— Ils sont intelligents, comme leur fils, et les gens du quartier les protégeront. Si des inconnus viennent fouiner dans la rue, la moitié des jeunes du coin les préviendront. Tant qu'Atys sera ici et que personne ne le saura, il ne risquera rien.

Les mêmes visages nous regardèrent partir et je me dis qu'Elliot avait peut-être raison. Peut-être repéreraient-ils immédiatement un inconnu pénétrant dans leur quartier.

Mais je n'étais pas sûr que cela suffirait pour protéger Atys Jones.

12

Elliot et moi échangeâmes quelques mots devant la maison avant de nous séparer. Il prit un journal sur la banquette arrière de sa voiture et me le tendit.

— Toi qui épluches la presse, t'as vu ça ?

L'article, perdu dans la rubrique mondaine, s'intitulait « Charité au cœur de la tragédie ». Les Larousse organisaient un déjeuner de bienfaisance dans les jardins d'une vieille maison de planteur, l'une des deux grandes résidences de la famille, sur la rive ouest du lac Marion. A en juger par la liste des invités attendus, la moitié des pontes de l'Etat seraient présents. Je lus ce qui suit : *Alors qu'il pleure encore la mort de sa fille bien-aimée, Earl Larousse, son fils Earl Junior à ses côtés, a déclaré : « Nous avons envers ceux qui sont moins favorisés que nous un devoir que même la perte de Marianne ne peut nous faire oublier. » Le déjeuner, donné au profit de la recherche sur le cancer, sera la première participation de la famille Larousse à la vie publique depuis le meurtre de Marianne, le 19 juillet dernier.*

Je rendis le journal à Elliot.

— Tu peux être sûr que les juges et les procureurs y seront, probablement le gouverneur aussi, pronostiqua-t-il. Tant qu'à faire, ils devraient tenir le procès sur la pelouse et en finir tout de suite...

Avant de me quitter, Elliot me dit qu'il avait un travail à terminer à son bureau et nous décidâmes de nous revoir le lendemain ou le jour d'après pour faire le point de nos progrès et de nos options. Je suivis sa voiture jusqu'au Charleston Place, lâchai son sillage et me garai. Je montai à ma chambre prendre une douche et appeler Rachel. Elle était sur le point d'aller à South Portland pour une lecture à la librairie Nonesuch Books. Elle m'en avait parlé quelques jours plus tôt mais j'avais oublié.

— Il s'est passé une chose intéressante, aujourd'hui, enchaîna-t-elle. En allant ouvrir, j'ai découvert un homme sur le pas de ma porte. Un balèze. Un Noir très, très balèze.

— Rachel...

— Tu avais promis que ce serait discret, et ce type portait un tee-shirt avec l'inscription « Tueur de Klan ».

— Je...

— Et tu sais ce qu'il a dit ?

J'attendis.

— Il m'a tendu un mot de Louis et il m'a dit qu'il était allergique au lactose. C'est tout. Allergique au lactose. Rien d'autre. Il m'accompagne à la lecture. Tout ce que j'ai pu obtenir de lui, c'est qu'il change de tee-shirt. Sur le nouveau, on peut lire « La Mort noire ». Je dirai aux gens que c'est un groupe de rap. Tu penses que c'est un groupe de rap ?

Je supposai plutôt que ça avait à voir avec la profession de ce type, mais je m'abstins de le dire. Tout ce que je trouvai à répondre, ce fut :

— Tu devrais peut-être acheter du lait de soja.

Elle raccrocha sans même un au revoir.

Malgré l'averse, il faisait une chaleur étouffante quand je quittai l'hôtel pour manger un morceau et, avant même d'avoir parcouru une centaine de mètres, j'eus l'impression que mes vêtements étaient trempés. Je passai devant le bâtiment du Musée confédéré, dont l'extérieur était couturé d'échafaudages, pénétrai dans le quartier résidentiel situé entre East Bay et Meeting, admirai les vastes demeures anciennes aux portes éclairées par une lumière douce. Il était un peu plus de dix heures et les touristes avaient commencé à affluer dans les bouges d'East Bay où l'on servait des cocktails tout faits dans des verres souvenirs. Des jeunes, garçons et filles, remontaient et descendaient Broad en voiture, leur radio moulinant du rap et du new metal aux pulsations insistantes et concurrentes.

Je cherchais un endroit où manger quand j'aperçus un visage familier derrière la vitre du Magnolia's. Elliot était assis en face d'une femme aux cheveux de jais qui plissait les lèvres. Il mangeait mais son expression chagrine révélait qu'il ne savourait pas son repas, peut-être parce que la femme était mécontente de lui. Penchée par-dessus la table, les paumes à plat sur la nappe, elle le foudroyait du regard. Elliot finit par renoncer à son plat et écarta les mains en un geste l'invitant à être raisonnable, ce geste qu'ont les hommes quand ils ont l'impression qu'une femme abuse de leur patience. Ça ne marche jamais, essentiellement parce que rien n'envenime davantage une discussion entre un homme et une femme que l'insinuation par l'un que l'autre n'est pas raisonnable. Comme c'était à prévoir, la femme se leva brusquement et sortit du restaurant d'un pas décidé. Elliot ne la suivit pas. Il la regarda s'éloigner puis eut un haussement d'épaules résigné, reprit ses couverts et se remit à manger. La femme, toute de noir vêtue, monta dans un Explorer garé trois portes plus bas et démarra dans la nuit. Elle ne pleurait pas mais sa colère éclairait l'intérieur du monospace comme une fusée. Par habitude ou presque, je notai le numéro d'immatriculation. Je songeai brièvement à rejoindre Elliot, mais je ne voulais pas qu'il puisse penser que j'avais assisté à la querelle et, de toute façon, je voulais être un moment seul.

Je finis par me retrouver dans Queen Street et entrai au Poogan's Porch, un restaurant cajun fréquenté, selon la rumeur, par Paul Newman et Joanne Woodward, bien que le tableau des célébrités affichât ce soir-là un gros zéro. Il y avait du papier à fleurs sur les murs, des verres sur les tables, et je dus quasiment prendre l'un des serveurs en otage afin que l'eau glacée me parvienne assez vite pour me rafraîchir, mais le canard à la cajun avait l'air succulent. Pourtant, malgré ma faim, je touchai à peine au plat quand il arriva. Il avait mauvais goût, comme si on l'avait arrosé de vinaigre, et, repensant au crachat de Faulkner dans ma bouche, je repoussai mon assiette.

— Quelque chose ne va pas, monsieur ?

C'était le serveur. Je levai les yeux vers lui et sa figure me parut floue, comme une photo de Batut dans laquelle des images de plusieurs individus se superposent pour créer un portrait composite.

— Non, c'est bon, répondis-je, mais j'ai perdu mon appétit.

J'avais envie qu'il me laisse, je ne supportais pas de regarder son visage. Il me faisait penser à une décomposition lente.

Dehors, des cancrelats cliquetaient sur les trottoirs, parmi les restes de ceux qui n'avaient pas été assez vifs pour échapper aux pas des hommes et qui servaient maintenant de repas à des troupeaux de fourmis particulièrement voraces. Je descendis des rues désertes en promenant les yeux sur les fenêtres éclairées des maisons, surprenant les ombres chinoises de scènes qui se poursuivaient derrière les rideaux. Rachel me manquait, j'aurais voulu qu'elle soit avec moi. Je me demandai comment elle s'entendait avec le Tueur de Klan, également connu sous le nom de La Mort noire, semblait-il. On pouvait faire confiance à Louis pour envoyer le seul type qui passait encore moins inaperçu que lui, mais au moins, je ne m'inquiétais plus autant pour Rachel. Je ne savais toujours pas dans quelle mesure je pouvais aider Elliot. Le prédicateur qui avait donné à Atys Jones le couteau en forme de T avait éveillé ma curiosité, mais j'avais l'impression de dériver loin de ce qui se passait, de ne pas encore avoir réussi à trouver un moyen de crever la surface et d'explorer les profondeurs. En outre, je ne partageais pas pleinement la confiance d'Elliot dans la capacité du vieux couple gullah et de son fils à maîtriser les situations qui pouvaient se présenter. Je trouvai une cabine, composai le numéro de la planque. Le vieil Albert répondit et déclara que tout allait bien.

— Pas vous fé souci, la po créture elle do.

Je le remerciai et allais raccrocher quand il ajouta :

— Ce gasson, l'a pas tué la fille, c'est sû'.

— Il vous a dit qu'il ne l'a pas tuée ? Vous en avez discuté avec lui ?

— Ouais. Moi demandè et y fait 'éponse c'est pas lui.

— Il a dit autre chose ?

— Lui a peu'. Une peu' te'ible.

— Peur de quoi ?

— La police. Et la femme.

— Quelle femme ?

— Les vieilles pe'sonnes elles c'oient des esp'its ma'chent la nuit su' le Conga'ee.

Je dus lui faire répéter sa phrase et finis par comprendre qu'il parlait d'esprits.

— Vous voulez dire que le fantôme d'une femme hante le marais ?

— Ouais.

— Et c'est cette femme qu'il a vue ?

— Moi sais pas 'xactement, mais pense que oui.

— Vous savez qui est cette femme ?

— Non, missieu, mais c'est sû' qu'elle do' à l'A'pent du Seigneu'.

L'Arpent du Seigneur : le cimetière.

Je lui demandai de tenter d'en apprendre davantage parce qu'il me semblait qu'Atys en savait plus qu'il ne le disait. Albert promit d'essayer mais ajouta qu'il n'était pas « inte'ogateu' ».

J'étais maintenant parvenu au Quartier français, entre Meeting et East Bay ; je percevais des bruits de circulation lointains et parfois des éclats de voix quand des fêtards traversaient la nuit mais, autour de moi, il n'y avait aucune vie.

Et puis, en passant devant Unity Alley, j'entendis chanter. C'était une voix d'enfant, délicieuse, qui fredonnait une version d'une vieille chanson de Roba Stanley, « Devilish Mary », mais on aurait dit que la fillette ne connaissait pas toutes les paroles ou qu'elle avait décidé de répéter seulement la partie qu'elle préférait, le refrain en forme de comptine à la fin de chaque couplet.

Digue dingue don la laiterie
Digue dingue don la laiterie
La plus jolie fille que j'ai vue de ma vie
Elle s'appelait Diabolique Mary

Le chant cessa, la fillette sortit de l'obscurité de la ruelle pour s'avancer dans la lumière des maisons voisines.

— Hé, m'sieur, fit-elle. Z'avez du feu ?

Je m'arrêtai. Elle avait treize ou quatorze ans et portait une courte jupe noire collante, sans bas, un tee-shirt noir coupé qui laissait son nombril à découvert. Ses jambes nues étaient très blanches. Son visage aussi était pâle, barbouillé de noir autour des yeux et blessé par un trait de rouge à lèvres trop rouge. Bien que juchée sur des hauts talons, elle ne semblait pas mesurer plus d'un mètre cinquante, adossée au mur de briques. Ses cheveux châtains emmêlés dissimulaient en partie son visage. L'obscurité paraissait se mouvoir autour d'elle, comme si elle se tenait sous un arbre éclairé par la lune dont les branches se balançaient lentement dans la brise du soir. Elle m'était étrangement familière, à la façon d'une photo sur laquelle on peut deviner la femme que l'enfant deviendra. J'eus l'impression d'avoir vu d'abord la femme et d'être maintenant autorisé à voir l'enfant qu'elle avait été.

— Désolé, répondis-je, je ne fume pas.

Je la fixai quelques secondes encore puis commençai à m'éloigner.

— Où tu vas ? me rappela-t-elle. Tu veux t'amuser ? Je connais un endroit où on peut aller.

Elle avança d'un pas et je découvris qu'elle était plus jeune encore que je ne l'avais cru. Cette gosse avait à peine onze ans, mais sa voix semblait plus vieille, beaucoup plus vieille.

Elle ouvrit la bouche, se lécha les lèvres. Ses dents étaient verdâtres là où elles s'enchâssaient dans ses gencives.

— Tu as quel âge ? lui demandai-je.

— Quel âge t'as envie que j'aie ?

Elle remua les hanches en une parodie de lascivité, eut un geste en direction de la ruelle.

— Viens, je connais un endroit où on peut aller.

Lentement, elle mit la main sur le bas de sa jupe et commença à le relever.

— Laisse-moi te montrer...

Je tendis une main vers elle et son sourire s'élargit puis se figea quand je lui saisis le bras.

— Nous devrions peut-être aller à la police, dis-je. Ils te trouveront quelqu'un pour t'aider.

Son bras avait quelque chose d'étrange sous ma main : il était non pas ferme mais liquide, comme un corps en putréfaction. Il dégageait aussi une chaleur extrême qui me rappela le prédicateur brûlant de l'intérieur dans sa cellule.

Avec un mouvement d'une force et d'une agilité surprenantes, elle se libéra de mon étreinte.

— Me touche pas, siffla-t-elle. Je ne suis pas ta fille.

Pendant quelques secondes, je fus incapable de faire un geste, incapable même de parler. Puis elle s'enfuit dans la ruelle et je la suivis. Je pensais pouvoir la rattraper facilement mais elle fut soudain à cinq mètres devant moi, puis à dix mètres, bougeant et pourtant ne bougeant pas, comme dans un film dont on aurait retiré des images essentielles à intervalles réguliers. Elle passa, tache floue, devant le restaurant McCrady's, s'arrêta en approchant d'East Bay, attendit.

La voiture apparut derrière elle. Une Cadillac noire, avec le pare-chocs avant enfoncé, une fissure en forme d'étoile dans un coin du pare-brise en verre teinté. La porte arrière droite s'ouvrit à côté de la fillette et une sorte de lumière sombre en sortit, se répandit sur le trottoir comme de l'huile.

— Non ! criai-je. Eloigne-toi de cette voiture !

Elle tourna la tête, inspecta l'intérieur et me regarda de nouveau. Elle sourit. Déjà ses traits s'estompaient, ses gencives disparaissaient, ses dents devenaient des pierres jaunies.

— Viens, répéta-t-elle. Je connais un endroit où on peut aller.

Elle monta dans la Cadillac qui démarra et se fondit dans la nuit.

Mais, avant que la portière se referme, des points noirs, des sortes de petits grains de terre, étaient tombés sur le trottoir. Je les vis converger vers un cancrelat, ramper sur son corps, le piquer à la tête et au ventre, ralentissant sa fuite pour pouvoir commencer à le dévorer. M'agenouillant, je distinguai la marque en forme de violon sur le dos d'une des araignées.

Des recluses. La blatte était couverte de recluses.

Je sentis quelque chose frissonner en moi et un terrible spasme me tordit les tripes. Je heurtai le mur, serrai ma poitrine de mes bras tandis que la nausée déferlait sur moi par vagues. Je sentis dans ma bouche le goût du canard et du riz quand mon estomac menaça de régurgiter son contenu. Je pris quelques profondes inspirations, gardai la tête baissée. Lorsque je fus de nouveau capable de marcher, je hélai un taxi dans East Bay et rentrai à mon hôtel.

Je bus de l'eau dans ma chambre pour me rafraîchir, mais ma température grimpait. J'étais fiévreux, malade. Je tentai de me concentrer sur la télé mais ses couleurs me faisaient mal aux yeux et je l'éteignis au moment où on annonçait au dernier bulletin d'information que trois hommes avaient été assassinés près de Caina, en Géorgie. Allongé sur le lit, j'essayai de dormir mais j'avais trop chaud, malgré la climatisation. Je ne cessai de perdre et de reprendre connaissance, sans savoir si j'étais éveillé ou si je rêvais. A un moment, j'entendis frapper à la porte. Par l'œilleton, je vis la forme d'une fillette en noir qui attendait sur le seuil, les lèvres barbouillées de rouge,

hé, m'sieur, je connais un endroit où on peut aller,

et quand je voulus ouvrir la porte, je m'aperçus que j'avais dans la main une poignée chromée de Cadillac. Je sentis une odeur de viande pourrissante lorsque la serrure cliqueta.

Et tout n'était que ténèbres à l'intérieur.

13

Ils étaient venus séparément au motel, le grand Noir au volant d'une Lumina de trois ans, le Blanc en taxi. Ils prirent chacun une chambre pour deux à des étages différents, le Noir au premier, le Blanc au deuxième. Pas un mot ne fut échangé entre eux, pas un mot ne le serait avant leur départ le lendemain matin.

Dans sa chambre, le Blanc examina ses vêtements, n'y trouva aucune trace de sang. Il les jeta sur le lit et se tint nu devant le miroir de la petite salle de bains. Lentement, il fit pivoter son corps, en grimaçant un peu, pour révéler les cicatrices de son dos et de ses cuisses. Il les fixa longuement, suivit du doigt le dessin qu'elles formaient sur sa peau. Il s'observait dans le miroir d'un regard vide d'expression, comme si ce n'était pas son reflet qu'il voyait mais une entité distincte, un être qui avait terriblement souffert et qui était marqué, non seulement psychologiquement mais physiquement aussi. Cet homme dans le miroir ne faisait pas partie de lui. Lui se sentait intact, sans souillure, et dès que la lumière s'éteindrait, que la pièce redeviendrait sombre, il s'éloignerait de la glace et laisserait derrière lui l'homme aux balafres en ne se rappelant que l'expression de ses yeux. Il s'offrit le luxe de ce fantasme quelques instants encore puis s'enveloppa d'une serviette propre à la lueur de la télévision.

Il y avait eu beaucoup de malheurs dans la vie de

l'homme appelé Angel. Quelques-uns, il le savait, pouvaient être attribués à son tempérament de voleur, à sa conviction, autrefois ferme, que si l'on pouvait vendre, transporter et voler un objet, il fallait s'attendre à un transfert de propriété dans lequel lui, Angel, jouerait un rôle déterminant quoique furtif. Il avait été un voleur habile mais pas un grand voleur. Les grands voleurs ne finissent pas en prison et Angel avait passé suffisamment de temps derrière des barreaux pour se rendre compte que les défauts de son caractère l'empêchaient de devenir l'une des légendes de la profession qu'il s'était choisie. Malheureusement, c'était aussi un optimiste à tout crin et il avait fallu les efforts conjugués de l'administration pénitentiaire de deux Etats différents pour contrarier une prédisposition naturelle au crime. Il avait pourtant choisi ce chemin, acceptant le châtiment avec équanimité quand c'était possible.

Sur d'autres secteurs de sa vie, Angel n'avait quasiment pas eu de maîtrise. On ne l'avait pas laissé choisir sa mère, qui avait disparu quand il marchait encore à quatre pattes et dont le nom ne figurait sur aucun certificat de mariage. Elle se faisait appeler Marta, c'était tout ce qu'il savait d'elle.

Pire, il n'avait pas choisi son père, et ce père était véritablement un sale type : un ivrogne, un voyou, un personnage indolent et brutal qui maintenait son fils unique dans la crasse, le nourrissait de céréales et de hamburgers quand il y pensait.

Ils vivaient dans un immeuble sans ascenseur de Degraw Street, dans le quartier des quais de Columbia Street, à Brooklyn. Au tournant du siècle dernier, il accueillait les Irlandais qui travaillaient sur les jetées proches. Dans les années 1920, ils avaient été rejoints par des Portoricains, et Columbia Street avait relativement peu changé ensuite jusqu'à la Seconde Guerre mondiale, mais le quartier dépérissait déjà quand le garçon était né. L'ouverture de la voie express Brooklyn-Queens en 1957 avait coupé une Columbia Street ouvrière des secteurs plus riches de Cobble Hill et Carroll Gardens, et le projet de construire un port de conteneurs dans le quartier avait incité bon nombre de résidents à vendre et à partir s'installer ailleurs. Le projet ne se matérialisa jamais, les activités portuaires furent transférées à Port Elizabeth, dans le New Jersey, avec pour conséquence un chômage massif dans Columbia Street. Les boulangeries et les épiceries italiennes commencèrent à fermer, des *casitas* portoricaines poussèrent sur les terrains vagues. Le garçon solitaire rôdait dans ces lieux, faisait son foyer de bâtiments condamnés et de pièces sans toit, veillant en permanence à rester hors de portée de son sale type de père et de ses humeurs de plus en plus coléreuses. Il avait quelques amis et s'attirait l'attention des plus violents de ses pairs, comme des chiens attirent les coups de croc d'autres membres de l'espèce jusqu'à ce que leur queue demeure à jamais rabattue entre leurs pattes, leurs oreilles plaquées sur leur crâne, et qu'il devienne impossible de dire si leur agressivité est une conséquence de leurs souffrances ou leur cause même.

Le Sale Type avait perdu son emploi de livreur en 1964 après avoir tabassé un militant syndical dans une rixe d'ivrognes et s'être retrouvé sur la liste noire. Quelques jours plus tard, des hommes étaient venus à l'appartement et l'avaient battu avec des gourdins et des chaînes. Il avait eu de la chance de s'en tirer avec quelques os brisés, car l'homme qu'il avait assailli n'était syndicaliste que de nom et honorait rarement son bureau de sa présence. Une femme, une de celles qui passaient dans la vie du garçon comme des saisons malvenues, laissant derrière elles une odeur de parfum bon marché et de fumée de cigarettes, l'avait soigné pendant la période la plus pénible et avait nourri le garçon d'œufs au bacon frits dans de la graisse de bœuf. Elle était partie un soir après une dispute avec le Sale Type, une de ces scènes qui attiraient les voisins à leurs fenêtres et la police à leur porte. Il n'y avait plus eu de femme après elle, et le Sale Type avait sombré dans le désespoir et la misère, entraînant son fils avec lui.

Il vendit Angel pour la première fois quand il avait huit ans. Le client lui donna en échange une caisse de Wild Turkey et ramena l'enfant cinq heures plus tard enveloppé dans une couverture. Cette nuit-là, le garçon demeura éveillé dans son lit, n'osant pas même cligner des yeux de crainte que, dans cette seconde d'obscurité, l'homme ne revienne, n'osant pas bouger de peur de réveiller la souffrance qu'il sentait en lui, prête à jaillir.

A son retour, le Sale Type l'avait bourré de Froot Loops et lui avait exceptionnellement donné une barre Baby Ruth en guise de dessert.

Encore maintenant, Angel n'arrivait pas à se rappeler combien de jours au juste il avait passés ainsi, sauf que les transactions étaient devenues de plus en plus fréquentes, les bouteilles de moins en moins nombreuses, la poignée de billets de plus en plus mince. A l'âge de quatorze ans, après plusieurs tentatives de fuite sanctionnées de sévères raclées, Angel avait pénétré par effraction dans une boutique de confiseries d'Union Street, à deux rues du commissariat du 76e District, avait dérobé deux boîtes de barres Baby Ruth et s'en était gavé dans un terrain vague de Hicks Street jusqu'à en vomir. Quand la police l'avait trouvé, ses crampes d'estomac étaient si douloureuses qu'il pouvait à peine marcher. Le larcin lui avait valu de passer deux mois dans une prison pour mineurs, tant à cause des dommages occasionnés en forçant la porte de la boutique que du désir du juge de faire un exemple face à une criminalité juvénile croissante dans un quartier agonisant. A sa sortie de prison, le Sale Type l'attendait dehors, et deux autres types fumaient une cigarette dans l'appartement malpropre que le père et le fils partageaient.

Cette fois, il n'y avait pas eu de barre chocolatée.

A seize ans, il sauta dans le bus pour Manhattan. Pendant près de trois années, il vécut en marge, dormant dehors ou dans des taudis délabrés, dangereux, survivant de petits boulots sans avenir et, de plus en plus, grâce au vol. Il se rappelait les éclairs d'une lame de couteau, les détonations d'un flingue, les cris d'une femme se transformant lentement en sanglots tandis qu'elle sombrait dans le sommeil ou le silence éternel. Ce nom d'Angel devint partie intégrante de sa fuite, de la mue qu'il opéra, abandonnant son ancienne identité comme un serpent se défait de sa peau.

La nuit, pourtant, il imaginait encore que le Sale Type approchait, marchant à pas silencieux dans les couloirs déserts, les pièces sans fenêtres, écoutant le bruit de la respiration de son fils, les mains pleines de barres chocolatées. Quand le Sale Type mourut enfin, dans l'incendie qui détruisit son appartement et ceux des voisins, conséquence d'une cigarette allumée qu'il avait laissée pendre au bout de ses doigts en s'endormant, l'homme-enfant l'apprit par les journaux et pleura sans comprendre pourquoi.

Dans une vie qui n'avait pas été chiche en malheurs, en souffrances et en humiliations, Angel se souviendrait du 8 septembre 1971 comme du jour où le mauvais avait viré au très mauvais. Ce jour-là, un juge avait condamné Angel et deux complices à cinq ans de prison à Attica pour leur participation à un vol dans un entrepôt du Queens. Angel, avec ses dix-neuf ans, était le plus jeune des trois.

Etre envoyé au pénitencier d'Attica, à quarante-cinq kilomètres à l'est de Buffalo, était déjà un sale coup. Attica était un véritable enfer : violent, surpeuplé, un baril de poudre prêt à exploser. C'est précisément ce qu'il fit, le 9 septembre 1971, le lendemain de l'arrivée d'Angel dans la cour D de la prison. Après que les détenus se furent emparés de plusieurs bâtiments, les forces de l'ordre assiégèrent Attica puis donnèrent l'assaut, ce qui se traduisit au final par quarante-trois morts et quatre-vingts blessés. C'était la conséquence de la décision du gouverneur Nelson A. Rockefeller de reprendre la cour D quoi qu'il pût en coûter. Une pluie de grenades lacrymogènes s'abattit sur les douze cents prisonniers massés dans la cour puis la fusillade commença. Ensuite déboulèrent les policiers de l'Etat, armés de fusils et de matraques. Quand la fumée et le gaz se dissipèrent, onze gardiens et trente-deux prisonniers avaient perdu la vie. Les représailles furent immédiates, sans pitié. Des détenus furent déshabillés et battus, forcés à manger de la boue, écorchés avec des douilles brûlantes et menacés de castration. L'homme appelé Angel, qui avait passé la plus grande partie du siège tapi dans sa cellule, craignant presque autant ses compagnons de captivité que le châtiment inévitable qui s'abattrait sur toutes les personnes présentes une fois la prison reprise, fut contraint à ramper nu dans une cour jonchée d'éclats de verre sous le regard des matons. Quand il s'immobilisa, incapable de supporter plus longtemps la douleur, un gardien nommé Hyde s'approcha en faisant crisser le verre sous ses lourds godillots et monta sur le dos d'Angel.

Près de trente ans plus tard, le 28 août 2000, le juge fédéral Michael A. Telesca, du tribunal fédéral de Rochester, répartit huit millions de dollars d'indemnités entre cinq cents anciens détenus d'Attica et leurs familles, en réparation pour ce qui s'était passé après l'émeute et le siège. L'affaire avait été reportée pendant dix-huit ans mais, finalement, deux cents plaignants purent raconter leur histoire devant un tribunal, notamment un nommé Charles B. Williams, battu si violemment qu'on avait dû l'amputer d'une jambe. Le nom d'Angel ne figurait pas parmi ceux qui avaient engagé des poursuites, car il n'était pas homme à attendre une quelconque réparation des tribunaux. D'autres peines d'emprisonnement avaient suivi celle d'Attica, dont quatre années à Rikers. Lorsqu'il arriva au bout de ce qui devait être son dernier séjour en prison, il était fauché, déprimé, au bord du suicide.

Un soir caniculaire du mois d'août, il repéra une fenêtre ouverte dans un immeuble de l'Upper West Side et il utilisa l'escalier d'incendie pour y accéder. L'appartement était luxueux, cinq cents mètres carrés de superficie, tapis d'Orient sur parquets nus, objets d'art africains disposés sur des tables et des étagères, et une collection de disques vinyle et de compacts de musique country qui lui fit croire qu'il avait pénétré dans la garçonnière de Charles Pride à New York.

Il parcourut toutes les pièces, les trouva désertes. Plus tard, il se demanderait comment la présence du gars avait pu lui échapper. D'accord, l'appart' était immense, mais il l'avait fouillé, merde. Il avait ouvert les placards, il avait même regardé sous le lit et n'avait trouvé que de la poussière. Mais au moment où il s'apprêtait à repartir par l'escalier d'incendie avec le poste de télévision, une voix s'éleva derrière lui :

« Mec, t'es sûrement le plus con des cambrioleurs depuis le Watergate. »

Angel se retourna, découvrit dans l'encadrement de la porte, une serviette de bain bleue autour de la taille, le plus grand Noir qu'il ait jamais vu en dehors d'un terrain de basket. Il faisait au moins deux mètres, avec un crâne totalement chauve, une poitrine glabre et des jambes lisses. Son corps était un assemblage de courbes dures et de nœuds de muscle sans un atome de graisse. Dans sa main droite, il tenait un pistolet à silencieux, mais ce n'était pas l'arme qui effrayait Angel. C'étaient les yeux du gars. Pas des yeux de psychotiques, Angel en avait assez vu en taule pour les reconnaître. Non, ces yeux étaient intelligents, observateurs, amusés et cependant étrangement froids.

Ce type était un tueur. Un vrai.

« Je veux pas d'ennuis, avait bredouillé Angel.

— T'aurais peut-être dû y penser avant, non ?

— Si je vous disais que c'est pas ce qu'on pourrait croire...

— Là, on pourrait croire que t'es en train de me taxer ma télé.

— Ouais, je sais, mais... »

Angel s'interrompit, estimant, pour la première fois de sa vie, que la franchise était peut-être la meilleure ligne de conduite.

« D'accord, c'est vrai, avait-il admis, j'essaie de vous faucher votre télé...

— Plus maintenant. »

Angel acquiesça d'un hochement de tête.

« Bon, autant que je la repose, alors. »

A vrai dire, le poste commençait à peser.

Le Noir avait réfléchi un moment puis :

« Tu sais quoi ? Tu la gardes dans tes bras. »

Le visage d'Angel s'était éclairé.

« Vous voulez dire que je peux l'emporter ? »

L'homme au pistolet avait eu un semblant de sourire, du moins Angel avait pensé que c'était peut-être un sourire. Ou alors un spasme.

« Non, tu restes là et tu la tiens bien. Parce que si tu la lâches... (le sourire s'était élargi), je te tue. »

Le poste semblait peser soudain deux fois plus lourd.

« T'aimes la musique country ? avait demandé le type en tendant sa main libre vers la télécommande pour allumer le lecteur de CD.

— Non », avait répondu Angel.

Des haut-parleurs émergea alors la voix de Gram Parsons chantant « We'll Sweep Out the Ashes in the Morning ».

« Alors, t'as vraiment pas de pot.

— Parlez d'un scoop », avait soupiré Angel.

L'homme à demi nu s'était installé dans un fauteuil en cuir, avait remis soigneusement sa serviette en place, son flingue toujours braqué sur l'infortuné cambrioleur.

« Vas-y. Raconte. »

Assis dans la semi-obscurité de sa chambre de motel, l'homme appelé Angel pensait à ces choses, à ces événements apparemment fortuits qui l'avaient mené là. Les derniers mots échangés avec Clyde Benson juste avant qu'Angel le tue repassèrent dans sa mémoire.

« J'ai trouvé Jésus.

– Alors, t'as pas à t'en faire. »

Benson avait imploré sa pitié mais Angel n'avait pas fléchi.

Pendant longtemps, les autres n'avaient eu aucune pitié

pour lui : son père, les hommes qui l'avaient entraîné dans des arrière-salles ou des appartements imprégnés de l'odeur de la sueur et du sexe, Hyde, le gardien d'Attica, Vance, le détenu de Rickers, qui avait estimé que l'existence même d'Angel était une insulte intolérable, jusqu'à ce que quelqu'un d'autre intervienne et fasse en sorte que Vance ne soit plus un danger pour Angel ni pour personne d'autre.

Puis il avait trouvé cet homme, le grand Noir qui occupait une chambre à l'étage en dessous, et une nouvelle vie avait commencé, une vie dans laquelle il ne serait plus la victime, dans laquelle il ne serait plus à la merci de quiconque, et il avait presque commencé à oublier les événements qui avaient fait de lui ce qu'il était.

Jusqu'à ce que Faulkner l'enchaîne à une tringle de douche et lui découpe la peau du dos, tandis que la fille du prédicateur léchait la sueur coulant du front du prisonnier suspendu et que son fils murmurait à l'oreille de l'homme torturé hurlant à travers son bâillon. Angel se rappelait le contact de la lame, sa froideur, sa pression sur sa peau avant qu'elle ne pénètre et n'entame la chair. Tous les vieux fantômes étaient revenus hurler dans sa tête, toute sa souffrance, et il avait senti dans sa bouche le goût des barres chocolatées.

Et du sang.

Il avait survécu, tant bien que mal.

Mais Faulkner demeurait en vie et c'était plus qu'il ne pouvait supporter.

Pour qu'Angel vive, il fallait que Faulkner meure.

Et comment réagissait l'autre, le Noir taciturne aux yeux de tueur ?

Chaque fois qu'il regardait son compagnon s'habiller ou se déshabiller, Louis gardait une expression neutre, mais ses tripes se nouaient à la vue des cicatrices sur son dos et ses cuisses, quand Angel suspendait son geste pour laisser la douleur s'atténuer avant de finir d'enfiler une chemise ou un pantalon, le front couvert de sueur. Au début, pendant les premières semaines après sa sortie de clinique, Angel gardait les mêmes vêtements plusieurs jours et se couchait tout habillé, sur le ventre, jusqu'à ce qu'il soit obligé de se changer. Il parlait rarement de ce qui lui était arrivé dans l'île du prédicateur, bien que cela consumât ses jours et allongeât ses nuits.

Louis en savait beaucoup plus sur le passé de son compagnon que celui-ci n'en avait appris sur le sien. Angel voyait dans cette attitude une réticence à révéler des choses sur soi qui allait au-delà de la discrétion sur sa vie privée. Mais Louis comprenait le sentiment de violation qu'Angel éprouvait maintenant. La souffrance infligée par des hommes plus âgés et plus forts aurait dû être oubliée à jamais, enfermée dans un cercueil plein de mains brutales et de barres chocolatées. C'était maintenant comme si ce cercueil avait été profané et que le passé s'en échappait, tel un gaz toxique polluant le présent et l'avenir.

Angel avait raison : Parker aurait dû tuer le prédicateur quand il en avait eu l'occasion. Au lieu de quoi, il avait choisi une voie moins sûre en faisant confiance à la loi, pendant qu'une petite partie de lui, celle qui avait tué par le passé et qui – Louis en était sûr – tuerait de nouveau, savait que la loi était impuissante à châtier un homme comme Faulkner, parce que ses actes allaient bien au-delà des territoires que la loi embrassait et touchaient des mondes disparus, des mondes à naître.

Louis pensait savoir pourquoi Parker avait pris cette décision : il avait épargné la vie du prédicateur désarmé parce que l'autre branche de l'alternative l'aurait rabaissé au niveau du vieil homme. Il avait choisi de faire ses premiers pas chancelants vers une forme de salut plutôt qu'accéder aux vœux, aux besoins peut-être, de son ami – et aux siens propres, très certainement –, et cela, Louis n'arrivait pas à le lui reprocher. Même Angel ne le lui reprochait pas : il aurait simplement préféré que les choses se passent autrement.

Louis ne croyait pourtant pas au salut, ou, s'il y croyait,

il menait sa vie convaincu que la lumière du salut ne l'éclairerait pas. Si Parker était tourmenté par son passé, Louis s'était résigné au sien ; il acceptait la réalité, sinon la nécessité, de tout ce qu'il avait fait et pensait qu'il lui faudrait un jour, inévitablement, rendre des comptes. De temps en temps, il revoyait sa vie et essayait de déterminer le point où le chemin avait bifurqué, le moment précis où il avait embrassé la beauté incandescente de la violence. Il se revoyait, gamin malingre dans une maisonnée de femmes, il entendait leurs rires, leurs plaisanteries salaces, leurs prières. Et puis l'ombre tombait, le silence se faisait et Deber apparaissait.

Il ne savait pas comment sa mère avait trouvé cet homme, encore moins comment elle avait supporté aussi longtemps sa présence, au demeurant épisodique. Petit et mauvais, Deber avait une peau sombre grêlée sur les joues, vestige d'une volée de plomb qu'on lui avait tirée en plein visage quand il était enfant. Il portait autour du cou, accroché à une chaînette, un sifflet en métal qu'il utilisait pour indiquer la pause aux équipes de manœuvres noirs qu'il dirigeait. Il s'en servait aussi pour imposer la discipline dans la maison, rassembler la famille à table, appeler Louis pour une corvée ou une punition, faire venir la mère du garçon dans son lit. Elle interrompait alors sa tâche et, tête basse, répondait à l'injonction du sifflet, et l'enfant plaquait ses mains sur ses oreilles pour ne pas les entendre à travers la cloison.

Un jour, après que Deber eut été absent plusieurs semaines et qu'une sorte de paix s'était établie dans le foyer, il était revenu, avait emmené la mère du garçon et personne ne l'avait revue vivante. La dernière fois que Louis avait vu le visage de sa mère, on s'apprêtait à fermer son cercueil. Le croque-mort avait recouvert d'un épais maquillage les hématomes sous ses yeux et les marques sur son cou. Elle avait été tuée par un inconnu, disait-on, et les amis de Deber lui avaient fourni un alibi inattaquable. Debout près du cercueil, Louis reçut les condoléances de ceux qui n'avaient pas eu le courage de ne pas se montrer.

Mais le garçon savait, et les femmes aussi. Deber était cependant revenu un mois plus tard, il avait emmené la tante de Louis dans une chambre et l'adolescent était resté éveillé cette nuit-là, il avait écouté les plaintes et les jurons, les gémissements, les cris de douleur étouffés. Alors que la lune éclairait encore le lac, derrière la maison, il avait entendu une porte s'ouvrir, il s'était approché sans bruit de la fenêtre et avait vu sa tante entrer dans l'eau et, le dos courbé, se laver de la souillure de l'homme qui dormait maintenant dans la chambre.

Le lendemain matin, Deber était parti et les femmes vaquaient à leurs tâches quand le garçon s'était glissé dans la chambre. Il avait vu les draps chiffonnés, ensanglantés, et il avait pris sa décision. Il avait quinze ans et savait maintenant que la loi n'avait pas été écrite pour protéger de pauvres femmes noires. Il y avait en lui une intelligence allant au-delà de son âge et de son expérience, et autre chose aussi que Deber avait commencé à sentir : un potentiel de violence, une capacité à tuer qui, bien des années plus tard, inciterait le patron d'une station-service à mentir de peur d'y laisser la vie. Malgré sa beauté délicate, le garçon représentait pour Deber une menace. Parfois, quand Deber rentrait du travail, s'asseyait sur une marche de la véranda et taillait un bout de bois avec son couteau, le garçon sentait ses yeux sur lui et, avec l'inconscience de la jeunesse, il soutenait son regard jusqu'à ce que Deber sourie et tourne la tête, ses phalanges blanchissant sur le manche du couteau qu'il serrait.

Un jour, Deber se tenait au bord du lac et lui fit signe de le rejoindre. Il avait un couteau de pêcheur à la main, les doigts couverts de sang. Il avait attrapé quelques poissons et voulait que Louis vienne l'aider à les vider. Mais le garçon ne bougea pas et le visage de Deber se durcit. Il prit le sifflet accroché à son cou, le porta à sa bouche et souffla. C'était un ordre. Tous en connaissaient le sens, tous y avaient répondu à une occasion ou une autre, mais cette fois, au lieu d'accourir, le garçon s'enfuit.

Ce soir-là, il ne rentra pas et dormit parmi les arbres, laissant les moustiques le dévorer, tandis que Deber, dans la véranda, s'époumonait vainement à siffler, troublant le silence de la nuit d'une promesse de châtiment.

Le garçon n'alla pas au collège le lendemain car il savait que Deber viendrait le chercher et l'emmènerait comme il avait emmené sa mère, mais cette fois il n'y aurait pas de corps à enterrer, pas d'hymnes autour de la tombe, rien qu'une couche de terre humide et d'herbe, les cris des oiseaux et les grattements des animaux de la forêt. Louis resta caché dans le bois et attendit.

Deber avait bu, le garçon le sentit dès qu'il pénétra dans la maison. Par la porte de la chambre restée ouverte, il l'entendait ronfler. Il aurait pu le tuer maintenant, l'égorger dans son sommeil. Mais on l'aurait retrouvé et l'on aurait puni, on aurait peut-être même puni aussi les femmes. Non, il valait mieux suivre le plan qu'il s'était fixé.

Le blanc d'une paire d'yeux apparut dans l'obscurité et sa tante, sa jeune poitrine nue, le regarda en silence. Il porta un doigt à ses lèvres, indiqua le sifflet posé sur la table de nuit. Lentement, pour ne pas réveiller l'homme endormi, elle passa un bras par-dessus le corps de Deber et saisit le sifflet. La chaînette émit un grattement en glissant sur le bois mais Deber, abruti par l'alcool, ne bougea pas. Le garçon tendit la main, la jeune Noire y laissa tomber le sifflet et il partit.

Cette nuit-là, il pénétra dans le collège. Compte tenu du niveau de vie de l'endroit, c'était un bon établissement, bien équipé, soutenu financièrement par un homme du pays qui avait fait fortune en ville. On y trouvait une salle de gymnastique, un terrain de football et un petit laboratoire de sciences. Le garçon s'introduisit dans le labo et rassembla les ingrédients dont il avait besoin : cristaux d'iode, hydroxyde d'ammonium concentré, alcool, éther, autant de produits de base dont le plus élémentaire des labos scolaires était pourvu. Il avait appris à s'en servir à la longue, par tâtonnements, au fil de lectures voraces. Il mélangea les cristaux d'iode et l'hydroxyde d'ammonium pour obtenir un précipité rouge brun, le filtra, le lava, d'abord à l'alcool puis à l'éther. Enfin, il enveloppa soigneusement le résultat obtenu et le plaça dans un vase à bec. Du triiodure d'azote, un composé simple qu'il avait découvert dans un des vieux bouquins de chimie de la bibliothèque publique.

A la vapeur, il sépara les deux moitiés du sifflet de métal puis, les mains humides, il les fourra de triiodure d'azote jusqu'à ce qu'elles soient au quart pleines. Il remplaça ensuite la bille par un morceau de papier de verre roulé en boule et recolla soigneusement les deux parties du sifflet avant de retourner chez lui. Sa tante ne dormait pas. Elle tendit la main pour prendre le sifflet, mais il secoua la tête et le posa délicatement sur la table de chevet, sentit l'haleine de Deber en se penchant. Au moment de quitter la chambre, l'adolescent souriait.

Le lendemain matin, Deber se leva de bonne heure, comme à son habitude, emporta le sac en papier de nourriture que les femmes laissaient toujours pour lui. Ce jour-là, il fit cent trente kilomètres en voiture pour se rendre sur un nouveau chantier, et le triiodure d'azote était sec comme de la poussière quand il porta le sifflet à ses lèvres pour la dernière fois et souffla. La petite boule de papier de verre fournit la friction requise pour faire exploser la charge rudimentaire.

Ils interrogèrent le garçon, bien sûr, mais il avait nettoyé le labo et s'était lavé les mains à l'eau de Javel diluée pour effacer toute trace des substances qu'il avait manipulées. En outre, il avait un alibi : des femmes craignant Dieu juraient qu'il était avec elles la veille, qu'il n'avait pas quitté la maison de la nuit, elles l'auraient entendu, que Deber avait en fait perdu le sifflet quelques jours plus tôt et le cherchait partout parce qu'il le considérait comme un porte-bonheur. La police le garda une journée, le tabassa sans conviction au cas où, puis le relâcha.

Après tout, c'était une bombe miniature qui avait déchiqueté le visage de Deber, une bombe conçue pour que Deber et lui seul pâtisse de son explosion. Ce n'était pas l'œuvre d'un adolescent.

Deber mourut deux jours plus tard.

Ce fut, dirent les gens, une bénédiction.

Dans sa chambre, Louis regardait, impassible, le bulletin d'informations d'une chaîne câblée relatant la découverte des corps. Un Virgil Gossard hébété, la tête bandée, les doigts encore poisseux d'urine séchée, savoura son quart d'heure de célébrité. Une porte-parole de la police annonça que ses collègues suivaient plusieurs pistes et communiqua la description de la vieille Ford. Louis plissa légèrement le front. Angel et lui avaient mis le feu à la voiture dans un champ situé à l'est d'Allendale et avaient pris ensuite la direction du nord dans une Lumina parfaitement clean avant de se séparer à l'entrée de la ville. Si on retrouvait la Ford et si on la liait aux meurtres, elle ne livrerait aucun indice puisqu'elle était en fait le résultat d'un assemblage de pièces prises sur une demi-douzaine d'autres véhicules. Ce qui le préoccupait, c'était que quelqu'un les avait vus partir, auquel cas un signalement suivrait peut-être. Ces craintes furent atténuées, mais pas totalement levées, quand la porte-parole ajouta que la police recherchait un Noir et au moins un autre individu non identifié.

Virgil Gossard, pensa Louis. Ils auraient dû le tuer quand ils en avaient l'occasion, mais s'il était le seul témoin et s'il savait seulement que l'un des deux hommes était noir, ils n'avaient pas trop à s'inquiéter, bien que la possibilité que la police en sût davantage qu'elle n'en disait le préoccupât vaguement. Il valait mieux qu'Angel et lui restent un moment séparés et cette décision ramena ses pensées vers l'homme qui occupait la chambre du dessous. Allongé sur le lit, il songea à lui jusqu'à ce que les rues deviennent silencieuses, puis il sortit du motel et marcha.

La cabine téléphonique se trouvait cinq rues plus haut,

dans le parking situé derrière une blanchisserie chinoise. Louis glissa deux dollars en *quarters* dans la fente, composa un numéro, entendit le téléphone sonner trois fois à l'autre bout du fil avant qu'on décroche.

— C'est moi. J'ai un boulot pour toi. Y a une station-service près de l'Ogeechee, sur la 16, à la sortie de Sparta. Tu peux pas la manquer, on dirait qu'elle sort d'un dessin animé. Faut rappeler au vieux qui la tient de continuer à oublier les deux types qui sont passés chez lui hier. Il saura de quoi tu parles.

Louis se tut, écouta puis reprit :

— Non, si on doit en venir là, je m'en chargerai moi-même. Pour le moment, assure-toi seulement qu'il comprenne ce qu'il risque s'il se mettait en tête d'être un bon citoyen. Dis-lui que les vers font pas de différence entre la bonne et la mauvaise viande. Ensuite, trouve-moi un nommé Virgil Gossard, une célébrité locale, maintenant. Paie-lui à boire, essaie de découvrir ce qu'il sait exactement Ce qu'il a vu. Quand t'auras fini, rappelle-moi, et consulte tes messages dans la semaine qui suivra. Il se pourrait que j'aie encore besoin de toi.

Sur ce, Louis raccrocha, défit le mouchoir qui entourait sa main et s'en servit pour essuyer les touches de l'appareil. Puis, tête baissée, il retourna au motel et demeura éveillé sur son lit jusqu'à ce que les voitures passant dans la rue se fassent plus rares et que le silence descende sur le monde.

Angel et Louis restèrent ainsi, chacun dans sa chambre, séparés mais ensemble d'une certaine façon, songeant à peine à ceux qui étaient morts de leurs mains cette nuit-là. Par la pensée, ils se souhaitèrent mutuellement de trouver la paix, et cette paix leur fut accordée temporairement par le sommeil.

Mais une paix véritable demanderait un sacrifice.

Louis avait déjà une idée sur la façon de l'accomplir.

Loin au nord, Cyrus Nairn goûtait sa première nuit de liberté.

Il avait été libéré de Thomaston dans la matinée, avec pour tout bagage un sac poubelle noir contenant ses maigres possessions. Ses vêtements ne lui allaient ni mieux ni plus mal qu'avant car son temps de captivité n'avait eu que peu d'impact sur son corps tordu. Il resta un moment devant le mur d'enceinte, à regarder la prison. Le silence des voix dans sa tête signifiait que Leonard était avec lui et il n'éprouva aucune frayeur en découvrant les créatures juchées le long des murs, leurs ailes immenses repliées sur leur corps, leurs yeux sombres attentifs. Il passa une main dans son dos et crut sentir, de chaque côté de sa colonne vertébrale déformée, les premiers renflements de ces grandes ailes sur son propre corps.

Cyrus gagna la rue principale de Thomaston, commanda un Coca et un beignet en désignant de la main ce qu'il voulait à la serveuse du *diner*. Un couple assis à une table proche l'observa un moment puis détourna les yeux quand il surprit leur regard, sa conduite étant aussi révélatrice que le sac noir posé à ses pieds. Il mangea et but avec avidité, car même un simple Coca semblait meilleur dehors, fit signe à la serveuse de lui remettre ça et attendit que le restaurant se vide. Il était maintenant seul avec les employées qui, derrière le comptoir, jetaient des coups d'œil nerveux dans sa direction.

Peu après midi, un homme entra et s'assit à la table voisine de celle de Cyrus. Il demanda un café, le but en lisant un journal qu'il laissa en partant. Cyrus tendit la main pour le prendre, fit semblant de lire la une puis le laissa retomber sur sa propre table. L'enveloppe cachée entre les pages glissa dans sa main avec un infime tintement et, de là, dans la poche de sa veste. Cyrus laissa quatre dollars sur la table pour ses consommations et s'éloigna rapidement du *diner*.

La voiture était une Nissan Sentra vieille de deux ans, parfaitement anonyme. Dans la boîte à gants, il dénicha une carte routière, une feuille sur laquelle étaient inscrits deux adresses et un numéro de téléphone, une autre enveloppe contenant mille dollars en billets usagés et un jeu de clefs pour une caravane installée dans un parc près de Westbrook. Cyrus mémorisa les adresses et le numéro, mastiqua la feuille pour en faire une boulette humide qu'il jeta dans une bouche d'égout, comme on lui en avait donné instruction.

Enfin, il se pencha et passa une main sous le siège du passager. Il délaissa le pistolet maintenu par du ruban adhésif et préféra caresser une fois, deux fois, la lame avant de porter ses doigts à ses narines et de les renifler.

Propre, pensa-t-il. Bien propre.

Il démarra, fit demi-tour et prit la direction du sud au moment où la voix lui parlait.

Heureux, Cyrus ?

Heureux, Leonard.

Très heureux.

14

Je m'examinai dans le miroir.

J'avais les yeux injectés de sang et des taches rouges sur le cou. Comme si j'avais bu la veille, mes mouvements manquaient de coordination et je n'arrêtais pas de me cogner contre le mobilier de la chambre. Ma température demeurait au-dessus de la normale, ma peau était moite. J'avais envie de retourner me coucher et de rabattre les couvertures sur ma tête, mais je ne pouvais m'offrir ce luxe. Je me fis un café dans la chambre et je regardai les informations. Quand le reportage sur Caina passa, je pris ma tête entre mes mains et laissai mon café refroidir. Il s'écoula un long moment avant que je me sente assez sûr de moi pour commencer à donner mes coups de fil.

Selon un nommé Randy Burris, de l'administration pénitentiaire de Caroline du Sud, le centre de détention du comté de Richland était l'un des établissements qui participaient à un programme dans lequel d'anciens détenus prêchaient l'évangile à ceux qui étaient encore incarcérés. En Caroline du Sud, près de trente pour cent des dix mille prisonniers libérés chaque année retournaient derrière les barreaux dans les trois ans qui suivaient, et l'Etat avait tout intérêt à soutenir le programme par tous les moyens dont il disposait. L'homme appelé Tereus – pas de nom de famille – était une récente recrue du programme et selon l'une de ses administratrices, une femme nommée Irene Jakaitis, le seul de ses membres à avoir opté pour une mission aussi au nord que Richland. Le directeur de Richland m'expliqua que Tereus avait passé la plus grande partie de son temps dans l'établissement avec Atys Jones. Tereus vivait maintenant dans un meublé derrière King Street, près de la boutique gospel Wha Cha Like. Auparavant, il avait logé dans un des asiles de la ville pendant qu'il cherchait du travail. Le meublé était à cinq minutes en voiture de mon hôtel.

Les autocars de touristes se frayaient un chemin dans King quand j'empruntai cette artère, et le boniment des guides me parvenait par-dessus le bruit de la circulation. King a toujours été le centre commercial de Charleston et, plus bas, Charleston Place offre quelques jolies boutiques destinées essentiellement aux nouveaux arrivants. Mais quand on remonte vers le nord, les magasins deviennent plus fonctionnels, les restaurants un peu moins attrayants. Il y a davantage de visages noirs et d'herbe sur les trottoirs. Je passai devant Wha Cha Like et le disquaire réparateur de télés Honest John. Trois jeunes Blancs en uniforme gris, des cadets de la Citadelle, marchaient au pas en silence, rappelant par leur existence même le passé de la ville car la Citadelle devait d'avoir vu le jour à la révolte d'esclaves avortée de Denmark Vesey et à la conviction des habitants qu'un arsenal fortifié était nécessaire pour prévenir de futurs soulèvements. Je m'arrêtai pour laisser passer les cadets, tournai à gauche dans Morris Street et me garai en face de l'église baptiste. Un vieux Noir m'observait, assis sur les marches menant à une véranda, en mâchonnant ce qui devait être des cacahuètes. Il me tendit son sac en papier marron en me proposant :

— Un *goober* ?

— Non merci.

Les *goobers* sont des cacahuètes bouillies dans leur coquille. On les suçote un moment puis on les craque pour manger l'intérieur, mou et chaud après son séjour dans l'eau.

— Z'êtes allergique ?

— Non.

— Vous faites gaffe à votre ligne ?

— Non.

— Alors, prenez un *goober*, nom d'un chien.

Je m'exécutai, même si je n'aimais pas trop les cacahuètes. Le *goober* était brûlant et je dus avancer les lèvres en aspirant de l'air pour refroidir ma bouche.

— 'est 'aud, bafouillai-je.

— Vous vous attendiez à quoi ? Je vous ai dit que c'était un *goober*.

Il me lorgna comme si j'étais un peu lent. Il avait peut-être raison.

— Je cherche un nommé Tereus.

— L'est pas chez lui.

— Vous savez où je pourrais le trouver ?

— Pourquoi vous le cherchez ?

Je lui montrai ma carte d'identité.

— Vous venez de loin, dit-il. Drôlement loin.

— Je ne lui veux aucun mal et je ne veux pas lui causer d'ennuis, assurai-je. Il a aidé un jeune homme, un client à moi. J'ai besoin de son témoignage, c'est une question de vie ou de mort pour ce jeune homme.

Le vieux me considéra un moment. Il n'avait plus de dents, et ses lèvres faisaient un bruit de succion tandis que la cacahuète roulait dans sa bouche.

— De vie ou de mort, c'est du sérieux, ça, fit-il avec une pointe de moquerie.

Il avait probablement raison de me chambrer : je parlais comme un personnage de feuilleton télévisé de l'après-midi.

— Je fais mélo ?

— Un peu, répondit-il en hochant la tête. Un peu.

— C'est quand même grave. Il faut absolument que je parle à Tereus.

La coquille du *goober* était maintenant assez molle pour qu'il puisse la craquer avec ses gencives. Il la recracha dans sa main.

— Tereus, il bosse dans un de ces bars à nichons derrière Meeting. Mais il se déshabille pas, lui.

— C'est rassurant.

— Il fait le ménage. Il ramasse le foutre à la serpillière.

Caquetant de rire, il se gifla la cuisse puis me donna le nom de la boîte, le LapLand. Je le remerciai. Au moment où je commençais à m'éloigner, il me lança :

— Z'êtes encore en train de le suçoter, votre *goober*, hein ?

— Franchement, je n'aime pas les cacahuètes, avouai-je.

— Je le savais. Je voulais juste voir si vous êtes assez bien élevé pour accepter ce qu'on vous offre.

Je recrachai discrètement le *goober* dans ma main, le jetai dans la poubelle la plus proche et laissai le vieux Noir riant tout seul.

La communauté sportive de Charleston faisait la fête depuis le jour de mon arrivée. Ce week-end-là, les Gamecocks de Caroline du Sud avaient mis fin à une série de vingt et un matches perdus en écrasant New Mexico State, sur le score de 31 à 0, devant près de quatre-vingt mille supporters affamés de victoire qui n'avaient pas eu l'occasion d'applaudir depuis que les Gamecocks avaient battu Ball State par 38 à 20, deux ans plus tôt. Même le quaterback Phil Petty, qui, pendant toute la saison précédente, avait paru incapable de conduire ne serait-ce qu'une farandole dans une maison de retraite, avait mené deux attaques aboutissant à autant d'essais. La morne enfilade de boîtes à strip-tease et de clubs pour messieurs de Pittsburg Avenue avait probablement fait un malheur avec les fêtards de ces derniers jours. Un des établissements proposait un lavage de voiture nu, tandis qu'un autre espérait attirer une clientèle classe en interdisant l'entrée aux personnes en jean ou en baskets. Apparemment, le LapLand n'avait pas ce genre de scrupules. Son parking était creusé d'ornières remplies d'eau autour desquelles quelques voitures avaient réussi à passer sans perdre une roue dans la boue. La boîte elle-même était un bloc de béton peint en plusieurs nuances de bleu – bleu porno, bleu strip triste, bleu peau froide –, avec une porte d'acier noir en son milieu.

A travers les murs j'entendis les accents étouffés de « You Ain't Seen Nothing Yet » par Bachman-Turner Overdrive. BTO dans une boîte de strip, voilà un signe que les affaires n'allaient pas au mieux.

L'intérieur était aussi obscur que les mobiles d'un sympathisant du parti républicain, exception faite d'une bande de lumière rose le long du comptoir et de la lueur des projecteurs qui illuminaient la petite scène centrale, où une fille avec des jambes de poulet et des cuisses couvertes de peau d'orange faisait tressauter ses petits seins devant une poignée d'ivrognes ravis. L'un d'eux glissa un billet d'un dollar dans l'un des bas de la fille et en profita pour presser sa main sur son entrejambe. La danseuse s'écarta mais personne ne fondit sur le gars pour le jeter dehors et le rouer de coups de pied. Le LapLand encourageait manifestement un niveau d'échanges entre artistes et clients supérieur à la moyenne.

Assises au bar, deux femmes en soutien-gorge de dentelle et string buvaient du soda à la paille. Comme je m'efforçais d'éviter de renverser une table dans le noir, la plus âgée des deux, une Noire avec des seins lourds et de longues jambes, mit le cap sur moi.

— Je m'appelle Lorelei. Je vais te chercher un verre, trésor ?

— Un soda, ça ira. Et prends quelque chose pour toi.

Je lui tendis un billet de dix et elle tortilla des hanches à mon intention en s'éloignant.

— Je reviens tout de suite, assura-t-elle.

De fait, elle réapparut une minute plus tard avec un soda tiède, son propre verre, et pas de monnaie.

— Plutôt chérot, ici, fis-je remarquer. On ne croirait pas, pourtant.

Lorelei se pencha vers moi, posa ses doigts sur l'intérieur de ma cuisse et les fit jouer en laissant le dos de sa main frôler mon bas-ventre.

— On en a pour son argent, répondit-elle. Et pas qu'un peu.

— Je cherche quelqu'un, en fait.

— Chéri, t'as trouvé, déclara-t-elle dans un halètement qui pouvait passer pour sexy si on le payait à l'heure.

Le LapLand flirtait dangereusement avec la prostitution, semblait-il. Elle se pencha plus près pour me permettre de lorgner ses seins. Tel un bon boy-scout, je détournai les yeux et comptai les bouteilles d'alcool bon marché coupé d'eau derrière le comptoir.

— Tu regardes pas le spectacle, me reprocha-t-elle.

— Je fais de l'hypertension. Mon docteur me recommande d'éviter les excitations trop fortes.

Elle sourit, fit courir un ongle en travers de ma main, où il laissa une marque blanche. Levant les yeux vers la scène, je me retrouvai en train de regarder la danseuse sous un angle que même son gynécologue n'aurait pas imaginé.

— Elle te plaît ? s'enquit Lorelei en désignant la fille.

— Elle doit être amusante.

— *Moi,* je peux être amusante. Tu veux t'amuser, coco ?

Le dos de sa main pressa plus fortement mon entrejambe. Je toussai, ramenai discrètement la main de Lorelei sur sa chaise.

— Non, ça va, tu es gentille.

— Mais je peux être très *vilaaaine...*

Ça commençait à devenir monotone : Lorelei était une sorte de machine à cracher des propos ambigus.

— Je ne suis pas vraiment un type marrant, si tu vois ce que je veux dire.

Ce fut comme si une paire de stores transparents était descendue sur ses yeux. Il y avait aussi de l'intelligence et de la vie dans ces yeux, pas seulement la ruse nécessaire à une femme michetonnant dans une boîte de strip agonisante. Je me demandai comment elle réussissait à garder séparés les deux aspects de sa personnalité, pour éviter que l'un n'imprègne et ne contamine l'autre à jamais.

— Je vois. T'es quoi ? Pas un flic, en tout cas. Un huissier, peut-être, ou un encaisseur de dettes. T'as cet air que je devrais connaître, je l'ai vu souvent.

— Quel air ?

— L'air qui annonce de mauvaises nouvelles aux pauvres.

Elle se tut, le temps de procéder à une deuxième estimation, et rectifia :

— Non, à la réflexion, je crois que t'es une mauvaise nouvelle pour à peu près tout le monde.

— Comme je te l'ai dit, je cherche quelqu'un.

— Va te faire mettre.

— Je suis détective privé.

— Oooh, le grand méchant. Je peux pas t'aider, trésor.

Elle commença à s'éloigner mais je la retins doucement par le poignet et posai deux autres billets de dix sur la table. Elle s'immobilisa, fit signe au barman qui pressentait du grabuge et se dirigeait déjà vers la porte pour prévenir le videur. Il retourna essuyer ses verres derrière le comptoir mais garda un œil sur notre table.

— Waouh, deux tunes ! s'extasia Lorelei, sarcastique. Je vais pouvoir m'acheter une nouvelle tenue, dis donc !

— Deux, si tu te cantonnes dans le genre que tu portes en ce moment.

C'était dit sans raillerie et un petit sourire perça la banquise de son visage. Je lui montrai ma licence. Elle la prit, l'étudia de près avant de la laisser retomber sur la table.

— Le Maine. T'es pas en toc, on dirait. Félicitations.

Elle tendit la main vers les billets mais je fus plus rapide.

— L'information d'abord, l'argent ensuite.

Elle jeta un coup d'œil au comptoir, se rassit à contrecœur en perçant un trou du regard dans le dos de ma main posée sur les billets.

— Je ne suis pas venu causer des ennuis. Je veux simplement poser quelques questions. Je cherche un nommé Tereus. Tu sais s'il est ici ?

— Pourquoi tu le cherches ?

— Il a aidé un de mes clients, je veux le remercier.

Elle eut un rire sans joie.

— Ouais, c'est ça. Si y a une récompense, donne-la-moi, je transmettrai. Te fous pas de ma gueule. Je me balade peut-être les doudounes à l'air, mais ça t'autorise pas à me prendre pour une idiote.

Je me renversai en arrière.

— Je ne te prends pas pour une idiote et Tereus a vraiment aidé un de mes clients. Il lui a parlé en prison. Je veux juste savoir pourquoi.

— Il a trouvé le Seigneur, voilà pourquoi. Il a même essayé de convertir les clients de la boîte avant qu'Andy la Taloche le menace de lui casser la tête.

— Andy la Taloche ?

— Le patron, répondit Lorelei.

Elle eut un geste de la main comme si elle assenait une claque sur une nuque.

— Tu saisis ?

— Je saisis.

— Tu vas pas lui causer des emmerdes, à Tereus ? Il a eu sa part.

— Je veux simplement lui parler.

— Alors, donne-moi le blé. Tu sors et tu attends derrière. Il tardera pas.

Un moment, je soutins son regard pour tenter de deviner si elle mentait. Je ne pouvais avoir de certitude, mais j'ôtai quand même ma main des billets. Elle s'en empara, les glissa dans son soutien-gorge et partit. Je la vis échanger quelques mots avec le barman puis franchir une porte où s'inscrivaient les mots « Réservé aux danseuses et aux invités ». Je savais ce qu'il y avait derrière : une loge minable, des toilettes à la serrure cassée et une ou deux pièces avec des chaises, des préservatifs et des mouchoirs en papier, rien d'autre. Peut-être que Lorelei n'était pas si intelligente que ça, finalement.

Sur scène, la danseuse termina son numéro, ramassa ses dessous éparpillés et regagna le bar. Le barman annonça l'effeuilleuse suivante, une brune de petite taille à la peau jaunâtre qui semblait avoir seize ans.

Dehors, il commençait à pleuvoir, les gouttes déformaient les lignes des voitures et les couleurs du ciel reflétées dans les flaques. Je longeai le mur jusqu'à une poubelle à moitié pleine voisinant avec des tonneaux de bière vides et des casiers à bouteilles. J'entendis des pas derrière moi et découvris en me retournant un homme qui n'était sûrement pas Tereus. Bâti comme un pilier de rugby, il avait un crâne rasé en dôme et de petits yeux. Il devait approcher de la trentaine. Une boucle en or luisait à son oreille gauche et il portait une alliance à l'un de ses gros doigts. Le reste de sa personne disparaissait sous un pull bleu ample et un pantalon de survêtement gris.

— T'as dix secondes pour dégager de chez moi, déclara-t-il.

Je soupirai. Il pleuvait et je n'avais pas de parapluie. Je n'avais même pas de veste. J'étais là, sur le parking d'une boîte de strip de troisième ordre, à me faire tremper et menacer par un cogneur de femmes. Vu les circonstances, il n'y avait qu'une chose à faire.

— Andy, fis-je, tu ne te souviens pas de moi ?

Son front se plissa. J'avançai d'un pas en écartant les bras et lui balançai la pointe de mon pied gauche entre les jambes, aussi fort que je pus. Il ne proféra pas un son. Ses lèvres laissèrent passer une bouffée d'air et un filet de salive tandis qu'il s'écroulait. Sa tête heurta le gravier et il se mit à hoqueter.

— Maintenant, tu te souviendras de moi.

Dans son dos, un renflement indiquait la présence d'un pistolet glissé sous sa ceinture. Je le pris. Un Beretta en acier inoxydable, qui semblait n'avoir jamais servi. Je le jetai dans la poubelle, aidai Andy à se relever et l'appuyai au mur, sa tête chauve éclaboussée de gouttes de pluie, les jambes de son pantalon trempées d'eau sale. Quand il eut un peu récupéré, il posa les mains sur ses genoux et me regarda d'un air mauvais.

— Tu veux essayer encore un coup ? murmura-t-il.

— Non, répondis-je. Ça ne marche qu'une fois.

— Qu'est-ce que tu fais quand on te bisse ?

Je tirai mon arme de son étui et laissai à Andy le temps de bien la voir.

— Bis. Rideau. Et fermeture du théâtre.

— Un dur avec un flingue, hein ?

— C'est tout moi, ça.

Il tenta de se redresser, changea d'avis, garda la tête baissée.

— Ecoute, il n'y a aucune raison pour que ça se passe mal, plaidai-je. Je parle, je m'en vais. Terminé.

Il réfléchit à ma proposition.

— Tereus ? fit-il enfin.

Il avait du mal à parler. Je me demandai si je n'avais pas cogné trop fort.

— Tereus, confirmai-je.

— C'est tout ?

— C'est tout.

— Tu t'en vas et tu reviens jamais ?

— Probablement.

Il s'écarta du mur en titubant, se dirigea vers la porte de derrière. Quand il l'ouvrit, le volume de la musique monta immédiatement et Andy fit un pas vers l'intérieur. Je l'arrêtai en sifflant et en agitant mon flingue.

— Contente-toi de l'appeler et va faire un tour, suggérai-je en montrant l'endroit où Pittsburg Street disparaissait entre les entrepôts et l'herbe verte. Par là.

— Il pleut.

— Tu ferais un tabac au bulletin météo...

Andy la Taloche secoua la tête, lança dans l'obscurité :

— Tereus, amène tes fesses !

Il tint la porte pour l'homme maigre qui apparut sur la marche près de lui. Tereus avait des cheveux crépus et une peau olivâtre. Il était presque impossible de dire sa race, mais cette combinaison étonnante le désignait comme un membre d'un de ces étranges groupes ethniques qui semblaient proliférer dans le Sud : Brass Ankle, peut-être, ou Melungeon des Appalaches, un groupe de « gens de couleur libres », avec un mélange de sangs noir, indien, britannique et même portugais, plus un trait de turc pour compliquer encore le cocktail. Un tee-shirt blanc moulait les longs muscles fins de ses bras et la courbe de ses pectoraux. Il avait au moins cinquante ans et il était plus grand que moi, mais il n'était absolument pas voûté et ne montrait aucun signe de faiblesse ou de vieillissement, à part ses lunettes à verres teintés. Il avait retroussé le bas de son jean jusqu'à mi-mollet et avait aux pieds des sandales en plastique. Il tenait à la main une serpillière dont je sentais l'odeur d'où j'étais. Même Andy la Taloche eut un mouvement de recul.

— Ce mec veut te parler, dit-il. Sois pas trop long.

Je m'écartai quand Andy passa lentement devant moi et poursuivit jusqu'à la rue. Il tira un paquet de cigarettes de sa poche, en alluma une en s'éloignant d'un pas précautionneux, tout en tenant le bout rougeoyant sous sa paume pour l'abriter de la pluie.

Tereus descendit sur le macadam semé de trous de la cour. Il avait l'air posé, presque distant.

— Je m'appelle Charlie Parker, me présentai-je. Je suis détective privé.

Je tendis la main droite mais il ne la prit pas, montra la serpillière en guise d'explication.

— Faut pas me serrer la main, m'sieur, pas maintenant.

— Vous l'avez purgée où, votre peine ? dis-je en désignant ses pieds.

Il avait des marques autour des chevilles, des cicatrices circulaires, comme si la peau était restée trop longtemps écorchée. Seuls des fers pouvaient laisser ces marques.

— Limestone, répondit-il d'une voix douce.

— Alabama. Sale endroit pour tirer une peine.

Ron Jones, directeur de l'administration pénitentiaire de l'Alabama, avait réintroduit le système de la chaîne de forçats en 1996 : dix heures à casser des pierres calcaires par une chaleur de 35°, cinq jours par semaine, les nuits passées avec quatre cents autres prisonniers au dortoir 16, une sorte de hangar à bestiaux prévu à l'origine pour deux cents détenus. La première chose qu'on apprenait au camp, c'était à ôter les lacets de ses bottes et à les attacher autour des fers pour empêcher le métal de frotter contre les chevilles. Mais quelqu'un avait pris les lacets de Tereus et l'en avait privé assez longtemps pour que les fers laissent des cicatrices permanentes sur sa chair.

— Pourquoi ils vous ont pris vos lacets ?

Il baissa les yeux vers ses pieds.

— J'ai refusé la chaîne. Je suis prisonnier, je fais un travail de prisonnier, mais je refuse d'être un esclave. Il m'ont attaché à un poteau sous le soleil, de cinq heures du matin à la tombée de la nuit. Le soir, il fallait me porter jusqu'au 16. J'ai tenu cinq jours. Après, j'ai craqué. Pour me rappeler ce que j'avais fait, le cogne m'a confisqué mes lacets. C'était en 96. J'ai été libéré sur parole y a de ça quelques semaines. J'ai passé trente mois sans lacets.

Il racontait son histoire d'un ton neutre mais jouait en parlant avec la croix qu'il portait au cou, une réplique de celle qu'il avait donnée à Atys Jones. Je me demandai si elle contenait aussi une lame.

— J'ai été engagé par un avocat nommé Elliot Norton, fis-je. Il représente un jeune homme que vous avez rencontré à Richland : Atys Jones.

A la mention de ce nom, l'attitude de Tereus changea. Cela me rappela la fille du LapLand quand elle avait compris que je ne paierais pas pour ses services. J'avais fini par payer quand même, semblait-il.

— Vous connaissez Elliot Norton ? poursuivis-je.

— J'ai entendu parler de lui. Vous êtes pas du coin ?

— Non, je viens du Maine.

— C'est pas tout près. Comment ça se fait que vous soyez venu bosser par ici ?

— Elliot est un ami et, apparemment, personne ne voulait accepter ce boulot.

— Vous savez où il est, Atys ?

— En lieu sûr.

— Non, il l'est pas.

— Vous lui avez donné une croix, exactement comme celle que vous portez au cou.

— Il faut avoir foi en Dieu. Le Seigneur nous protégera.

— Je l'ai touchée, cette croix. On dirait que vous avez décidé d'aider un peu le Seigneur...

— La prison est un endroit dangereux pour un jeune homme.

— C'est pour cette raison que nous l'en avons tiré.

— Vous auriez dû le laisser là-bas.

— Nous ne pouvions pas le protéger, en prison.

— Vous ne pourrez le protéger nulle part.

— Qu'est-ce que vous proposez, alors ?

— Confiez-le-moi.

Du pied, je fis rouler un caillou, le regardai rebondir dans une flaque. Mon reflet, déjà déformé par la pluie, ondula plus encore. Un instant, je disparus dans l'eau sombre, des fragments de moi éparpillés aux quatre coins de la flaque.

— Vous savez bien que nous ne pouvons pas faire ça, mais j'aimerais savoir pourquoi vous êtes allé à Richland. Vous êtes allé là-bas spécialement pour rencontrer Atys Jones ?

— Je connaissais sa mère et sa tante. Je vivais près d'elles, dans le Congaree.

— Elles ont disparu.

— C'est ce qu'on dit.

— Vous savez ce qui leur est arrivé ?

Au lieu de répondre, il lâcha la croix et marcha vers moi. Je ne reculai pas : il n'y avait aucune menace pour moi chez cet homme.

— Vous posez des questions pour gagner votre vie, hein ?

— On peut dire ça.

— Quelles questions vous avez posées à M. Norton ?

J'attendis. Il y avait quelque chose que je ne comprenais

pas, une lacune dans mes informations que Tereus s'efforçait de combler.

— Quelles questions je devrais lui poser ?

— Demandez-lui ce qui est arrivé à la mère et à la tante du garçon.

— Elles ont disparu. Il m'a montré les coupures de journaux.

— Peut-être.

— Vous pensez qu'elles sont mortes ?

— Vous voyez tout à l'envers, m'sieur. Elles sont peut-être mortes, mais elles ont pas disparu.

— Je ne comprends pas.

— Elles sont peut-être mortes, répéta-t-il, mais elles ont pas quitté le Congaree.

Je secouai la tête. C'était la deuxième fois en moins de vingt-quatre heures qu'on me parlait de fantômes dans le marais. Mais les fantômes ne se servent pas de pierres pour défoncer le crâne des jeunes femmes. Autour de nous, la pluie avait cessé et l'air semblait plus frais. A ma gauche, je vis Andy approcher. Il me regarda, haussa les épaules d'un air résigné, alluma une autre cigarette et repartit par où il était venu.

— Vous avez entendu parler de la Route blanche, m'sieur ?

Un instant distrait par Andy, je me rendis compte que j'étais maintenant presque nez à nez avec Tereus. Je sentis l'odeur de cannelle de son haleine. Instinctivement, je fis un pas en arrière.

— Non, répondis-je. Qu'est-ce que c'est ?

Il regarda de nouveau ses pieds, et les marques sur ses chevilles.

— Quand ils m'ont attaché au poteau, le cinquième jour j'ai vu la Route blanche. Le bitume miroitait, et d'un seul coup c'était comme si quelqu'un avait mis le monde sens dessus dessous. L'obscurité est devenue lumière, le noir est devenu blanc. Et j'ai vu la route devant moi, et les hommes s'échinant, cassant des cailloux, et les gardes armés crachant du jus de chique dans la poussière.

Il parlait maintenant comme un prêcheur de l'Ancien Testament, l'esprit envahi par la vision qu'il avait eue, à deux doigts de la mort sous le soleil brûlant, le corps collé au bois du poteau, les liens entaillant sa peau.

— Et j'ai vu les autres, aussi. J'ai vu des formes bouger entre eux, des femmes et des enfants, des vieux et des jeunes, et des hommes avec une corde au cou et des blessures de balle sur le corps. J'ai vu des soldats, et les cavaliers de la nuit, et des femmes en belles robes. Je les ai tous vus, m'sieur, les vivants et les morts, côte à côte sur la Route blanche. On croit qu'ils sont partis mais ils attendent. Ils sont près de nous tout le temps et ils ne connaîtront pas le repos avant que justice soit faite. C'est ça, la Route blanche. L'endroit où justice est faite, où les vivants et les morts marchent ensemble.

Tereus ôta alors ses lunettes noires et je découvris que ses yeux avaient été altérés, peut-être par leur longue exposition au soleil : le bleu vif des pupilles s'était terni, les iris étaient recouverts de blanc, comme si on avait jeté sur eux une toile d'araignée.

— Vous ne le savez pas encore, murmura-t-il, mais vous êtes sur la Route blanche, et vous ne devez pas la quitter, surtout pas, parce que les créatures qui vous guettent dans les bois, elles sont pires que tout ce que vous pouvez imaginer.

Cette histoire ne menait nulle part – je voulais en savoir plus sur les sœurs Jones, sur les raisons de Tereus de prendre contact avec Atys –, mais au moins il parlait.

— Vous les avez vues aussi, ces créatures ?

Il me considéra un moment et je crus qu'il essayait de savoir si je me moquais de lui ou non, mais je me trompais.

— Je les ai vues, répondit-il. Elles étaient comme des anges noirs.

Il ne me dit rien de plus, du moins rien d'utile. Il avait connu la famille Jones, il avait vu les enfants grandir. Addy, engrossée à seize ans par un bon à rien qui baisait aussi sa mère, avait donné naissance à un garçon, Atys. Le bon à rien s'appelait Davis Smoot, mais ses amis le surnommaient Boot à cause des bottes de cow-boy en cuir qu'il aimait porter. Cela, je le savais déjà parce que Randy Burris me l'avait dit, comme il m'avait dit que Tereus avait tiré près de vingt ans à Limestone pour avoir tué Davis Smoot dans un bar à Gadsden.

— Pourquoi vous avez tué Davis Smoot, Tereus ?

Je m'attendais à ce qu'il exprime des regrets, à ce qu'il déclare qu'il n'était plus l'homme qui avait pris la vie d'un autre, mais il ne fit rien de tout ça.

— Je lui ai demandé de m'aider, il a refusé. On s'est disputés, il m'a menacé de son couteau. Alors, je l'ai tué.

— Qu'est-ce que c'était, cette aide ?

Tereus leva l'index, l'agita.

— Ça, c'est entre lui et moi et le Seigneur. Demandez à M. Norton, il pourra peut-être vous dire pourquoi je cherchais ce bon vieux Boot.

— Vous avez dit à Atys que vous étiez le meurtrier de son père ?

— Pourquoi j'aurais fait une chose aussi bête ? répliqua-t-il en secouant la tête.

Sur ce, il reposa ses lunettes sur l'arête de son nez, cachant ses yeux abîmés, et me laissa sous la pluie.

15

J'appelai Elliot de ma chambre d'hôtel plus tard dans l'après-midi. Il avait l'air fatigué mais il n'aurait pas droit à trop de compassion de ma part.

— Mauvaise journée au bureau ?

— Juste le blues de l'avocat. Et toi ?

— Juste une mauvaise journée.

Je ne parlai pas de Tereus, essentiellement parce que je n'avais encore rien tiré d'utile de l'ancien forçat, mais, après avoir quitté le LapLand, j'avais vérifié les déclarations de deux autres témoins. Le premier était un cousin d'Atys Jones, un homme craignant Dieu qui n'approuvait pas la façon de vivre d'Atys ni celle de sa mère et de sa tante disparues, mais qui traînait dans les bars pour se trouver des raisons de s'indigner. Un voisin m'avait conseillé de le chercher au Rat de Marais et c'est là que je l'avais déniché. Le cousin se rappelait avoir vu Atys et Marianne Larousse partir ensemble, et il était encore au comptoir, priant pour tous les pécheurs devant un double scotch, quand Atys était réapparu, du sang et de la terre sur la figure et les mains.

Le Rat de Marais se trouvait tout au bout de Cedar Creek Road, à la lisière du Congaree. Le bâtiment n'était agréable à regarder ni de l'intérieur ni de l'extérieur – une horreur en parpaings et tôle ondulée –, mais il y avait un bon jukebox et c'était le genre d'endroit où les gosses de riches allaient quand ils voulaient flirter un peu avec le danger. Je traversai le bois qui l'entourait jusqu'à la clairière où Marianne Larousse était morte. Hormis les rubans de plastique jaune qui pendaient encore aux arbres, rien n'indiquait que c'était là qu'elle avait perdu la vie. J'entendais la Cedar couler à proximité. J'en suivis le lit en direction de l'ouest puis remontai au nord dans l'espoir de retomber sur le sentier conduisant au bar. Au lieu de quoi je me retrouvai devant une clôture rouillée où, à intervalles réguliers, des pancartes « Propriété privée » annonçaient que l'endroit appartenait à Larousse Mining Inc. A travers le grillage, je vis des arbres abattus, des zones de terrain effondrées et des affleurements qui ressemblaient à de la craie. Cette partie de la plaine côtière était couverte de dépôts calcaires ; par endroits, les eaux de ruissellement acides passaient à travers la roche et la dissolvaient. Cela donnait ce paysage karstique creusé de trous, de petites grottes, sillonné de rivières souterraines.

Je longeai un moment la clôture sans y déceler de brèche. Il se remit à pleuvoir et j'étais de nouveau trempé à mon retour au Rat de Marais. Le barman ne savait pas grand-chose sur le terrain des Larousse, excepté qu'on avait peut-être projeté d'y ouvrir une carrière de calcaire et qu'on n'avait pas donné suite. Le gouvernement avait proposé aux Larousse d'acheter le terrain pour étendre le parc naturel de l'Etat, mais ses offres n'avaient jamais été acceptées.

L'autre témoin était une femme nommée Euna Schillega qui jouait au billard quand Atys et Marianne étaient entrés au Rat de Marais. Elle se rappelait les propos racistes lancés au jeune Noir et confirma l'heure à laquelle ils étaient arrivés et partis. Elle le savait parce que l'homme avec qui elle jouait au billard était également le type qu'elle voyait en cachette de son mari, et elle gardait un œil sur l'horloge pour être sûre de rentrer à la maison avant que son légitime ait terminé son service de nuit. Euna avait de longs cheveux teints en roux, couleur gelée de fraises, et un mince bourrelet de graisse surplombait le haut de son jean délavé. Elle disait au revoir à la quarantaine mais, dans sa tête, elle n'avait que la moitié de son âge et était deux fois plus jolie.

Elle travaillait à temps partiel comme serveuse dans un bar proche de Horrel Hill. Assis dans un coin, deux militaires de Fort Jackson sirotaient une bière en suant doucement dans la chaleur de l'après-midi. Ils s'étaient installés aussi près que possible de la climatisation, mais elle avait l'âge d'Euna et ils auraient aussi bien fait de sc souffler dessus l'un l'autre par-dessus le goulot de leur canette.

Euna se révéla la plus coopérative des témoins à qui j'avais parlé jusque-là. Elle s'ennuyait peut-être et je lui offrais un peu de distraction. Je ne la connaissais pas, mais je supposai que le joueur de billard était aussi une distraction, probablement la dernière en date d'une longue série. Il y avait en elle un côté agité, une sorte de faim vagabonde entretenue par la frustration et les déceptions. Elle transparaissait dans la façon dont elle se tenait en parlant, dont son regard parcourait paresseusement mon visage et mon corps comme si elle faisait le tri entre les parties à utiliser et celles à jeter.

— Vous aviez vu Marianne Larousse dans ce bar avant cette nuit-là ? lui demandai-je.

— Une ou deux fois. Elle était riche mais elle aimait s'encanailler.

— Elle y venait avec qui ?

— D'autres filles riches. Des garçons, des fois.

Euna eut un petit frisson : du dégoût, ou quelque chose de plus agréable, peut-être.

— Faut surveiller leurs mains, à ces jeunes. Ils s'imaginent que leur argent leur donne droit à une bière et le pourboire à une concession minière, si vous voyez ce que je veux dire.

— Je suppose que ce n'est pas le cas.

La faim s'alluma de nouveau dans son regard, aussitôt adoucie par un souvenir furtif. Elle tira une longue bouffée de sa cigarette.

— Pas à tous les coups.

— Vous aviez vu Atys Jones avec elle avant ce soir-là ?

— Une fois, mais pas ici. Ici, c'est pas le genre. Non, c'était au Rat de Marais. J'y vais de temps en temps, comme je disais.

— Ils vous ont donné l'impression d'être en couple ?

— Ils se touchaient pas, ni rien, mais je voyais bien qu'ils étaient ensemble. Les autres clients aussi, sûrement.

La sentant insister sur ces derniers mots, je lui demandai :

— Il y a eu un incident ?

— Pas ce jour-là. Le lendemain soir elle était encore là et son frère est venu la chercher.

Elle frissonna de nouveau, mais cette fois la raison était claire.

— Vous ne l'aimez pas ?

— Je le connais pas.

— Mais ?

Elle regarda autour d'elle d'un air détaché, se pencha un peu plus au-dessus du comptoir. Le mouvement ouvrit l'échancrure de sa blouse, révélant le renflement de seins saupoudrés de taches de rousseur.

— Les Larousse font travailler beaucoup de gens du coin mais ça nous oblige pas à les aimer, Earl Junior encore moins que les autres. Y a quelque chose chez ce mec, comme si... comme s'il était pédé et en même temps pas pédé. Attention, j'aime tous les hommes, y compris ceux qui m'aiment pas, voyez, physiquement et tout, mais pas Earl Junior. Y a quelque chose chez ce type.

Elle tira de nouveau sur sa cigarette : trois bouffées et elle était presque finie.

— Donc Earl Junior est venu récupérer Marianne ?

— Ouais. Il l'a prise par le bras, il a essayé de l'entraîner dehors. Elle l'a giflé, alors l'autre bonhomme a rappliqué et à deux, ils ont réussi à la faire sortir.

— Vous vous rappelez quand c'est arrivé ?

— Environ une semaine avant qu'elle se fasse tuer.

— Vous pensez qu'ils étaient au courant de ses relations avec Atys Jones ?

— Je vous l'ai dit : les autres le voyaient sûrement aussi qu'ils étaient ensemble. Alors ça pouvait que revenir à la famille.

La porte s'ouvrit derrière moi et un groupe d'hommes entra, parlant fort et riant. C'était le début de l'heure de pointe du soir.

— Faut que j'y aille, chéri, dit Euna, qui avait déjà refusé de signer une déclaration écrite.

— Une dernière question : vous avez reconnu l'homme qui accompagnait Earl Junior ce soir-là ?

Elle réfléchit une seconde avant de répondre :

— Bien sûr. Il était venu une ou deux fois avant. C'est une ordure. Il s'appelle Landron Mobley.

Je la remerciai, laissai un billet de vingt sur le comptoir pour payer mon jus d'orange et son temps. Elle me fit son plus beau sourire.

— Le prenez pas mal, ajouta-t-elle tandis que je me levais pour partir, mais ce garçon que vous essayez d'aider, il mérite ce qui va lui arriver.

— Beaucoup de gens semblent de votre avis.

Elle souffla dans l'air un jet de fumée régulier en avançant une lèvre inférieure un peu enflée, comme si on l'avait récemment mordue. Je regardai la fumée se dissiper.

— Il a violé et tué cette fille, poursuivit Euna. Je sais que vous faites votre boulot, poser des questions et tout ça, mais j'espère que vous trouverez rien pour le tirer d'affaire.

— Même si je découvre qu'il est innocent ?

Elle souleva ses seins du comptoir, écrasa sa cigarette dans le cendrier.

— Chéri, personne est innocent dans ce bas monde, sauf les petits bébés, et des fois, j'en suis même pas sûre.

Je relatai toute cette conversation à Elliot au téléphone et suggérai :

— Tu devrais peut-être en parler à ton client, Mobley, quand tu l'auras trouvé.

— *Si* je le retrouve.

— Tu crois qu'il s'est débiné ?

Après un silence, Elliot répondit :

— J'espère qu'il s'est débiné.

Quand je lui demandai ce qu'il voulait dire, il se déroba en s'esclaffant.

— Je veux dire que Landron risque une grosse peine de prison si l'affaire passe en jugement. Sur le plan juridique, il est foutu, expliqua-t-il.

Mais ce n'était pas ce qu'il avait voulu dire.

Pas du tout.

Je me douchai, pris un repas dans ma chambre puis téléphonai à Rachel et nous causâmes un moment. MacArthur tenait parole et venait régulièrement aux nouvelles, et Tueur de Klan restait hors de vue quand les flics passaient. Si elle ne m'avait pas tout à fait pardonné de lui avoir imposé sa présence, elle semblait y trouver quelque chose de vaguement rassurant. En plus, il était propre, il n'oubliait jamais de rabattre la lunette des WC, facteur qui pesait lourdement dans l'opinion que Rachel se faisait sur les gens. MacArthur devait sortir avec Mary Mason ce soir et avait promis de tenir Rachel au courant. Je lui dis que je l'aimais et elle répondit que si je l'aimais, je devais lui rapporter des chocolats. Quelquefois, c'est une fille très simple.

Après notre conversation, j'appelai pour avoir des nouvelles d'Atys Jones. Ce fut Ginnie qui décrocha. A l'évidence, elle avait moins de compassion que son mari pour le sort du jeune Noir. Je lui demandai de me passer Atys. Quelques secondes plus tard, j'entendis des bruits de pas et il vint en ligne.

— Comment ça va ?

— A peu près, bougonna-t-il. Cette vieille, elle me tue, ajouta-t-il, baissant la voix. Elle est... *dure.*

— Sois gentil avec elle. Tu n'as rien d'autre à me dire ?

— Non, je vous ai dit tout ce que je pouvais.

— Et si tu essayais de me dire tout ce que tu sais ?

Il garda le silence si longtemps que je crus qu'il avait simplement posé le téléphone et qu'il était parti. Mais il reprit :

— Vous avez déjà eu l'impression qu'y a toujours quelqu'un avec vous, quelqu'un que vous pouvez pas voir, la plupart du temps, mais qui est là, vous voyez ?

Je pensai à ma femme et à ma fille, à leur présence dans ma vie même après leur mort, à des ombres et des formes entrevues dans l'obscurité.

— Oui, répondis-je.

— La femme, elle est comme ça. Je l'ai vue toute ma vie, alors je sais pas si je rêve d'elle ou pas, mais elle est là. Je sais qu'elle est là, même si personne d'autre la voit. C'est tout ce que je sais, m'en demandez pas plus.

Je changeai de sujet :

— Tu as eu un accrochage avec Earl Larousse Junior ?

— Non, jamais.

— Avec Landron Mobley ?

— J'ai entendu dire qu'il me cherchait, mais il m'a pas trouvé.

— Tu sais pourquoi il te cherchait ?

— Pour me démonter la tête. Pourquoi vous croyez qu'Earl Junior me collerait son clébard aux fesses ?

— Mobley travaillait pour Larousse ?

— Il ne travaillait pas pour lui, mais quand la famille avait besoin qu'on fasse un sale boulot pour elle, elle s'adressait à Mobley. Il avait des amis aussi, des mecs encore pires que lui.

— Comme ?

Je l'entendis déglutir.

— Comme ce type qu'on voit à la télé. Le gars du Klan. Bowen.

Cette nuit-là, loin au nord, le révérend Faulkner, étendu dans sa cellule, les mains jointes derrière la tête, écoutait les bruits de la prison : ronflements, cris de détenus au sommeil troublé, pas des gardiens, sanglots. Ils ne l'empêchaient plus de dormir, il avait rapidement appris à les réduire au niveau d'un bruit de fond. Il s'endormait maintenant à volonté mais, depuis la libération du nommé Cyrus Nairn, ses pensées étaient ailleurs. Immobile sur sa couchette, il attendait.

— Faites-les partir ! Faites-les partir !

Le gardien de prison Dwight Anson se réveilla brusquement dans son lit, battant des pieds, tordant les draps. Sous sa tête, l'oreiller était trempé de sueur. Il se leva d'un bond, passa les mains sur sa peau nue pour faire tomber les créatures qu'il sentait trottiner sur sa poitrine. Près de lui, sa femme, Aileen, alluma la lampe de chevet.

— Dwight, tu as encore rêvé. Arrête, ce n'est qu'un rêve.

Anson avala péniblement sa salive, tenta de calmer les battements de son cœur mais continua à frissonner et à se frotter vainement le corps.

C'était le même rêve que la veille : des araignées grouillant sur sa peau, le piquant alors qu'il était attaché dans une baignoire sale, au cœur d'une forêt. Sous l'effet des piqûres, sa peau se mettait à pourrir, sa chair tombait de son corps en petites grappes. Et dans l'ombre, un homme étrange, émacié, aux cheveux roux et aux longs doigts blancs, l'observait. L'homme était mort, pourtant : Anson pouvait voir son crâne défoncé à la clarté de la lune, il distinguait du sang sur son visage. Ses yeux luisaient cependant de plaisir tandis qu'il regardait ses petites chéries se repaître du prisonnier.

Anson laissa ses mains retomber, secoua la tête.

— Reviens te coucher, lui dit sa femme.

Il n'en fit rien et, au bout de quelques secondes, elle se tourna sur le côté avec une expression déçue et feignit de se rendormir. Anson ébaucha un geste dans sa direction, se ravisa. Il n'avait pas envie de la toucher. Celle qu'il avait envie de toucher n'était plus là.

Marie Blair avait disparu en rentrant de son travail au Dairy Queen la veille, et personne ne l'avait revue depuis. Un moment, Anson s'était attendu à ce que la police vienne le trouver. Personne n'était au courant pour Marie et lui – enfin, en principe –, mais il ne pouvait pas exclure la possibilité qu'elle ait fait marcher sa langue avec ses idiotes d'amies et que, interrogées par la police, elles aient mentionné son nom. Pour le moment, il n'y avait pas de problème. Sa femme le sentait mal à l'aise, elle savait que quelque chose le contrariait, mais elle n'avait pas abordé le sujet et cela convenait parfaitement à Anson. Il s'en faisait quand même pour Marie. Il voulait qu'elle revienne, autant pour lui, égoïstement, que pour elle.

Il descendit à la cuisine. Ce ne fut que lorsqu'il ouvrit la porte du réfrigérateur et tendit la main vers le lait qu'il sentit un courant d'air froid sur son dos et qu'il entendit, presque simultanément, la porte-moustiquaire claquer contre le chambranle.

La porte de la cuisine était grande ouverte. Anson se dit que c'était peut-être le vent, mais cela lui semblait peu probable. Aileen était montée se coucher après lui et elle s'assurait généralement que toutes les portes étaient fermées à clef. Un tel oubli ne lui ressemblait pas. Il se demandait aussi pourquoi il n'avait pas entendu la porte claquer avant, car le plus petit bruit suffisait à le tirer de son sommeil. Il reposa la brique de lait, tendit l'oreille mais n'entendit rien dans la maison. Dehors, il perçut le murmure du vent dans les arbres et le grondement de voitures lointaines.

Anson songea un instant à remonter prendre le Smith & Wesson 60 qu'il gardait dans sa table de nuit, mais opta finalement pour une autre solution : il prit dans son bloc le couteau à découper et s'approcha de la porte à pas de loup. Il jeta un coup d'œil à droite puis à gauche, pour s'assurer que personne ne l'attendait dehors, poussa la porte. Il s'avança sur la véranda, scruta le jardin désert. Devant lui, une pelouse bien entretenue s'étendait jusqu'à un rideau d'arbres protégeant la maison de la route. La lune brillant derrière lui projetait les lignes nettes du bâtiment sur le gazon.

Anson descendit, fit quelques pas sur la pelouse.

Une forme se détacha de l'obscurité où elle était tapie, sous les marches de la véranda, le bruit de ses mouvements couvert par le vent, sa silhouette engloutie par la masse noire de l'ombre de la maison. Anson ne se douta même pas de sa présence avant de sentir une main sur son bras, une pression en travers de sa gorge, suivie d'un vive douleur quand le sang gicla dans la nuit. Il lâcha le couteau et se retourna, plaquant inutilement sa main gauche sur sa blessure au cou. Ses jambes se dérobèrent et il tomba à genoux, le sang coulant moins fort maintenant qu'il commençait à mourir.

Il leva les yeux vers Cyrus Nairn, vers la bague que l'homme tendait devant son visage. C'était le grenat qu'Anson avait offert à Marie pour ses quinze ans. Il aurait reconnu cette bague n'importe où, même si elle n'avait pas entouré l'index amputé de la jeune fille. Cyrus Nairn détourna la tête au moment où les jambes d'Anson étaient prises d'un tremblement incontrôlable. La lune se refléta sur le couteau du tueur en marche vers la maison, Anson tremblant toujours et mourant enfin tandis que Nairn tournait ses pensées vers Aileen et ce qu'il avait préparé pour elle.

Dans sa cellule, à Thomaston, Faulkner ferma les yeux et sombra dans un sommeil sans rêves.

16

Le cimetière Magnolia se trouve au bout de Cunnington Street, à l'est de Meeting. Cunnington est quasiment une succession de cimetières : Old Methodiste, Friendly Union Society, Brown Fellowship, Humane and Friendly, Unity and Friendship. Certains sont mieux tenus que d'autres, mais chacun d'eux héberge les morts avec une même tranquillité : les pauvres y sont aussi bien que les riches et tous engraissent les vers.

Les morts reposent éparpillés dans tout Charleston, sous les pieds des touristes et des bambocheurs. Les corps d'esclaves sont maintenant recouverts de parkings, de commerces de proximité, et le carrefour de Meeting et de Water marque l'emplacement de l'ancien cimetière où les pirates de Caroline étaient enterrés après leur exécution. C'était autrefois la laisse de basses eaux dans le marais, mais la ville s'était étendue depuis et on avait oublié les pendus, dont les ossements avaient été écrasés par les fondations des vastes demeures et des rues courant entre elles.

Mais dans les cimetières de Cunnington Street, on se souvient des morts, ne serait-ce qu'un peu, et le plus grand de ces cimetières est Magnolia. Des poissons sautent dans l'eau de son lac, guettés depuis les roselières par des hérons paresseux et des cigognes d'un blanc gris. Une pancarte menace d'une amende de deux cents dollars celui qui se risquerait à donner à manger aux alligators. Des troupeaux d'oies curieuses envahissent la route étroite menant aux bureaux du Magnolia Cemetery Trust. Des yeuses et des myrtes ombragent les pierres tombales, des chênes parsemés de lichen tacheté de rouge dissimulent des oiseaux chanteurs.

L'homme prénommé Hubert y vient depuis deux ans. Parfois, il dort entre les monuments funéraires avec du pain de maïs pour la faim et une bouteille pour le réconfort. Il a appris les usages du cimetière, les mouvements des parents en deuil et du personnel. Il ignore si on tolère sa présence ou si elle passe simplement inaperçue, et il s'en fiche. Hubert s'occupe de ses affaires, il s'efforce d'embêter les autres le moins possible dans l'espoir de pouvoir continuer à mener sans problème son existence tranquille. Il s'est fait une ou deux frayeurs avec les alligators, mais rien de plus, même s'il n'est pas facile de s'entendre avec ces bestiaux.

Autrefois, Hubert a eu un emploi, une maison et une femme avant de perdre son travail et, dans la foulée, tout le reste aussi. Un moment, il s'est même perdu lui-même et s'est réveillé dans un lit d'hôpital, les jambes dans le plâtre, après qu'un camion l'eut percuté sur la Route 1, quelque part au nord de Killian. Depuis, il essaie de faire plus attention, mais il ne retrouvera pas sa vie d'avant malgré les efforts des travailleurs sociaux pour l'installer dans un foyer stable. Hubert ne veut pas en entendre parler parce qu'il est assez sage pour comprendre que la stabilité, ça n'existe pas. En fin de compte, il attend, et peu importe où un homme attend, du moment qu'il sait ce qu'il attend. La chose qui viendra le chercher le trouvera, où qu'il soit. Elle l'attirera à elle, elle l'enveloppera dans sa couverture sombre et froide, et le nom d'Hubert s'ajoutera à ceux des indigents enterrés au cimetière des pauvres, derrière un grillage. Cela, Hubert le sait, et de cela seulement il est sûr et certain.

Quand le temps devient froid ou humide, Hubert se rend à pied à l'asile de nuit pour hommes de l'Association d'aide d'urgence interconfessionnelle de Charleston, au 573 Meeting, et s'il y a un lit de libre, il pêche dans le porte-monnaie attaché autour de son cou trois billets d'un dollar chiffonnés pour une nuit d'hébergement. Personne n'est jamais reparti de l'asile les mains vides. Chacun reçoit au moins un repas complet, des produits de toilette s'il en a besoin, et même des vêtements. L'asile prend les messages et transmet le courrier, mais personne n'a écrit à Hubert depuis très longtemps.

Cela fait des semaines qu'il n'a pas couché à l'asile. Il y a pourtant eu des nuits humides, des nuits où la pluie l'a trempé jusqu'aux os, le faisant éternuer pendant des jours, mais il n'est pas retourné dans un des lits du 573 Meeting depuis qu'il y a vu l'homme à la peau olivâtre et aux yeux abîmés, l'étrange lumière qui dansait devant lui et la forme qu'elle a prise.

Il l'avait remarqué pour la première fois dans les douches. En règle générale, Hubert ne regarde pas les autres aux douches. C'est une façon d'attirer l'attention sur soi, voire des ennuis, et Hubert ne veut pas de ça. Il n'est ni grand ni costaud et il lui est arrivé de se faire voler ses affaires par des hommes plus violents que lui. Il a appris à rester hors de leur chemin et à ne pas croiser leur regard, c'est pour ça qu'il garde les yeux baissés dans les douches, et c'est pour ça qu'il a remarqué l'autre homme.

A cause de ses chevilles et des cicatrices autour. Hubert n'avait jamais rien vu de pareil. C'était comme si on avait coupé les pieds de cet homme et qu'on les lui avait remis grossièrement, en laissant les marques des sutures pour rappeler ce qui était arrivé. Hubert avait enfreint sa propre règle pour regarder l'homme qui se tenait près de lui, son corps mince et nerveux, ses cheveux crépus et ses étranges yeux hantés, à demi décolorés et obscurcis par des nuages. Il fredonnait, un hymne peut-être, pensa Hubert, ou un de ces vieux negro spirituals. Les paroles n'étaient pas claires, mais il parvint à en saisir une partie.

Viens avec moi, mon frère,
Viens avec moi, ma sœur,

Et nous marcherons, nous marcherons
Ensemble sur la Route blan...

L'homme sentit les yeux d'Hubert sur lui, le regarda fixement.

« Tu es prêt à marcher, mon frère ? » demanda-t-il.

Et Hubert se surprit à répondre, d'une voix qui lui parut étrangement creuse quand elle résonna dans la salle carrelée :

« Marcher où ?

— Sur la Route blanche. Tu es prêt à marcher sur la Route blanche. Elle t'attend là-bas. Elle te guette.

— Je sais pas de quoi tu parles.

— Bien sûr que si, Hubert. Bien sûr que si. »

Hubert ferma le robinet de la douche et recula en saisissant sa serviette sur la tringle. Il ne dit plus un mot, même lorsque l'homme lui lança en riant :

« Attention où tu mets les pieds, mon frère ! Va pas trébucher sur la Route blanche, surtout. Parce que les créatures t'attendent, elles attendent que tu tombes. Et quand tu tomberas, elles se jetteront sur toi. Elles t'emporteront et te tailleront en pièces ! »

Tandis qu'Hubert sortait des douches en toute hâte, le chant recommença :

Viens avec moi, mon frère,
Viens avec moi, ma sœur,
Et nous marcherons, nous marcherons
Ensemble sur la Route blanche.

Cette nuit-là, on donna à Hubert un lit de camp près des toilettes, mais cela lui était égal. Sa vessie lui jouait quelquefois des tours et il devait souvent se lever, deux ou trois fois par nuit. Pourtant, ce ne fut pas l'envie d'uriner qui l'éveilla.

Ce fut une voix de femme, qui pleurait.

Hubert savait que ce n'était pas possible. L'asile familial se trouvait plus bas, au 49 Walnut, c'était là que les femmes et les enfants dormaient. Il ne voyait aucune raison pour qu'une femme se retrouve à l'asile des hommes, mais il y avait parmi les SDF des hommes dont personne ne connaissait les manies.

Hubert se leva de son lit et se guida au bruit, qui semblait venir des douches : il reconnut la façon dont les voix y résonnaient. Il s'approcha silencieusement de l'entrée et se figea, fasciné. L'homme à la peau olivâtre se tenait devant les douches, en short de coton et vieux tee-shirt, le dos tourné. Une lumière brillait devant lui, éclairant son visage et son corps, bien que les tubes fluorescents fussent éteints. Hubert se surprit à glisser doucement sur sa droite et à plisser les yeux pour mieux voir la source lumineuse.

Il découvrit un pilier de lumière d'un mètre cinquante environ qui ondulait comme la flamme d'une bougie, et Hubert crut déceler une forme derrière, ou à l'intérieur, enchâssée dans sa lueur.

C'était une fille de quatorze ans au visage tordu de douleur, secouant la tête d'un côté à l'autre plus vite que cela n'était humainement possible, et psalmodiant un *nan-nan-nan-nan-nan* rempli de terreur, de souffrance et de rage. Les vêtements en lambeaux, elle était nue de la taille aux pieds, le corps déchiré et meurtri après avoir été traînée sur la chaussée sous les roues d'une voiture.

Hubert savait qui elle était. Oh oui, il le savait. Elle s'appelait Ruby Blanton. La jolie petite Ruby Blanton, tuée quand un chauffeur distrait par son portable l'avait renversée au moment où elle traversait la rue et traînée sur une vingtaine de mètres. Hubert se rappelait Ruby tournant la tête au dernier moment, l'impact du capot contre son corps, la lueur de son regard avant qu'elle ne disparaisse sous ses roues.

Oh oui ! Il savait qui elle était.

L'homme qui se tenait devant elle n'essayait ni de la toucher ni de la consoler. Il se contentait de fredonner le chant qu'Hubert avait entendu pour la première fois ce jour-là.

Viens avec moi, mon frère,
Viens avec moi, ma sœur,
Et nous marcherons, nous marcherons...

L'homme se retourna et quelque chose brilla derrière ses yeux blessés quand ils se posèrent sur Hubert.

« T'es sur la Route blanche, maintenant, mon frère, murmura-t-il. Viens voir ce qui t'attend. »

Il s'écarta et la lumière avança vers Hubert, la fille secouant la tête, les yeux clos, le même son se déversant de ses lèvres comme un filet d'eau régulier.

nan-nan-nan-nan-nan

Ses yeux s'ouvrirent et Hubert vit sa culpabilité s'y refléter, et il se sentit tomber, tomber vers le carrelage propre, vers son reflet.

Tomber, tomber sur la Route blanche.

On le retrouva plus tard à cet endroit, du sang formant une flaque sous la blessure qu'il s'était faite à la tête. Un docteur fut appelé, lui demanda s'il avait des vertiges, s'il buvait, et lui suggéra d'accepter d'entrer dans un vrai foyer. Hubert le remercia, rassembla ses affaires et quitta l'asile de nuit. L'homme à la peau olivâtre était déjà parti et il ne le revit pas, mais il se surprit à regarder fréquemment pardessus son épaule. Pendant un certain temps, il n'alla plus à Magnolia, préférant dormir dans les rues et les ruelles, parmi les vivants.

Mais aujourd'hui, il est retourné au cimetière. C'est chez lui et il a presque oublié le souvenir de la vision dans les douches, ce n'est plus qu'une tache qu'il a dissimulée sous le papier mural de l'alcool, de la fatigue, de la fièvre qui le mine depuis cette nuit à l'asile.

Hubert dort parfois près de la tombe des Stolle, ornée par la silhouette d'une femme pleurant au pied d'une croix. Elle est abritée par des arbres et, de cet endroit, il découvre la route et le lac. A proximité, une plaque de granite protège le dernier séjour d'un nommé Bennet Spree, ajout relativement récent au vieux cimetière. La concession appartenait à la famille Spree depuis fort longtemps, mais Bennet était le dernier de la lignée et avait finalement pris possession du tombeau, à sa mort, en juillet 1981.

En approchant, Hubert distingue une forme étendue sur la pierre tombale de Bennet Spree. Un moment, il est tenté de faire demi-tour : il ne veut pas de querelle territoriale avec un autre sans-logis et il ne fait pas suffisamment confiance à un inconnu pour dormir à côté de lui dans le cimetière, mais quelque chose dans cette forme l'attire. Tandis qu'il s'avance, une brise légère agite les arbres, marbrant la silhouette de clair de lune, et Hubert voit qu'elle est nue et que les ombres qui couvrent son corps ne sont pas altérées par le mouvement des branches.

Il y a une blessure aux bords déchiquetés dans la gorge de l'homme, un trou étrange, comme si on lui avait inséré quelque chose dans la bouche à travers la chair molle fléchissant sous le menton. Le torse et les jambes sont presque noirs de sang.

Avant de faire volte-face et de s'enfuir, Hubert a le temps de remarquer deux autres choses.

Premièrement, l'homme a été castré.

Deuxièmement, on lui a enfoncé un objet dans la poitrine. C'est un outil rouillé, en forme de T, sur lequel on a fiché une feuille de papier, légèrement tachée par le sang coulant de la blessure. Dessus, on a écrit ces mots, en lettres nettement tracées : CREUSEZ ICI.

Et ils creuseront. Un juge devra signer un ordre d'exhumation, car Bennet Spree n'a plus de parent en vie pour donner son consentement à une profanation supplémentaire de sa dernière demeure. Deux jours s'écouleront avant que le cercueil pourrissant ne soit tiré de la fosse, soigneusement attaché avec des cordes et du plastique pour qu'il ne tombe pas en morceaux et ne répande pas les restes mortels de Bennet Spree sur la terre sombre.

Là où le cercueil avait reposé, on trouvera une mince couche de terre et, à mesure qu'on l'enlèvera, avec le plus grand soin, des os apparaîtront : d'abord les côtes, puis la tête aux mâchoires fracassées, le crâne brisé, avec des fissures rayonnant à partir des trous déchiquetés laissés par les coups.

Tout ce qui reste d'une jeune femme.

Tout ce qui reste d'Addy, la mère d'Atys Jones.

Et son fils allait mourir sans jamais connaître l'endroit où reposait celle qui l'avait mis au monde.

IV

Quand [les anges] descendront, ils revêtiront les habits de ce monde.
S'ils ne mettaient pas une tenue convenant à ce monde
ils ne pourraient supporter ce monde
et le monde ne pourrait les supporter.

Le Zohar

17

L'aube allait poindre.

Cyrus Nairn était accroupi, nu, dans le giron sombre d'un trou qu'il devrait bientôt quitter. Bientôt, ils se mettraient à sa recherche, soupçonnant une sorte de vengeance contre Anson, le gardien, et tournant leur attention vers ceux qui avaient été récemment libérés de Thomaston. Cyrus serait désolé de partir. Il avait passé tellement de temps à rêver d'être de retour en ce lieu, enveloppé par l'odeur de la terre humide, les pointes des racines caressant ses épaules et son dos nus. Mais il y aurait d'autres récompenses. On lui avait fait beaucoup de promesses, il devait bien s'attendre à consentir en échange quelques sacrifices.

Du dehors lui parvenaient les appels des premiers oiseaux, le doux clapotis de l'eau sur les berges, le bourdonnement des derniers insectes de nuit qui fuyaient l'approche du jour, mais Cyrus était sourd aux bruits de vie extérieurs au trou. Il demeurait immobile, conscient seulement des sons provenant de la terre meuble sous ses pieds, observant et sentant à la fois les légers mouvements d'Aileen Anson qui se débattait et finissait par ne plus bouger.

Je fus réveillé par le téléphone sonnant dans ma chambre. Il était huit heures un quart.

— Charlie Parker ? fit une voix d'homme que je ne reconnus pas.

— Ouais ? Qui est-ce ?

— Vous avez rendez-vous dans dix minutes pour le petit déjeuner. Vous n'avez pas intérêt à faire attendre M. Wyman, dit l'homme avant de raccrocher.

M. Wyman.

Willie Wyman.

Le patron de la branche Charleston de la Dixie Mafia, la Mafia du Sud, voulait prendre le petit déjeuner avec moi.

Ce n'était pas la meilleure façon de commencer la journée.

La Dixie Mafia existait sous une forme ou une autre depuis la Prohibition. Conglomérat de criminels vaguement associés, elle avait des antennes dans la plupart des grandes villes du Sud mais plus particulièrement à Atlanta, Géorgie, et à Biloxi, Mississippi. Ses membres s'embauchaient mutuellement pour des boulots en dehors de l'Etat : un incendie volontaire dans le Mississippi était confié à un dingue des allumettes de Géorgie ; un « contrat » en Caroline du Sud pouvait être sous-traité à un tueur à gages du Maryland. Les Dixies étaient des types plutôt simples qui faisaient dans la drogue, le jeu, le meurtre, l'extorsion et le vol. La fois où ils approchèrent le plus de la délinquance en col blanc, ce fut quand ils dévalisèrent une blanchisserie, mais cela ne signifiait pas qu'ils ne constituaient pas une force avec laquelle il fallait compter. En septembre 1987, la Dixie Mafia avait assassiné un juge, Vincent Sherry, et sa femme Margaret, dans leur maison de Biloxi. Si le mobile exact ne fut jamais établi – selon certaines allégations, le juge aurait trempé dans des opérations frauduleuses par l'entremise du cabinet Halat & Sherry, et son associé, Peter Halat, fut plus tard condamné pour racket et assassinat –, les raisons sous-tendant l'exécution de Sherry et de sa femme étaient en grande partie sans importance. Des hommes capables de tuer un juge sont dangereux parce qu'ils agissent avant de réfléchir. Ils n'évaluent qu'après coup les conséquences de leurs actes.

En 1983, Paul Mazzell, alors patron de la branche de

Charleston, fut condamné avec Eddie Merriman pour le meurtre de Ricky Lee Seagraves, qui avait braqué l'un des dealers de dope de Mazzell. Depuis, Willie Wyman était le roi de Charleston. Il mesurait un mètre cinquante et pesait cinquante kilos tout mouillé, mais il était mauvais, rusé, capable de tout pour maintenir sa position.

A huit heures trente, assis à une table du fond de la principale salle à manger du Charleston Place, il enfournait des œufs au bacon. Il y avait une chaise libre en face de lui. A proximité, quatre hommes assis par paires à des tables différentes surveillaient Willie, la porte et moi.

Wyman avait des cheveux courts, très bruns, une peau au hâle profond. Il portait une chemise bleu vif décorée de petits nuages blancs et un pantalon de toile bleue. Il me regarda approcher, me fit signe avec sa fourchette de le rejoindre. L'un de ses gros bras se leva pour me fouiller mais Willie l'arrêta de la main.

— Pas la peine de vous fouiller, hein ?

— Je ne suis pas armé.

— Bien. Je crois pas que les gars du Charleston Place apprécieraient qu'on mitraille leurs tables au petit déjeuner. Vous prenez quelque chose ? C'est sur votre compte, ajouta Willie avec un sourire sans humour.

Je commandai du café, du jus d'orange et des toasts à la serveuse. Willie finit de dévorer ses œufs et s'essuya les lèvres à une serviette.

— Parlons bizness, maintenant, dit-il. J'ai appris que vous avez filé à Andy Dalitz un coup de pied dans les couilles si puissant qu'il peut maintenant les gratter en se mettant un doigt dans la bouche.

Il attendait une réaction. Etant donné les circonstances, il semblait sage de l'obliger.

— Le LapLand est à vous ?

— Une de mes boîtes. Ecoutez, je sais que Dalitz est un connard. Ça fait longtemps que j'ai envie de lui coller moi-même un coup de latte dans les burnes, mais c'est à cause de vous qu'il a maintenant trois pommes d'Adam. Il l'a peut-être cherché, je ne sais pas. Je dis simplement que si vous voulez fréquenter l'un de nos établissements, il va falloir y mettre du vôtre. Satonner un de mes gérants, c'est pas la bonne méthode.

« Et il faut que je vous dise autre chose ; si vous aviez fait ça en public, devant les clients ou les filles, on aurait une tout autre conversation en ce moment. Parce que si vous ridiculisez Andy, vous me ridiculisez aussi, et d'un seul coup, y a des types qui se mettent à penser que j'ai peut-être fait mon temps, que je devrais envisager de céder la place à quelqu'un d'autre. Alors là, deux possibilités : ou je les persuade qu'ils ont tort, et après il faut que je trouve un endroit où les mettre et on perd une journée à rouler avec ces types qui suintent dans le coffre ; ou c'est moi qui suinte dans le coffre, et, de vous à moi, ça risque pas d'arriver. On est OK ?

Ma commande arriva. Je me servis, proposai à Willie une autre tasse ; il accepta et me remercia. Il était rien de moins que poli.

— On est OK, assurai-je.

— Je sais tout de vous. Vous mettriez le souk au paradis. Si vous êtes encore en vie, c'est uniquement parce que Dieu Lui-même ne vous veut pas près de Lui. Il paraît que vous bossez avec Elliot Norton sur l'affaire Jones. Y a quelque chose que je devrais savoir ? Parce que cette histoire schlingue comme les couches de mon gosse. D'après Andy, vous vouliez parler au métis, Tereus.

— Il est métis ?

— Je suis quoi, moi ? Son cousin ? s'énerva Willie. Sa famille a des racines dans le Kentucky, c'est tout ce que je sais, ajouta-t-il d'un ton subitement radouci. Allez savoir qui baisait avec qui, là-bas. Y a des gens dans ces montagnes qui sont moitié chèvre parce que leur papa a eu une envie au mauvais moment. Même les Blacks veulent pas avoir affaire à Tereus et à son espèce. A vous. Donnez-moi quelque chose.

Je n'avais pas d'autre choix que lui révéler une partie de ce que je savais.

— Tereus est venu voir Atys Jones en prison. Je voulais savoir pourquoi.

— Vous le savez, maintenant ?

— Je crois qu'il connaissait la famille. En plus, il a trouvé Jésus.

Willie avait l'air mécontent, mais pas au stade terminal.

— C'est ce qu'il a raconté à Andy. Moi je pense que Jésus devrait un peu mieux choisir ceux qui Le trouvent. Je sais que vous me dites pas tout, mais je ne vais pas en faire une histoire, pas ce coup-ci. J'aimerais autant que vous ne retourniez pas au LapLand, mais si vous y êtes obligé, faites-le discrètement et ne balancez plus votre pied dans les couilles d'Andy Dalitz. En échange, je compte sur vous pour me prévenir s'il y a quelque chose dont je devrais m'inquiéter, vous comprenez ?

— Je comprends.

Il hocha la tête, apparemment satisfait, but une gorgée de café.

— C'est vous qui avez retrouvé ce prédicateur, hein ? Faulkner ?

— Exact.

Willie m'observait, l'air l'amusé.

— J'ai entendu dire que Roger Bowen essaie de le faire sortir.

Je n'avais pas appelé Elliot depuis qu'Atys m'avait parlé de liens entre Mobley et Bowen. J'ignorais comment cette information s'intégrait à ce que je savais déjà. Maintenant que Willie Wyman avait prononcé le nom de Bowen, je m'efforçais de ne plus entendre le bruit des tables voisines pour me concentrer uniquement sur ce qu'il disait.

— Vous êtes pas curieux de savoir pourquoi ? poursuivit-il.

— Plutôt, oui.

Il se renversa en arrière, s'étira, révélant la sueur sous ses aisselles.

— Roger et moi, ça remonte à loin, et ça baigne pas vraiment. C'est un fanatique, il ne respecte rien. Un moment, j'ai pensé à lui offrir une croisière, une longue croisière, un aller simple pour le fond de la mer, mais tous les cinglés viendraient frapper à ma porte et ce serait croisière obligée pour tout le monde. Je sais pas ce que Bowen veut au révérend : en faire une figure de proue, peut-être, ou alors le vieux a planqué quelque chose sur quoi Bowen veut mettre la main. Je vous le répète, j'en sais rien, mais si vous voulez lui poser la question, je peux vous dire où il sera tout à l'heure.

J'attendis.

— Le Klan organise un rassemblement à Antioch. Il paraît que Bowen y prendra la parole. Il y aura des journalistes, peut-être quelques télés. Bowen n'a pas l'habitude de se montrer en public, mais cette affaire Faulkner l'a fait sortir de son trou. Si vous allez là-bas, vous pourrez peut-être lui dire un mot.

— Pourquoi vous me donnez ce tuyau ?

Il se leva et les quatre autres types en firent autant.

— Pourquoi je serais le seul à qui vous gâcheriez la journée ? Quand on a de la merde sous le pied, on en met partout. La journée est déjà moche pour Bowen, mais ça me déplairait pas que vous la rendiez encore pire.

— Qu'est-ce qu'elle a de moche pour Bowen, la journée ?

— Vous devriez regarder les infos. On a retrouvé son pitbull, Mobley, au cimetière Magnolia, la nuit dernière. Châtré. Faut que j'en parle à Andy Dalitz, il comprendra peut-être qu'il a de la chance d'avoir les roupettes toutes bleues plutôt que plus de roupettes du tout. Merci pour le petit déjeuner.

Il me laissa et s'éloigna, la chemise gonflée comme une voile, ses quatre gorilles dans son sillage.

Elliot ne vint pas au rendez-vous que avions fixé pour ce matin-là. Le répondeur prenait les appels à son cabinet et chez lui. Ses portables – le sien et le nouveau que j'avais acheté – étaient fermés. Les journaux parlaient en long et en large de la découverte du corps de Landron Mobley au cimetière Magnolia, mais les informations sûres étaient rares. Selon plusieurs articles, on n'arrivait pas à joindre l'avocat pour lui demander un commentaire sur la mort de son client.

Je passai la matinée à vérifier d'autres déclarations de témoins, frappant à des portes de mobile-home, repoussant des assauts canins dans des jardins mal entretenus. Vers midi, je commençai à m'inquiéter. Je téléphonai pour avoir des nouvelles d'Atys, et le vieux gullah me dit qu'il allait plutôt bien, même s'il devenait dingue de ne pas pouvoir sortir. Je parlai à Atys quelques minutes, n'obtins de lui que des réponses acerbes, au mieux.

— Quand est-ce que je pourrai me tirer d'ici, mec ?

— Bientôt, affirmai-je.

Ce n'était qu'à moitié vrai. Si les craintes d'Elliot pour son client étaient fondées, il faudrait effectivement le faire déménager, mais uniquement pour une autre planque. Jusqu'à son procès, Atys devrait s'habituer à regarder la télé dans des pièces étrangères.

— Tu sais que Mobley est mort ?

— Ouais, j'ai vu. Ça me scie.

— Pas autant que lui. Tu sais qui aurait pu lui faire une chose pareille ?

— Non, mais si vous le trouvez, vous me le dites. J'aimerais bien lui serrer la main.

Il raccrocha. Je consultai ma montre : un peu plus de midi. Il fallait une bonne heure pour se rendre à Antioch. Je jouai mentalement à pile ou face et décidai d'y aller.

Les Klans de Caroline, à l'instar des klavernes de tout le pays, dépérissaient depuis une vingtaine d'années. Dans le cas des Caroline, on pouvait dater ce déclin de novembre 1979, quand cinq militants communistes avaient trouvé la mort dans une fusillade avec des membres du Klan et des néonazis à Greensboro, Caroline du Nord. Les mouvements anti-Klan connurent un nouvel essor à la suite de l'événement, tandis que les effectifs du Klan continuaient à chuter, et quand il leur arrivait encore de défiler dans les rues, ils étaient largement inférieurs en nombre aux contre-manifestants. La plupart des rassemblements récents du Klan en Caroline du Sud avaient été l'œuvre des Chevaliers américains du KKK basés dans l'Indiana, les chevaliers locaux n'ayant montré aucun empressement à s'impliquer dans l'action.

Toutefois, il fallait mettre ce déclin en parallèle avec l'incendie de trente églises noires en Caroline du Sud depuis 1991. Des membres du Klan avaient été mêlés à deux au moins de ces actes criminels, dans les comtés de Williamsburg et de Clarendon. Autrement dit, le Klan agonisait peut-être, mais la haine qu'il incarnait était bien vivante. Bowen s'employait maintenant à l'attiser, avec un certain succès s'il fallait en croire les bulletins d'informations.

Antioch ne semblait pas avoir beaucoup d'attraits à faire valoir. On aurait dit la banlieue d'une ville qui n'existait pas : il y avait des maisons, des rues que quelqu'un avait pris la peine de nommer, mais pas d'artères commerciales ni de centre-ville. La partie de la 119 qui traversait Antioch n'y avait fait pousser qu'une ou deux stations-service, un magasin vidéo, deux commerces de proximité et une laverie automatique.

J'avais apparemment manqué le défilé. A mi-chemin de la rue principale, je débouchai sur une place gazonnée entourée d'une clôture métallique et d'arbres non taillés. Des voitures – une soixantaine environ – étaient garées à proximité et, à l'arrière d'un camion à plateau, on avait installé une sorte de tribune d'où un homme s'adressait à la foule. Quatre-vingts, quatre-vingt-dix personnes, pour la plupart des hommes, se pressaient autour du véhicule pour écouter l'orateur. Une poignée d'entre eux avaient revêtu une tunique blanche, mais les autres portaient leurs tee-shirt et jean habituels. Les hommes en tunique transpiraient visiblement sous le polyester bon marché. A quelque distance, séparés des gens de Bowen par un cordon de policiers, une cinquantaine de contre-manifestants scandaient des slogans ou sifflaient, mais l'homme parlant à la tribune ne se démontait pas pour autant.

Roger Bowen avait une épaisse moustache et des cheveux châtains ondulés, et semblait se maintenir en bonne condition physique. Il était vêtu d'un jean et d'une chemise rouge qui, malgré la chaleur, ne montrait aucune tache de sueur. Il était flanqué de deux types qui déclenchaient les salves d'applaudissements quand il disait quelque chose d'important, à peu près toutes les deux minutes, à les en croire. Chaque fois qu'ils l'applaudissaient, Bowen regardait ses pieds et secouait la tête, comme si, embarrassé par leur enthousiasme, il ne se résolvait cependant pas à le réfréner. Je repérai le cadreur de la télé avec qui j'avais eu un accrochage à la prison du comté, accompagné d'une jolie journaliste blonde. Il portait encore son treillis, mais cette fois personne ne se fichait de lui à cause de sa tenue.

En m'approchant, je fis beugler mon lecteur de CD à plein volume avec un disque spécialement choisi pour l'occasion. Mon timing était parfait : la copine de Joey Ramone était partie pour L.A et n'en était jamais revenue, et Joey accusait le KKK de lui avoir pris sa chérie au moment même où je m'engageais dans le parking.

Bowen s'interrompit, tourna les yeux vers moi. Une partie substantielle de son auditoire suivit son regard. Un gars au crâne rasé vêtu d'un tee-shirt noir marqué *Blitzkrieg* s'approcha de ma voiture et me demanda poliment mais fermement de bien vouloir baisser la musique. J'arrêtai le moteur, éteignis le lecteur de CD et descendis. Bowen continua à regarder dans ma direction une dizaine de secondes avant de reprendre son discours.

Conscient de la présence des médias, il s'efforçait de maintenir le niveau des invectives au plus bas. Certes, il fit allusion aux Juifs et aux gens de couleur, il parla des non-chrétiens qui avaient pris le contrôle du gouvernement aux dépens des Blancs et qualifia le sida de châtiment envoyé par Dieu, mais il évita les pires insultes racistes. Ce fut seulement à la fin de son allocution qu'il en vint au point essentiel :

— Mes amis, il y a un homme, un homme de bien, un chrétien, un homme de Dieu qu'on persécute parce qu'il ose dire que l'homosexualité, l'avortement et le mélange des races sont contre la volonté du Seigneur. Un procès à grand spectacle est organisé dans l'Etat du Maine pour abattre cet homme et nous avons des preuves, mes amis, des preuves *concrètes*, que son arrestation a été financée par des Juifs.

Bowen agita de la paperasse d'aspect vaguement juridique.

— Son nom, et j'espère que vous le connaissez déjà, est Aaron Faulkner. On l'a calomnié, on l'a traité d'assassin, de sadique. On a essayé de salir son nom, de le traîner dans la boue avant même l'ouverture du procès. Ils font ça parce qu'ils n'ont aucune preuve contre lui et qu'ils tentent d'empoisonner les esprits faibles avant même que Faulkner puisse se défendre. Nous devons tous prendre à cœur le message du révérend Faulkner parce que nous savons qu'il est juste et vrai. L'homosexualité est contre la loi de Dieu. Le mélange des races est contre la loi de Dieu. Tuer des bébés, saper les institutions du mariage et de la famille, élever des cultes non chrétiens au-dessus de la seule vraie religion, celle de Jésus, notre Seigneur, notre Sauveur, tout cela est contre la loi de Dieu, et cet homme, le révérend Faulkner, mène notre combat. Son seul espoir d'avoir un procès juste, c'est de pouvoir bénéficier de la meilleure défense possible, et, à cette fin, il a besoin d'argent pour sortir de prison et engager les meilleurs avocats qu'on puisse trouver. C'est là que vous intervenez, les gars. Vous donnez ce que vous pouvez. Nous sommes une centaine, aujourd'hui. Vous donnez vingt dollars chacun – je sais que c'est beaucoup pour certains d'entre vous – et nous aurons deux mille dollars. Si ceux qui peuvent se le permettre donnent un peu plus, tant mieux.

« Parce que, écoutez-moi bien, ce n'est pas simplement un homme qui est menacé d'un procès truqué : c'est un mode de vie. C'est *notre* mode de vie, nos convictions, notre foi, notre avenir qui seront jugés dans cette salle d'audience. Le révérend Aaron Faulkner nous représentera tous, et s'il tombe, nous tomberons avec lui. Dieu est à nos côtés. Dieu nous donne la force nécessaire. Vers la victoire ! Vers la victoire !

Les mots furent scandés par la foule tandis que des hommes passaient avec des seaux pour recueillir les dons. Je vis quelques billets de dix et de cinq mais la plupart se fendaient de vingt dollars, voire cinquante ou cent. Je calculai qu'au bas mot cet après-midi de travail allait rapporter dans les trois mille dollars à Bowen. Selon le journal du jour, qui annonçait le rassemblement, l'équipe de Bowen se démenait en faveur de Faulkner depuis son arrestation, prenant toutes sortes d'initiatives, brocantes, pique-niques, et même une tombola dont le gros lot était une camionnette Dodge neuve offerte par un garagiste sympathisant, avec des milliers de billets déjà vendus à vingt dollars pièce. Bowen avait même réussi à entraîner dans l'action ceux qui n'auraient pas été, en temps normal, gagnés à sa cause, la vaste troupe des fidèles qui voyaient dans Faulkner un homme de Dieu persécuté pour des idées semblables aux leurs. Bowen s'était emparé de l'arrestation et du procès annoncé de Faulkner pour en faire une question de foi et de bonté, une bataille entre ceux qui craignaient et aimaient Dieu, et ceux qui Lui avaient tourné le dos. Quand on soulevait le problème de la violence, Bowen se dérobait généralement en alléguant que le message de Faulkner était pur et qu'on ne pouvait le tenir pour responsable des actes commis par d'autres, même si ces actes étaient justifiés dans de nombreux cas. Il gardait les insultes racistes pour la vieille garde, pour les occasions où micros et caméras étaient absents ou interdits. Aujourd'hui, il prêchait des convertis de fraîche date ou des esprits sur le chemin de la conversion.

Quand Bowen descendit de la tribune, des participants

s'avancèrent pour lui serrer la main. Juste après le grillage, on avait installé deux tables à tréteaux derrière lesquelles des femmes proposaient les articles qu'elles avaient apportés : bannières confédérées, drapeaux nazis décorés d'aigles et de svastikas, autocollants pour pare-chocs de voiture proclamant le chauffeur « blanc par la naissance, sudiste par la Grâce de Dieu ». Elles vendaient aussi des cassettes et des CD de musique country et western mais, présumai-je, pas du genre que Louis aurait voulu dans sa collection.

Un homme apparut près de moi. Il portait un costume sombre sur une chemise blanche, avec la touche incongrue d'une casquette de base-ball perchée sur sa tête. Sa peau d'un violet rougeâtre pelait sérieusement. Des touffes de cheveux pendaient sur son crâne comme une végétation rare dans un paysage hostile. Des lunettes noires cachaient ses yeux. Je remarquai à son oreille droite un petit écouteur relié à une unité fixée à sa ceinture. Immédiatement, je me sentis mal à l'aise. Peut-être à cause de l'étrangeté de son physique, quelque chose en lui dégageait une impression d'irréalité. Il émanait aussi de lui une odeur semblable à celle d'un feu de pétrole qu'on vient d'éteindre.

Il sentait la combustion lente.

— M. Bowen voudrait vous parler, m'annonça-t-il.

— C'étaient les Ramone, dis-je. Sur mon lecteur de CD. Je lui en ferai une copie, s'il a aimé.

Il ne broncha pas.

— M. Bowen veut vous voir, répéta-t-il.

Je haussai les épaules, le suivis à travers la foule. Bowen avait presque fini de distribuer des poignées de main et, tandis que nous approchions, il passa derrière une bâche blanche qu'on avait tendue à l'arrière du camion pour isoler quelques chaises, un climatiseur portable, une table et une glacière. On me conduisit au grand homme qui, assis sur un des sièges, sirotait un Pepsi. L'homme à la casquette resta avec nous, mais les autres types s'activant à proximité s'éloignèrent pour nous laisser un peu d'intimité. Bowen m'offrit à boire, je refusai.

— Nous ne nous attendions pas à vous voir ici aujourd'hui, monsieur Parker, dit-il. Vous envisagez de vous joindre à notre cause ?

— Je ne vois pas de quelle cause vous parlez, répliquai-je. A moins qu'extorquer des clopinettes à des culs-terreux ne soit pour vous une cause.

Bowen échangea un regard avec l'autre type. Bien qu'il fût ostensiblement aux commandes, il s'en remettait à la décision de l'homme au costume, semblait-il. Même sa posture suggérait qu'il avait peur de lui, d'une certaine façon : le corps légèrement détourné, la tête baissée. Un chien qui rampe.

— J'aurais dû vous présenter. M. Parker, M. Kittim. Tôt ou tard, M. Kittim vous donnera une sévère leçon.

Kittim ôta ses lunettes, révélant des yeux vides et verts, semblables à des émeraudes brutes.

— Excusez-moi si je ne vous serre pas la main, fis-je. Il y a des morceaux de vous qui risqueraient de tomber.

Il ne réagit pas, mais l'odeur de pétrole devint plus forte. Même Bowen plissa légèrement le nez. Il finit sa boîte de Pepsi, la jeta dans un sac poubelle.

— Pourquoi êtes-vous ici, monsieur Parker ? Si je remontais à la tribune pour annoncer à la foule qui vous êtes, vos chances de rentrer indemne au Charleston Place seraient des plus minces.

J'aurais peut-être dû être étonné qu'il sache où j'étais descendu mais je ne le fus pas.

— On me suit à la trace, Bowen ? J'en suis flatté. A propos, ce n'est pas une tribune, c'est un camion. Ne vous montez pas la tête. Si vous avez envie de dire qui je suis à ces abrutis, allez-y. Les caméras de la télé vont adorer ça. Quant à la raison de ma présence, je voulais juste voir si vous êtes vraiment aussi bête que vous en avez l'air.

— En quoi suis-je bête ?

— Parce que vous prenez fait et cause pour Faulkner. Si

vous aviez une once d'intelligence, vous vous apercevriez qu'il est fou, encore plus fou que votre copain, là.

Le regard de Bowen se posa brièvement sur l'homme au costume.

— Je ne pense pas que M. Kittim soit fou, dit-il.

Les mots avaient un goût amer dans sa bouche, je le voyais à la façon dont ses lèvres se relevaient.

Je regardai moi aussi Kittim. Des particules de peau séchée restaient prises dans ce qui lui restait de cheveux, et son visage palpitait presque de douleur. Il semblait se désintégrer lentement. Situation inextricable : dans l'état où il se trouvait, il aurait fallu être fou pour ne pas être fou.

— Le révérend Faulkner est un homme persécuté, reprit Bowen. Tout ce que je demande, c'est que justice soit faite, et pour cela il faut qu'il soit innocenté et libéré.

— La justice est aveugle, Bowen, pas stupide.

— Parfois, elle est les deux, dit-il en se levant.

Nous avions presque la même taille, mais il était plus large d'épaules que moi.

— Le révérend deviendra la figure de proue d'un nouveau mouvement, une force unificatrice, prédit-il. Jour après jour, nous attirerons à nous des gens de plus en plus nombreux. Avec les gens viennent les fonds, le pouvoir et l'influence. Ce n'est pas compliqué, monsieur Parker. C'est même très simple. Faulkner est le moyen. Je suis la fin. Je vous conseille de partir et d'admirer les paysages de la Caroline du Sud pendant que vous en avez encore la possibilité. J'ai le sentiment que c'est peut-être la dernière occasion que vous aurez de le faire. M. Kittim va vous reconduire à votre voiture.

Flanqué de Kittim, je traversai la foule. Les équipes de télé avaient plié bagage. Des enfants s'étaient joints à la fête et couraient entre les jambes de leurs parents. Des tables à tréteaux s'élevait de la musique country qui parlait de guerre et de vengeance. On avait allumé des barbecues et une odeur de viande brûlée emplissait l'air. Près de l'un des feux, un homme aux cheveux bruns rabattus en arrière mordait avidement dans un hot dog. Je détournai les yeux avant qu'il sente mon regard sur lui. C'était le type qui m'avait suivi de l'aéroport au Charleston Place et qui m'avait désigné à Earl Larousse Junior. Atys Jones et Willie Wyman avaient tous deux confirmé que Landron Mobley, en plus d'être un client d'Elliot, servait de chien d'attaque à Bowen. Et Mobley avait aussi aidé les Larousse à traquer Atys avant la mort de Marianne. Un autre lien entre Bowen et les Larousse venait de m'être révélé.

Parvenu à ma voiture, je me tournai vers Kittim, qui avait remis ses lunettes noires pour cacher ses yeux. Il tendit le doigt vers un objet gisant par terre entre nous.

— Vous avez fait tomber quelque chose.

C'était une kippa noire, bordée d'un galon rouge et or, imprégnée de sang. Elle n'était pas là quand je m'étais garé.

— Non, je ne crois pas.

— Prenez-la. Je suis sûr que vous connaissez des vieux youpins qui seront ravis de la récupérer. Cela répondra peut-être aux questions qu'ils se posent.

Il recula, fit un pistolet de l'index et du pouce de sa main droite et tira sur moi en guise d'au revoir.

— On se reverra, promit-il.

Je ramassai la kippa, l'époussetai. Il n'y avait pas de nom à l'intérieur, mais je savais qu'elle ne pouvait provenir que d'une seule source. Je démarrai, m'arrêtai au centre commercial le plus proche pour téléphoner à New York.

Quand la journée de travail se termina sans nouvelles d'Elliot, je résolus de partir à sa recherche. Je me rendis chez lui, mais les ouvriers ne l'avaient pas vu depuis la veille et il n'avait apparemment pas passé la nuit là. Je retournai à Charleston et décidai d'utiliser le numéro d'immatriculation de la femme que j'avais vue au restaurant avec Elliot. J'ouvris mon ordinateur portable et, sans m'arrêter aux e-mails signalés, me branchai directement sur Internet. Je tapai le numéro de la voiture sur trois bases de données, les énormes services Infotek NCI et CDB, ainsi que SubTrace, qui flirtait avec l'illégalité et coûtait plus cher qu'une recherche ordinaire mais était aussi plus rapide. Moins d'une heure plus tard, j'obtins une réponse : la femme avec qui Elliot avait eu une prise de bec au restaurant était une certaine Adele Foster, 1200 Bees Tree Drive, Charleston. Je repérai Bees Tree sur mon plan Delorme et repartis.

Le 1200 était une vaste construction *revival* classique qui avait sans doute plus d'un siècle, avec une façade en écailles d'huître et mortier, dominée par un porche à deux niveaux soutenu par de minces colonnes blanches. Le monospace était garé à droite de la maison. Je montai lentement l'escalier central, m'avançai dans l'ombre du porche et pressai la sonnette. Son tintement se répercuta dans l'entrée et se perdit finalement dans un bruit de pas fermes sur un parquet avant que la porte ne s'ouvre. J'eus devant moi la femme que j'avais vue se quereller avec Elliot Norton, le soir de mon arrivée. Derrière elle, le bois sombre des lattes s'étendait dans l'entrée blanche et vide comme une eau boueuse sur de la neige.

— Oui ?

Tout à coup, je ne savais plus quoi dire. Je ne savais même pas exactement pourquoi j'étais là, sauf que je n'arrivais pas à joindre Elliot et que j'avais l'intuition que l'accrochage auquel j'avais assisté dépassait le cadre professionnel de rapports normaux entre avocat et client. En voyant cette femme de près, une autre de mes intuitions se trouva confirmée : elle était en deuil. Il ne lui manquait que le chapeau et la voilette pour que la tenue soit complète.

— Désolé de vous déranger. Je m'appelle Charlie Parker, je suis détective privé.

Lorsque je tendis la main vers ma poche intérieure pour montrer mes papiers, un mouvement de ses traits arrêta mon geste. Son expression ne s'était pas précisément adoucie mais quelque chose avait éclairé son visage, comme un arbre agité par le vent laisse brièvement passer entre ses branches la clarté de la lune.

— C'est vous, n'est-ce pas ? fit-elle à voix basse. Vous êtes l'homme qu'il a engagé.

— Si vous parlez d'Elliot Norton, alors, oui, c'est moi.

— Il vous a envoyé ici ?

Il n'y avait aucune hostilité dans la question et je crus plutôt y déceler une note plaintive.

— Non, je vous ai vus... parler ensemble dans un restaurant.

Elle eut un bref sourire.

— Je ne suis pas sûre que « parler » soit le terme qui convienne. Elliot vous a dit qui je suis ?

— Pour être franc, je ne lui ai pas dit que je vous avais vus, mais j'ai noté le numéro de votre voiture...

Elle plissa les lèvres.

— Très judicieux de votre part. C'est dans vos habitudes ? Prendre des notes sur des femmes que vous ne connaissez pas ?

Si elle s'attendait à ce que je sois gêné, elle en fut pour ses frais.

— J'essaie d'arrêter, mais la chair est faible.

— Pourquoi êtes-vous ici ?

— Je me demandais si vous n'auriez pas vu Elliot.

Aussitôt, son expression se fit inquiète.

— Pas depuis l'autre soir. Il est arrivé quelque chose ?

— Je ne sais pas. Je peux entrer, mademoiselle Foster ?

Elle battit des cils.

— Comment avez-vous fait pour connaître mon nom ? Non, laissez-moi deviner, de la même façon que vous avez trouvé mon adresse, hein ? Bon Dieu, il n'y a plus de vie privée, on dirait.

Elle s'écarta et me fit signe d'entrer. J'avançai dans le vestibule et la porte se referma doucement derrière moi.

Il n'y avait aucun meuble dans l'entrée, pas même un portemanteau. Devant moi, un escalier s'élançait vers le premier étage et les chambres. A ma droite, la salle à manger, avec une table nue entourée de dix chaises ; à ma gauche, le séjour, où je suivis Adele Foster. Elle prit place à l'extrémité d'un canapé or pâle et je m'assis dans un fauteuil proche. Quelque part, une horloge égrenait son tic-tac mais, hormis ce bruit, la maison était silencieuse.

— Elliot a disparu ?

— Je ne dirais pas ça. Je lui ai laissé des messages, jusqu'ici il n'a pas répondu.

Elle digéra l'information, qui sembla ne pas lui convenir.

— Et vous avez pensé que je pourrais savoir où il est ?

— Je vous ai vue au restaurant avec lui, j'en ai conclu que vous étiez peut-être amis.

— Quel genre d'amis ?

— Le genre qui vont au restaurant ensemble. Qu'est-ce que vous voulez que je dise, mademoiselle Foster ?

— Je ne sais pas, et c'est *madame* Foster.

J'ébauchai des excuses mais elle les écarta d'un geste.

— C'est sans importance. Je suppose que vous êtes au courant, pour Elliot et moi ?

Je ne répondis pas. Je n'avais pas l'intention de mettre le nez dans ses affaires plus qu'il n'était nécessaire, mais si elle éprouvait le besoin de parler, j'étais prêt à écouter.

— Vous nous avez vus nous disputer, vous devinez sûrement le reste. Elliot était un ami de mon mari. Mon regretté mari.

Elle lissa sa jupe de la main, seul signe d'une éventuelle nervosité.

— Je suis désolé.

— Nous le sommes tous.

— Je peux vous demander ce qui s'est passé ?

Elle cessa de fixer sa jupe pour me regarder droit dans les yeux.

— Il s'est tué.

Elle toussa une fois, deux fois, parut ne plus pouvoir s'arrêter. Je me levai, traversai la salle de séjour en direction d'une cuisine moderne aux couleurs vives qu'on avait ajoutée à l'arrière de la maison. Je trouvai un verre, le remplis d'eau au robinet et l'apportai à la veuve. Elle en but une gorgée, le posa sur la table basse devant elle.

— Merci, dit-elle. Excusez-moi, je suppose que j'ai encore du mal à en parler. James, mon mari, s'est suicidé il y a un mois. Il s'est asphyxié dans sa voiture en fixant au pot d'échappement un tuyau aboutissant à sa vitre. Ce n'est pas si rare, m'a-t-on dit.

Son ton était neutre et détaché, comme si elle discutait d'une maladie bénigne, un rhume ou une éruption de boutons. Elle but une autre gorgée d'eau.

— Elliot était l'avocat de mon mari, et son ami aussi.

J'attendis.

— Je ne devrais pas vous dire ça, mais si Elliot a disparu...

La façon dont elle prononça le mot « disparu » fit faire une embardée à mon estomac mais je ne l'interrompis toujours pas.

— Elliot était mon amant, avoua-t-elle enfin.

— Etait ?

— Notre liaison a pris fin avant la mort de mon mari.

— Elle avait commencé quand ?

— Pourquoi est-ce que ce genre de chose commence ? dit-elle, répondant à côté de ma question. (Elle avait envie d'en parler, mais à sa façon et à son rythme.) L'ennui, l'insatisfaction, un mari trop pris par son travail pour se rendre compte que sa femme devient cinglée. Faites votre choix.

— Votre mari savait ?

Elle marqua un temps avant de répondre, comme si elle réfléchissait à la question pour la première fois.

— S'il savait, il n'en parlait pas. En tout cas, pas à moi.

— A Elliot ?

— Il faisait des remarques ambiguës, ouvertes à plus d'une interprétation.

— Comment Elliot choisissait-il de les interpréter ?

— Il pensait que James savait. C'est Elliot qui a décidé de rompre. Je ne tenais pas assez à lui pour m'y opposer.

— Alors pourquoi vous disputiez-vous avec lui, au restaurant ?

Elle se remit à lisser sa jupe d'un mouvement régulier.

— Il se passe quelque chose. Elliot le sait mais il fait semblant de l'ignorer. Ils font tous semblant.

Le silence parut soudain terriblement oppressant. Il aurait dû y avoir des enfants dans cette maison, pensai-je. Elle était trop grande pour deux personnes, bien trop grande pour une seule. C'était le genre d'habitation que des gens riches achetaient dans l'espoir d'y fonder une famille, mais je ne voyais aucune trace d'une quelconque famille. Je ne voyais que cette femme en habits noirs de veuve s'attaquant méthodiquement aux petites imperfections de sa jupe, comme si, ce faisant, elle pouvait réparer de graves injustices.

— Qu'est-ce que vous voulez dire par « tous » ?

— Elliot. Landron Mobley. Grady Truett. Phil Poveda. Mon mari. Et Earl Larousse. Earl Junior, je veux dire.

— Larousse ? fis-je sans parvenir à cacher mon étonnement.

Une fois encore, une ombre de sourire passa sur le visage de Mme Foster.

— Ils ont grandi ensemble, tous les six. Maintenant, il se passe quelque chose. Ça a commencé avec la mort de mon mari, ça s'est poursuivi avec Grady Truett.

— Qu'est-ce qui lui est arrivé ?

— Quelqu'un s'est introduit chez lui une semaine environ après la mort de James. On l'a attaché sur une chaise dans son bureau et on lui a tranché la gorge.

— Et vous pensez que les deux morts sont liées ?

— Voici ce que je pense : Marianne Larousse a été assassinée il y a deux mois et demi. James est mort six semaines plus tard. Grady Truett s'est fait tuer huit jours après. Et maintenant, on vient de retrouver le cadavre de Landron Mobley et Elliot a disparu.

— Ils étaient proches de Marianne Larousse ?

— Pas intimes, mais, comme je vous l'ai dit, ils ont grandi avec son frère et ils la connaissaient forcément, ils évoluaient dans le même monde. Enfin, pas Landron Mobley mais certainement les autres.

— Que se passe-t-il, d'après vous, madame Foster ?

Elle prit une longue inspiration, la tête renversée, les narines frémissantes. Je décelai dans ce mouvement la trace d'un fort tempérament et compris ce qui avait peut-être attiré Elliot en elle.

— Mon mari s'est suicidé parce qu'il avait peur, monsieur Parker. Un acte qu'il avait commis était revenu le hanter. Il a dû en parler à Elliot, mais celui-ci ne veut pas l'admettre. James ne voulait pas m'en parler, il assurait que tout était normal, il l'a soutenu jusqu'au jour où il a pris ce tuyau de caoutchouc pour aller se tuer dans le garage. Elliot aussi assure que tout est normal, mais je pense qu'il sait que c'est faux.

— De quoi votre mari avait-il peur ?

— Pas de « quoi ». Je crois qu'il avait peur de quelqu'un.

— Qui ça pourrait être ? Vous en avez une idée ?

Adele Foster se leva et, d'un geste de la main, m'invita à la suivre. Elle gravit l'escalier, s'arrêta devant une porte fermée, tourna la clef qui se trouvait dans la serrure puis, tournant le dos à la pièce, ouvrit la porte.

C'était une ancienne chambre ou un boudoir, que James Foster avait transformé en bureau. Un ordinateur, une table à dessin, des rayonnages garnis de livres et de dossiers. Une fenêtre donnait sur le jardin de devant et, juste au-dessus du bas de son encadrement, la cime d'un cornouiller montrait ses dernières fleurs blanches fanées et mourantes. Un geai était perché sur la plus haute branche, mais notre intrusion dut le déranger car il disparut soudain dans un éclair de plumes bleues.

A vrai dire, l'oiseau ne retint qu'un instant mon attention. C'étaient les murs qui attiraient l'œil. Je n'aurais su dire de quelle couleur ils étaient peints car on n'en voyait aucune à travers le blizzard de feuilles de papier qui les recouvrait, comme si la pièce était en mouvement constant et que la force centrifuge maintenait les feuilles en place. Elles étaient de dimensions très diverses, certaines à peine plus grandes qu'un Post-it, d'autres de la taille de la table à dessin de

Foster. Certaines étaient jaunes, d'autres sombres, quelques-unes lignées. Le détail variait d'un dessin à l'autre, d'un croquis exécuté en quelques coups de crayon rapides à des représentations fouillées, complexes. Incontestablement, James Foster avait été un artiste, mais il semblait n'avoir été inspiré que par un seul thème.

Presque tous les dessins représentaient une femme au visage caché, au corps enveloppé d'une cape blanche du sommet de la tête aux plantes de pied. Le vêtement s'étirait derrière elle comme de l'eau coulant d'une sculpture en glace et formant une flaque. La comparaison était d'autant plus juste que Foster avait dessiné la femme comme si la cape qui la couvrait était humide. Elle adhérait aux muscles de ses jambes et de ses fesses, à la courbe de ses seins et aux minces lames de ses doigts, les os des jointures nettement visibles là où elle agrippait le tissu par en dessous.

Sa peau avait un aspect bizarre et laid. On eût dit que ses veines couraient au-dessus et non au-dessous de son épiderme, créant sur son corps un lacis de chemins surélevés semblables aux digues d'une rizière inondée. De ce fait, la femme paraissait comme couverte d'une armure, d'une peau d'alligator. Instinctivement, je reculai d'un pas au lieu d'approcher et je sentis la main d'Adele Foster se poser doucement sur mon bras.

— C'est d'elle qu'il avait peur, dit-elle.

Nous prîmes un café dans le séjour, des dessins étalés devant nous sur une table basse.

— Vous les avez montrés à la police ?

Elle secoua la tête.

— Elliot ne voulait pas.

— Il vous a expliqué pourquoi ?

— Non. Il a simplement dit qu'il ne valait mieux pas.

Je poussai les dessins de la femme sur le côté, révélant une série de cinq paysages représentant tous la même chose : une fosse immense entourée d'arbres squelettiques. Sur l'un des dessins, un pilier de feu émergeait de la fosse mais, là encore, il était possible de distinguer la forme de la femme au capuchon à présent enveloppée de flammes.

— C'est un lieu réel ?

Elle prit la feuille et l'examina, me la rendit avec un haussement d'épaules.

— Je ne sais pas. Vous devriez poser la question à Elliot, il le sait peut-être.

— Il faudrait d'abord que je le trouve.

— Je crois qu'il lui est arrivé quelque chose. Peut-être la même chose qu'à Landron Mobley.

Je perçus cette fois du dégoût dans sa voix quand elle prononça ce nom.

— Vous ne l'aimiez pas ?

— C'était un porc, répondit-elle avec une grimace. Je ne sais pas pourquoi les autres toléraient sa présence. Si, je le sais, se corrigea-t-elle. Il pouvait leur obtenir des choses : de la drogue, de l'alcool, quand ils étaient jeunes, peut-être même des femmes. Il savait à qui s'adresser. Il n'était pas comme Elliot et les autres. Il n'avait pas d'argent, pas d'allure, pas de diplômes, mais il était prêt à aller là où ils avaient peur d'aller, du moins au début.

Cela pouvait expliquer pourquoi Elliot Norton avait jugé bon, après tant d'années, de défendre Mobley. Ce même Elliot qui avait grandi avec Earl Larousse Junior et représentait le jeune homme accusé d'avoir assassiné la sœur d'Earl Junior. Rien de tout cela ne me plaisait.

— Vous pensez qu'ils ont fait quelque chose quand ils étaient jeunes, quelque chose qui reviendrait les hanter... Vous avez une idée de ce que ça pourrait être ?

— Non. James refusait d'en parler. Nous n'étions plus très proches, avant sa mort. Son comportement avait changé, il n'était plus l'homme que j'avais épousé. Il avait recommencé à traîner avec Mobley. Ils chassaient ensemble dans le Congaree. Et puis James s'était mis à fréquenter des boîtes de strip-tease. Je pense qu'il voyait peut-être des prostituées.

Je reposai soigneusement les dessins sur la table.

— Vous savez où il allait ?

— Je l'ai suivi deux ou trois fois. Il allait toujours dans la même boîte, parce que c'était là que Mobley aimait s'amuser quand il était en ville. Le LapLand.

Pendant que je parlais à Adele Foster, entouré d'images d'une femme spectrale, un homme mal peigné vêtu d'une chemise rouge vif, d'un jean et de baskets éculées remontait nonchalamment Norfolk Street, dans le Lower East Side de New York, aux abords du centre Orensanz, la plus ancienne synagogue de la ville. La soirée était chaude et il avait pris un taxi pour venir, préférant éviter la moiteur et l'inconfort du métro. Un chapelet d'enfants passa, encadré par deux jeunes femmes portant le tee-shirt d'une association communautaire juive. L'un des enfants, une fillette à boucles brunes, lui sourit au passage et l'homme lui rendit son sourire, la suivant des yeux jusqu'à ce qu'elle disparaisse au coin de la rue.

Il monta les marches, ouvrit la porte, pénétra dans la salle principale néogothique. Entendant des pas derrière lui, il se retourna et vit un vieux type tenant un balai à la main.

— Je peux vous aider ? demanda l'homme de peine.

— Je cherche Ben Epstein.

— Il n'est pas là.

— Mais il vient bien ici ?

— Ça lui arrive, concéda le vieil homme.

— Vous l'attendez ce soir ?

— Peut-être. Il va, il vient.

Le visiteur trouva une chaise dans la pénombre, la tourna le dossier face à la porte et s'installa dessus avec précaution, grimaçant légèrement en s'asseyant. Il appuya son menton sur ses avant-bras et regarda le vieil homme.

— J'attendrai. Je suis très patient.

Le vieil homme haussa les épaules et se mit à balayer.

Cinq minutes s'écoulèrent.

— Hé, fit le visiteur, je suis patient mais pas en pierre, bordel. Va me chercher Epstein.

Le vieux tressaillit mais continua à balayer.

— Je ne peux pas vous aider.

— Moi je suis sûr que si, riposta le visiteur d'un ton glacial.

La cordialité qui avait fait sourire la petite fille avait totalement disparu.

— Dis-lui que c'est au sujet de Faulkner, ajouta-t-il. Il viendra.

Il ferma les yeux et, quand il les rouvrit, il n'y avait plus que de la poussière tourbillonnant à l'endroit où le vieil homme se tenait l'instant d'avant.

Angel ferma de nouveau les yeux et attendit.

Il était près de sept heures quand Epstein arriva, flanqué de deux gars dont les chemises amples ne parvenaient pas tout à fait à dissimuler les armes qu'ils portaient. En découvrant le visiteur, Epstein se détendit et fit signe à ses compagnons qu'ils pouvaient le laisser. Puis il tira une chaise à lui et s'assit en face de l'homme à la chemise rouge.

— Vous savez qui je suis ? demanda celui-ci.

— Je le sais. Vous vous appelez Angel. Un nom curieux, car je ne vois rien d'angélique en vous.

— Effectivement. Pourquoi les flingues ?

— Nous sommes menacés. Nous pensons avoir déjà perdu un de nos jeunes gens, mais nous avons peut-être trouvé le responsable de sa mort. C'est Parker qui vous envoie ?

— Non, je suis venu tout seul. Pourquoi vous pensez que Parker m'a envoyé ?

Epstein eut l'air étonné.

— Nous lui avons parlé peu de temps avant d'apprendre votre visite. Nous avons présumé que les deux événements étaient liés.

— Les grands esprits se rencontrent.

Epstein soupira.

— Il m'a un jour cité la Torah. Cela m'a impressionné.

Vous, malgré votre « grand esprit », vous ne citeriez pas la Torah, je pense. Ni la Kabbale.

— Non, reconnut Angel.

— Je lisais avant de venir vous voir : le *Sefer ha-Bahir*, le Livre de la Brillance. Cela fait longtemps que j'en étudie la signification, plus particulièrement depuis la mort de mon fils. J'espérais trouver un sens à ses souffrances, mais je ne suis pas assez sage pour comprendre ce qui est écrit.

— Vous pensez que la souffrance a forcément un sens ?

— Tout a un sens. Toute chose est l'œuvre du Divin.

— En ce cas, j'aurai quelques mots à dire au Divin quand je Le verrai.

Epstein écarta les mains.

— Dites-les. Il écoute toujours, il observe toujours.

— Je crois pas, non. Vous pensez qu'Il écoutait et qu'Il observait quand votre fils est mort ? Ou bien Il écoutait et Il avait décidé de pas bouger ?

Epstein ne put retenir une grimace sous l'effet de la souffrance que les mots d'Angel lui causaient, mais celui-ci ne parut pas s'en apercevoir. Remarquant l'expression de colère d'Angel, il lui demanda avec douceur :

— C'est de mon fils ou de vous-même que vous parlez ?

— Vous avez pas répondu à ma question.

— Il est le Créateur : toute chose vient de Lui. Je ne prétends pas connaître Ses voies et c'est pour cela que je lis la Kabbale. Je ne comprends pas tout ce qui y est dit, mais je commence à en saisir une petite partie.

— Et qu'est-ce qu'elle dit pour expliquer la torture et la mort de votre fils ?

Cette fois, Angel remarqua la douleur qu'il avait ravivée.

— Pardon, s'excusa-t-il en rougissant. Je me mets en colère, des fois...

Epstein hocha la tête.

— Cela m'arrive aussi. Je crois qu'elle parle de l'harmonie entre les mondes inférieur et supérieur, entre le visible et le non-vu, entre le bien et le mal. Monde d'en haut, monde d'en bas, avec des anges allant de l'un à l'autre. De vrais anges, pas des anges de nom.

Il sourit, poursuivit :

— A cause de ce que j'ai lu, je m'interroge quelquefois sur la nature de votre ami Parker. Il est écrit dans le Zohar que les anges doivent mettre les habits de ce monde quand ils en foulent le sol. Je me demande maintenant si c'est également vrai pour les anges du bien et du mal, s'ils doivent les uns et les autres visiter ce monde sous un déguisement. On dit des anges noirs qu'ils seront consumés par une autre manifestation du Divin, les anges destructeurs, armés des fléaux et de la colère vengeresse du Divin, deux troupes de Ses serviteurs se combattant, car le Tout-puissant a créé le mal pour servir Ses fins, tout comme Il a créé le bien. Je dois y croire, sinon la mort de mon fils n'a aucun sens. Je dois croire que sa souffrance fait partie d'un ensemble plus vaste que je suis incapable de saisir, un sacrifice pour un bien supérieur, ultime.

Il se pencha en avant sur sa chaise et conclut :

— Votre ami est peut-être un ange de cette sorte. Un agent du Divin : il détruit, et cependant il restaure l'harmonie entre les mondes. Comme elle l'est à nos yeux, sa vraie nature lui est peut-être aussi cachée.

— Je crois pas que Parker soit un ange, répondit Angel. Je crois pas non plus qu'il le pense. S'il se mettait à raconter ça, sa copine le ferait interner.

— Vous croyez que ce ne sont que des élucubrations de vieil homme ? Peut-être. Bon, pourquoi êtes-vous ici, monsieur Angel ?

— Pour vous demander quelque chose.

— Je ferai tout ce que je peux pour vous aider. Vous avez puni celui qui m'a pris mon fils.

C'était en effet Angel qui avait tué Pudd après qu'il eut assassiné Yossi, le fils d'Epstein. Pudd, alias Leonard, le fils d'Aaron Faulkner.

— Exact, acquiesça Angel. Et maintenant, je vais refroidir celui qui l'a envoyé.

— Il est en prison, objecta Epstein.

— Il sera libéré.

— Si on le laisse sortir, des hommes viendront le chercher et le mettront hors de votre portée. Il est important pour eux.

Angel se laissa détourner de son propos par les mots du vieil homme.

— Je comprends pas. Pourquoi il est si important ?

— A cause de ce qu'il représente, répondit Epstein. Savez-vous ce qu'est le mal ? C'est l'absence d'empathie : de là vient tout le mal. Faulkner est un vide, un être totalement dépourvu d'empathie, et il est aussi près du mal absolu qu'on peut l'être en ce monde. Mais ce qui est pire encore, c'est que Faulkner a la capacité de vider les autres de leur empathie. Il est comme un vampire spirituel qui répand son infection. Un tel mal attire à lui le mal, hommes et anges, et c'est pour cette raison qu'ils cherchent à le protéger.

« Votre ami Parker, au contraire, est tourmenté par l'empathie, par sa capacité à ressentir. Il est tout ce que Faulkner n'est pas. Il est destructeur, plein de colère, mais c'est une colère juste, différente de la rage, qui est un péché et qui œuvre contre le Divin. Quand je regarde votre ami, je vois un grand dessein en action. Si le mal et le bien sont tous deux des créations du Tout-puissant, alors le mal infligé à Parker, la perte de sa femme et de son enfant, était l'instrument d'un bien supérieur, comme la mort de Yossi. Considérez les hommes qu'il a traqués pour cette raison, la paix qu'il a apportée à d'autres, vivants et morts, l'équilibre qu'il a rétabli, tout ce bien né de la douleur qu'il a endurée, qu'il continue à endurer. Dans sa réaction à ce qu'il a souffert, je vois personnellement l'œuvre du Divin.

Angel secoua la tête d'incrédulité.

— Alors, c'est une sorte d'épreuve pour lui, pour nous tous ?

— Non, pas une épreuve : la possibilité de nous révéler

dignes du salut, de créer ce salut nous-mêmes, voire de devenir ce salut.

— Je me soucie plus de ce monde que de l'autre.

— Il n'y a pas de différence. Ils ne sont pas séparés mais liés. Le ciel et l'enfer commencent ici. Vous êtes un homme plein de colère, n'est-ce pas ?

— Je la sens monter. Encore un sermon et elle va déborder.

Epstein leva les mains en signe de capitulation.

— Bon, vous êtes ici parce que vous souhaitez notre aide ? A quel sujet ?

— Roger Bowen.

Le sourire du vieil homme s'élargit.

— Là, ce sera avec plaisir.

18

Je laissai Adele Foster pour retourner à Charleston. Son mari avait commencé à fréquenter le LapLand peu avant sa mort et c'était la boîte où Tereus travaillait. Tereus m'avait fait comprendre qu'Elliot en savait plus qu'il ne le prétendait sur la disparition de la mère et de la tante d'Atys Jones ; et d'après Adele Foster, Elliot et un groupe de ses amis d'enfance étaient sous la menace d'une force extérieure. Ce groupe comprenait Earl Larousse Junior et trois hommes à présent décédés : Landron Mobley, Grady Truett et James Foster. J'appelai de nouveau les téléphones d'Elliot, sans résultat, et je pris la direction de son bureau, proche de l'intersection de Broad et Meeting, ce que les gens du cru appelaient le Carrefour des Quatre Pouvoirs puisque l'église St Michael, le tribunal fédéral, celui de l'Etat et l'hôtel de ville occupaient chacun un coin du croisement. Elliot partageait avec deux autres cabinets juridiques un immeuble avec une seule entrée au niveau de la rue. Je grimpai directement au deuxième étage mais ne repérai aucun signe de vie derrière la porte en verre dépoli. J'ôtai ma veste, la plaçai contre le panneau et me servis de la crosse de mon arme pour casser le verre. Puis je glissai une main par le trou et ouvris la porte.

Une petite réception meublée d'un bureau de secrétaire et de classeurs précédait le bureau d'Elliot. La porte n'était pas fermée à clef. A l'intérieur, d'autres classeurs exhibaient leurs tiroirs grands ouverts et des dossiers jonchaient le bureau et les chaises. Celui qui avait fouillé la pièce savait ce qu'il cherchait. Je ne trouvai ni Rolodex ni carnet d'adresses et, quand je tentai d'accéder au disque dur de l'ordinateur, je découvris qu'il était verrouillé par un mot de passe. Je passai quelques minutes à parcourir les dossiers classés par ordre alphabétique mais ne glanai rien sur Landron Mobley ou Atys Jones que je ne susse déjà. J'éteignis la lumière, sortis en enjambant le verre brisé de la porte et la refermai doucement derrière moi.

Adele Foster m'avait donné une adresse dans Hampton pour Phil Poveda, l'un des membres du groupe d'amis d'enfance qui se réduisait rapidement. J'y arrivai au moment où un homme de haute taille, cheveux bruns grisonnants et barbe poivre et sel, fermait de l'intérieur la porte de son garage. En me voyant approcher, il se figea. Il avait l'air tendu, nerveux.

— Monsieur Poveda ?

Il ne répondit pas.

— Je m'appelle Charlie Parker, je suis détective privé. Vous pourriez m'accorder quelques minutes de votre temps ?

Il ne répondait toujours pas mais au moins la porte du garage restait ouverte. Je pris ça pour un signe positif. Je me trompais. Phil Poveda, qui avait l'air d'un hippie branché informatique, braqua un pistolet sur moi. Un 38. Il tremblait dans sa main comme de la gelée de groseille, mais c'était quand même un 38.

— Fichez le camp ! me lança-t-il.

Sa main continuait à trembler mais, comparée à sa voix, elle était ferme comme un roc. Poveda était en train de s'écrouler. Je le voyais dans ses yeux, dans les rides entourant sa bouche, dans les plaies qui s'étaient ouvertes sur son visage et sur son cou. En me rendant chez lui, je m'étais demandé s'il pouvait être responsable d'une manière ou d'une autre de ce qui se passait. A présent, face à la réalité de son effondrement et de la peur qu'il exsudait, je savais qu'il était une victime potentielle, pas un tueur.

— Monsieur Poveda, je peux vous aider. Je sais qu'il se passe quelque chose. Des hommes meurent, des hommes dont vous étiez proche autrefois : Grady Truett, James Foster, Landron Mobley. Je pense que la mort de Marianne Larousse est également liée à cette histoire. Et maintenant, Elliot Norton a disparu.

— Elliot ? bredouilla-t-il en clignant des yeux.

J'eus l'impression qu'un autre petit éclat d'espoir se détachait de lui et se fracassait sur le sol.

— Il faut que vous parliez à quelqu'un, insistai-je. Je crois que vous et vos amis avez commis dans le passé un acte dont les conséquences reviennent maintenant vous tourmenter. Un 38 à canon court dans une main tremblante ne vous tirera pas d'affaire.

Je fis un pas en avant et la porte du garage se ferma dans un claquement avant que je puisse y parvenir. Je la martelai du poing.

— Monsieur Poveda ! criai-je. Ouvrez-moi !

Il ne répondit pas mais je le devinai, tapi de l'autre côté du panneau de métal, pris au piège de ténèbres qu'il avait lui-même contribué à créer. Je glissai une de mes cartes sous la porte et laissai Poveda dans son garage, en compagnie de ses péchés.

Tereus n'était pas au LapLand quand j'y passai, et Andy la Taloche, rendu courageux par la présence d'un barman et de deux gorilles en veste noire, ne se montra pas d'humeur coopérative. Je fis aussi chou blanc à l'appartement de Tereus : selon le vieux qui avait élu résidence sur le perron, Tereus était parti travailler de bon matin et n'était pas rentré depuis. J'avais apparemment beaucoup de mal à mettre la main sur les gens à qui je voulais parler.

Je traversai King et entrai au Janet's Southern Kitchen, une relique du passé, où les gens prenaient un plateau et faisaient la queue le long d'un comptoir pour recevoir du poulet frit, des côtelettes de porc et du riz. J'étais le seul client blanc, mais personne ne me prêta attention. Je picorai dans mon plat de poulet et de riz : mon appétit n'était toujours pas revenu. J'avalai verre sur verre de citronnade pour tenter de me rafraîchir, mais cela ne me fit aucun effet. J'étais toujours desséché et ma température demeurait au-dessus de la normale. Louis sera bientôt là, me dis-je. Les choses se clarifieront. Je poussai mon assiette sur le côté et pris la direction de l'hôtel.

Une fois de plus, à la tombée de la nuit, mon bureau était couvert de dessins. Le classeur contenant les photographies de la scène du crime et les rapports sur l'affaire Larousse reposait, fermé, près de ma main gauche. Tout le reste de l'espace était occupé par des dessins de James Foster. Sur l'un d'eux, la femme était montrée regardant par-dessus son épaule, et l'endroit où aurait dû se trouver son visage était hachuré de gris et de noir. Sous le mince tissu qui enveloppait son corps, on voyait les os de ses doigts et ce qui ressemblait à des veines saillantes ou à des écailles sur sa peau. Il y avait quelque chose d'érotique dans sa représentation, un mélange de dégoût et de désir exprimé sous forme artistique. La ligne de ses fesses et de ses cuisses était nettement tracée, comme si le soleil brillait entre ses jambes, et ses tétons étaient érigés. Elle était comme la lamie du mythe, femme superbe au-dessus de la taille, serpent au-dessous, attirant les voyageurs par le charme de sa voix pour les dévorer quand ils s'aventuraient à sa portée. Sauf que, chez la femme des dessins, les écailles de serpent s'étaient étendues à tout le corps.

Et puis il y avait le second thème discernable, la fosse entourée de pierres et de rocaille, les silhouettes d'arbres grêles à l'arrière-plan, comme des parents éplorés autour d'une tombe. Sur le premier dessin, la fosse était un simple trou sombre rappelant délibérément, semblait-il, le visage de la femme encapuchonnée, les ondulations du sol autour de ses bords faisant écho aux plis du tissu autour de la tête.

Mais, sur le deuxième dessin, la colonne de feu montait en rugissant des profondeurs de la fosse, comme si un passage s'était ouvert jusqu'au cœur de la terre ou jusqu'à l'enfer lui-même. La femme qui en occupait le centre se consumait, le corps tressé de flammes orange et rouges, les jambes écartées, la tête renversée de douleur, ou d'extase. C'était peut-être de la psychanalyse à deux sous, mais je supposai que James Foster avait été un homme très perturbé. Cela fera cent dollars, vous paierez à ma secrétaire en sortant.

Le dernier document que sa veuve m'avait permis de prendre dans son bureau était une photographie, six jeunes gens se tenant devant un bistrot, une enseigne au néon pour la bière Miller brillant derrière la dernière silhouette à gauche du groupe. Elliot Norton souriait, levant une canette de Bud de la main droite, entourant de son bras gauche la taille d'Earl Larousse Junior. Près de lui, Phil Poveda, le plus grand de tous, était adossé à une voiture, les chevilles l'une sur l'autre, la chemise blanche déboutonnée jusqu'à la poitrine, les bras croisés devant lui, une bouteille de bière pointant son goulot près de son sein gauche. Venait ensuite le plus petit de la bande, un homme-enfant au visage de cire molle et aux cheveux bouclés, avec une barbe d'ado et des jambes qui semblaient trop courtes pour son corps. Il avait pris une pose de danseur, la jambe et le bras gauches tendus devant lui, le bras droit levé, la tequila luisant à la lumière du flash quand les dernières gouttes de la bouteille qu'il tenait à la main s'étaient échappées : feu Grady Truett. A sa droite, un visage d'adolescent fixait timidement la caméra, le menton sur la poitrine. James Foster.

Le dernier jeune homme n'avait pas le sourire épanoui de ses compagnons. Il avait l'air mal à l'aise et ses vêtements semblaient de moins bonne qualité. En jean et chemise à carreaux, il se tenait avec raideur sur le gravier du parking, comme s'il n'avait pas l'habitude d'être pris en photo. Landron Mobley, le plus pauvre des six, le seul qui n'irait pas à l'université, qui ne réussirait pas, le seul qui ne quitterait jamais la Caroline du Sud pour avancer dans la vie. Mais

Landron avait son utilité : il pouvait se procurer de la drogue, il savait où trouver des salopes bon marché, prêtes à s'allonger pour une bière. Ses gros poings s'abattaient sur tous ceux qui cherchaient noise au groupe de jeunes friqués qui empiétaient sur un territoire qui n'était pas le leur, qui prenaient des femmes qui ne leur revenaient pas de droit, qui buvaient dans des bars où ils n'étaient pas les bienvenus. Landron était la voie d'accès à un monde dont ces cinq hommes voulaient user et abuser mais dont ils n'entendaient rien conserver de durable. Landron était le cerbère.

A présent, Landron était mort.

D'après ce que m'avait dit Adele Foster, les allégations de « relations inconvenantes » à l'encontre de Mobley ne la surprenaient pas. Elle savait ce qu'il était, elle savait ce qu'il aimait faire aux filles du temps où il séchait systématiquement le lycée. Bien que son mari prétendît avoir coupé tout lien avec Landron, elle l'avait surpris en conversation avec lui, deux semaines avant sa mort ; elle avait vu Landron lui tapoter le bras en se penchant à l'intérieur de la voiture, elle avait vu James lui passer une petite liasse de billets prise dans son portefeuille. Ce soir-là, elle avait interrogé son mari pour s'entendre répondre que Landron était au bout du rouleau depuis qu'il avait perdu son travail et qu'il lui avait donné l'argent uniquement pour avoir la paix. Elle ne l'avait pas cru, et sa fréquentation du LapLand n'avait fait que confirmer ses soupçons. Le fossé entre son mari et elle ne cessait alors de se creuser et c'était Elliot, pas James, qui lui avait avoué sa peur de Mobley alors qu'elle était étendue près de lui dans la petite pièce où il dormait parfois, au-dessus de son bureau, quand il travaillait sur une affaire particulièrement exigeante.

« Il a essayé de te soutirer de l'argent ? » avait-elle demandé à Elliot.

Il avait détourné les yeux.

« Landron a toujours besoin d'argent.

— Ce n'est pas une réponse.

— Je le connais depuis longtemps et, oui, il m'est arrivé de l'aider.

— Pourquoi ?

— Comment ça, pourquoi ?

— Je ne comprends pas, c'est tout. Il n'était pas comme le reste de la bande. Je vois bien en quoi il vous était utile quand vous étiez jeunes et fougueux... »

Il avait tendu la main vers elle en disant « Fougueux, je le suis toujours » et elle l'avait écarté avec douceur.

« Mais quel rôle un type comme Mobley peut-il jouer maintenant dans vos vies ? Vous auriez dû le laisser dans le passé. »

Elliot avait repoussé les draps et s'était levé, nu, à la clarté de la lune, tournant le dos à Adele, et elle avait eu l'impression que ses épaules s'affaissaient brièvement, comme celles d'un homme que l'épuisement menace de submerger et qui y cède un instant.

« Il y a des choses qu'on ne peut pas laisser dans le passé, avait-il répondu. Des choses qui vous poursuivent toute votre vie. »

Il n'avait rien ajouté. Quelques secondes plus tard, elle avait entendu le bruit de la douche dans la salle de bains et elle avait compris qu'il était l'heure de partir.

C'était la dernière fois qu'ils avaient fait l'amour.

La fidélité d'Elliot envers Landron Mobley allait cependant au-delà d'une aide de quelques dollars. Elliot représentait son vieil ami dans ce qui aurait pu devenir une vilaine affaire de viol, une affaire que la mort de Mobley avait rendue sans objet. En outre, Elliot semblait prêt à gâcher une longue amitié avec Earl Larousse Junior pour défendre un jeune Noir avec qui il n'avait apparemment aucun lien. Je parcourus de nouveau les notes que j'avais prises, dans l'espoir d'y déceler quelque chose qui m'aurait échappé. Ce ne fut qu'alors que je remarquai une curieuse coïncidence : Davis Smoot s'était fait tuer dans l'Alabama quelques jours seulement avant la disparition des sœurs Jones en Caroline du Sud. Je relus les notes que j'avais griffonnées pendant ma conversation avec Randy Burris sur les événements entourant la mort de Smoot, la traque et l'arrestation de Tereus pour ce meurtre. Selon ce que Tereus lui-même m'avait confié, il était allé en Alabama pour demander l'aide de Smoot, qui avait fui la Caroline du Sud en février 1980, bien après le viol présumé d'Addy Jones, et y était resté caché au moins jusqu'en juillet 1981, moment où Tereus l'avait trouvé et tué. Tereus avait nié que cette confrontation ait eu un rapport quelconque avec les rumeurs selon lesquelles Smoot aurait violé Addy. Addy Jones avait par la suite donné naissance à son fils Atys, au début du mois d'août 1980...

La musiquette du portable me tira de mes réflexions. Je reconnus aussitôt le numéro affiché : c'était celui de la planque. J'appuyai sur le bouton à la seconde sonnerie et n'entendis personne parler, rien qu'un tapotement, comme si on frappait doucement le téléphone contre quelque chose. *Tap-tap-tap*.

— Allô ?

Tap-tap-tap.

Je saisis ma veste et courus vers le parking. L'intervalle entre les *tap* s'allongeait et je savais que la personne qui m'appelait avait des ennuis, qu'elle perdait ses forces et que c'était la seule façon pour elle de communiquer.

— J'arrive, dis-je dans l'appareil. Tenez bon.

Trois jeunes Noirs se tenaient devant la maison quand j'y arrivai, se dandinant d'un pied sur l'autre d'un air hésitant. L'un d'eux avait un couteau à la main et il pivota vers moi quand je descendis de voiture. Il vit mon arme, leva les bras.

— Qu'est-ce qui s'est passé ?

Il ne répondit pas mais l'un de ses copains, plus âgé, le fit à sa place :

— On a entendu un bruit de verre cassé. On n'a rien fait.

— Continuez comme ça. Restez là.

J'eus droit en réponse à un « Je te pisse au cul, mec », mais ils ne firent pas un pas de plus vers la maison.

Comme la porte de devant était fermée à clef, je fis le tour par le jardin. La porte de derrière était grande ouverte mais intacte. Dans la cuisine vide, l'éternel pot de citronnade, à présent en morceaux, jonchait le sol. Des mouches bourdonnaient autour du liquide répandu sur le linoléum bon marché.

Je trouvai Albert dans la salle de séjour. La poitrine percée d'un trou, il gisait dans son sang. De sa main gauche, il serrait le téléphone tandis que la droite griffait les lattes du plancher. Il les avait griffées si fort qu'il s'était cassé les ongles et écorché les doigts en essayant de rejoindre sa femme. Je voyais le pied de Ginnie dans l'encadrement de la porte, la pantoufle repliée par la pression des orteils. Du sang tachait l'arrière de sa jambe.

Je m'agenouillai près du vieil homme, lui soulevai la tête et cherchai quelque chose pour endiguer le flot de sang qui coulait de sa blessure. J'ôtai ma veste d'un mouvement d'épaule quand il agrippa ma chemise et la tira.

— Pas louvri moim gamelle, murmura-t-il, les dents roses de sang. Pas louvri moim gamelle.

— Je sais, dis-je, sentant ma voix se briser. Je sais que vous n'avez rien dit. Qui a fait ça, Albert ?

— Plateye, souffla-t-il. *Plateye.*

Il relâcha son étreinte sur ma chemise et tendit de nouveau le bras vers sa femme morte.

— Ginnie, appela-t-il.

Sa voix faiblit.

— Ginnie, répéta-t-il.

Et il mourut.

Je laissai retomber sa tête, me levai et m'approchai de la vieille gullah. Elle était allongée sur le ventre, avec deux trous dans le dos de la robe : l'un en bas, à droite de sa colonne vertébrale, l'autre plus haut, près du cœur. Elle n'avait plus de pouls.

J'entendis le plancher craquer derrière moi et me retournai pour voir l'un des trois jeunes Noirs sur le seuil de la cuisine.

— N'entre pas ! lui ordonnai-je. Appelle le 911.

Il me lança un regard, considéra le corps du vieil homme puis disparut.

A l'étage, tout était silencieux. Samuel, le fils du couple, était étendu nu et mort dans la baignoire, agrippé au rideau de la douche, l'eau coulant encore de la pomme sur son visage et sur son corps. Je fouillai les quatre pièces du premier sans trouver trace d'Atys, mais la fenêtre de sa chambre était brisée et des tuiles avaient été déplacées sur le toit de la cuisine. Il avait peut-être sauté pour s'enfuir, ce qui voulait dire qu'il y avait encore un espoir qu'il soit toujours en vie.

Je redescendis et m'assis dans le jardin. J'avais rengainé mon pistolet et je tenais à la main ma licence de privé et mon permis de port d'arme. Naturellement, les flics me prirent mon flingue et mon portable et me firent attendre dans la voiture jusqu'à ce que les inspecteurs débarquent. Un attroupement s'était formé sur le trottoir et les agents en uniforme faisaient de leur mieux pour contenir les curieux, les rampes des Crown Vic projetant des lueurs de feux d'artifice sur les faces et les façades. Il y avait pas mal de voitures parce que la police de Charleston n'affectait qu'un agent par véhicule, à l'exception des unités pour la sécurité des rues, dont deux membres étaient arrivés quelques minutes après l'appel. L'unité mobile de scène de crime, un bibliobus reconverti, était aussi sur place quand deux inspecteurs de la brigade des crimes violents décidèrent qu'ils avaient envie de me parler.

Je leur dis qu'il fallait retrouver Atys Jones, ce dont ils convinrent volontiers, non pas comme une victime potentielle, cependant, mais comme le suspect de deux autres meurtres. Ils se trompaient, bien sûr.

A une station-service de Portland Sud, un bossu penché sur une Nissan mettait dans son réservoir pour vingt dollars d'essence. Il n'y avait qu'un autre véhicule aux pompes : une Chevrolet C-10 de 1986 à l'aile droite cabossée qui avait coûté à son nouveau propriétaire la somme fabuleuse de onze cents dollars, la moitié comptant, le reste à payer avant la fin de l'année. C'était la première voiture que Bear possédait depuis plus de cinq ans, et il en était extrêmement fier. Maintenant, au lieu de faire du stop pour venir à la coop, il était là chaque matin avant l'ouverture, faisant brailler la stéréo au son de casserole de la Chevy.

Il accorda à peine un regard à l'autre client. Il avait croisé suffisamment d'hommes bizarres en prison pour savoir que le mieux à faire, en leur présence, c'était s'occuper de ses fesses. Il fit le plein avec le fric emprunté à sa sœur, vérifia la pression des quatre pneus et démarra.

Cyrus avait payé d'avance et il sentait que le jeune employé de la station l'observait encore de sa cabine en verre, fasciné par son corps difforme. Quoique habitué au dégoût des autres, Cyrus considérait que c'était mal élevé de le lorgner trop ouvertement. Le gamin avait de la chance que Cyrus ait d'autres choses à faire. S'il avait un peu de temps, plus tard, il repasserait lui apprendre la politesse. Cyrus remit le tuyau en place, remonta dans la voiture et prit son cahier sous le siège. Il y notait soigneusement tout ce qu'il voyait, tout ce qu'il faisait, parce qu'il ne fallait rien oublier d'important.

Le jeune employé entra dans le cahier avec les autres observations de Cyrus ce soir-là : les déambulations de la rousse dans la maison, et la masse, brièvement aperçue et dérangeante, du grand Noir qui y vivait maintenant avec elle. Cyrus était mécontent.

Il n'aimait pas avoir du sang d'homme sur lui.

19

Le central de la police de Charleston occupait dans Lockwood Boulevard, en face du stade Joe Riley, un bâtiment de brique rouge donnant sur le parc Brittlebank et l'Ashley. La salle d'interrogatoire n'offrait cependant pas une vue extraordinaire, à moins d'inclure dans le paysage les têtes des deux inspecteurs courroucés qui la partageaient avec moi.

Pour comprendre la police de Charleston, il fallait comprendre son chef, Reuben Greenberg. Il la dirigeait depuis 1982 et incarnait cette contradiction dans les termes que constitue un chef de police populaire. Au cours de ses dix-huit années de fonction, il avait introduit une série d'innovations qui avaient contribué à contenir, et dans certains cas à réduire, le taux de criminalité à Charleston : des programmes « désherber et semer » dans les quartiers pauvres à la distribution de chaussures à pointes aux agents pour qu'ils puissent courser les délinquants avec plus d'efficacité. Le nombre des meurtres n'avait cessé de baisser au cours de cette période, ce qui permettait à Charleston de soutenir favorablement la comparaison avec n'importe quelle autre ville du Sud de taille semblable.

Malheureusement, l'assassinat d'Albert, Ginnie et Samuel Singleton signifiait que tout espoir d'égaler les chiffres de l'année précédente était quasiment anéanti, et toute personne liée, même de loin, à des événements contribuant à enfoncer le vaisseau *Statistiques criminelles* sous la ligne de flottaison risquait d'être impopulaire au 180 Lockwood Boulevard.

J'étais très impopulaire au 180 Lockwood Boulevard.

Après m'avoir fait poireauter une heure à l'intérieur d'une voiture de ronde devant la maison de l'East Side, on m'avait conduit dans une pièce peinte en deux nuances de bleu et meublée par M. Fonctionnel. La tasse de café posée devant moi avait refroidi depuis longtemps ; les deux inspecteurs qui m'interrogeaient ne montraient pas beaucoup plus de chaleur.

— Elliot Norton, répéta le premier. Vous dites que vous travaillez pour Elliot Norton.

Il s'appelait Adams et des plaques de transpiration tachaient le dessous des bras de sa chemise bleue. Il avait une peau d'un noir bleuté, des yeux injectés de sang. J'avais déjà déclaré à deux reprises que je travaillais pour Elliot Norton et nous avions revu une demi-douzaine de fois les derniers mots d'Albert, mais Adams ne voyait aucune raison de ne pas me faire tout reprendre depuis le début.

— Il m'a engagé pour vérifier les témoignages dans l'affaire Jones, dis-je. Nous avons pris Atys à sa sortie de la prison du comté de Richland et nous l'avons amené chez les Singleton. Une planque temporaire, en principe.

— Deuxième erreur, laissa tomber le collègue d'Adams.

Il s'appelait Addams et était aussi pâle que son coéquipier était noir. Quelqu'un, dans la police de Charleston, avait un sens de l'humour tordu. C'était la première fois qu'il intervenait depuis le début de l'interrogatoire.

— C'était quoi, la première ? m'enquis-je.

— Vous mêler de l'affaire Jones, répliqua-t-il. Ou peut-être descendre de l'avion à Charleston International. Vous voyez, on a trois erreurs, maintenant.

Il sourit, je lui rendis son sourire. Pure politesse.

— Ça n'est pas source de confusion, que vous vous appeliez Addams et lui Adams ?

— Non. Moi, c'est Addams, avec deux d. Lui, c'est Adams, avec un seul d. Facile.

Apparemment, il parlait sérieusement. La police de Charleston avait un système de primes reposant sur le niveau d'études, de 7 % du salaire pour deux années d'université à 22 % pour un doctorat. Je l'avais appris en lisant et relisant le tableau accroché au-dessus de la tête d'Addams. J'avais l'impression que la case « primes » de la feuille de salaire d'Addams était vide, à moins qu'on ne lui fît l'aumône de trois sous par mois pour son diplôme de fin d'études secondaires.

— Donc, reprit son collègue, vous le prenez, vous le déposez à la planque, vous retournez à votre hôtel...

— Je me lave les dents, je me couche, je me lève, j'appelle pour avoir des nouvelles d'Atys, je donne quelques autres coups de fil...

— A qui ?

— A Elliot, à des gens du Maine.

— Qu'est-ce que vous avez dit à Norton ?

— Pas grand-chose. On a juste fait le point. Il m'a demandé si je progressais et j'ai répondu que je ne faisais que commencer.

— Qu'est-ce que vous avez fait ensuite ?

Nous étions arrivés de nouveau au point où les chemins de la vérité et du mensonge divergeaient. J'optai pour une voie moyenne en espérant reprendre plus tard le chemin de la vérité :

— Je suis allé dans une boîte de strip-tease.

Le sourcil droit d'Adams se haussa de manière ecclésiastique et désapprobatrice.

— Pourquoi ?

— Je m'ennuyais.

— Norton vous paie pour aller dans les boîtes de strip ?

— C'était à l'heure du déjeuner. Pendant mon temps libre.

— Et après ?

— Retour à l'hôtel. Dîner. Au lit. Ce matin, j'ai essayé

de joindre Elliot, en vain, j'ai vérifié quelques témoignages, je suis rentré à l'hôtel. J'ai reçu le coup de téléphone une heure après environ.

Adams se leva d'un air las, échangea un regard avec son collègue.

— Franchement, soupira-t-il, j'ai pas l'impression que Norton en avait pour son argent.

Pour la première fois, je remarquai qu'il parlait de lui au passé.

— Pourquoi « avait » ?

Ils échangèrent de nouveau un coup d'œil, mais aucun d'eux ne répondit.

— Vous avez des papiers concernant l'affaire Jones qui pourraient nous être utiles dans cette enquête ? me demanda Addams.

— Je vous ai posé une question, rappelai-je.

Sa voix monta d'un ton :

— Moi aussi : avez-vous, oui ou non, en votre possession, des documents qui pourraient faire progresser cette enquête ?

— Non, mentis-je. C'est Elliot qui avait tout. Qui *a* tout, rectifiai-je. Maintenant, dites-moi ce qui s'est passé.

Ce fut Adams qui répondit :

— La police de la route a retrouvé sa voiture à une centaine de mètres de la 176. Dans l'eau. Apparemment, il a donné un coup de volant pour éviter quelque chose sur la route et il a fini dans la Sandy Road Creek. Le corps a disparu, mais il y a du sang dans la caisse. Beaucoup de sang. Groupe B, rhésus positif, ce qui correspond à celui de Norton.

J'enfouis ma tête dans mes mains et respirai à fond. D'abord Foster, puis Truett et Mobley, et maintenant Elliot. Il ne restait que deux noms : Earl Larousse Junior et Phil Poveda.

— Je peux partir, maintenant ?

Je voulais retourner à ma chambre d'hôtel pour mettre mes documents en sûreté. J'espérais simplement qu'Adams et Addams n'avaient pas demandé un mandat de perquisition pendant que j'étais bouclé.

Avant que l'un ou l'autre puisse répondre, la porte de la salle d'interrogatoire s'ouvrit. L'homme qui entra avait cinq ou six centimètres et au moins vingt ans de plus que moi. Des cheveux gris coupés à la tondeuse, des yeux gris-bleu. L'impression militaire était renforcée par son uniforme immaculé et sa plaque nominale, où était inscrit *S. Stilwell.* Ledit Stilwell était le lieutenant-colonel dirigeant le bureau des opérations de la police de Charleston et il ne rendait de comptes qu'à Greenberg lui-même.

— C'est le bonhomme, inspecteur ? aboya-t-il.

— Oui, colonel.

Réponse d'Addams qui me coula un regard signifiant que mes ennuis ne faisaient que commencer et qu'il était prêt à savourer la suite.

— Pourquoi est-il ici ? Pourquoi ne partage-t-il pas une cellule de détention avec la pire racaille, avec les dépravés les plus écœurants que cette belle ville peut offrir ?

— Nous l'interrogeons, colonel.

— Et répond-il à vos questions de manière satisfaisante, inspecteur ?

— Non, colonel.

— Tiens donc.

Stilwell se tourna vers Adams.

— Vous, inspecteur, vous êtes quelqu'un de bien, n'est-ce pas ?

— J'essaie, colonel.

— Je n'en doute pas, inspecteur. Ne vous efforcez-vous pas de considérer votre prochain d'un œil favorable ?

— Si, colonel.

— Je n'en attends pas moins de vous. Vous lisez votre Bible ?

— Pas autant que je le devrais, colonel.

— Tout à fait exact, inspecteur. Personne ne lit la Bible autant qu'il le devrait. Il faut vivre la parole de Dieu, pas seulement l'étudier. Je n'ai pas raison ?

— Si, colonel.

— Et la Bible ne nous enjoint-elle pas d'avoir bonne opinion de notre prochain, de lui donner toutes les chances qu'il mérite ?

— Je sais pas trop, colonel.

— Moi non plus, mais je suis sûr qu'elle contient une injonction de cette sorte. Si elle n'y est pas, c'est un oubli, et celui qui en est responsable ne manquerait pas, s'il en avait la possibilité, de le réparer en incluant ladite injonction, vous ne croyez pas ?

— Certainement, colonel.

— Amen. Nous sommes donc d'accord, inspecteur : vous avez donné à M. Parker toutes ses chances de répondre aux questions qui lui étaient posées. Homme craignant Dieu, vous avez suivi l'injonction probable de la Bible en prenant toutes les déclarations de M. Parker pour les propos d'un homme honnête. Et cependant, vous doutez encore de sa sincérité ?

— Je crois bien que oui, colonel.

— Les événements ont pris un cours fort regrettable, conclut Stilwell en m'accordant pour la première fois toute son attention. Parlons statistiques, monsieur Parker. Savez-vous combien de personnes ont été assassinées dans cette bonne ville de Charleston en l'an mil neuf cent quatre-vingt-dix-neuf de Notre-Seigneur ?

Je secouai la tête.

— Je vais vous le dire : trois. Le chiffre le plus bas depuis quarante ans. Qu'est-ce que cela nous apprend sur la police de cette bonne ville de Charleston ?

Comme je ne répondais pas, il plaça sa main gauche en coupe autour de son oreille gauche et se pencha vers moi.

— Je ne vous entends pas, mon garçon.

J'ouvris la bouche, ce qui lui parut suffisant pour reprendre sa tirade avant que je puisse prononcer un mot.

— Je vais vous dire ce que cela nous apprend sur la police de Charleston. Cela nous apprend que ce magnifique service d'hommes et de femmes ne tolère pas le meurtre, qu'il découragе toute forme de comportement antisocial et qu'il dégringole sur celui qui commet un meurtre comme deux tonnes de merde d'un convoi d'éléphants. Or votre arrivée dans la ville semble coïncider avec une augmentation choquante des homicides. Cela va affecter nos statistiques. Cela va causer un *blip* sur l'écran, et le chef Greenberg, un homme remarquable, re-mar-qua-ble, devra aller voir le maire et s'expliquer sur le cours regrettable des événements. Et le maire lui demandera pourquoi, et Greenberg me posera la même question, et je répondrai que c'est à cause de vous, monsieur Parker. Et il me demandera où vous êtes et je le conduirai au trou le plus sombre, le plus profond que la ville de Charleston puisse offrir à ceux qu'elle désapprouve totalement. Et sous ce trou, il y aura un autre trou, et c'est là que vous serez, monsieur Parker, parce que je vous y aurai fourré. A une telle profondeur que vous ne serez plus officiellement dans la juridiction de la ville de Charleston. Vous ne serez même plus dans la juridiction des Etats-Unis d'Amérique, et presque dans celle de la République populaire de Chine, et on vous conseillera d'engager un avocat chinois pour réduire les frais de déplacement de votre défenseur. Vous pensez que je vous emmerde, monsieur Parker ? Vous vous trompez. Je n'emmerde pas les gens comme vous, monsieur Parker. Je leur chie dessus, et j'ai gardé en réserve un peu de ma merde la plus puante pour une telle occasion. Bon, vous avez quelque chose à ajouter ?

Je secouai la tête.

— Je cherche, mais... non.

— Alors, nous en avons terminé. Inspecteur, nous avons une cellule de détention disponible pour M. Parker ?

— Affirmatif, colonel.

— Et il la partagera avec la lie de cette belle ville, ivrognes, proxénètes et hommes de basse moralité ?

— On peut arranger ça, colonel.

— Alors, arrangez-nous donc ça, inspecteur.

Je fis une vaine tentative pour affirmer mes droits :

— Je peux téléphoner à un avocat ?

— Monsieur Parker, vous n'avez pas besoin d'un avocat. Ce qu'il vous faut, c'est une agence de voyages pour quitter cette ville. Ce qu'il vous faut, c'est un prêtre pour prier Dieu que vous ne m'irritiez pas davantage. En fin de compte, ce qu'il vous faudrait, c'est une machine à remonter le temps, pour pouvoir retrouver votre mère avant que votre père ne la féconde de sa piètre semence et lui demander de ne pas accoucher de vous parce que si vous continuez à faire obstacle à cette enquête, vous finirez par regretter le jour où elle vous a mis au monde, piaulant et vagissant. Inspecteur, emmenez cet homme hors de ma vue.

Ils me laissèrent en cellule de dégrisement jusqu'à six heures du matin et, quand ils jugèrent que j'avais mariné assez longtemps, Addams descendit et me fit libérer. Son collègue, qui se trouvait dans le couloir, nous regarda nous diriger vers la porte principale.

— Si j'apprends quelque chose sur Norton, je vous tiens au courant, me dit-il.

Je le remerciai et il hocha la tête.

— J'ai trouvé ce que *plateye* signifie. J'ai dû demander à Alphonso Brown lui-même, un guide pour touristes dans les vieux quartiers gullah. D'après lui, c'est une espèce de fantôme, une créature capable de changer de forme. Il essayait peut-être de dire que votre client s'est retourné contre eux...

— Peut-être, sauf qu'Atys n'avait pas d'arme.

Il ne répondit pas, et son coéquipier m'entraîna vers la sortie.

On me rendit mes affaires, moins mon arme. On me donna à la place un récépissé en précisant qu'elle me serait restituée plus tard. Par la porte, je vis des types en tenue bleue de détenus arriver pour s'occuper des pelouses et nettoyer les massifs de fleurs. Je me demandai si j'aurais du mal à trouver un taxi.

— Vous avez l'intention de quitter prochainement Charleston ? voulut savoir Addams.

— Non. Pas après ça.

— Si vous bougez, vous nous prévenez, compris ?

Je fis un pas vers la porte mais me retrouvai avec la main d'Addams plaquée sur ma poitrine.

— Je vous aime pas beaucoup, monsieur Parker. J'ai donné quelques coups de téléphone pendant que vous étiez ici et ce que j'ai appris m'a pas trop plu. Je ne veux pas que vous lanciez une de vos croisades dans la ville du chef Greenberg, vous m'entendez ? Alors pour éviter ça, et pour être sûrs que vous nous préviendrez quand vous partirez, on garde votre flingue jusqu'à ce que votre avion roule sur la piste d'envol. Là, on vous le rendra peut-être.

La main retomba, me montra la porte.

— On se reverra, dit-il.

Je fronçai les sourcils, claquai des doigts.

— Vous êtes lequel, déjà ?

— Addams.

— Avec un d ?

— Deux d.

— Je tâcherai de m'en souvenir, dis-je avec un hochement de tête.

De retour à mon hôtel, j'eus à peine la force de me déshabiller avant de m'effondrer sur le lit et de dormir profondément jusqu'à dix heures passées. Je ne fis pas de rêve. C'était comme si les morts de la veille n'avaient pas eu lieu.

Charleston n'avait toutefois pas encore livré tous ses cadavres. A l'heure où les cancrelats trottinaient sur les trottoirs fendillés pour fuir la lumière du jour, où la dernière chouette rentrait se coucher, un homme nommé Cecil Exley se rendait à pied à la petite boulangerie-cafétéria qu'il possédait dans East Bay. Le travail l'attendait, le pain et les croissants à mettre au four, et, bien que l'horloge n'eût pas encore sonné six heures, Cecil était déjà en retard.

Au coin de Franklin et de Magazine, il ralentit toutefois le pas. L'ancienne prison de Charleston dressait sa masse devant lui, témoignage de chagrin et de souffrance. Un muret blanc entourait une cour envahie d'herbes au centre de laquelle se tenait la prison même. Les briques rouges qui pavaient autrefois ses allées manquaient par endroits, volées, on pouvait le supposer, par ceux qui faisaient passer leurs besoins avant les exigences de l'histoire. Des tours jumelles à trois étages surmontées de créneaux flanquaient la grille principale aux barreaux rouges de rouille, comme ceux des fenêtres. Le béton s'était effrité et était tombé autour des encadrements, révélant la maçonnerie sous-jacente à mesure que le bâtiment succombait à un lent délabrement.

Denmark Vesey et ses complices dans la révolte des esclaves de 1822 avaient été enchaînés dans la salle du fouet avant leur exécution. La plupart marchèrent au gibet en clamant leur innocence, et l'un d'eux, Bacchus Hammett, partit même d'un grand rire quand on lui passa la corde au cou. Beaucoup d'autres avaient franchi ses grilles, avant et après. Nulle part ailleurs dans Charleston le passé et le présent n'étaient aussi étroitement liés, pensait Cecil Exley, nulle part ailleurs on ne sentait les répliques des violences passées secouer encore les jours récents. Cecil avait pour habitude de s'arrêter de temps à autre devant l'ancienne prison et de réciter une prière silencieuse pour ceux qui y avaient dépéri à une époque où des matelots de la même couleur de peau que lui ne pouvaient même pas débarquer de leur bateau à Charleston, consignés dans une cellule pour la durée de l'escale.

A gauche de l'endroit où se tenait Cecil se trouvait encore le vieux fourgon surnommé Lucy la Noire. Cela faisait des années que Lucy n'avait pas ouvert les bras pour accueillir un nouvel hôte, mais, en s'approchant, Cecil distingua une forme sur les barreaux à l'arrière du fourgon. Son cœur eut un raté entre deux battements et il agrippa la grille pour ne pas s'écrouler. Il avait déjà eu deux attaques mineures ces cinq dernières années, et il ne tenait pas particulièrement à quitter ce monde en en faisant une troisième. Au lieu de soutenir son poids, la grille s'ouvrit vers l'intérieur avec un grincement.

— Hé, appela Cecil d'une voix qui semblait sur le point de se briser. Hé, ça va, là-bas ?

La silhouette ne bougea pas. Cecil pénétra dans l'enceinte de la prison, marcha d'un pas prudent vers Lucy la Noire. L'aube éclairait la ville, les murailles luisaient faiblement aux premiers rayons du soleil, mais la forme demeurait dans l'ombre.

— Hé, fit Cecil pour la troisième fois, sa voix s'éteignant déjà car il venait de prendre conscience de ce qu'il avait sous les yeux.

On avait attaché Atys Jones aux barreaux du fourgon, les bras en croix. Il avait le corps meurtri, le visage ensanglanté et presque méconnaissable, tuméfié par les coups. Du sang s'était assombri et avait séché sur son torse. Il y avait aussi du sang – trop pour qu'il eût simplement coulé d'en haut – sur son short blanc, le seul vêtement qu'on lui avait laissé. Il avait le menton sur la poitrine, les genoux pliés, les pieds légèrement tournés vers l'intérieur. La croix en forme de T ne pendait plus autour de son cou.

La vieille prison venait d'ajouter un nouveau fantôme à ses légions de spectres.

20

Ce fut Adams qui m'apprit la nouvelle. Il avait les yeux encore plus injectés de sang que la veille à cause du manque de sommeil quand il me retrouva au restaurant de mon hôtel. Il avait aussi les joues couvertes d'un saupoudrage de barbe gris-noir qui commençait à le démanger et, tandis que nous parlions, il ne cessait de se frotter les joues avec un bruit de bacon grésillant dans la poêle. Il émanait de sa personne une odeur de sueur et de café renversé, d'herbe, de rouille et de sang. Des taches d'herbe maculaient son pantalon et les côtés de ses chaussures. Autour de ses poignets, les gants jetables qu'il avait portés sur le lieu de crime avaient laissé des marques circulaires en luttant pour contenir la masse de ses mains.

— Je suis désolé, fit-il. J'ai rien d'agréable à vous dire sur ce qui est arrivé à ce garçon. Il est mort de manière atroce.

Je sentais la mort d'Atys peser sur ma poitrine comme si nous étions tombés ensemble tous les deux et que son corps reposait maintenant en travers du mien. J'avais échoué à le protéger. Nous avions tous échoué à le protéger et il était mort pour un crime qu'il n'avait pas commis.

— Vous avez une estimation, concernant l'heure de sa mort ? demandai-je tandis qu'Adams ensevelissait un toast sous une couche de beurre.

— Le coroner pense qu'il était mort depuis deux ou trois heures quand on l'a découvert. Apparemment, il n'a pas été tué à la prison : il n'y a pas assez de sang pour ça dans le fourgon et nous n'en avons pas décelé sur le sol ou les murs du bâtiment, même sous UV. On l'a systématiquement battu, en commençant par les orteils et les doigts avant de passer aux organes vitaux. Il a été châtré avant de mourir, probablement peu de temps avant. Personne n'a vu quoi que ce soit. Je suppose qu'on l'a rattrapé avant qu'il soit trop loin de la maison et qu'on l'a ensuite emmené dans un coin tranquille pour le travailler au corps...

Je songeai à Landron Mobley, aux cruautés qu'on lui avait infligées, et je faillis en parler, mais fournir cette information à Adams reviendrait à tout lui donner et je n'y étais pas prêt. Il y avait trop de choses que je ne comprenais pas encore.

— Vous allez prévenir les Larousse ?

Il finit son toast avant de répondre :

— Ils ont dû apprendre la nouvelle en même temps que moi.

— Peut-être même avant, suggérai-je.

Adams agita un doigt en signe d'avertissement.

— C'est le genre d'insinuation qui pourrait vous attirer des ennuis, par ici. Mais puisque vous abordez la question, pourquoi les Larousse auraient voulu faire tabasser Jones de cette façon ?

Je gardai le silence.

— La nature des blessures semble indiquer que ceux qui l'ont tué voulaient d'abord le faire parler, poursuivit-il. Vous pensez qu'ils ont cherché à le faire avouer ?

— Pourquoi ? Pour le salut de son âme ? fis-je, presque méprisant. Je ne crois pas, non.

Il était cependant possible qu'Adams eût au moins en partie raison en avançant comme mobile l'obtention d'aveux. On pouvait supposer que les hommes qui avaient retrouvé Atys étaient *presque* certains qu'il avait tué Marianne Larousse mais que cela ne leur suffisait pas. Ils voulaient entendre de sa bouche la confirmation de sa culpabilité parce que, s'il était innocent, les conséquences étaient encore plus graves, et pas simplement parce que le vrai coupable avait de fortes chances d'échapper à la justice. Non, les actions entreprises au cours des dernières vingt-quatre heures laissaient penser que la possibilité que Marianne Larousse ait été prise comme cible pour des raisons très particulières inquiétait beaucoup certaines personnes. Le moment me semblait venu de poser quelques questions gênantes à Earl Larousse Junior, mais je n'avais pas l'intention d'y aller seul. Les Larousse donnaient leur réception le lendemain et j'attendais de la compagnie. Ils auraient deux invités indésirables pour cette grande occasion.

Dans l'après-midi, je fis quelques recherches à la bibliothèque publique de Charleston. Je consultai les articles de presse sur la mort de Grady Truett mais ils ne contenaient pas grand-chose de plus que ce qu'Adele Foster m'avait dit. Des personnes inconnues avaient pénétré chez lui, l'avaient attaché sur une chaise et égorgé. On n'avait pas relevé d'empreintes, mais les techniciens du labo avaient forcément trouvé quelque chose. Une scène de crime n'est jamais totalement vierge. Je fus tenté d'appeler Adams, mais, là encore, je courais le risque de bousiller tout ce que j'avais. J'en appris aussi un peu plus sur le « plateye ». Selon un livre intitulé *Blue Roots*, le plateye était un résident permanent du monde des esprits, le monde souterrain, capable cependant de pénétrer dans le monde des mortels pour y assouvir une vengeance. Il avait aussi la capacité de changer de forme.

Je quittai la bibliothèque pour retourner dans Meeting. Tereus n'avait toujours pas remis les pieds à son appartement, et cela faisait maintenant deux jours qu'il ne s'était pas montré au boulot. Personne ne savait quoi que ce soit et la strip-teaseuse qui avait pris mon billet de vingt et m'avait balancé à Andy la Taloche était introuvable.

Finalement, j'appelai les services de l'aide judiciaire et on m'informa que Laird Rhine défendait un client au tribunal de l'Etat dans l'après-midi. Je me garai au parking de l'hôtel et marchai jusqu'aux Quatre Pouvoirs, où je trouvai Rhine dans la salle 3, pour le jugement d'une nommée Johanna Bell, accusée d'avoir donné un coup de couteau à son mari au cours d'une dispute. Apparemment, ils étaient séparés depuis trois mois environ quand l'époux était revenu au foyer, et une querelle avait éclaté au sujet de la propriété du magnétoscope. Querelle qui avait abruptement pris fin lorsque Johanna avait poignardé son ex avec un couteau à découper. Il était assis deux rangées derrière elle, la mine piteuse.

Rhine se débrouilla plutôt bien en demandant au juge de transformer la liberté sous caution de sa cliente en libération sur engagement personnel. L'avocat n'avait probablement qu'une trentaine d'années, mais il développa une solide argumentation en faisant valoir que Johanna Bell n'avait jamais eu de démêlés avec la justice jusqu'à ce jour, qu'elle avait été maintes fois obligée d'appeler la police pendant les derniers mois de son mariage à cause des violences physiques de son mari, qu'elle n'avait pas les moyens de verser la caution demandée et qu'il ne servirait à rien de la garder en prison, loin de son bébé. Après le jugement, elle serra Rhine dans ses bras et alla prendre son enfant des mains d'une femme âgée qui l'attendait au fond de la salle.

J'interceptai Rhine sur les marches du palais de justice.

— Monsieur Rhine ?

Il s'immobilisa et quelque chose ressemblant à de l'inquiétude traversa son visage. En tant que commis d'office, il avait affaire aux formes de vie les plus basses et était parfois contraint d'essayer de défendre l'indéfendable. Je me doutais qu'en de pareils cas les victimes de ses clients devaient prendre la chose à cœur.

— Oui ?

De près, il paraissait encore plus jeune. De longs cils frangeaient ses yeux bleus. Je lui montrai ma licence, il y jeta un coup d'œil et hocha la tête.

— Qu'est-ce que je peux faire pour vous, monsieur Parker ? Cela vous dérange si nous marchons en parlant ? J'ai promis à ma femme de l'emmener au restaurant ce soir.

Je réglai mon pas sur le sien.

— Je travaille avec Elliot Norton sur l'affaire Atys Jones, annonçai-je.

Il ralentit un instant l'allure, comme s'il avait perdu son chemin, puis repartit à une vitesse légèrement supérieure. J'accélérai pour rester à sa hauteur.

— Je ne m'occupe plus de cette affaire, monsieur Parker.

— Depuis qu'Atys est mort, il n'y a plus vraiment d'affaire, à vrai dire.

— Je suis au courant. Désolé.

— J'aurais quelques questions à vous poser...

— Je ne suis pas sûr de pouvoir y répondre. Vous devriez plutôt les poser à M. Norton.

— Je le ferais bien, mais Elliot n'est pas disponible et mes questions sont un peu délicates.

Il s'arrêta au coin de Broad quand le feu passa au rouge et eut un regard suggérant qu'il prenait cette ingérence dans sa vie comme une offense personnelle.

— Je ne vois pas en quoi je pourrais vous aider.

— J'aimerais savoir pourquoi vous avez renoncé à cette affaire.

— J'en ai beaucoup d'autres...

— Pas comme celle-là, j'espère.

— Ma situation ne me permet pas de choisir, monsieur Parker. On m'a confié l'affaire Jones, elle m'aurait totalement absorbé. J'aurais pu en régler dix autres pendant le temps qu'il m'a fallu rien que pour prendre connaissance du dossier. Je n'ai pas regretté d'en être débarrassé.

— Je ne vous crois pas.

— Pourquoi ?

— Vous êtes un jeune avocat de l'aide judiciaire. Vous avez probablement de l'ambition et d'après ce que j'ai vu aujourd'hui de votre travail, cette ambition est justifiée. Une affaire de haut vol comme le meurtre de Marianne Larousse ne se présente pas tous les jours. Une bonne défense de Jones vous aurait ouvert des portes, même au cas où vous auriez finalement perdu. Je ne crois pas que vous y avez renoncé aussi facilement.

Les feux avaient changé et nous étions bousculés par des piétons désireux de traverser, mais Rhine ne bougeait toujours pas.

— De quel côté êtes-vous, monsieur Parker ?

— Je n'ai pas encore décidé. Je crois qu'en fin de compte, je suis du côté d'une morte et d'un mort.

— Et Elliot Norton ?

— Un ami. Il m'a demandé de venir. Je suis venu.

Rhine pivota pour me faire face.

— On m'a demandé de lui céder l'affaire.

— Qui vous a demandé ça ? Elliot ?

— Non, il ne m'a même pas contacté. C'était quelqu'un d'autre.

— Vous connaissez son nom ?

— Il m'a dit qu'il s'appelait Kittim. Il avait quelque chose au visage. Il est venu à mon cabinet et il m'a demandé de laisser Elliot Norton défendre Atys Jones.

— Qu'est-ce que vous avez répondu ?

— Que je ne pouvais pas faire ça. Que je n'avais aucune raison de le faire. Il m'a alors fait une offre.

J'attendis. Il poursuivit :

— Nous avons tous un squelette dans notre placard, monsieur Parker. Disons simplement qu'il m'a laissé entrevoir le mien. J'ai une femme et une petite fille. J'ai commis des erreurs au début de mon mariage, mais je ne les ai pas répétées. Je n'avais pas envie de perdre ma famille pour des fautes que j'avais essayé de réparer. J'ai dit à Jones que Norton serait plus qualifié pour le défendre. Il n'a fait aucune objection. Je n'ai pas revu Kittim depuis, et j'espère bien ne jamais le revoir.

— Quand a-t-il pris contact avec vous ?

— Il y a trois semaines.

A peu près au moment où Grady Truett s'était fait tuer. James Foster et Marianne Larousse étaient morts, eux aussi. Comme Adele Foster l'avait souligné, il se passait quelque chose, et quoi que ce puisse être, cela avait commencé avec la mort de Marianne Larousse.

— Ce sera tout, monsieur Parker ? Je ne suis pas fier de ce que j'ai fait, je n'ai pas vraiment envie d'en parler davantage.

— C'est tout, oui.

— Je suis sincèrement désolé pour Atys.

— Je suis sûr que c'est un grand réconfort pour lui, répliquai-je.

Je retournai à mon hôtel où m'attendait un message de Louis confirmant qu'il arriverait le lendemain matin, un peu plus tard que prévu. Mon moral remonta légèrement.

Cette nuit-là, j'allai à la fenêtre de ma chambre, attiré par le mugissement répété d'un klaxon. De l'autre côté de la rue, devant le distributeur de billets, la Cadillac noire au pare-brise fendu attendait le long du trottoir. La portière arrière gauche s'ouvrit et l'enfant descendit. Elle se tint près de la voiture et me fit signe, remuant les lèvres en silence.

je connais un endroit où on peut aller

Elle roula des hanches sur une musique qu'elle seule pouvait entendre, souleva sa jupe. Dessous, elle était nue et cependant sans sexe, lisse comme une poupée. Sa langue frétilla sur ses lèvres.

viens

Sa main se posa sur son entrejambe lisse.

je connais un endroit

Elle donna un coup de reins dans ma direction avant de remonter dans la voiture qui démarra lentement, semant des araignées par sa portière à demi refermée. Je m'éveillai en frottant les fils de la Vierge que je sentais sur mon visage et je dus prendre une douche pour chasser la sensation de multiples créatures parcourant mon corps.

21

Des coups frappés à ma porte me tirèrent à nouveau du sommeil à neuf heures du matin. Instinctivement, je tendis la main vers une arme qui n'était plus là. Nouant une serviette autour de ma taille, je m'approchai de la porte à pas de loup et regardai à travers l'œilleton.

Six pieds six pouces d'agressivité, de sens aigu de l'élégance et de fierté homo républicaine me fixaient droit dans l'œil.

— Je t'ai vu lorgner, dit Louis quand j'ouvris la porte. Merde, tu vas jamais au ciné ? Un mec toque à la porte, un gars cul nu mate le couloir, le mec colle le canon de son flingue contre l'œilleton et tire dans l'œil du cul-nu.

Il portait un costume de lin noir mis en valeur par une chemise blanche sans col. Une bouffée d'eau de Cologne coûteuse le suivit dans la chambre.

— Tu sens comme une pute française, lui assenai-je.

— Si j'étais une pute française, t'aurais pas de quoi payer. A propos, un peu de maquillage te ferait pas de mal.

Je me regardai dans le miroir accroché près de la porte et détournai les yeux. Il avait raison. J'étais blême, avec des taches noires sous les yeux ; mes lèvres étaient sèches et crevassées et j'avais un goût métallique dans la bouche.

— J'ai attrapé quelque chose, marmonnai-je.

— Putain, c'est pas la peste que t'as chopée ? On enterre

tous les jours des gus qui ont meilleure mine que toi, bordel !

— Et toi, tu as attrapé la maladie de Tourette ? Il faut vraiment que tu jures tout le temps ?

Il leva les bras en signe de capitulation.

— Je suis content d'être venu. Ça fait hyper plaisir d'être apprécié à sa juste valeur.

— D'accord. Tu as pris une chambre ?

— Ouais, sauf qu'un enfoiré – pardon, mais c'était vraiment un enfoiré – a essayé de me refiler ses bagages à la porte.

— Qu'est-ce que tu as fait ?

— Je les ai pris, je les ai mis dans le coffre d'un taxi et j'ai donné cinquante tickets au chauffeur pour qu'il les porte à une œuvre charitable.

— Très classe.

— Je te crois.

Je le laissai devant la télé pendant que je me douchais et m'habillais, puis nous descendîmes au Diana's sur Meeting pour boire un café et manger un morceau. Je grignotai la moitié d'un petit pain, le repoussai.

— Faut que tu bouffes, me sermonna Louis.

Je secouai la tête.

— Ça passera.

— Ça passera quand tu seras mort. Bon, on en est où ?

— Comme d'habitude : des morts, un mystère, d'autres morts.

— On a perdu qui ?

— Le jeune gars. Ceux qui le planquaient. Peut-être Elliot Norton.

— Merde, il nous reste plus grand monde, dis donc. La prochaine fois que quelqu'un t'embauche, fais inscrire tes honoraires dans son testament.

Je le mis au courant de ce qui s'était passé en omettant uniquement la voiture noire. Pas besoin de l'inquiéter avec ça.

— Alors, qu'est-ce qu'on fait ? demanda-t-il.

— On enfonce un bâton dans la ruche pour affoler les abeilles. Les Larousse donnent une réception aujourd'hui. Je crois que nous devrions profiter de leur hospitalité.

— On a une invitation ?

— Depuis quand ne pas en avoir nous arrêterait ?

— Ouais, mais j'aimerais bien être invité, pour une fois, tu vois. Au lieu d'être obligé d'entrer en force, de me faire menacer, de mettre en rogne les gentils Blancs, de leur flanquer une trouille de tous...

Il s'interrompit, parut considérer ce qu'il venait de dire et son visage s'éclaira.

— Beau programme, non ? soulignai-je.

— Super, convint-il.

Nous fîmes la plus grande partie du trajet jusqu'à l'ancienne plantation dans des véhicules différents puis Louis gara sa voiture à huit cents mètres des grilles avant de me rejoindre. Je lui demandai des nouvelles d'Angel.

— Il est sur un boulot.

— Quelque chose que je devrais savoir ?

Il me regarda longuement avant de répondre :

— Je sais pas. Peut-être, mais pas maintenant.

— Bon. J'ai vu que vous avez fait la une.

Louis garda un moment le silence.

— Angel t'a parlé ?

— Il m'a juste donné le nom du bled. Tu prends ton temps, pour régler tes comptes.

Il haussa les épaules.

— Ils méritaient d'être tués, ils méritaient pas qu'on fasse des kilomètres pour ça.

— Et comme tu descendais dans le Sud de toute façon...

— Je me suis dit que je pouvais faire un saut là-bas, acheva-t-il. Je peux partir, maintenant, m'sieur l'agent ?

Je n'insistai pas. A l'entrée de la propriété des Larousse, un grand type en tenue de larbin nous fit signe d'arrêter.

— Je peux voir vos invitations, messieurs ?

— Nous n'avons pas d'invitation, répondis-je, mais je suis sûr que quelqu'un s'attend à ce qu'on vienne.

— Vos noms, s'il vous plaît ?

— Parker. Charlie Parker.

— Je suis avec lui, ajouta Louis.

Le garde parla dans son talkie-walkie, trop loin pour que nous puissions l'entendre. Nous attendîmes, bloquant deux ou trois voitures derrière nous. Le type revint et annonça :

— Vous pouvez y aller. M. Kittim vous rejoint sur l'aire de stationnement.

— Surprise, surprise, fit Louis à qui j'avais raconté ma rencontre avec Bowen et Kittim au rassemblement d'Antioch.

— Je te disais bien que ça marcherait. C'est pour ça que je suis détective privé.

L'idée me traversa alors que je me sentais déjà mieux, particulièrement depuis l'arrivée de Louis. Ce n'était pas tellement étonnant puisque je portais maintenant une arme sur moi grâce à lui et que j'étais à peu près sûr que Louis en avait au moins une de plus sur lui.

Nous longeâmes huit cents mètres de chênes verts et de palmiers. Des cigales chantaient et des gouttes de la pluie du matin, qui avait maintenant cessé, tambourinèrent sur le toit de la voiture et sur la route jusqu'à ce que nous émergions des arbres devant une étendue de gazon. Un autre larbin en gants blancs nous fit signe de nous garer sous l'une des bâches tendues pour abriter les voitures du soleil, leur toile ondulant doucement sous les courants d'air froids projetés par une série de gros climatiseurs industriels disposés sur l'herbe. De longues tables couvertes de nappes en lin amidonné formaient trois côtés d'un carré derrière lesquels des domestiques noirs en chemise blanche immaculée et pantalon noir attendaient nerveusement de servir aux invités d'énormes quantités de nourriture. D'autres se faufilaient entre les groupes déjà formés sur la pelouse pour offrir champagne et cocktails. Je regardai Louis. Il me regarda. A part les serveurs, il était la seule personne de couleur. Il était aussi le seul invité habillé en noir.

— Tu aurais dû mettre une veste blanche, dis-je. Tu as

l'air d'un point d'exclamation. En plus, tu te serais fait quelques dollars de pourboire...

— Regarde-les, soupira-t-il. Personne ici n'a entendu parler d'Abe Lincoln ?

Une libellule glissa près de mes pieds, cherchant une proie parmi les brins d'herbe. Le seul autre signe de vie animal venait d'un héron solitaire qui se tenait dans un marécage, au nord-est de la maison. Les eaux qui entouraient ses pattes semblaient figées par une pellicule d'algues. A droite, parmi des rangées de chênes et de pacaniers, je distinguai les vestiges de petites habitations. Elles avaient perdu leurs toits de tuiles et les briques cassées utilisées pour leur construction avaient été érodées par les intempéries au cours du siècle et demi qui s'était probablement écoulé depuis qu'elles avaient été bâties. Même moi, je devinai ce que c'était : les restes d'un quartier d'esclaves.

— On aurait pu croire qu'ils les auraient rasées, dis-je.

— Ça fait partie de l'héritage, répondit Louis. Comme hisser le drapeau confédéré et garder tout le temps en réserve une taie d'oreiller propre. A porter dans les grandes occasions.

La maison de planteur des Larousse était un bâtiment de brique rouge, une villa palladienne du milieu du dix-huitième siècle. Les marches en pierre calcaire de deux escaliers jumeaux menaient à un portique au sol de marbre. Quatre colonnes doriques soutenaient la galerie qui courait sur toute la façade, avec quatre fenêtres de chaque côté. Des couples élégamment vêtus se pressaient dans l'ombre de la véranda.

Mon attention fut détournée de l'édifice par un groupe d'hommes traversant la pelouse d'un pas rapide. Tous blancs, tous un écouteur à l'oreille, transpirant tous sous leur costume sombre malgré les efforts méritoires des climatiseurs. Seul faisait exception l'homme occupant le centre du groupe. Kittim portait un blazer bleu sur un pantalon de toile beige, des mocassins et une chemise blanche boutonnée jusqu'au cou. Son visage était en grande partie masqué par sa casquette de base-ball et ses lunettes noires, qui ne pouvaient cependant cacher la blessure au couteau zébrant sa joue droite.

Atys. C'était pour ça que la croix en forme de T n'était plus à son cou quand on avait retrouvé son corps.

Kittim s'arrêta à deux mètres de nous, leva une main. Aussitôt les hommes qui l'entouraient s'immobilisèrent puis se déployèrent en demi-cercle autour de nous. Pendant un moment, pas un mot ne fut prononcé. Son regard fit la navette entre Louis et moi, et son sourire demeura en place, même quand le compagnon d'Angel lâcha :

— T'es quoi, toi ?

Il ne répondit pas.

— C'est Kittim, expliquai-je.

— Il est vraiment à croquer.

— Monsieur Parker, commença Kittim, ignorant toujours Louis, nous ne vous attendions pas.

— Une décision de dernière minute, répartis-je. Plusieurs morts soudaines ont allégé mon emploi du temps.

— Mmm, fit-il. Je ne peux m'empêcher de remarquer que vous et votre collègue semblez être armés.

— Armés ? m'exclamai-je, lançant à Louis un regard désapprobateur. Je t'avais pourtant dit que ce n'était pas ce genre de réception...

— Ça fait jamais mal de prendre des précautions, argua Louis. Sinon, on nous prend pas au sérieux.

— Oh ! je vous prends très au sérieux, répliqua Kittim, prenant acte pour la première fois de la présence de Louis. Tellement que je vous serais reconnaissant de bien vouloir nous suivre au sous-sol, où nous pourrons vous débarrasser de vos armes sans alarmer les autres invités.

Déjà des couples lançaient des regards curieux dans notre direction. Comme si Kittim leur avait fait signe, les musiciens d'un quatuor à cordes attaquèrent leur premier morceau, tout au bout de la pelouse. Ils jouaient une valse de Strauss. Très pittoresque.

— Sans vouloir te vexer, mec, on va nulle part avec toi.

C'était Louis.

— Ne nous forcez pas à prendre des mesures...

Le sourcil droit de mon ami se haussa d'un centimètre.

— Ah ouais ? Tu ferais quoi ? Tu nous buterais sur le gazon ? Ça mettra du piment à ta réception, crois-moi. Les gens s'en souviendront longtemps. « Hé, tu te rappelles la teuf à Earl Larousse, quand les mecs suant dans leurs fringues et l'autre connard à peau de lépreux ont voulu prendre leurs flingues aux deux types arrivés en retard ? Ils leur ont tiré dessus et Bessie Bluechip a eu du sang plein sa robe, bon Dieu, ce qu'on a rigolé... »

Le tension montait, de façon très perceptible. Les hommes entourant Kittim attendaient une indication sur la conduite à tenir mais il ne bougeait pas. Il continuait à sourire, comme s'il était tombé raide mort, qu'on l'avait empaillé et planté sur la pelouse. Je sentis quelque chose rouler le long de mon dos et me rendis compte que les vigiles n'étaient pas les seuls à transpirer.

— Monsieur Kittim, fit une voix provenant de la véranda. Ne laissez pas nos invités sur la pelouse. Amenez-les donc par ici.

C'était Earl Junior, élégamment maigrichon dans une veste bleue croisée et un jean dont le pli passait juste au milieu du genou. Ses cheveux clairs étaient rabattus en avant pour dissimuler sa calvitie en V et ses lèvres semblaient encore plus pleines, plus féminines que la dernière fois que je l'avais vu. Kittim inclina légèrement la tête pour nous enjoindre de répondre à l'invitation, et sa troupe de gros bras vint se placer derrière nous. Même un demeuré aurait compris que nous étions aussi bienvenus que des cafards sur les tables du buffet, mais les invités qui se trouvaient à proximité feignaient de ne pas nous voir. Même les domestiques regardaient ailleurs. On nous fit franchir l'entrée principale pour pénétrer dans un vaste hall parqueté de pin. Deux salons s'ouvraient de chaque côté et un gracieux escalier double menait au premier étage. Les portes se refermèrent derrière nous et les gorilles nous désarmèrent en quelques secondes. Ils parurent impressionnés en découvrant sur Louis deux pistolets et un couteau.

— Deux pistolets... le grondai-je.

— Et un lingue. J'ai dû demander une coupe spéciale pour mon fute.

Kittim alla se poster près d'Earl Junior, un Taurus bleu étincelant à la main.

— Que faites-vous ici, monsieur Parker ? dit le fils Larousse. C'est une réception privée, la première que nous donnons depuis la mort de ma sœur.

— Pourquoi sabler le champagne maintenant ? Vous avez quelque chose à fêter ?

— Votre présence ici est indésirable.

— Quelqu'un a tué Atys Jones.

— Il paraît. Vous me pardonnerez de ne pas fondre en larmes.

— Il n'était pas le meurtrier de votre sœur, monsieur Larousse, mais je soupçonne que vous le savez déjà.

— Qu'est-ce qui vous fait penser ça ?

— Parce que M. Kittim ici présent a probablement torturé Atys avant de le tuer pour lui faire dire qui est le meurtrier. Parce que vous pensez, comme moi, que l'assassin de votre sœur est aussi responsable de la mort de Landron Mobley et de Grady Truett, du suicide de James Foster, et peut-être de la disparition d'Elliot Norton.

— Je ne sais pas de quoi vous parlez, répondit Earl Junior, que la mention du nom d'Elliot n'avait pas fait tiquer.

— Je pense qu'Elliot Norton essayait peut-être aussi de découvrir de son côté l'identité de l'assassin, ce qui expliquerait pourquoi il avait repris l'affaire Jones, et je commence à penser que c'était avec votre accord, voire à votre instigation. Sauf qu'il ne faisait pas assez de progrès, alors, vous avez pris les choses en main après la découverte du corps de Mobley.

Je me tournai vers Kittim.

— Ça t'a plu de tuer Jones ? Ça t'a plu de tirer dans le dos d'une vieille femme ?

Je vis venir le coup trop tard pour réagir. Son poing m'atteignit à la tempe gauche et m'expédia sur le parquet, les quatre fers en l'air. Louis parut à un doigt d'intervenir mais se figea en entendant le cliquetis de chiens qu'on relevait.

— Vous avez besoin d'apprendre les bonnes manières, monsieur Parker, me dit Kittim. Vous ne pouvez pas venir ici et porter ce genre d'accusation sans encourir certaines conséquences.

Je me relevai lentement, sur les mains et les genoux. Le coup m'avait secoué et je sentais la bile monter dans ma gorge. J'eus un haut-le-cœur et vomis.

— Regardez ce que vous avez fait, bon sang ! s'énerva Larousse. Toby, faites venir quelqu'un pour nettoyer ça !

Les pieds de Kittim apparurent près de moi.

— Vous êtes répugnant, monsieur Parker, dit-il en s'accroupissant pour que je puisse voir son visage. M. Bowen ne vous aime pas. Je comprends pourquoi, maintenant. Ne vous imaginez pas que nous en avons fini avec vous. Moi, je serais très surpris que vous quittiez vivant la Caroline du Sud. En fait, si j'étais joueur, je ne parierais pas un sou là-dessus.

La porte s'ouvrit devant moi, un domestique entra, ne sembla remarquer ni les armes ni la tension dans la pièce. Il s'agenouilla simplement tandis que je me remettais debout et entreprit de frotter le parquet. Il fut suivi par Earl Senior, qui grommela :

— Qu'est-ce qui se passe, ici ?

— Des invités indésirables, monsieur Larousse, expliqua Kittim. Ils sont sur le point de partir.

Le vieil homme lui accorda à peine un regard : manifestement, il n'avait aucune sympathie pour lui et il n'appréciait pas sa présence dans sa maison. Au lieu de lui répondre, il tourna son attention vers Earl Junior, dont l'assurance avait commencé à s'effriter dès l'entrée de son père.

— Qui sont ces gens ?

— C'est l'enquêteur à qui j'ai parlé à l'hôtel, bredouilla le fils. Celui qu'Elliot Norton a engagé pour faire sortir de prison le nègre qui a assassiné Marianne.

— C'est vrai ?

Je m'essuyai la bouche du dos de la main.

— Non, dis-je. Atys Jones n'a pas tué votre fille, et je trouverai le coupable.

— Ce n'est pas votre affaire.

— Atys est mort. Ceux qui l'avaient accueilli chez eux aussi. Vous avez raison : découvrir ce qui s'est passé n'est pas mon affaire. C'est devenu une obligation morale pour moi.

— Je vous conseille de porter vos obligations morales ailleurs, cher monsieur, dit Earl Senior. Celle-là vous conduirait à votre perte. Fais-les sortir de ma propriété, ordonna-t-il à son fils.

Earl Junior regarda Kittim, à qui il revenait clairement de prendre la décision.

Après avoir laissé passer quelques secondes pour souligner son autorité, Kittim fit signe à ses hommes et ils nous escortèrent vers la porte, le pistolet plaqué discrètement contre le corps pour ne pas inquiéter les invités.

— Monsieur Kittim, le rappela Earl Senior.

Kittim se retourna.

— A l'avenir, flanquez vos corrections ailleurs. C'est ma maison, et vous ne faites pas partie de mon personnel.

Il lança un dernier et dur regard à son rejeton avant d'aller rejoindre ses hôtes sur la pelouse.

Nous fûmes placés au centre d'un cercle d'hommes et reconduits à notre voiture. Ils déposèrent nos armes dans le coffre, délestées de leurs munitions. Au moment où je m'apprêtais à démarrer, Kittim se pencha à ma fenêtre. L'odeur de brûlé était si forte que je faillis hoqueter de nouveau.

— La prochaine fois que je te verrai, ce sera la dernière, menaça-t-il. Maintenant, emmène ton singe savant et file.

Il adressa un clin d'œil à Louis, tapa sur le toit de la voiture et nous regarda partir.

Je touchai de la main l'endroit de mon crâne où le poing de Kittim avait atterri, fis la grimace.

— Ça ira, pour conduire ? demanda Louis.

— Je crois.

— On dirait que le Kittim s'est installé là-bas comme chez lui.

— Il le fait sur ordre de Bowen.

— Ce qui veut dire que Bowen tient les Larousse, d'une manière ou d'une autre.

— Il t'a traité d'un vilain nom.

— J'ai entendu.

— Tu as pris ça calmement, tout bien considéré.

— Ça valait pas le coup de mourir pour ça. Du moins, ça valait pas le coup que *je* meure pour ça. S'agissant de Kittim, c'est une autre affaire. Comme il a dit, on se reverra. J'attendrai. Où tu vas, dans l'immédiat ?

— Prendre une leçon d'histoire. J'en ai marre d'être gentil avec les gens.

Louis haussa un sourcil pour exprimer un léger étonnement.

— C'était quoi, « gentil », pour toi, jusqu'ici ?

22

Un message m'attendait quand je retournai à l'hôtel. C'était Phil Poveda, il voulait me parler. Il n'avait l'air ni affolé ni mort de trouille. En fait, je crus déceler une pointe de soulagement dans sa voix. J'appelai d'abord Rachel, cependant. Bruce Taylor, l'un des agents de ronde de Scarborough, buvait du café et mangeait un cookie dans la cuisine quand elle décrocha. Cela me rassura de savoir que les flics passaient à la maison comme MacArthur l'avait promis.

— Wallace est passé quelquefois aussi, dit-elle.

— Comment va Monsieur Cœur Solitaire ?

— Il est allé faire des emplettes à Freetown, il s'est acheté une ou deux vestes chez Ralph, quelques nouvelles chemises et cravates. Il reste du chemin à parcourir, mais c'est prometteur. Et Mary semble être son type.

— Désespérée ?

— L'expression que tu cherches est « facile à vivre ». Maintenant, laisse-moi. Je dois m'occuper d'un homme en uniforme extrêmement séduisant.

Je raccrochai et composai le numéro de Phil Poveda.

— Parker, annonçai-je quand il répondit.

— Salut, merci de me rappeler, fit-il d'un ton léger, presque joyeux.

On était loin du Poveda qui m'avait menacé d'une arme deux jours plus tôt.

— Je viens de mettre de l'ordre dans mes affaires, poursuivit-il. Testament, etc., vous voyez ce que je veux dire. Je suis un homme plutôt riche, je ne m'en doutais pas. D'accord, il faut que je meure pour capitaliser, mais quand même, c'est cool.

— Monsieur Poveda, vous vous sentez bien ?

La question était superflue : Phil Poveda semblait se sentir mieux que bien. Malheureusement, je soupçonnais que cette disposition résultait d'une santé mentale tombant en morceaux.

— Ouais... répondit-il (pour la première fois, une trace de doute s'insinua dans sa voix). Ouais, je crois. Vous aviez raison : Elliot est mort. On a retrouvé sa voiture, c'était aux informations.

Je ne répondis pas.

— Comme vous disiez, il ne reste plus que moi et Earl, et moi je n'ai pas un papa et des copains nazis pour me protéger.

— Vous voulez parler de Bowen ?

— Oui, Bowen et son monstre aryen. Mais ils ne pourront pas le protéger éternellement. Un jour, il se retrouvera seul et...

Il laissa sa phrase en suspens puis reprit :

— Je veux que ça finisse, tout ça.

— Tout ça quoi ?

— Tout : le meurtre, le sentiment de culpabilité. Le sentiment de culpabilité, surtout. Si vous avez le temps, on peut en parler. Moi, j'ai le temps. Enfin, pas trop quand même. Le temps m'est compté. Le temps nous est compté à tous.

Je répondis que j'arrivais. J'eus envie de lui recommander de rester à l'écart de son armoire à pharmacie, mais l'éclair de lucidité qui avait brièvement déchiré les brumes de son cerveau était passé.

— Cool ! s'écria-t-il avant de raccrocher.

Je fis ma valise, libérai ma chambre. Quoi qu'il pût arriver ensuite, je ne reviendrais pas à Charleston avant un moment.

Phil Poveda vint m'ouvrir, vêtu d'un short et d'un tee-shirt blanc montrant Jésus-Christ ouvrant sa tunique pour révéler un cœur entouré d'épines.

— Jésus est mon Sauveur, expliqua-t-il. Chaque fois que je me regarde dans un miroir, Il me le rappelle. Il est prêt à me pardonner.

Ses pupilles étaient réduites à la grosseur de têtes d'épingle. Ce qu'il avait pris, c'était du sévère. Si on en avait donné aux passagers du *Titanic*, ils seraient descendus se baigner, un sourire béat aux lèvres. Il me cornaqua jusqu'à sa cuisine en chêne bien rangée et nous prépara deux décas. Pendant l'heure qui suivit, sa tasse resta à côté de lui sans qu'il y touche. Au bout de quelques minutes, j'avais aussi posé la mienne.

Après avoir entendu le récit de Phil Poveda, j'avais l'impression qu'il se passerait du temps avant que j'aie à nouveau envie de manger ou de boire.

Le bar, l'Obee's, n'existe plus, à ce jour. C'était un boui-boui un peu en retrait de Bluff Road, où de jeunes étudiants bien propres pouvaient se faire tailler une pipe pour cinq dollars par des Noires pauvres, ou des Blanches plus pauvres encore, parmi les arbres qui descendaient en croissant sombre jusqu'aux berges de la Congaree, puis retourner auprès de leurs potes et leur taper dans la main avec un sourire radieux tandis que les femmes se lavaient la bouche au robinet, dans la cour. Mais, près de l'endroit où il se trouvait autrefois, il y a maintenant un nouveau bar : le Rat de Marais, où Atys Jones et Marianne Larousse avaient passé leurs dernières heures ensemble avant la mort de la jeune femme.

Les sœurs Jones avaient l'habitude de picoler à l'Obee's, bien qu'Addy eût à peine dix-sept ans et que sa sœur aînée, Melia, par un caprice de la nature, parût plus jeune encore.

Addy avait déjà donné naissance à Atys, fruit, semblait-il, d'une liaison malheureuse avec l'un des petits copains passagers de sa mère, Davis « Boot » Smoot, liaison qu'on aurait pu qualifier de viol répété si elle avait jugé bon d'en parler. Addy avait commencé à élever le garçon avec sa grand-mère, car sa mère ne supportait plus de la voir. Bientôt, cependant, elle ne serait plus là pour offenser le regard de sa mère car, cette nuit-là, les ultimes traces d'Addy et de sa sœur disparaîtraient de la surface de la terre.

Elles étaient ivres et oscillaient légèrement en sortant du bar, accompagnées d'un chœur de huées et de sifflets, un vent alcoolisé dans les voiles. Addy trébucha, tomba sur les fesses, et sa sœur se plia en deux d'hilarité. Quand elle aida sa cadette à se remettre debout, sa jupe se souleva, révélant sa nudité. Immobiles, titubantes, elles découvrirent les jeunes gens entassés dans la voiture, ceux de la banquette arrière se montant les uns sur les autres pour mieux voir. Embarrassées et effrayées malgré leur ivresse, les deux femmes cessèrent de rire et se dirigèrent vers la route, la tête baissée.

Elles n'avaient fait que quelques mètres quand elles entendirent le bruit de la voiture derrière elles. Elles se retournèrent. Les deux gros yeux jumeaux étaient presque sur elles. La voiture se porta à leur hauteur et l'une des portières arrière s'ouvrit. Une main se tendit vers Addy pour la saisir, déchira sa robe et traça des sillons parallèles le long de son bras.

Elles s'enfuirent dans les sous-bois, vers l'odeur d'eau et de végétation pourrissante. La voiture s'arrêta sur le bas-côté de la route, les phares s'éteignirent. Ponctuée d'exclamations joyeuses et de cris de guerre, la chasse commença.

— Nous les traitions de putains, dit Poveda, les yeux anormalement brillants. Et c'en était, ou à peu près. Landron les connaissait bien. C'était pour ça que nous le laissions traîner avec nous, parce qu'il connaissait toutes les putains, les filles qu'on pouvait baiser pour un pack de six, les filles qui ne diraient rien à personne s'il fallait les forcer un peu. C'était Landron qui nous avait parlé des sœurs Jones. L'une d'elles avait un gosse, elle ne devait pas avoir plus de seize ans quand il était né. Et l'autre, Landron disait qu'elle ne demandait que ça, qu'elle se faisait mettre de toutes les façons possibles. Hé, elles ne portaient même pas de culotte. Landron disait que c'était pour que les hommes puissent entrer et sortir plus facilement. Enfin, c'était quoi, ces filles qui se soûlaient dans les bars, qui se baladaient à poil sous leur jupe ? Elles mettaient leurs fesses à l'étalage, alors pourquoi ne pas les prendre ? Elles y auraient peut-être même pris du plaisir si elles nous avaient écoutés. Et nous les aurions payées, nous avions de l'argent. Nous ne voulions pas faire ça pour rien.

Il n'était plus Phil Poveda, informaticien dans la trentaine avec du bide et une hypothèque sur sa maison. Il était redevenu un adolescent. Il était à nouveau avec les autres, courant dans l'herbe haute, le souffle haletant, l'entrejambe douloureux.

« Hé, arrêtez ! criait-il. Arrêtez, on a de l'argent ! »

Autour de lui, les autres éclatèrent de rire, parce qu'il était Phil et que Phil savait s'amuser. Phil les faisait toujours rire, Phil était un marrant.

Ils poursuivirent les filles dans le Congaree et le long de la Cedar Creek, Truett faisant un faux pas et tombant dans la rivière, James Foster l'aidant à se relever. Ils les rattrapèrent là où l'eau commençait à devenir profonde, près des premiers grands cyprès au tronc renflé. Melia se prit le pied dans une racine dépassant du sol, tomba elle aussi, et avant que sa sœur pût l'aider à se remettre debout ils étaient sur elles. Addy frappa le plus proche, son petit poing l'atteignit au-dessus de l'œil ; en réponse, Landron Mobley cogna si violemment qu'il lui brisa la mâchoire et qu'elle bascula en arrière, étourdie.

« Sale pute, dit-il. Saleté de saleté de pute ! »

Il y avait quelque chose dans sa voix, une sourde menace, qui fit s'immobiliser les autres. Même Phil, qui s'efforçait de maîtriser Melia. Ils surent à ce moment-là qu'ils ne pourraient plus revenir en arrière. Earl Larousse et Grady Truett tenaient Addy pour Landron tandis que les autres déshabillaient sa sœur. Elliot Norton, Phil et James Foster se regardèrent puis Phil plaqua Melia sur le sol et bientôt, comme Landron, il fut à l'intérieur, les deux hommes prenant le même rythme l'un près de l'autre cependant que les insectes de la nuit, attirés par leur odeur, bourdonnaient autour d'eux, se nourrissaient des hommes et des femmes, goûtaient le sang qui commençait à imprégner le sol.

Ce fut la faute de Phil, finalement. Il se dégagea de la fille, pantelant, détournant les yeux, et son regard tomba sur sa sœur, le visage tuméfié de sa sœur, et l'énormité de ce qu'ils étaient en train de faire lui apparut enfin, maintenant qu'il s'était répandu, et alors il sentit le coup dans son bas-ventre et s'effondra sur le côté, l'impact se transformant déjà en brûlure au creux de l'estomac. Melia se releva et s'enfuit du marais, vers le terrain des Larousse et la route au-delà.

Mobley fut le premier à s'élancer derrière elle, suivi de Foster. Elliot, partagé entre prendre son tour avec la fille allongée par terre ou poursuivre sa sœur, resta un moment immobile avant de se mettre à courir derrière ses amis. Grady et Earl se disputaient déjà le prochain tour avec Addy.

L'achat du karst avait été une erreur coûteuse pour la famille Larousse. Le sol était criblé de trous, creusé de grottes et de rivières souterraines, et ils avaient failli perdre un camion dans une fondrière à la suite d'un effondrement de terrain avant de découvrir que les dépôts calcaires n'étaient même pas assez étendus pour justifier l'ouverture d'une carrière. D'autant qu'on exploitait d'autres carrières avec succès à Cayce, à une trentaine de kilomètres en amont, et à Wynnboro, plus haut sur la 77, en direction de Charlotte. En outre, les écolos protestaient contre les menaces potentielles du projet pour le marais. Les Larousse s'étaient tournés vers d'autres activités, gardant cependant le terrain pour qu'il leur rappelle d'éviter de refaire à l'avenir la même erreur.

Melia passa devant un grillage rouillé, une pancarte « Défense d'entrer » criblée d'impacts de balle. Elle avait les pieds en sang mais continuait à avancer. Il y avait des maisons au-delà du karst, elle le savait. Elle y trouverait de l'aide, pour elle et pour sa sœur. Les gens viendraient, ils les mettraient en lieu sûr et...

Elle entendit derrière elle les hommes qui se rapprochaient rapidement. Elle tourna la tête sans cesser de courir et soudain ses orteils ne touchèrent plus le sol, ils étaient suspendus au-dessus d'un trou sombre. Melia vacilla au bord de la fondrière, elle sentit sous elle l'eau sale, polluée, puis elle perdit l'équilibre et bascula. Elle fendit la surface de l'eau dans un grand éclaboussement, réapparut quelques secondes plus tard, toussant, suffoquant, l'eau lui brûlant les yeux, la peau, les parties intimes. Elle leva la tête, vit les silhouettes des trois hommes se découper sur le ciel étoilé. Avec des mouvements lents, elle nagea vers le bord de la fosse, essaya de trouver une prise mais la pierre glissait sous ses doigts. Elle entendit les hommes parler et l'un d'eux disparut. Elle se maintenait à flot dans l'eau sombre, visqueuse, en remuant les bras et les jambes. La sensation de brûlure devenait plus forte et elle avait du mal à garder les yeux ouverts. Au-dessus d'elle, une nouvelle lumière apparut et Melia leva la tête, à temps pour voir le chiffon s'enflammer et le bidon d'essence tomber, tomber...

Au fil des ans, les fondrières étaient devenues une décharge pour toutes sortes de produits toxiques. Lentement, la pollution gagnait la Congaree même, car tous les cours d'eau cachés aboutissaient finalement à la rivière. Une grande partie des substances jetées dans la fosse étaient dangereuses, produits corrosifs ou désherbants.

La plupart avaient une chose en commun.

Elles étaient hautement inflammables.

Les trois hommes se reculèrent vivement quand un pilier de feu surgit des profondeurs du trou, illuminant les arbres, le sol accidenté, les machines abandonnées et leurs visages, consternés et secrètement ravis de ce qu'ils venaient d'accomplir.

L'un d'eux prit le reste du vieux drap qu'il avait déchiré afin de faire une mèche et s'essuya les mains pour se débarrasser de l'odeur d'essence.

« Rien à foutre d'elle, grogna Elliot Norton. (Il noua le chiffon autour d'une pierre et le jeta dans le brasier.) Allons-y. »

Je restai un long moment sans rien dire. De son index, Poveda traçait des formes indistinctes sur le plateau de la table. Elliot Norton, un homme que je considérais comme mon ami, avait participé au viol et au meurtre par le feu d'une jeune femme. Je regardai Poveda, mais il était totalement absorbé par le manège de son doigt. Quelque chose s'était brisé en lui, qui lui avait permis de continuer à vivre après ce qu'ils avaient fait, et il se noyait maintenant dans la marée de ses souvenirs.

Je regardai un homme sombrer dans la folie.

— Allez-y, dis-je. Finissez.

« Finis-la », dit Mobley.

Il regardait Earl Larousse qui, agenouillé près de la femme prostrée, reboutonnait sa braguette.

« Quoi ? fit Earl, plissant le front.

— Finis-la, répéta Mobley. Tue-la.

— Je peux pas faire ça, répondit Earl avec une voix de petit garçon.

— Tu l'as baisée, non ? Si tu la laisses ici et qu'on la retrouve, elle parlera. Tiens. »

Mobley ramassa une pierre et la lança à Earl. Elle lui heurta le genou et il grimaça.

« Pourquoi moi ? gémit-il.

— Pourquoi pas ?

— Je ne le ferai pas. »

Mobley tira alors un couteau des plis de sa chemise.

« Tu le fais ou je te saigne. »

Le pouvoir avait soudain changé de main au sein du groupe et ils le comprirent. C'était Mobley qui dirigeait tout, depuis le début ; Mobley qui les avait entraînés, Mobley qui leur fournissait l'herbe, le LSD ; Mobley qui les avait menés à ces filles et qui les avait finalement damnés. Peut-être en avait-il toujours eu l'intention : causer la perte d'un groupe de jeunes Blancs riches qui se montraient condescendants avec lui, qui l'insultaient, qui l'avaient pris sous leur aile quand ils avaient vu ce qu'il pouvait leur procurer et qui le rejetteraient aussi sûrement quand il cesserait de leur être utile. De toute la bande, c'était Larousse le plus gâté, le plus dorloté, le plus faible, le moins digne de confiance. C'était donc à lui qu'il incombait de tuer la fille.

Il se mit à pleurer.

« Je vous en prie. Ne me forcez pas à faire ça. »

Sans répondre, Mobley leva la lame et la regarda luire au clair de lune. Les mains tremblantes, Larousse prit la pierre.

« Je vous en prie », implora-t-il une dernière fois.

A sa droite, Phil voulut se détourner mais il sentit la main de Mobley sur lui.

« Non, tu regardes, lui ordonna Landron. T'es dans le coup, tu regardes jusqu'au bout. (Il ramena son attention sur Larousse.) Maintenant, finis-la, petite merde. Finis-la, beau gosse, à moins que tu veuilles retourner voir Papa et lui raconter ce que t'as fait, pleurer sur son épaule comme la petite fiotte que t'es, le supplier de tout arranger. Finis-la. *Finis-la.* »

Tout le corps de Larousse tremblait quand il souleva la pierre et l'abattit, presque mollement, sur le visage de la fille. Il y eut un craquement, pourtant, et elle geignit. Larousse hurlait à présent, les traits convulsés de peur, des larmes coulant sur ses joues, creusant une rigole dans la poussière qui s'était déposée sur sa figure pendant le viol. Il leva la pierre une seconde fois, frappa avec plus de vigueur. Cette fois, le craquement fut plus fort. La pierre s'éleva de nouveau et retomba, plus vite ; Larousse émettait une sorte de miaulement aigu en frappant, encore et encore, perdu dans la frénésie de son acte, éclaboussé de sang, jusqu'à ce qu'ils le tirent en arrière, les doigts crispés sur la pierre, les yeux immenses et blancs dans son visage écarlate.

La fille étendue par terre était morte depuis longtemps.

« A la bonne heure, le complimenta Mobley, dont le couteau avait disparu. T'es un vrai tueur, Earl, ajouta-t-il, tapotant l'épaule de l'homme en sanglots. Un vrai tueur. »

— Mobley l'a emmenée, poursuivit Poveda. Des gens arrivaient, attirés par le feu, il fallait partir. Le père de Landron était fossoyeur à Charleston, il avait ouvert une tombe à Magnolia la veille. Landron et Elliot ont jeté la fille dedans et l'ont recouverte de terre. Le lendemain, on a enterré le mort sur elle. Il était le dernier de la famille, personne ne rouvrirait jamais le tombeau. Effectivement, personne n'y a touché... jusqu'au jour où on y a déposé le corps de Landron.

— Et Melia ? demandai-je.

— Brûlée vive. Rien n'aurait survécu dans ce brasier.

— Et personne d'autre n'était au courant ? Vous n'en avez parlé à personne ?

Poveda secoua la tête.

— Il n'y avait que nous, à savoir. La police a cherché les filles mais ne les a jamais retrouvées. Les pluies ont effacé toute trace. C'était comme si elles avaient disparu de la surface de la terre... Pourtant, quelqu'un a fini par l'apprendre. Et il nous le fait payer. Marianne a été assassinée. James s'est suicidé. Grady a eu la gorge tranchée. Puis ça a été le tour de Mobley et d'Elliot. Quelqu'un nous traque et nous punit. Je suis le prochain. C'est pourquoi je devais mettre mes affaires en ordre.

Il sourit et continua :

— Je laisse tout à une œuvre de charité. Vous pensez que c'est une bonne décision ? Moi, je crois. Je crois que c'est une bonne chose.

— Vous pourriez aller à la police. Avouer ce que vous avez fait.

— Non, ce n'est pas la solution. Je dois attendre.

— *Moi*, je pourrais aller à la police.

Il haussa les épaules.

— Vous pourriez mais je soutiendrais que vous avez tout inventé. Mon avocat me ferait sortir en quelques jours, si tant est qu'on prenne la peine de m'arrêter. Et je serais de retour ici, à attendre.

Je me levai.

— Jésus me pardonnera, affirma Poveda. Il nous pardonne à tous. N'est-ce pas ?

Quelque chose vacilla dans ses yeux, le dernier soubresaut d'un esprit qui s'enfonce dans la nuit.

— Je ne sais pas, répondis-je. Je ne sais pas s'il y a assez de pardon pour ça dans l'univers.

Je le laissai.

Le Congaree. La crue des morts récentes. Le lien entre Elliot et Atys Jones. La lame de la croix dans la poitrine de Landron et sa version plus petite pendant au cou de l'homme aux yeux abîmés.

Tereus. Il fallait que je trouve Tereus.

Toujours assis sur les marches usées du perron, le vieux fumait sa pipe en regardant passer la circulation. Je lui demandai le numéro de la chambre de Tereus.

— C'est la 8, mais il est pas là, me répondit-il.

— Vous savez, j'ai l'impression que vous me portez la poisse. Chaque fois que je viens, Tereus est parti et vous squattez le perron.

— J'pensais que vous seriez content de voir un visage familier.

— Oui, celui de Tereus.

Je passai devant lui et montai les marches. Il me suivit des yeux.

Je frappai à la porte de la 8 mais n'obtins pas de réponse. Les radios des chambres voisines se faisaient concurrence et des relents de cuisine s'accrochaient aux tapis et aux murs. J'essayai la poignée et elle tourna sans problème, la porte s'ouvrant sur une pièce meublée d'un lit pour une personne défait, d'un canapé soûlé de coups et d'une cuisinière à gaz dans un coin. Il y avait à peine assez de place entre la cuisinière et le lit pour permettre à un homme mince de passer pour regarder par la fenêtre encrassée de suie. A gauche, un WC et une cabine de douche, tous deux raisonnablement propres. En fait, la pièce était dépouillée mais propre. Tereus avait fait de son mieux pour l'égayer : des rideaux neufs pendaient à la tringle en plastique de la fenêtre et une gravure encadrée montrant des roses dans un vase était accrochée au mur. Il n'y avait ni télé, ni radio, ni livres. On avait soulevé le matelas du lit pour le jeter dans un coin et des vêtements jonchaient le sol, mais je présumai que celui qui avait fouillé la chambre n'avait rien trouvé. Ce qui avait de la valeur, Tereus le gardait ailleurs, dans son vrai foyer.

J'allais repartir quand la porte s'ouvrit derrière moi. Je me retournai pour découvrir un grand costaud empâté en chemise criarde qui me barrait le chemin. Il avait une cigarette dans une main, une batte de base-ball dans l'autre. Derrière lui, le vieux tirait sur sa pipe.

— Je peux vous aider ? marmonna l'homme à la batte.

— Vous êtes le gardien ?

— Je suis le propriétaire et vous avez rien à faire dans cette chambre.

— Je cherchais quelqu'un.

— Ben, il est plus là, et vous avez pas le droit de pénétrer chez lui.

— Je suis détective privé, je m'appelle...

— Je m'en fous, de votre nom. Dégagez avant que je doive me défendre d'une agression non provoquée.

Le vieil homme à la pipe ricana.

— Agression non provoquée, répéta-t-il. Elle est bonne, celle-là.

Il secoua la tête d'un air amusé et rejeta une bouffée de fumée.

Je m'approchai de la porte et le costaud se mit de côté pour me laisser sortir. Il occupait quand même presque tout l'encadrement et je dus inspirer profondément pour passer. Il empestait le débouche-évier et l'Old Spice. Je m'arrêtai devant l'escalier.

— Je peux vous demander quelque chose ?

— Quoi ?

— Comment se fait-il que la porte n'était pas fermée ?

Son front se rida de perplexité.

— C'est pas vous qui avez ouvert ?

— Non, elle était ouverte quand je suis arrivé, et quelqu'un avait fouillé dans ses affaires.

Le propriétaire se tourna vers l'homme à la pipe.

— Quelqu'un d'autre a demandé Tereus ?

— Non, m'sieur, juste ce type.

— Ecoutez, repris-je, je ne cherche d'ennuis à personne, j'ai simplement besoin de parler à Tereus. Vous l'avez vu quand, pour la dernière fois ?

— Y a quelques jours, répondit le propriétaire, radouci. Vers huit heures, après son boulot au club. Il avait un paquet avec lui, il a dit qu'il reviendrait pas avant deux jours.

— Et la porte était fermée à clef ?

— Je l'ai vu la fermer.

Ce qui signifiait que quelqu'un avait pénétré dans l'immeuble depuis la mort d'Atys Jones et avait probablement fait la même chose que moi : il était entré dans la chambre pour trouver Tereus lui-même ou quelque chose qui lui appartenait.

— Merci, dis-je.

— Pas de quoi.

— Agression non provoquée, caqueta l'homme à la pipe. Elle est bonne, celle-là !

Les pervers de l'après-midi étaient déjà au LapLand à mon arrivée, notamment un vieux type à la chemise déchirée qui astiquait le goulot de sa canette d'une manière suggérant qu'il passait trop de temps seul à penser aux femmes, et un homme mûr en costume sombre froissé, la cravate déjà en berne, un verre de gnôle devant lui. Son attaché-case était à ses pieds. Il s'était ouvert en tombant et gisait maintenant par terre, vide. Je me demandai quand ce type trouverait le courage d'annoncer à sa femme qu'il avait perdu son boulot, qu'il passait ses journées à lorgner des danseuses nues et à regarder de vieux films dans des cinémas miteux, qu'elle n'avait plus besoin de repasser ses chemises parce que, bon Dieu, il n'était plus obligé d'en mettre. En fait, il n'était même plus obligé de se lever le matin s'il n'en avait pas envie, et si ça te pose problème, poupée, laisse pas la porte te taper le cul quand tu partiras.

Je trouvai Lorelei assise au bar, attendant son tour de danser. Elle ne semblait pas ravie de me voir, mais j'avais l'habitude. Quand le barman voulut m'intercepter, je levai un doigt.

— Je m'appelle Parker. Si tu as un problème, appelle Willie. Sinon, dégage.

Il dégagea.

— C'est calme, fis-je remarquer à Lorelei.

— Toujours, l'après-midi, dit-elle en regardant ailleurs pour signifier qu'elle ne tenait pas à engager la conversation avec moi.

Je supposai qu'elle avait dû prendre une engueulade du patron pour avoir trop parlé la dernière fois et qu'elle ne voulait pas renouveler son erreur.

— Tout ce que ces mecs ont comme liquide, c'est des nickels et des dimes, soupira-t-elle.

— Alors, tu danseras pour l'amour de l'art.

Elle secoua la tête, me lança un regard mauvais par-dessus son épaule.

— Tu te crois drôle ? Tu penses peut-être même que t'as du charme ? Laisse-moi te dire une chose : t'en as pas. Ce que t'as, je le vois ici tous les soirs, chez tous les types qui me fourrent des billets d'un dollar dans la raie du cul. Ils débarquent, ils se croient meilleurs que moi, ils s'imaginent même peut-être qu'il suffira que je les regarde pour avoir envie de les ramener chez moi et de les baiser jusqu'à ce que leur chandelle s'éteigne, et ça sans leur prendre une tune. Ben, ça risque pas d'arriver et si je m'allonge pas gratos pour eux, je le ferai pas non plus pour toi, alors si tu veux quelque chose, montre-moi ton fric.

Ça se tenait. Je posai un billet de cinquante sur le comptoir, mais gardai un doigt fermement appuyé sur le nez de Washington.

— Appelle-moi Prudence, dis-je. La dernière fois, tu es revenue sur notre arrangement.

— T'as parlé à Tereus, non ?

— Ouais, mais j'ai dû d'abord casser les couilles de ton patron. Littéralement. Où est Tereus ?

Ses lèvres s'amincirent.

— T'en veux vraiment à ce pauvre mec, hein ? T'en as jamais marre d'emmerder les gens ?

— Ecoute-moi. Je préférerais ne pas être ici. Je préférerais ne pas te parler de cette façon. Je ne me crois pas meilleur que toi mais je ne suis probablement pas pire, alors pas de grands discours. Tu ne veux pas de mon argent ? Très bien.

La musique s'arrêta, les clients applaudirent nonchalamment tandis que la danseuse ramassait ses vêtements et se dirigeait vers le vestiaire.

— Ça va être à toi, on dirait.

Je ramenai le billet vers moi, mais la main de Lorelei s'abattit dessus.

— Il est pas venu ce matin. Hier et avant-hier non plus.

— C'est ce que j'ai cru comprendre. Où il est ?

— Il a une piaule en ville.

— Il n'y a pas mis les pieds depuis des jours. Il me faut autre chose.

Le barman annonça Lorelei, qui fit la grimace. Elle se laissa glisser de son tabouret, le billet toujours pris au piège entre nous.

— Il a une baraque près du Congaree. Y a un terrain privé dans la réserve. C'est là qu'il est.

— Où, exactement ?

— Tu veux que je te dessine une carte ? Je sais pas vraiment où c'est, mais il reste qu'une parcelle privée dans le parc.

Je lâchai le billet.

— La prochaine fois, je te dirai pas un mot, dit-elle en l'empochant, même si tu m'allonges un paquet de blé. Je préfère gagner deux dollars avec ces pauvres cons que mille en te donnant des gens bien. Je te file quand même un tuyau gratos : t'es pas le seul à chercher Tereus. Deux mecs sont venus hier, mais Willie les a lourdés en les traitant de « saloperies de nazis ».

Je la remerciai d'un hochement de tête.

— Je les ai trouvés plus sympa que toi, ajouta-t-elle.

Sur ce, elle entra en scène, le lecteur de CD beuglant les premières mesures de « Love Child » derrière le bar.

Cette nuit-là, Phil Poveda était assis à sa table de cuisine devant deux tasses de café froid auxquelles on n'avait toujours pas touché quand la porte s'ouvrit derrière lui. Entendant des pas, il leva la tête et des lumières dansèrent dans ses yeux. Il se retourna sur sa chaise.

— Je regrette, dit-il.

Le crochet s'immobilisa au-dessus de son crâne et Poveda se remémora, en ses ultimes instants, les paroles du Christ à Pierre et à André près de la mer de Galilée.

« Je ferai de vous des pêcheurs d'hommes. »

Ses lèvres tremblèrent quand il murmura :

— Ça ne fera pas mal, hein ?

Le crochet descendit.

23

Je roulais en silence vers Columbia, radio éteinte. J'avais l'impression de dériver sur l'I-26, traversant sans les voir les comtés de Dorchester, Orangeburg et Calhoun. Les feux des voitures qui me doublaient dans le noir ressemblaient à des vols de lucioles se déplaçant en parallèle, s'estompant lentement au loin ou disparaissant derrière un tournant de la route.

Partout il y avait des arbres, et dans l'obscurité, au-delà de leur lisière, la terre se morfondait. Qu'aurait-elle pu faire d'autre ? Elle avait été souillée tout au long de son histoire, enrichie par les cadavres gisant sous les rochers et les feuilles : Britanniques et coloniaux, confédérés et soldats de l'Union, esclaves et affranchis, possesseurs et possédés. Si vous montiez plus au nord, dans les comtés d'York et de Lancaster, vous trouviez des pistes autrefois traversées par les cavaliers de la nuit, vêtus de blanc, éclaboussés de boue, galopant dans la poussière et l'eau, semant la terreur et la destruction, écrasant les premières pousses d'un avenir nouveau sous les sabots de leurs chevaux.

Le sang des morts imprégnait la terre, assombrissait les rivières, coulant des hautes forêts de peupliers, d'érables rouges et de cornouillers en fleurs ; les poissons du cru l'absorbaient dans leur organisme quand il passait par leurs ouïes, et les loutres qui les arrachaient à leur élément les avalaient et avalaient le sang en même temps. Il était dans les éphémères et dans les perles qui obscurcissaient l'air des Piedmont Shoals, dans les archers au flanc noir qui s'arrimaient au fond des étangs pour ne pas être mangés, dans les perches tapies en sécurité près des nénuphars-araignées, dont la beauté des fleurs blanches masquait l'horreur de leur partie inférieure arachnoïde.

Dans ces eaux chargées de vase, le soleil joue sur des formes étranges, indépendantes du courant de la rivière et des caprices du vent. Ce sont de petits poissons argent qui se fondent dans la lumière reflétée par la surface de la rivière et qui, éblouissant le prédateur, lui font croire que leur banc est une entité, une forme de vie énorme et menaçante. Ces marais sont leur havre.

Est-ce pour cette raison que tu vis là, Tereus ? Est-ce pour cette raison que ta petite chambre contient si peu de traces de ton existence ? Car tu n'existes pas en ville, pas tel que tu es vraiment. En ville, tu n'es qu'un ancien taulard, un pauvre type qui nettoie les saletés laissées par de plus riches que lui, qui les regarde assouvir leurs appétits et prie Dieu en silence pour leur salut. Mais ce n'est qu'une façade, n'est-ce pas ? Le vrai Tereus est très différent. Le vrai Tereus est ici, dans les marais, avec ce que tu caches depuis des années. C'est vraiment toi. Tu les pourchasses, n'est-ce pas ? Tu les châties pour ce qu'ils ont fait il y a si longtemps. Tu l'as découvert et tu as décidé de les faire payer. Mais la prison t'en a empêché – là encore, tu avais fait payer quelqu'un pour ses péchés – et tu as dû attendre pour poursuivre ton travail. Je ne te blâme pas. Nul homme, je pense, ne pourrait considérer le crime qu'ils ont commis – Mobley et Poveda, Larousse et Truett, Elliot et Foster – sans avoir envie de les punir de toutes les façons possibles. Mais ce n'est pas la vraie justice, Tereus. En agissant comme tu le fais, tu empêches la vérité d'être révélée, et sans cette vérité, sans cette révélation, il ne peut y avoir de justice.

Pourquoi Marianne Larousse est-elle morte, elle aussi ? Elle a eu le malheur de naître dans cette famille et d'être marquée par le crime de son frère. Sans le savoir, elle a pris les péchés d'Earl sur elle et elle a été punie. Elle n'aurait pas dû l'être. Avec sa mort, un pas a été franchi dans une autre direction, vers un lieu où justice et vengeance se confondent.

Il faut donc t'arrêter et faire connaître enfin ce qui s'est passé dans le Congaree, sinon la femme à la peau écailleuse continuera à errer parmi les cyprès et les buissons de houx, silhouette aperçue dans l'ombre mais jamais vraiment vue, espérant retrouver enfin sa sœur perdue et la serrer dans ses bras, nettoyer le sang et la saleté qui la recouvrent, la misère et l'humiliation, la honte et la souffrance.

Les marais : je les longeais, maintenant. Je laissai mon attention se relâcher un moment et je sentis la voiture dévier sur la droite, franchir la bande d'arrêt d'urgence, cahoter sur un sol accidenté avant de revenir sur la route. Les marais sont une valve de sécurité : ils absorbent les eaux de crue, empêchent les pluies et les sédiments de recouvrir les plaines côtières. Mais les rivières les traversent et emportent des traces du sang des morts. Elles y sont encore, ces traces, quand les eaux atteignent les plaines côtières, quand le flot des marais salants commencent à les ralentir et quand, enfin, elles disparaissent dans la mer : toute une terre, tout un océan souillé de sang. Un seul acte, dont les ramifications se font sentir dans toute la nature. Ainsi, un monde entier peut être changé, ineffablement altéré par une seule mort.

Les flammes : la lumière des incendies allumés par les cavaliers de la nuit, les maisons embrasées, les récoltes en feu. Les hennissements des chevaux quand ils sentent la fumée et sont pris de panique, les cavaliers qui tirent brutalement sur les rênes pour les retenir, pour les empêcher de voir les flammes. Mais quand ils se tournent, il y a des fosses dans le sol devant eux, des trous sombres emplis d'une eau noire, et d'autres flammes jaillissent, des piliers de feu surgissent des grottes reliées entre elles, et les cris des femmes se perdent dans leur rugissement.

Comté de Richland : la Congaree coulait vers le nord et je flottais au-dessus de la route, emporté vers l'avant, vers Columbia, vers le nord-ouest, vers le moment de rendre des comptes, mais je ne pouvais penser qu'à la fille étendue sur le sol, la mâchoire fracturée, le regard déjà vide.

« Finis-la. »

Elle bat des paupières.

« Finis-la. »

Ses yeux roulent. Elle voit la pierre monter.

« Finis-la. »

Elle est morte.

J'avais réservé une chambre au Claussen's Inn, sur Greene Street, une ancienne boulangerie du quartier de Five Points, près de l'université de Caroline du Sud. Je me changeai, je me douchai et appelai de nouveau Rachel. J'avais simplement besoin d'entendre sa voix. Quand elle répondit au téléphone, elle semblait un peu ivre. Elle avait bu une Guinness – l'amie de la femme enceinte – avec l'une de ses amies de la société Audubon, à Portland, et la bière lui était montée à la tête.

— Il y a du fer dedans, se justifia-t-elle. C'est bon pour moi.

— On le dit de tout un tas choses. Ce n'est pas toujours vrai.

— Qu'est-ce qui se passe, là-bas ?

— La routine.

— Je m'inquiète pour toi, dit-elle d'une voix changée.

Plus de bredouillis, plus de petit coup dans l'aile, et je me rendis compte que son ivresse n'était qu'un paravent, un tableau peint à la hâte sur la toile d'un vieux maître pour la cacher et l'empêcher d'être reconnue. Rachel voulait être soûle. Elle voulait être heureuse, joyeuse et sans souci, flotter sur un nuage après un verre de bière, mais impossible. Elle était enceinte, le père de son enfant se trouvait loin dans le Sud, et autour de lui les gens mouraient. Pendant ce temps, un homme qui nous haïssait tous deux tentait de se faire libérer de la prison de l'Etat et ses promesses de marchés et de trêves résonnaient faiblement dans ma tête.

— Non, sérieusement, ça va, mentis-je. Le dénouement approche. Je crois savoir ce qui s'est passé.

— Raconte-moi, alors.

Je fermai les yeux et ce fut comme si nous étions étendus côte à côte dans l'obscurité. Je sentais son odeur, son poids contre moi.

— Je ne peux pas.

— S'il te plaît. J'ai besoin que tu partages avec moi quelque chose d'important : que tu me prennes dans tes bras, d'une certaine façon.

Et je racontai :

— Ils ont violé deux jeunes femmes, Rachel, deux sœurs. L'une d'elles était la mère d'Atys Jones, ils l'ont battue à mort avec une pierre. L'autre, ils l'ont brûlée vive.

Elle ne réagit pas mais je l'entendis respirer profondément.

— Elliot faisait partie des meurtriers.

— Mais il t'a fait aller là-bas. Il t'a demandé ton aide...

— Oui.

— Ce n'était qu'un tissu de mensonges, alors ?

— Non, pas seulement, répondis-je.

— Il faut que tu quittes cet endroit.

— Je ne peux pas.

— Je t'en prie.

— Je ne peux pas, Rachel, tu le sais bien.

— Je t'en prie !

J'avalai un hamburger au Yesterday's de Devine. Emmylou Harris chantait « Wrecking Ball » dans les enceintes de la sono et la voix de Neil Young l'accompagnait sur cette chanson qu'il avait écrite. A l'époque des Britney et des Christina, il y avait quelque chose de rassurant et d'étrangement touchant dans ces deux voix anciennes, peut-être plus à leur zénith mais patinées et mûres, qui chantaient l'amour, le désir et la possibilité d'une dernière danse.

Rachel avait raccroché en larmes. Je me sentais coupable de ce que je lui faisais subir mais je ne pouvais pas abandonner, pas maintenant.

Je passai au bar et m'installai dans un box. Sous le Plexiglas de la table, des photos et de vieilles publicités jaunissaient. Un obèse en couches grimaçait pour l'objectif ; une femme tenait un chiot dans ses bras ; des couples s'enlaçaient. Je me demandai si quelqu'un se souvenait de leurs noms.

Au comptoir, un homme de vingt-cinq, trente ans, le crâne rasé, m'observa brièvement dans le miroir puis se remit à fixer sa bière. Nos regards s'étaient à peine croisés mais il n'avait pu masquer sa curiosité. J'examinai sa nuque, les muscles puissants de son cou et de ses épaules, le renflement de ses dorsaux, sa taille étroite. Aux yeux d'un observateur distrait, il aurait pu paraître menu, presque féminin, mais il était sec et du genre nerveux. Il devait être difficile de l'expédier au tapis, et une fois au tapis il se relevait sans doute immédiatement. Il avait des tatouages sur les triceps – j'en discernais les bords sous les manches de son tee-shirt –, mais ses avant-bras étaient vierges de tout ornement, muscles et tendons se contractant et se relâchant chaque fois qu'il fermait et ouvrait les poings. Il jeta un deuxième puis un troisième coup d'œil dans le miroir, plongea la main dans une poche de son jean délavé trop collant et laissa quelques pièces sur le bar avant de descendre d'un bond de son tabouret. Il fit un pas vers moi au moment même où son compagnon, plus âgé, comprenait enfin ce qui se passait et tentait de le retenir.

— T'as un problème ? me lança-t-il.

Dans les box voisins du mien, les conversations moururent. Il avait l'oreille gauche percée, ornée d'un poing fermé dessiné à l'encre de Chine, un front haut et des yeux bleus qui brillaient dans un visage pâle.

— J'ai cru que tu me draguais, à la façon dont tu me lorgnais dans le miroir, dis-je.

A ma droite, une voix d'homme ricana. Le skinhead dut

l'entendre lui aussi, car il tourna brusquement la tête dans cette direction. Le ricanement cessa tout net. L'homme au crâne rasé reporta son attention sur moi. Il se balançait maintenant sur la plante des pieds, sous l'effet d'une agressivité contenue.

— Tu te fous de moi ?

— Non, répondis-je innocemment. Tu voudrais te faire foutre ?

Je lui fis mon plus charmant sourire. Son visage vira au cramoisi et il semblait sur le point de se jeter sur moi quand un sifflement s'éleva derrière lui. L'homme plus âgé apparut près de lui, le saisit fermement par le bras.

— Laisse, conseilla-t-il.

— Il m'a traité de pédé ! protesta le skinhead.

— Il essaie juste de te faire grimper au plafond. Va faire un tour.

Le skinhead tenta de se dégager de l'étreinte de l'homme aux cheveux bruns coiffés en arrière, puis il cracha bruyamment par terre et marcha d'un pas rageur vers la porte.

— Je m'excuse pour mon jeune ami. Il est sensible, pour ces choses-là.

Je hochai la tête sans révéler que je me souvenais de l'homme qui se tenait devant moi. C'était le messager d'Earl Junior au Charleston Place, celui que j'avais vu mangeant un hot dog au rassemblement de Roger Bowen. Il savait qui j'étais, il m'avait suivi jusqu'ici. Ce qui signifiait qu'il savait dans quel hôtel j'étais descendu, et peut-être aussi pourquoi j'étais là.

— Il faut qu'on y aille, dit-il.

Il eut un mouvement du menton en guise de salut et se retourna pour partir.

— On se reverra, lâchai-je.

Son dos se raidit.

— Pourquoi vous pensez qu'on se reverra ? demanda-t-il, la tête légèrement inclinée pour me montrer son profil, nez aplati, menton en pointe.

— Je suis sensible, pour ces choses-là.

Il se gratta la tempe de l'index de la main droite.

— Vous êtes un rigolo. Je vous regretterai quand vous ne serez plus là, dit-il, cessant de jouer la comédie.

Il partit rejoindre le skinhead.

Je sortis vingt minutes plus tard, en même temps qu'une bande d'étudiants, et restai avec eux jusqu'au coin de Greene et de Devine. Je ne vis pas trace de mes deux suiveurs, mais ils étaient sûrement dans le coin. Dans le hall du Claussen's, les haut-parleurs diffusaient du jazz à plein volume. D'un signe de tête, je souhaitai une bonne nuit au jeune type de la réception et il me rendit mon salut pardessus son manuel de psychologie.

J'appelai Louis de ma chambre et, ne reconnaissant pas le numéro affiché, il répondit laconiquement.

— C'est moi, annonçai-je.

— Comment tu vas ?

— Pas trop bien. Je crois qu'on me filoche.

— Ils sont combien ?

— Deux.

Je lui racontai la scène du bar.

— Tu veux que je vienne ?

— Non, reste avec Kittim et Larousse. Du nouveau ?

— Notre ami Bowen est venu ce soir, il a passé quelques minutes avec Earl Junior et beaucoup plus de temps avec Kittim. Ils doivent penser qu'ils t'ont envoyé là où ils voulaient. C'était un piège, mec, depuis le début.

Non, pas seulement. Il y avait autre chose. Marianne Larousse, Atys, sa mère et sa tante : il leur était arrivé une chose horrible, sans aucun rapport avec Faulkner et Bowen. C'était l'unique raison pour laquelle j'étais là ; le reste n'avait pas d'importance.

— Je te tiens au courant, dis-je avant de raccrocher.

Ma chambre se trouvait sur le devant de l'hôtel et donnait sur Greene Street. Je soulevai le matelas du lit et le jetai par terre, y étendis vaguement les draps. Puis je me déshabillai et m'allongeai contre le mur, sous la fenêtre. La chaîne de sécurité était sur la porte, elle-même coincée par une chaise, et mon pistolet était posé sur le sol près de mon oreiller.

Elle rôdait là-bas quelque part, tache blanche parmi les arbres, illuminée par un clair de lune blafard. Derrière elle, cette clarté accrochait des étoiles brillantes à la rivière qui coulait sous les branches en surplomb.

La Route blanche est partout. Elle est tout. Nous sommes dessus, nous en faisons partie.

Endors-toi. Endors-toi et rêve d'ombres marchant sur la Route blanche. Endors-toi et regarde de jeunes femmes tomber et écraser des lis sous elles en mourant. Endors-toi tandis que la main blessée de Cassie Blythe émerge des ténèbres.

Endors-toi sans savoir si tu es parmi les vivants ou les morts.

24

Mon réveil avait sonné à quatre heures et j'avais encore les yeux bouffis de sommeil en traversant le hall de l'hôtel en direction de la porte de derrière. L'employé de nuit m'observa d'un œil curieux, constata que je n'emportais pas mes bagages et retourna à ses bouquins.

Si je faisais l'objet d'une surveillance, mes deux suiveurs s'étaient probablement partagé les portes de devant et de derrière. Celle de derrière donnait sur le parking, avec des sorties sur Greene et sur Devine, mais je doutais de pouvoir filer en voiture sans me faire repérer. Je tirai mon mouchoir et dévissai l'ampoule intérieure. J'avais déjà pris la précaution de casser l'ampoule extérieure d'un coup de pied en rentrant la veille. J'entrouvris la porte, attendis puis me glissai dans l'obscurité. Caché par les rangées de voitures, je gagnai Devine et appelai un taxi d'une cabine. Cinq minutes plus tard, j'étais en route pour l'agence Hertz de l'aéroport international de Columbia. De là, je fis une boucle qui me ramena au Congaree.

Le marais de Congaree est encore quasiment inaccessible en voiture. La route principale, qui longe Old Bluff et Caroline Sims, mène les visiteurs au poste des rangers. On peut ensuite explorer certaines parties du marais à pied grâce à un système de chemins en planches. Pour s'aventurer plus loin, il faut un bateau, et j'avais réservé un petit hors-bord de trois mètres. Le vieux type qui me l'avait loué m'attendait à l'embarcadère de la Route 601, au-dessus duquel grondait la circulation passant sur le pont de Bates.

Je le payai, il garda mes clefs de voiture en garantie et je partis sur la rivière, le soleil du matin scintillant déjà sur les eaux brunes et les grands cyprès qui ombrageaient les berges.

Par temps de pluie, la Congaree se gonfle et inonde le marais, déposant de riches alluvions dans la plaine. Il en résulte ces arbres énormes qui bordent la rivière, avec des troncs monstrueux et un feuillage si étendu qu'il forme parfois un dais au-dessus de l'eau. Si l'ouragan Hugo avait déraciné quelques-uns des spécimens les plus imposants en déferlant sur le marais, les visiteurs avaient encore le souffle coupé par le gigantisme de la forêt qu'ils traversaient.

La Congaree marque la frontière entre les comtés de Richland et de Calhoun, ses méandres déterminent les limites du pouvoir politique local, des juridictions policières et de cent autres petites choses qui régissent la vie quotidienne de ceux qui habitent la région. J'avais parcouru une vingtaine de kilomètres quand j'arrivai à un gros cyprès abattu dont le fût s'élançait jusqu'au milieu de la rivière. C'était là que finissait la réserve de l'Etat et que commençait le terrain privé, long d'un peu moins de trois kilomètres, m'avait expliqué le loueur de bateaux. C'était là, probablement près de la rivière, que se cachait la maison de Tereus. J'espérais ne pas avoir trop de mal à la dénicher.

J'amarrai le hors-bord au cyprès et sautai sur la rive. Le concert des grillons s'interrompit soudain puis reprit quand je m'éloignai. Je longeai la berge en cherchant une trace de sentier mais n'en repérai aucune. Tereus gardait sa présence aussi discrète que possible. S'il y avait eu des pistes avant son emprisonnement, elles étaient depuis longtemps recouvertes par la végétation et il ne s'était pas donné la peine de les ouvrir de nouveau. Je m'efforçai de prendre des repères qui me permettraient de m'orienter à mon retour puis je m'enfonçai dans le marais.

Je reniflais l'air dans l'espoir de déceler une odeur de feu de bois ou de cuisine, mais je ne sentais que l'humidité et la végétation. Je traversai un bois de gommiers doux, de chênes et de tupélos chargés de fruits d'un violet sombre. Plus près du sol, il y avait des papayers, des aulnes et du houx en buissons si denses que je ne voyais que du vert et du brun. Sous mes pieds, les feuilles pourrissantes rendaient le sol glissant. Un moment, je faillis me prendre dans la toile d'une araignée fileuse, petite créature suspendue comme une étoile sombre au centre de sa galaxie. Elle n'était pas dangereuse, mais le marais abritait d'autres espèces qui l'étaient et, ces derniers mois, j'avais fréquenté assez d'arachnides pour toute une vie. Je ramassai une branche d'une cinquantaine de centimètres de long et m'en servis pour dégager le passage devant moi.

Je marchais depuis une vingtaine de minutes quand j'avisai la maison. C'était une vieille cabane de deux pièces agrandie par une véranda sur le devant et l'ajout d'une construction longue et étroite à l'arrière. Je remarquai des signes de réparations récentes sur sa lourde charpente et la cheminée centrale semblait fraîchement rejointoyée, mais le devant était apparemment resté le même depuis qu'on avait construit la maison, sans doute au dix-neuvième siècle, quand les esclaves édifiant les digues avaient choisi de rester dans le Congaree. Il n'y avait aucun signe de vie : pas de vêtements sur la corde à linge tendue entre deux arbres, pas de bruit à l'intérieur. Derrière, un appentis abritait probablement le générateur.

Je gravis les marches grossièrement équarries menant à la véranda, frappai à la porte. Pas de réponse. Je m'approchai de la fenêtre, collai le visage au carreau, distinguai à l'intérieur une table et quatre chaises, un vieux canapé, un fauteuil et un petit coin-cuisine. Une porte ouverte menait à la chambre ; un passage avait été ménagé dans le mur du fond pour accéder à l'extension de derrière, mais cette porte-là était close. Je frappai une dernière fois avant de faire le tour de la maison. Quelque part dans le marais, j'entendis des coups de feu assourdis par l'humidité de l'air. Des chasseurs, supposai-je.

Les fenêtres de la pièce rajoutée étaient sombres et je crus un moment qu'elles étaient masquées par des rideaux noirs mais, en m'approchant, je distinguai les lignes qu'un pinceau avait laissées dans la peinture. Il y avait une porte au bout de la pièce. Je frappai de nouveau, appelai avant de tourner la poignée. La porte s'ouvrit, j'entrai.

La première chose que je remarquai, ce fut l'odeur. Elle était forte et vaguement médicinale, mais j'y décelai une senteur d'herbes plutôt que les relents stériles de produits pharmaceutiques. Elle emplissait la longue pièce meublée d'un lit pour une personne, d'un poste de télévision, d'étagères bon marché sur lesquelles, à la place de livres, s'entassaient de vieux magazines de télévision, des exemplaires cornés et froissés de *People* et *Celebrity*.

Les murs étaient couverts de photographies choisies dans les magazines. Il y avait des mannequins vedettes, des actrices et, dans un coin, une sorte de sanctuaire dédié à Oprah. La plupart des femmes des photos étaient noires. Je reconnus Halle Berry, Angela Bassett, le groupe de rhythm and blues TLC, Jada Pinkett Smith et même Tina Turner. Près de la télé, trois ou quatre photos découpées dans la rubrique mondaine de la presse locale montraient la même personne : Marianne Larousse. Elles étaient couvertes d'une pellicule de poussière, mais la peinture noire aux fenêtres les avait empêchées de jaunir. Sur l'une d'elles, Marianne souriait au milieu d'un groupe de jolies jeunes femmes le jour de la remise des diplômes. Une autre avait été prise à une vente de charité, une troisième à une réception donnée par les Larousse pour collecter des fonds en faveur du parti républicain. Sur chaque photo, Marianne Larousse se distinguait par sa beauté comme un phare dans la nuit.

Je m'approchai du lit. L'odeur médicamenteuse y était plus forte et les draps semés de plaques brunes semblables à du café répandu. Il y avait aussi des taches plus claires, certaines veinées de sang. Je les touchai d'un doigt, elles me parurent humides. Je trouvai la salle de bains et la source de l'odeur : une bassine remplie d'une épaisse substance brune qui avait la consistance de la colle à papier mural. La baignoire sur pieds était équipée d'une rampe fixée au mur et d'une autre barre de soutien vissée dans le sol.

Il n'y avait pas de miroir.

Je retournai dans la chambre et inspectai l'unique armoire. Des draps blancs et marron étaient empilés sur les étagères mais, là encore, pas de miroir.

J'entendis dehors d'autres coups de feu, plus proches cette fois. Je fouillai rapidement le reste de la maison, notai les vêtements d'homme dans le placard de la grande chambre et les vêtements de femme, bon marché et démodés, rangés dans un vieux coffre de marine, les boîtes de conserve du coin-cuisine, les marmites et les poêles soigneusement récurées. Derrière le canapé, je découvris un lit de camp couvert de poussière qui n'avait manifestement pas servi depuis des années. Il n'y avait pas de téléphone et, quand j'abaissai l'interrupteur, une faible lumière baigna la pièce d'une lueur orangée. J'éteignis, j'ouvris la porte de devant et fis un pas sur la véranda.

Trois hommes avançaient parmi les arbres. Je reconnus les deux types de la veille, le skinhead et son compagnon plus âgé, qui portaient encore les mêmes vêtements. Ils avaient probablement dormi tout habillés. Le troisième était le gros qui m'attendait à l'aéroport avec un coéquipier, le jour de mon arrivée à Charleston. Il portait une chemise brune et un fusil à l'épaule droite. Il fut le premier à me repérer et leva la main droite. Tous les trois s'arrêtèrent à la lisière des arbres. Pendant un moment, personne ne dit mot : il me revenait apparemment de briser le silence.

— Vous savez que la chasse est fermée, les gars ? leur lançai-je.

Le plus âgé des trois, celui qui avait retenu le skinhead dans le bar, eut un sourire presque triste.

— Pour le gibier qu'on chasse, c'est toujours la saison, répondit-il. Il y a quelqu'un, là-dedans ?

Je secouai la tête.

— J'étais sûr que vous répondriez non, même s'il y avait quelqu'un. Vous devriez mieux choisir les gens à qui vous louez vos bateaux, monsieur Parker. Ou alors leur donner un petit supplément pour qu'ils se taisent.

Je vis son doigt passer de l'extérieur à l'intérieur du pontet de son arme.

— Venez un peu par ici, suggéra-t-il. Nous avons des affaires à régler avec vous.

Je reculais déjà vers la cabane quand la première balle toucha le chambranle de la porte. Je courus en tirant mon arme de son étui, passai devant l'appentis du générateur au moment où la seconde balle arrachait un morceau d'écorce à un chêne, sur ma droite.

Je me retrouvai dans la forêt dont la canopée culminait à une trentaine de mètres. La tête baissée, je me faufilais entre les aulnes et les buissons de houx. Je glissais sur des feuilles humides, tombais parfois sur le côté. Je fis halte un instant, n'entendis aucun bruit de poursuite. A cent mètres, j'aperçus une silhouette brune se mouvant lentement entre les arbres : l'obèse, visible parce qu'il se détachait sur le vert d'un buisson. Les autres devaient être tapis à proximité, guettant les bruits de ma fuite. Ils essaieraient de m'encercler puis resserreraient le cercle. Je pris ma respiration, visai la chemise brune, pressai lentement la détente.

Une gerbe rouge jaillit de la poitrine de l'homme. Son corps se convulsa et il s'effondra lourdement dans les taillis, les branches ployant et cassant sous son poids. Deux détonations jumelles retentirent à ma droite et à ma gauche, suivies d'autres coups de feu, et l'air s'emplit soudain d'éclats de bois et de feuilles virevoltantes.

Je me remis à fuir.

Je courais sur les parties hautes où poussaient érables et bois de fer, recherchant les endroits riches en buissons et en plantes grimpantes de préférence aux espaces découverts.

Malgré la chaleur, je gardais mon blouson fermé afin de dissimuler mon tee-shirt blanc et je m'arrêtais de temps à autre pour tenter de repérer mes poursuivants, mais ils restaient silencieux et invisibles. Je détectai une odeur d'urine – un cerf, peut-être, ou même un lynx – et je vis les traces d'une piste animale. Je ne savais pas où j'allais : si je parvenais à trouver l'un des chemins de planches, il me ramènerait au poste de rangers, mais il m'exposerait aussi aux hommes qui me traquaient. A supposer qu'il existe un chemin de planches aussi loin à l'intérieur du marais. Le vent soufflait du nord-est à travers le Congaree quand j'avais pris la direction du cottage, il me caressait maintenant le dos. Je suivis la piste animale en espérant revenir à la rivière. Si je me perdais dans le Congaree, je deviendrais une proie facile pour ces hommes.

Je m'efforçais d'effacer les traces de mon passage, mais le sol était mou et je laissais derrière moi des empreintes profondes et des broussailles aplaties. Au bout d'un quart d'heure, j'arrivai à un vieux cyprès tombé à terre, le tronc fendu en deux par la foudre, les racines hérissées au-dessus d'un cratère. Des broussailles avaient déjà recommencé à pousser dans le trou, s'élevant pour rejoindre les racines et créer une sorte de creux fermé par des barreaux. Je m'y adossai pour reprendre haleine, défis mon blouson, le jetai sur le tronc et enlevai mon tee-shirt. Puis je me penchai dans le trou, faisant peur aux scarabées, et accrochai mon tee-shirt à mi-hauteur parmi les racines tordues. Je remis ensuite mon blouson, battis en retraite dans les fourrés, m'allongeai sur le sol et attendis.

Ce fut le skinhead qui apparut le premier. Je perçus un reflet sur son crâne derrière un pin quand il avança la tête pour jeter un coup d'œil. Il se recula aussitôt. Il avait repéré le tee-shirt. Je me demandai à quel point il était stupide.

Stupide, il l'était, mais pas encore assez. Il émit un sifflement bas et je détectai un léger mouvement dans un bosquet d'aulnes, sans voir pour autant l'homme qui l'avait causé. J'essuyai la transpiration de mon front à la manche de mon blouson pour l'empêcher de couler dans mes yeux. Quelque chose bougea de nouveau derrière le pin. Je battis des paupières pour en chasser une dernière goutte de sueur, au moment où l'homme au crâne rasé se montrait à découvert. Il se figea tout à coup, comme si son attention avait été attirée par autre chose.

Soudain, il fut soulevé de terre et tiré en arrière dans le sous-bois. Cela s'était passé si vite que j'étais tout sauf sûr de ce que j'avais vu. Je crus un moment qu'il avait glissé et je m'attendais à demi à le voir se relever, mais il ne réapparut pas. Il ne répondit pas non plus au sifflement provenant du bosquet d'aulnes. Le compagnon du skinhead siffla de nouveau. Silence. Je rampais déjà en arrière, cherchant désespérément à échapper au dernier des chasseurs et à ce qui nous pourchassait maintenant, lui et moi, à travers la végétation marbrée de soleil du Congaree.

Je reculai d'une quinzaine de mètres avant de me risquer à me mettre debout. Quelque part devant moi, j'entendis de l'eau clapoter. Derrière, des coups de feu claquèrent mais ils n'étaient pas dirigés vers moi. Je ne m'arrêtai pas, même quand l'extrémité d'une branche brisée déchira ma manche et traça une ligne sanglante sur le haut de mon bras. J'avais la tête renversée et j'étais pantelant, un point commençait à me percer le flanc quand j'aperçus une tache blanche sur ma droite. Je tentai de me rassurer en me disant que c'était un oiseau : une aigrette, peut-être, ou un jeune héron. Mais il y avait quelque chose dans la façon dont la créature se déplaçait, une démarche heurtée, bondissante, qui tenait à la fois d'un désir de se cacher et d'une infirmité physique. Quand j'essayai de la repérer de nouveau dans les fourrés, je n'y parvins pas mais je savais qu'elle était là. Je la sentais m'observer.

Je repris ma course.

Je voyais l'eau miroiter entre les arbres, je l'entendais couler. A dix mètres sur ma gauche, un canot était amarré. Ce n'était pas le mien, mais au moins deux des hommes qui l'avaient amené ici étaient déjà morts et le troisième fuyait quelque part derrière moi pour sauver sa peau. Je m'avançai dans une clairière entourée de moignons de cyprès dont les formes étranges, vaguement coniques, sortaient du sol comme un paysage miniature d'un autre monde. J'étais presque parvenu au bateau quand l'homme surgit sur ma gauche. Il n'avait plus son fusil mais il tenait un couteau à la main et il se ruait déjà vers moi quand je levai mon arme et tirai. J'étais en déséquilibre et la balle l'atteignit au flanc droit, coupant son élan sans toutefois le stopper complètement. Avant que j'aie le temps de faire de nouveau feu, il était sur moi, son bras gauche écartant mon pistolet tandis que j'essayais d'arrêter la progression du couteau. Je projetai mon genou vers son flanc blessé, mais il anticipa le mouvement et le retourna contre moi en me faisant tournoyer et en me frappant à la jambe gauche. Je perdis l'équilibre et tombai au moment où sa botte entrait en contact avec ma main, m'arrachant mon arme. Je lui décochai une nouvelle ruade quand il se jeta sur moi et touchai cette fois sa blessure. De la bave moussa à ses lèvres, ses yeux s'écarquillèrent de surprise et de douleur mais son genou s'enfonça dans ma poitrine et je dus à nouveau tenter d'écarter le couteau qui descendait vers moi. L'homme semblait sonné, cependant, et le sang coulait à flots de son flanc. Je relâchai soudain ma pression sur ses bras et, quand il tomba vers l'avant, ma tête se releva brusquement et lui percuta le nez. Il poussa un cri. Je me dégageai, me redressai et le projetai contre le sol de toutes mes forces.

J'entendis un craquement sourd quand il heurta le sol, et quelque chose jaillit de sa poitrine, comme si l'une de ses côtes s'était brisée et lui avait transpercé la peau. Je reculai et regardai le sang couler du moignon de cyprès tandis que l'homme qui y était empalé essayait de se relever. Il allongea un bras et toucha le bois, ses doigts se teintèrent de rouge ; il les tendit vers moi comme pour me montrer ce que j'avais fait puis sa tête retomba en arrière et il mourut.

Je pressai ma manche sur mon visage, la retirai sale et humide de sueur. En me retournant pour ramasser mon arme, je vis la silhouette drapée qui m'observait parmi les arbres.

C'était une femme : je discernais la forme de ses seins sous le tissu mais son visage demeurait caché.

— Melia, appelai-je. N'ayez pas peur.

J'avançais vers elle quand l'ombre tomba sur moi. Je regardai par-dessus mon épaule, découvris Tereus, un crochet dans la main gauche. J'eus à peine le temps de voir la matraque qu'il tenait dans la main droite lorsqu'elle fendit l'air pour s'abattre sur moi. Tout devint noir.

25

Ce fut l'odeur qui me fit reprendre conscience, l'odeur des herbes médicinales qui avaient servi à préparer l'onguent pour la peau de la femme. J'étais étendu sur le sol du coin-cuisine de la cabane, les mains et les pieds attachés au moyen d'une corde. Quand je voulus lever la tête, l'arrière de mon crâne toucha le mur et je ressentis une vive douleur. J'avais également mal aux épaules et au dos. Mon blouson avait disparu, probablement déchiré quand Tereus m'avait traîné jusqu'à la maison. Je me rappelais vaguement être passé sous de grands arbres tandis que des rayons de soleil me transperçaient à travers le feuillage. Mon téléphone portable et mon pistolet manquaient aussi à l'appel. Je demeurai allongé par terre pendant des heures, me sembla-t-il.

Finalement, je perçus un mouvement du côté de la porte et Tereus apparut, nimbé d'une lumière déclinante. Il tenait à la main une pelle qu'il appuya au chambranle avant d'entrer et de s'agenouiller près de moi. Je ne vis pas trace de la femme, mais je sentais sa présence et je présumai qu'elle était de retour dans sa chambre aux fenêtres noircies, entourée d'images d'une beauté physique qu'elle ne pourrait plus jamais revendiquer comme sienne.

— Bienvenue, mon frère, dit Tereus en ôtant ses lunettes noires.

De près, la membrane qui recouvrait ses yeux semblait

plus claire et me fit penser au tapetum, cette surface réfléchissante que certains animaux nocturnes développent pour amplifier les lumières faibles et améliorer ainsi leur vision la nuit. Il remplit une bouteille au robinet et l'approcha de ma bouche. Je bus jusqu'à ce que l'eau coule sur mon menton, toussai, et la douleur que cela provoqua dans ma tête me fit grimacer.

— Je ne suis pas votre frère.

— Si vous étiez pas mon frère, vous seriez déjà mort.

— Vous les avez tous tués, n'est-ce pas ?

Il se pencha plus près de moi.

— Faut leur donner une leçon, à ces gens. On vit dans un monde d'équilibres. Ils ont pris une vie, ils en ont gâché une autre. Faut qu'ils apprennent ce que c'est que la Route blanche, faut qu'ils voient ce qui les attend là-bas.

Par-dessus son épaule, je regardai en direction de la fenêtre et constatai que le soir tombait. Il ferait bientôt noir.

— Vous l'avez sauvée, dis-je.

Il hocha la tête.

— Sa sœur, j'ai pas pu, mais elle, je l'ai sauvée.

Je lus du regret sur son visage, et quelque chose de plus : de l'amour.

— Elle était gravement brûlée mais elle est restée sous la surface et les rivières souterraines l'ont emportée, poursuivit-il. Je l'ai trouvée sur un rocher, je l'ai ramenée à la maison, et moi et ma mère, on s'est occupés d'elle. Quand ma mère est morte, Melia a dû se débrouiller toute seule pendant un an jusqu'à ce que je sois libéré de prison. Maintenant, je suis là.

— Pourquoi vous n'êtes pas allé simplement dire à la police ce qui s'était passé ?

— C'est pas comme ça qu'on fait pour ce genre de choses. De toute façon, le corps de sa sœur avait disparu. En plus, il faisait très sombre, cette nuit-là : comment elle aurait pu savoir qui étaient ces hommes ? Elle est même plus capable de parler, et même si elle pouvait les dénoncer, qui croirait une chose pareille de la part de jeunes gars blancs et riches ? Je suis même pas sûr qu'elle arrive encore à penser. La douleur l'a rendue folle.

Cela ne suffisait pas à expliquer ce qui s'était passé, ce qu'il avait enduré et ce qu'il avait forcé d'autres à endurer.

— C'était pour Addy, n'est-ce pas ?

Il ne répondit pas.

— Vous l'aimiez. Peut-être même avant l'arrivée de Davis Smoot. C'était votre enfant, Tereus ? Atys Jones était votre enfant ? Addy avait peur de le dire aux autres à cause de ce que vous étiez, parce que même les Noirs vous méprisaient, parce que vous étiez un paria des marais ? C'est pour cette raison que vous vous êtes lancé à la recherche de Smoot, c'est pour cette raison que vous n'avez pas révélé à Atys pourquoi vous étiez en prison : vous ne lui avez pas dit que vous aviez tué Smoot parce que ce n'était pas important. Vous ne pensiez pas qu'il était son père et vous aviez raison : les dates ne correspondaient pas. Vous avez tué Smoot pour ce qu'il avait fait à Addy et vous avez découvert en revenant ici qu'une autre souffrance avait été infligée à la femme que vous aimiez. Mais avant que vous ayez pu vous venger sur Larousse et ses amis, les flics vous ont trouvé et vous ont renvoyé en Alabama pour être jugé, et vous avez eu de la chance de n'écoper que de vingt ans parce qu'il y avait assez de témoins pour soutenir vos allégations de légitime défense. Je suppose que dès qu'il vous a vu approcher, ce bon vieux Boot s'est jeté sur l'arme la plus proche, vous fournissant un prétexte pour le tuer. Maintenant, vous êtes de retour et vous rattrapez le temps perdu.

Tereus garda le silence : je n'obtiendrais de lui ni confirmation ni démenti. Une de ses grosses mains agrippa mon épaule et me fit mettre debout.

— C'est le moment, mon frère. Levez-vous.

Une lame coupa les liens enserrant mes jambes et j'eus mal quand le sang se remit enfin à circuler librement.

— Où on va ?

Il parut surpris de ma question et je compris alors à quel point il était fou, fou avant même qu'on l'attache à un poteau sous un soleil brûlant, fou au point de cacher une infirme pendant des années dans une cabane, sous la protection d'une vieille femme, afin de servir quelque dessein messianique et insensé.

— On retourne à la fosse, répondit-il. Il est temps.

— Temps de quoi ?

Il me tira doucement vers lui.

— Temps de leur montrer la Route blanche.

Bien que son canot eût un moteur, Tereus détacha aussi mes mains pour me faire ramer. Il avait peur : peur que le bruit attire les autres avant qu'il soit prêt, peur que je me tourne contre lui s'il ne trouvait pas une façon de m'occuper. Une ou deux fois, je songeai à lui sauter dessus, mais le revolver qu'il braquait maintenant sur moi ne tremblait pas. Il hochait la tête et souriait en guise d'avertissement si je marquais une pause entre deux coups de rame, comme si nous étions deux vieux amis faisant une promenade en bateau tandis que le jour sombrait doucement et que l'obscurité nous enveloppait.

J'ignorais où était la femme, j'avais l'impression qu'elle avait quitté la cabane longtemps avant nous.

— Vous n'avez pas assassiné Marianne Larousse, dis-je au moment où nous passions devant une maison bâtie en retrait de la rive.

Un chien aboya, fit tinter sa chaîne dans l'air du soir. Une lumière éclaira la véranda, un homme sortit et je l'entendis faire taire l'animal, mais sans colère, et je ressentis une bouffée d'affection pour cet homme. Il ébouriffa les poils du chien, qui agita en réponse la silhouette de sa queue sombre. J'étais fatigué. J'avais l'impression que nous approchions de la fin même des choses, comme si cette rivière était un Styx que j'étais contraint de traverser en ramant moi-même, faute d'un passeur, et que, dès que le bateau atteindrait la rive, je descendrais dans le monde souterrain et me perdrais dans ses alvéoles.

Je répétai ma remarque.

— Quelle importance ? répondit-il.

— Ça en a, pour moi. Ça en avait probablement pour Marianne quand elle était en train de mourir. Mais vous ne l'avez pas tuée, vous étiez encore en prison.

— Ils disent que c'est le garçon, et c'est pas lui qui les contredira, maintenant.

Je cessai de ramer, entendis l'instant d'après le chien du revolver se relever.

— Me forcez pas à vous tirer dessus, monsieur Parker.

Je lâchai les rames, levai les mains.

— C'est elle, hein ? Melia a tué Marianne Larousse, et son neveu, votre fils, est mort à cause de ça.

Tereus me fixa un moment en silence avant de répondre :

— Elle connaît la rivière. Elle connaît le marais, elle s'y promène souvent. Des fois, elle aime regarder les gens boire et s'amuser. Ça lui rappelle ce qu'elle a perdu, je suppose, ce qu'ils lui ont pris. C'est par hasard qu'elle a vu Marianne Larousse courir dans les bois cette nuit-là. Elle l'a reconnue d'après les pages des journaux – elle aime regarder les photos des belles dames – et elle a tenté sa chance. Un hasard, rien d'autre.

Ça n'en était pas un, bien sûr. L'histoire de ces deux familles, les Larousse et les Jones, le sang versé et les vies détruites faisaient que ce ne pouvait jamais être un hasard ou une coïncidence quand leurs chemins se croisaient. Pendant plus de deux siècles, elles s'étaient liées l'une à l'autre par un pacte d'anéantissement mutuel, reconnu en partie seulement de chaque côté, alimenté par un passé qui avait permis à un seul homme d'en posséder d'autres et de les maltraiter, attisé par les blessures remémorées et les réactions violentes. Leurs chemins dans ce monde s'enchevêtraient, se croisaient à des moments cruciaux de l'histoire de cet Etat et de leurs vies.

— Elle savait que le jeune homme qui accompagnait Marianne était son propre neveu ?

— Elle ne l'a vu qu'après la mort de la fille. Je...

Il s'interrompit. Puis :

— Comme je disais, je sais pas ce qu'elle pense mais elle sait un peu lire. Elle a vu les journaux et je crois qu'elle allait rôder autour de la prison, la nuit.

— Vous auriez pu le sauver, lui reprochai-je. En amenant Melia à la police, vous auriez sauvé Atys. Aucun tribunal ne l'aurait condamnée pour meurtre. Elle est folle.

— Non, je pouvais pas faire ça.

Il ne le pouvait pas parce que cela l'aurait empêché de continuer à punir les violeurs et les assassins de la femme qu'il avait aimée. En fin de compte, il était prêt à sacrifier son fils à sa vengeance.

— C'est vous qui avez tué les autres ?

— C'est nous deux.

Il avait sauvé Melia et l'avait gardée en lieu sûr pour elle et pour le souvenir de sa sœur. En un sens, il avait renoncé à sa vie pour elles.

— Ça devait se passer comme ça, déclara-t-il, devinant la direction de mes pensées. Et c'est tout ce que j'ai à dire.

Je me remis à ramer, traçant dans l'eau des arcs profonds. Les gouttelettes retombaient dans la rivière en arcs incroyablement languissants, comme si, par un moyen ou par un autre, je ralentissais le passage du temps, étirant chaque instant, l'allongeant encore et encore, jusqu'à ce que le monde s'arrête enfin, les rames immobilisées au moment où elles entraient dans l'eau, les oiseaux figés en vol, les insectes pris dans l'air comme des particules de poussière sous le verre d'un cadre.

— Il en reste que deux, dit Tereus au bout d'un moment. Plus que deux et ce sera fini.

Je n'aurais su dire s'il se parlait à lui-même, ou à moi, ou à quelque autre personne invisible. Je regardai la berge, m'attendant à voir la femme nous suivre, silhouette consumée de douleur, à voir sa sœur, la mâchoire décrochée, le visage ravagé, les yeux flamboyants et farouches, brûlant d'une rage aussi ardente que les flammes qui avaient englouti Melia.

Mais il n'y avait que l'ombre des arbres et le ciel qui

s'obscurcissait, les eaux parcourues par les fantômes fragmentés du clair de lune naissant.

— C'est ici qu'on accoste, murmura-t-il.

Je dirigeai l'embarcation vers la rive gauche. Quand elle toucha la berge, j'entendis un éclaboussement derrière moi et vis que Tereus était déjà hors du bateau. Il me fit signe d'avancer vers les arbres et je commençai à marcher. Mon pantalon était trempé, l'eau du marais faisait un bruit de succion dans mes chaussures. J'étais couvert de piqûres de moustique, j'avais le visage boursouflé, la peau dénudée de mon dos et de ma poitrine me démangeait furieusement.

— Comment vous savez qu'ils seront là ? demandai-je.

— Oh, ils y seront, assura Tereus. Je leur ai promis les deux choses qu'ils veulent le plus : savoir qui a tué Marianne Larousse...

— Et ?

— Et vous, monsieur Parker. Ils ont décidé que vous leur servez plus à rien, maintenant. Ce M. Kittim, je crois bien qu'il va vous enterrer.

Je savais que c'était vrai, que le rôle joué par Kittim venait clore le drame qu'ils avaient mis en scène. Elliot m'avait fait venir, prétendument pour enquêter sur les circonstances du meurtre de Marianne Larousse afin d'innocenter Atys Jones, mais en réalité, et en complicité avec Earl Junior, pour découvrir si ce meurtre était lié à ce qui était en train d'arriver aux six hommes qui avaient violé les sœurs Jones, puis tué l'une et laissé l'autre brûler vive. Mobley avait travaillé pour Bowen, et je présumai qu'à un certain moment Bowen avait appris par lui ce que les six jeunes gens avaient fait, obtenant ainsi le moyen de pression nécessaire pour utiliser Elliot et probablement Earl Junior aussi. Elliot m'avait attiré ici, Kittim me ferait disparaître. Si je découvrais avant de mourir la personne cachée derrière les meurtres, tant mieux. Sinon, je ne vivrais pas assez longtemps pour réclamer mes honoraires.

— Mais vous n'allez pas leur livrer Melia, dis-je.

— Non, je vais les tuer.

— Seul ?

Ses dents blanches étincelèrent.

— Non, pas seul, je vous l'ai dit. Jamais seul.

Après toutes ces années, l'endroit était resté comme Poveda l'avait décrit : la clôture rouillée que j'avais longée quelques jours plus tôt, la pancarte grêlée « Défense d'entrer ». Je vis les fondrières, certaines petites et recouvertes de végétation, d'autres si larges que des arbres y étaient tombés. Nous marchions depuis cinq minutes à peine quand je sentis dans l'air une odeur chimique âcre. D'abord simplement désagréable, elle commença à nous piquer les narines et à faire pleurer nos yeux lorsque nous nous approchâmes. Des détritus jonchaient le sol, sans un souffle de vent pour les agiter, et des squelettes d'arbres pourris, au tronc gris et sans vie, projetaient des ombres minces sur la pierre calcaire. Le trou lui-même mesurait environ six mètres de circonférence et avait une telle profondeur que le fond se perdait dans l'obscurité.

Deux hommes se tenaient au bord et y plongeaient le regard. L'un était Earl Junior. L'autre, Kittim, avait ôté ses éternelles lunettes noires maintenant qu'il faisait sombre, et ce fut lui qui devina notre approche. Son visage demeura sans expression, même lorsque nous vînmes nous poster de l'autre côté de la fosse. Ses yeux s'arrêtèrent brièvement sur moi avant de se poser sur Tereus.

— Vous le connaissez ? demanda-t-il à Earl Junior.

L'héritier de la plantation fit non de la tête. Kittim parut mécontent de la réponse, agacé qu'elle ne lui fournît pas l'information dont il avait besoin pour procéder à une évaluation précise de la situation.

— Tu es qui, toi ? lança-t-il.

— Je m'appelle Tereus.

— Tu as tué Marianne Larousse ?

— Non. J'ai tué les autres, et j'ai regardé Foster mettre un tuyau sur le pot d'échappement de sa voiture et en passer l'autre bout par sa vitre entrouverte. Mais j'ai pas tué la fille Larousse.

— Qui, alors ?

Elle était à proximité, je le savais. Je la sentais. Larousse aussi, sans doute, car il tourna soudain la tête, tel un cerf effrayé, cherchant parmi les arbres la cause de son malaise.

— Je t'ai posé une question, insista Kittim. Qui l'a tuée ?

Trois hommes armés sortirent du bois et nous entourèrent. Aussitôt Tereus laissa tomber son revolver et je sus qu'il n'avait pas envisagé une seule seconde de s'en tirer.

Deux des hommes m'étaient inconnus.

Le troisième était Elliot Norton.

— Tu n'as pas l'air étonné de me voir, Charlie, dit-il.

— Il en faut beaucoup pour m'étonner, Elliot.

— Même pas le retour d'un vieil ami d'entre les morts ?

— J'ai l'impression que tu tarderas plus à y retourner, pour un séjour permanent parmi eux, fis-je, trop épuisé pour montrer ma colère. Le sang dans la voiture, c'était bien trouvé. Comment tu comptes expliquer ta résurrection ? Un miracle ?

— Nous étions sous la menace d'un nègre dément, j'ai fait le nécessaire pour me cacher. De quoi est-ce qu'on pourrait m'accuser ? D'avoir fait perdre leur temps aux policiers ? D'avoir fait semblant de me suicider ?

— Tu as tué, Elliot. Tu as mené des gens à leur mort. Tu as fait libérer Atys sous caution uniquement pour que tes amis puissent le torturer et découvrir ce qu'il savait.

Il haussa les épaules.

— C'est de ta faute, Charlie. Si tu avais mieux fait ton boulot, si tu avais réussi à le faire parler, il serait peut-être encore en vie.

Je grimaçai. Le coup avait porté, mais il était hors de question de laisser Elliot me faire porter la responsabilité de la mort d'Atys Jones.

— Et avec les Singleton, comment tu as fait, Elliot ? Tu as bu de la citronnade avec eux dans la cuisine en attendant que tes amis viennent les tuer, au moment où la seule personne qui pouvait les protéger était sous la douche ? Le vieil

Albert a dit qu'il avait été assailli par une créature changeante et la police a cru que c'était Jones jusqu'à ce qu'on le retrouve torturé à mort. En fait, c'était toi, la créature changeante. Regarde ce qu'ils ont fait de toi, Elliot. Regarde ce que tu es devenu.

Nouveau haussement d'épaules :

— Je n'avais pas le choix. Mobley avait tout raconté à Bowen un jour qu'il était soûl. Landron ne l'a jamais avoué, mais c'était lui. Bowen nous tenait tous et il m'a utilisé pour te faire venir. Mais à ce moment-là, toute cette histoire...

De sa main libre, il eut un geste circulaire qui englobait la fosse, le marais, les morts, le souvenir des jeunes femmes violées, et reprit :

— Tout ça avait commencé, alors nous nous sommes servis de toi. Tu bosses bien, Charlie, je dois le reconnaître. D'une certaine façon, tu nous as tous amenés ici. Tu devrais mourir content.

— Ça suffit, intervint Kittim. Faites dire au nègre ce qu'il sait et finissons-en.

Elliot leva son arme, la braqua d'abord sur Tereus puis sur moi.

— Tu n'aurais pas dû venir seul dans le marais, Charlie.

Je souris.

— Je ne suis pas venu seul.

La balle l'atteignit à l'arête du nez et lui projeta la tête en arrière avec une telle violence que j'entendis les vertèbres de son cou craquer. Les hommes qui le flanquaient n'eurent pas le temps de réagir avant de s'effondrer à leur tour. Larousse demeurait immobile, sans savoir que faire, puis Kittim leva son arme et je sentis Tereus me pousser vers le sol. Des coups de feu claquèrent, un sang chaud m'éclaboussa les yeux. Je relevai la tête à temps pour saisir l'expression surprise du visage de Tereus avant qu'il bascule dans la fosse et tombe dans l'eau, tout au fond.

Je ramassai le revolver qu'il avait lâché et courus vers le bois en m'attendant à tout instant à sentir une des balles de Kittim me transpercer, mais il fuyait déjà de son côté.

J'aperçus Larousse parmi les arbres, puis il disparut lui aussi.

Un moment seulement.

Quelques secondes plus tard, il réapparut, reculant lentement devant ce qui se tenait devant lui dans le bois. Je la vis s'avancer, drapée dans sa tunique légère, le seul vêtement qu'elle pouvait porter sans avoir mal. Pour une fois, le capuchon ne couvrait pas sa tête. Sous un crâne sans cheveux, les traits du visage se fondaient l'un dans l'autre, mélange flou de laideur et de beauté remémorée. Seuls ses yeux semblaient intacts et brillaient sous les paupières gonflées. Elle tendit une main vers Larousse en un geste presque tendre, comme une amante rejetée tend une dernière fois la main vers l'homme qui lui a tourné le dos. Larousse lâcha un petit cri, frappa le bras de Melia, déchirant la peau. Instinctivement, il frotta sa main contre sa veste avec un frisson de dégoût puis obliqua vivement vers la droite pour tenter de contourner la femme et courir se réfugier dans la forêt.

Louis sortit de l'ombre et braqua son arme sur le visage de Larousse.

— Où tu vas, toi ?

Earl Junior s'arrêta, pris entre la femme et le pistolet.

Elle se précipita alors sur lui avec une force qui les projeta tous les deux en arrière, s'enroula autour de son corps tandis qu'ils tombaient, lui hurlant, elle silencieuse, dans l'eau noire de la fosse. Un instant, je crus voir une blancheur se répandre à la surface, puis ils disparurent.

26

Nous retournâmes à la voiture de Louis sans avoir vu trace de Kittim en chemin.

— Tu comprends, maintenant ? me dit-il. Tu comprends pourquoi on ne peut pas les laisser partir ? Pas un seul d'entre eux ?

J'acquiesçai de la tête.

— L'audience sur la libération sous caution est dans trois jours, continua-t-il. Si le prédicateur sort de taule, plus aucun de nous ne sera en sécurité.

— D'accord, je marche.

— T'es sûr ?

Je marquai à peine un temps d'hésitation avant de répondre :

— Certain. Et Kittim ?

— Quoi, Kittim ?

— Il est dans la nature.

Louis sourit presque.

— Tu crois ?

Kittim lança sa voiture à vive allure dans le Blue Ridge et parvint à destination avant l'aube. Il y aurait d'autres occasions pour lui, d'autres opportunités. Pour le moment, il fallait se reposer et attendre que le révérend recouvre la liberté. Après quoi, ils prendraient un nouvel élan.

Il s'arrêta dans la clairière entourant la cabane, alla à la porte et l'ouvrit. Le clair de lune passant par les fenêtres éclairait le mobilier minable, les murs nus. Il brillait aussi sur l'homme qui était assis face à la porte et sur le pistolet muni d'un silencieux qu'il tenait à la main. Il portait des baskets et un jean délavé, une chemise en soie criarde qu'il avait achetée en solde, dernière démarque, au Filene's Basement. Son visage était pâle, hérissé de barbe. Il ne cilla même pas quand quelque chose frappa Kittim à la base du dos. Celui-ci s'effondra, tenta de dégager son arme de sa ceinture mais l'homme était déjà sur lui. L'extrémité du silencieux s'enfonça dans la tempe gauche de Kittim au moment où il éloignait sa main de sa ceinture, et l'arme lui fut subtilisée.

— Vous êtes qui, bordel ?

— Je suis un ange, répondit l'homme. Et toi, t'es quoi, bordel ?

D'autres silhouettes l'entouraient, à présent. Elles tordirent les bras de Kittim dans son dos, lui passèrent des menottes et le retournèrent pour qu'il soit face à ses ravisseurs : l'« ange » à la chemise tapageuse, deux jeunes armés de pistolets qui venaient d'entrer, et un homme plus âgé, sorti de l'ombre du fond de la cabane.

— Kittim, dit Epstein en examinant le prisonnier. Un nom peu courant, un terme savant.

Kittim ne bougea pas. Malgré la souffrance causée par sa blessure, il était attentif et gardait les yeux fixés sur le vieil homme.

— Je me souviens qu'on appelait Kittim ceux qui devaient donner l'assaut final aux fils de la lumière, poursuivit Epstein. C'étaient les agents sur terre des puissances des ténèbres.

Il se pencha en avant, si près qu'il sentit l'haleine du blessé.

— Vous auriez dû lire vos rouleaux plus soigneusement, mon ami. Ils nous disent que le règne des Kittim est de courte durée et que pour les fils des ténèbres il n'y aura pas d'issue.

Il ramena devant lui ses mains, qu'il avait gardées jusque-là derrière son dos, et le clair de lune se refléta sur la boîte métallique qu'elles tenaient.

— Nous avons des questions à vous poser, fit Epstein, qui prit une seringue dans la boîte et fit jaillir dans l'air un liquide clair.

L'aiguille descendit vers Kittim tandis que la créature qui vivait en lui entamait une lutte vaine pour quitter son hôte.

Je partis de Charleston le lendemain, tard dans la soirée. A Columbia, je racontai aux policiers, en présence d'Adams et d'Addams, presque tout ce que je savais, ne mentant que pour omettre l'implication de Louis et le rôle que j'avais joué dans la mort des deux hommes dans le Congaree. Tereus s'était débarrassé de leurs cadavres pendant que j'étais ficelé dans sa cabane, et le marais avait l'habitude d'avaler les restes des morts. On ne les retrouverait pas.

Quant à ceux qui avaient été tués près de la fondrière, je prétendis qu'ils avaient été abattus par Tereus et la femme, pris par surprise avant d'avoir pu réagir. Le corps du Noir était remonté à la surface, mais pas ceux de la femme et d'Earl Junior. Assis dans la salle d'interrogatoire, je les revoyais tomber dans la fosse sombre et couler, la femme entraînant l'homme avec elle dans les rivières coulant sous la pierre, s'accrochant à lui jusqu'à ce qu'il se noie, tous deux unis dans la mort et au-delà.

A l'aéroport de Charleston, une limousine attendait, vitres teintées relevées pour que personne ne puisse voir ses occupants. Comme je marchais vers l'entrée, mon sac à la main, une fenêtre s'ouvrit lentement et Earl Larousse me regarda.

— Mon fils ?

— Mort, répondis-je. J'ai tout raconté à la police.

Ses lèvres tremblèrent et il cligna des yeux pour refouler ses larmes. Je n'éprouvai pour lui aucune compassion.

— Vous saviez, ajoutai-je. Vous saviez forcément, depuis

le début. Quand votre fils est rentré à la maison cette nuit-là, couvert du sang d'Addy, il ne vous a pas raconté ce qu'il avait fait ? Il n'a pas imploré votre aide ? Vous la lui avez accordée, pour le sauver et sauver le nom de la famille, et vous avez gardé ce terrain sans valeur dans l'espoir que ce qui y était arrivé resterait à jamais caché. Mais Bowen est entré en scène et a enfoncé ses crochets en vous, et d'un seul coup vous n'avez plus rien maîtrisé. Ses hommes ont envahi votre maison et je suppose qu'il vous soutirait de l'argent. Combien lui avez-vous donné, monsieur Larousse ? Assez pour payer la caution de Faulkner, et même un peu plus ?

Il ne me regardait pas et s'enfonçait dans le passé, dans le chagrin et la folie qui finiraient par le consumer.

— Nous étions comme une famille de sang royal, dans cette ville, murmura-t-il. Nous y vivons depuis sa naissance. Nous faisons partie de son histoire et notre nom est établi ici depuis des siècles.

— Votre nom mourra avec vous, maintenant, répliquai-je. Et on enterrera votre histoire avec vous.

Je m'éloignai. Quand j'arrivai aux portes du terminal, la voiture ne se reflétait plus dans les panneaux de verre.

Dans une cabane à la lisière de Caina, Géorgie, Virgil Gossard se réveilla en sentant une pression sur ses lèvres. Il ouvrit les yeux au moment où le canon du pistolet forçait sa bouche.

La silhouette qui se tenait devant lui était entièrement vêtue de noir, le visage caché par une cagoule.

— Debout, ordonna-t-elle.

Virgil reconnut la voix qu'il avait entendue un soir à la Taverne de P'tit Tom. Une main le saisit par les cheveux et le tira de son lit, des gouttes de salive et de sang tombèrent du canon du pistolet quand il ressortit de sa bouche. Virgil, ne portant sur lui que son caleçon troué, fut poussé vers la cuisine de sa pitoyable demeure et vers la porte de derrière donnant sur les champs.

— Ouvre.

Il se mit à pleurer.

— Ouvre !

Il s'exécuta et la main plaquée sur son dos le contraignit à sortir dans la nuit. Il traversa le jardin, sentit la froideur du sol sous ses pieds nus, les longues herbes lui coupant la peau. Il entendait la respiration de l'homme derrière lui en marchant vers les bois qui entouraient son bout de terrain. Devant lui, un muret d'à peine trois briques de haut était recouvert d'un morceau de tôle ondulée. C'était l'ancien puits.

— Enlève la tôle.

Virgil secoua la tête.

— Non, pas ça. Je vous en prie.

— Dépêche-toi !

Virgil, soulevant la tôle, fit apparaître le trou qu'elle couvrait.

— Mets-toi à genoux.

Virgil avait le visage tordu par la peur et la violence de ses sanglots. Il sentit de la morve et du sel dans sa bouche quand il s'agenouilla et plongea les yeux dans l'obscurité du puits.

— Je demande pardon, bredouilla-t-il. Je sais pas ce que j'ai fait mais je regrette. Je regrette vraiment.

Il sentit la pression du pistolet au creux de sa nuque.

— Qu'est-ce que t'as vu ?

— J'ai vu un homme, répondit Virgil qui avait dépassé le stade du mensonge. J'ai levé la tête, j'ai vu un homme. Un Noir. Y avait un autre type avec lui. Un Blanc. Je l'ai pas bien vu. J'aurais pas dû regarder. *J'aurais pas dû regarder.*

— Qu'est-ce que t'as vu ?

— J' vous l'ai dit. J'ai vu...

Le chien se releva.

— Qu'est-ce que t'as vu ?

Et Virgil comprit enfin.

— Rien, répondit-il. J'ai rien vu. Je reconnaîtrais pas ces

types si je les revoyais. Oui, c'est ça, j'ai rien vu. Rien du tout.

L'arme s'écarta de sa tête.

— M'oblige pas à revenir, Virgil.

— Non, promis, répondit-il, tout le corps secoué de sanglots.

— Tu restes là, maintenant. A genoux.

— Je bouge pas. Merci. Merci.

— Y a pas de quoi, dit l'homme.

Virgil ne l'entendit pas partir. Il resta agenouillé jusqu'à ce qu'enfin le soleil se lève. Alors, tremblant de tous ses membres, il retourna à sa petite bicoque.

V

Il n'y a plus même l'espoir de mourir pour ces âmes,
Et leur vie perdue est si vile
Qu'ils envient n'importe quel autre destin.

Dante Alighieri, *L'Enfer*, chant III

27

Ils commencèrent à arriver dans l'Etat les deux jours suivants, seuls ou en groupes, toujours par la route, jamais en avion. Il y avait le couple descendu dans un petit motel à la sortie de Sangerville, ils s'embrassaient et roucoulaient comme les deux jeunes amoureux qu'ils semblaient être et ils dormaient cependant dans des lits séparés. Il y avait les quatre hommes qui prirent un petit déjeuner rapide au Miss Portland Diner, sur Marginal Way, sans presque jamais quitter des yeux la camionnette noire dans laquelle ils étaient arrivés, se raidissant chaque fois que quelqu'un s'en approchait.

Et il y avait l'homme qui venait en camion de Boston, évitant la nationale chaque fois qu'il le pouvait, et qui se retrouva enfin dans une forêt de pins, un lac étincelant au loin devant lui. Il jeta un coup d'œil à sa montre – trop tôt – et repartit vers Dolby Pond et le La Casa Exotic Dancing Club. Il y a des façons plus désagréables de passer quelques heures, pensait-il.

Ce fut le pire des scénarios qui arriva : Wilton Cooper, juge de la cour d'appel, fut chargé d'examiner la décision de refuser à Aaron Faulkner sa libération sous caution. Dans les heures précédant le jugement, Bobby Andrus et son équipe avaient présenté leurs arguments à Cooper dans son bureau, en faisant valoir que le prédicateur risquait de se dérober à la justice et que les témoins potentiels seraient exposés à des manœuvres d'intimidation. Quand il leur demanda s'ils avaient de nouveaux éléments à lui soumettre, ils durent avouer que non.

De son côté, Jim Grimes argua que l'accusation n'avait pas avancé de preuves suffisantes pour établir que Faulkner s'était rendu coupable de crimes autrefois passibles de la peine capitale. Il produisit également les témoignages de trois autorités médicales différentes, selon lesquels l'état de santé du prédicateur se détériorait rapidement en prison, témoignages que l'accusation ne put contester, puisque ses propres médecins avaient reconnu que Faulkner semblait souffrir d'une maladie. Il perdait rapidement du poids, sa température était constamment supérieure à 37°, sa tension et son rythme cardiaque anormalement élevés. Toujours selon Grimes, son client nécessitant des soins médicaux complexes, il n'y avait aucun risque réel qu'il profite de sa libération pour se dérober à la justice, il convenait donc de le mettre en liberté sous caution.

En annonçant sa décision, Cooper réfuta la majeure partie de mon témoignage au motif que j'étais un individu peu digne de confiance et estima que la décision en première instance de ne pas accorder de libération sous caution était erronée puisque l'accusation n'avait pas établi avec une probabilité suffisante que Faulkner avait lui-même commis un crime autrefois passible de la peine de mort. De plus, il approuvait l'argument de Grimes selon lequel l'état de santé du révérend impliquait qu'il ne menaçait pas le bon déroulement du processus judiciaire et que la nécessité d'un traitement médical régulier signifiait qu'il lui était impossible de se dérober à la justice. Il fixa la caution à un million et demi de dollars, et Grimes annonça aussitôt que la somme était disponible en liquide. Faulkner, qui attendait sous bonne garde, enchaîné dans une pièce voisine, devait être libéré immédiatement.

Il faut reconnaître à Andrus qu'il avait envisagé la possibilité que Cooper fixe une caution et qu'il avait de mauvaise grâce pris contact avec le FBI et demandé un mandat d'arrestation pour crimes fédéraux au cas où Faulkner serait libéré. Ce n'était pas la faute d'Andrus si le mandat fut incorrectement rédigé : une secrétaire avait mal orthographié le nom de Faulkner, rendant le mandat nul et non avenu.

Devant la salle d'audience numéro 1, un homme en blouson Timberland marron téléphonait, assis sur un banc. A quinze kilomètres de là, un portable sonna dans la main de Cyrus Nairn.

— Tu peux y aller, dit la voix.

Cyrus appuya sur le bouton d'arrêt de l'appareil, le jeta dans les broussailles du bas-côté de la route, démarra et prit la direction de Scarborough.

Les premiers flashes crépitèrent dès que Grimes apparut sur les marches du palais de justice, mais Faulkner n'était pas avec lui. Une Nissan Terrano à l'arrière de laquelle se trouvait le prédicateur, dissimulé sous une couverture, tourna au coin du bâtiment et se dirigea vers le parking du marché couvert d'Elm. Au-dessus, un hélicoptère bourdonnait ; derrière, deux voitures suivaient. Les services de l'attorney général n'avaient pas l'intention de laisser le révérend disparaître dans les profondeurs du monde alvéolé.

Une Buick jaune déglinguée se colla derrière la Terrano dès qu'elle arriva à l'entrée du parking, obligeant les voitures suiveuses à freiner. Rien n'obligea par contre la grosse Jeep à s'arrêter pour prendre un ticket car tout avait été préparé bien à l'avance : le distributeur de tickets avait été mis hors d'usage par simple application d'un adhésif industriel, et un feu de poubelles retenait l'attention du vigile. La direction du parking avait été contrainte de maintenir les barrières d'entrée et de sortie levées en permanence pendant qu'on réparait la panne.

La Terrano passa rapidement mais la Buick s'immobilisa, bloquant l'entrée. Des secondes cruciales s'écoulèrent avant que les policiers des véhicules de filature comprennent ce qui se passait. La première voiture fit marche arrière, fonça vers la rampe de sortie et la remonta tandis que deux inspecteurs de l'autre voiture se ruaient sur la Buick, éjectaient le conducteur de son siège et dégageaient l'entrée.

Le temps que les policiers parviennent à la Terrano abandonnée, Faulkner était déjà loin.

A sept heures du soir, Mary Mason quitta sa maison sise au bout de Seavey Landing pour son rendez-vous avec le sergent MacArthur. Au-delà de chez elle, elle découvrait le marais et les eaux de la Scarborough qui serpentaient autour du doigt tendu de Nonesuch Point et se jetaient dans l'océan à Saco Bay. MacArthur était son premier vrai rendez-vous depuis son divorce, trois mois plus tôt, et elle espérait entamer une liaison avec lui. Elle le connaissait de vue et, malgré son apparence négligée, elle le trouvait plutôt mignon dans le genre chien battu. Rien dans leur premier rendez-vous ne l'avait incitée à revoir cette estimation à la baisse. En fait, il s'était montré charmant et quand il lui avait téléphoné la veille, pour confirmer le second rendez-vous, ils avaient bavardé pendant près d'une heure, ce qui avait dû l'étonner autant qu'elle, soupçonnait-elle.

Mary était presque à sa voiture quand l'homme s'approcha. Il avait surgi des arbres qui protégeaient son jardin de la curiosité des voisins. Petit et bossu, il avait de longs cheveux bruns qui lui tombaient sur les épaules et des yeux presque noirs, comme ceux de certains animaux nocturnes. Elle saisissait sa bombe lacrymogène dans son sac lorsqu'il la frappa au visage du dos de la main. Elle s'écroula. Il s'agenouilla sur ses jambes avant qu'elle puisse réagir et elle sentit une douleur au côté, une brûlure quand la lame pénétra sous ses côtes et remonta vers son estomac. Elle tenta de crier, mais il lui plaqua une main sur la bouche et elle ne put que gigoter vainement tandis que la lame poursuivait sa progression.

Juste au moment où s'ancrait en elle la certitude qu'elle allait mourir, elle entendit une voix et vit, par-dessus l'épaule de son agresseur, approcher une forme massive. L'homme avait une barbe et portait un gilet en cuir sur son tee-shirt.

— Hé ! cria Bear. Qu'est-ce que tu fous, mec ?

Cyrus aurait préféré ne pas se servir du pistolet. Il aurait voulu opérer le plus discrètement possible, mais le colosse à l'allure vaguement familière qui remontait l'allée en courant ne lui laissait pas le choix. Il se releva, abandonnant la femme avant d'avoir pu finir de la taillader, prit l'arme glissée sous sa ceinture et tira.

Deux camionnettes blanches quittèrent l'I-95 par la sortie Medway et suivirent la 11 en direction de Dolby Pond via East Millinocket. Dans la première il y avait trois hommes et une femme, tous armés. Dans la seconde avaient pris place un homme et une femme, également armés, et le révérend Aaron Faulkner, qui lisait sa Bible en silence à l'arrière. Si l'un des experts médicaux de l'accusation avait été là pour examiner le prédicateur, il aurait constaté que la température du vieil homme était quasiment normale et que tous les symptômes de sa mauvaise santé apparente avaient commencé à disparaître.

Les trois notes d'un téléphone portable troublèrent le silence du deuxième véhicule. L'un des hommes répondit, parla brièvement et se tourna vers Faulkner.

— Il va se poser, annonça-t-il. Il attendra notre arrivée. Nous sommes juste dans les temps.

Faulkner hocha la tête mais ne répondit pas. Son regard restait fixé sur sa Bible et le récit des épreuves de Job.

Assis derrière le volant de sa voiture au Black Point Market, Cyrus Nairn sirotait un Coca. La soirée était chaude, il avait terriblement besoin de se rafraîchir. La climatisation du véhicule était en panne. Cela ne le contrariait pas trop : une fois que la femme serait morte, il abandonnerait la voiture, prendrait la direction du sud et ce serait terminé. Il pouvait bien supporter un peu d'inconfort ; après tout, ce n'était rien comparé à ce que la femme allait endurer.

Il finit son Coca, s'engagea sur le pont et jeta la boîte vide dans l'eau par la fenêtre. A Pine Point, ça ne s'était pas passé comme prévu. D'abord la femme sortait déjà de chez elle quand il était arrivé et elle avait essayé de l'asperger avec une bombe, ce qui l'avait obligé à lui sauter dessus dehors. Puis le costaud était intervenu et Cyrus avait dû utiliser son flingue. Un moment, il avait eu peur que les voisins entendent, mais il n'y avait eu aucune réaction immédiate, aucune agitation. Cyrus avait quand même dû décamper en toute hâte et il n'aimait pas faire son travail à la va-vite.

Il consulta sa montre et, remuant silencieusement les lèvres, compta à rebours à partir de dix. Quand il fut à 1, il crut entendre l'explosion étouffée. Il regarda en direction de Pine Point : de la fumée s'élevait déjà de la voiture en flammes de Mary Mason. La police arriverait bientôt, et puis les pompiers ; ils trouveraient l'homme et la femme morts. Cyrus aurait préféré la laisser mourante pour que la sirène de l'ambulance accapare toute l'attention du sergent MacArthur, bien qu'il eût ainsi pris le risque qu'elle puisse fournir son signalement. Il avait l'impression qu'il n'avait pas enfoncé le couteau assez profondément et qu'elle survivrait peut-être même à ses blessures. Il se demandait s'il ne l'avait pas laissée trop près de la voiture, si elle n'était pas déjà en train de brûler. Il ne voulait pas qu'il y ait le moindre doute sur son identité. C'étaient des détails, mais ils préoccupaient Cyrus. En revanche, l'éventualité de son arrestation ne le préoccupait absolument pas : il mourrait plutôt que de retourner en prison. On lui avait promis le salut, et les élus n'avaient rien à craindre.

A sa droite, une route s'incurvait vers un boqueteau. Cyrus gara sa voiture hors de vue puis, le ventre noué par l'excitation, il commença à gravir la colline. Il longea les arbres, passa devant une cabane en ruine, sur sa gauche. La maison blanche apparut devant lui, reflétant dans ses carreaux le soleil agonisant. Bientôt le marais aussi flamboierait, ses eaux se teinteraient d'orange et de rouge.

De rouge, surtout.

Gisant dans l'herbe, Mary Mason regardait fixement le ciel. Elle avait vu le bossu jeter quelque chose dans sa voiture et, à la lueur de la mèche brûlant lentement, elle avait deviné ce que c'était, mais elle était paralysée, incapable de lever une main pour endiguer le flot de sang qui s'écoulait de sa blessure, encore moins de s'éloigner de la voiture.

Elle s'affaiblissait.

Elle était en train de mourir.

Elle sentit quelque chose lui effleurer la jambe, trouva la force de tourner légèrement la tête. Une longue traînée de sang marquait la pénible progression de l'homme vers elle. Il lui prit une main et la pressa contre sa blessure. Mary hoqueta de douleur, mais il la força à maintenir la pression de sa main.

Il la saisit ensuite par le col de sa blouse et, lentement, la tira vers l'herbe. Elle poussa un cri mais s'efforça de garder sa main plaquée sur sa blessure. Quand il ne put plus la tirer plus loin, il s'adossa au vieil arbre du jardin, posa la tête de Mary sur ses jambes et sa main sur la sienne. Le tronc de l'arbre les abritait tous deux de la voiture quand la bombe explosa, quelques instants plus tard, fracassant les fenêtres du véhicule et celles de la maison, projetant une onde de chaleur sur la pelouse et l'extrémité des orteils de Mary.

— Tenez bon, murmura Bear, haletant. Tenez bon. Ils vont arriver.

Roger Bowen, assis dans un coin du pub Tommy Condon's, sur Charleston's Church Street, buvait une bière à petites gorgées. Il avait posé son portable sur la table devant lui et attendait l'appel confirmant que le prédicateur était en sécurité et en route pour le Canada. Il jetait un coup d'œil à sa montre quand deux hommes d'une vingtaine d'années passèrent devant lui en chahutant. Le plus proche heurta la table de Bowen, fit tomber le portable. Bowen se leva, furieux, tandis que le jeune homme s'excusait et reposait l'appareil sur la table.

— Sale petit con ! lui lança Bowen.

— Hé, doucement, protesta le jeune. J'ai dit que je m'excusais.

Ils s'éloignèrent en secouant la tête, Bowen les regarda monter dans une voiture et démarrer.

Deux minutes plus tard, le téléphone sonna.

Bowen aurait dû remarquer que son portable était un peu plus lourd qu'avant et que sa chute semblait l'avoir cabossé. Il appuya sur le bouton vert et porta l'appareil à son oreille juste à temps pour que l'explosion lui arrache un côté de la tête.

Cyrus Nairn se tenait devant la maison, l'air désorienté, un plan à la main. Il n'avait aucun talent de comédien mais présumait que ce n'était pas nécessaire. Rien ne bougeait à l'intérieur. Il s'approcha de la porte grillagée, inspecta l'entrée au travers. La porte était bien huilée et s'ouvrit en silence. Cyrus pénétra dans la maison, avança lentement, s'assurant au passage que chaque pièce était vide, jusqu'à ce qu'il parvienne enfin à la cuisine.

Le balèze se tenait près de la table et buvait à même une brique de lait de soja. Il portait un tee-shirt « Tueur de Klan » et eut l'air surpris en découvrant Cyrus. Sa main se tendait déjà vers le pistolet posé sur la table quand Cyrus appuya sur la détente du sien. La brique explosa en une gerbe de lait et de sang, le grand Noir bascula en arrière, brisa une chaise dans sa chute. Cyrus se pencha vers lui, regarda le vide envahir ses yeux.

Derrière la maison, il entendit le chien aboyer. L'animal était jeune et stupide, et son aboiement n'inquiétait Cyrus que dans la mesure où il pouvait alerter la femme. Prudemment, il jeta un coup d'œil par la fenêtre de la cuisine et l'aperçut au fond du jardin, au bord du marais, le chien à côté d'elle. Il alla à la porte de derrière et se glissa dehors dès que la femme fut hors de vue. Puis, longeant le côté de la maison, rasant les murs, il la repéra de nouveau. Elle marchait dans l'herbe haute, cueillant des fleurs sauvages. Il remarqua le renflement du ventre de la femme, et son désir fléchit un peu. Il aimait jouer avec elles avant de les achever. Il n'avait jamais essayé de jouer avec une femme enceinte, et quelque chose lui disait que ça ne lui plairait pas, mais il était toujours ouvert à de nouvelles expériences. La femme se redressa et s'étira, Cyrus battit en retraite dans l'ombre. Elle était jolie, avec un teint pâle accentué par ses cheveux roux. Il prit une longue inspiration pour se calmer. Quand il regarda de nouveau, elle s'éloignait de la maison, le chien courant devant elle. Cyrus songea un instant à attendre son retour mais il craignait que quelqu'un n'arrive par cette route incurvée et ne repère sa voiture. Il serait pris au piège. Non, il y avait de quoi se cacher là-bas, des arbres, de l'herbe haute, et les roseaux le dissimuleraient pendant qu'il la tuerait.

Il dégaina le poignard accroché à sa ceinture et, le tenant contre sa cuisse, prit le sillage de la femme.

Le Cessna vira, descendit lentement vers le lac Ambajejus. Il rebondit sur l'eau en se posant, ralentit progressivement, ses ailes s'inclinant légèrement quand il approcha de la vieille jetée. L'homme aux commandes de l'appareil s'appelait Gerry Szelog et il ne touchait pour ce vol que de quoi acheter du carburant. Cela ne posait pas de problème, cependant, car Gerry était un fidèle et les fidèles font ce qu'on leur demande sans rien exiger en échange. Le Cessna de Szelog avait transporté des armes, des fugitifs et, une fois, le corps d'une journaliste qui avait fourré son nez où elle n'aurait pas dû et qui gisait maintenant au fond des Carolina Shoals. Szelog avait repéré le lac deux jours plus tôt en prenant un vol du Katahdin Air Service qui opérait depuis Spencer Cove. Il avait aussi vérifié leurs horaires pour être sûr que les pilotes du Katahdin ne seraient pas dans le coin quand il déboulerait.

Le Cessna s'arrêta et un homme apparut, de derrière l'un des arbres de la berge. Il portait une combinaison bleue qui se gonfla légèrement quand il courut vers l'avion. C'était sûrement Farren, le responsable de cette partie de l'opération. Szelog descendit du petit cockpit et sauta sur la vieille jetée pour aller à la rencontre de Farren.

— Juste à l'heure, dit-il en ôtant ses lunettes de soleil. Super, hein ?

Il s'arrêta.

L'homme qui se tenait devant lui n'était pas Farren, parce que Farren était censé être blanc. Ce type était noir, et il avait un pistolet à la main.

— Ouais, fit l'homme. Mortel, même.

Il fallut un moment à Cyrus pour comprendre pourquoi la femme semblait dans un monde à elle et n'avait pas entendu le coup de feu. Elle fit halte au bord d'un ruisseau et plongea la main dans un petit sac accroché à sa taille, en tira un Discman et fit avancer le CD. Quand elle eut trouvé le morceau qu'elle cherchait, elle rangea l'appareil et repartit le long des arbres, toujours précédée du chien. L'animal s'était arrêté une ou deux fois et avait regardé en direction de Cyrus qui s'approchait dans l'herbe haute, le dos courbé, mais Cyrus avançait lentement et la vue du jeune chien n'était pas assez bonne pour le repérer dans l'herbe ondulante. Ses pieds et le bas de son jean étaient trempés. C'était désagréable, mais il pensa à la prison, à l'odeur de renfermé de sa cellule, et estima que ce n'était pas si mal d'être mouillé, finalement. La femme tourna le coin du boqueteau mais Cyrus distinguait encore sa robe bleu clair parmi les troncs et les branches basses. Les arbres lui fourniraient le couvert dont il avait besoin.

Tout près, maintenant, pensa-t-il.

Presque le moment.

Et la voix de Leonard se fit entendre.

Presque le moment

En remontant Golden Road, le petit convoi de Faulkner ne croisa qu'un gros semi-remorque qui signalait son intention de tourner à droite en venant d'Ambajejus Parkway. Le chauffeur du semi entama son virage. Il regarda dans son rétroviseur, vit les camionnettes tourner dans la route antifeu 17 et se diriger vers le lac.

Il ne termina pas son virage et enclencha la marche arrière.

Cyrus marchait plus vite, ses jambes courtes s'efforçant de réduire la distance. Il voyait distinctement la femme, à présent. Elle avait quitté le boqueteau et avançait à découvert, tête baissée, l'herbe haute s'écartant sur son passage et se refermant derrière elle. Le chien était maintenant tenu en laisse, remarqua-t-il. Aucune importance. Attaché ou pas, il ne réagirait pas assez vite, à supposer qu'il réagisse. La lame du couteau de Cyrus faisait cinq pouces de long, elle trancherait la gorge du chien aussi facilement que celle de la femme.

Cyrus quitta l'ombre des arbres et pénétra dans le marais.

La route antifeu était jonchée de feuilles marron et jaunes, bordée d'énormes rochers derrière lesquels poussait un rideau d'arbres. L'équipe de Faulkner était en vue du lac quand la fenêtre côté conducteur de la camionnette de tête se désintégra en une pluie de verre et de plastique, l'impact des balles projetant le chauffeur sur le côté. Le véhicule fonça vers les arbres. La femme assise à côté du chauffeur essaya de tourner le volant, mais d'autres balles percèrent un ruban de trous dans le pare-brise et dans les flancs de la camionnette. La porte arrière s'ouvrit quand les autres occupants tentèrent de se mettre à couvert mais ils moururent avant d'avoir touché le sol.

Le chauffeur de la deuxième camionnette réagit rapidement. Baissant la tête, il appuya sur l'accélérateur et contourna le véhicule de tête dans un crissement de pneus et un nuage de feuilles, expédiant ses roues avant et son capot droit dans un rocher. Etourdi, il passa une main sous le tableau de bord, décrocha le fusil à canons sciés et se redressa juste à temps pour prendre la première balle de Louis dans la poitrine. Il lâcha le fusil et s'affala.

Pendant ce temps, la femme était passée à l'arrière et s'était mise en action. Elle prit Faulkner par le bras et lui dit de se mettre à courir vers le lac dès qu'elle ouvrirait les portes. Dans ses mains elle tenait une carabine automatique H&K G11, réglée pour tirer des salves de trois cartouches spéciales sans douille, simples blocs d'explosif avec une balle logée en leur centre. Elle compta jusqu'à trois puis abaissa la poignée et commença à tirer. Devant elle, un petit homme grassouillet fut projeté en arrière par l'impact et rebondit sur la route. Derrière elle, Faulkner s'élança vers les arbres et l'eau, au-delà, tandis qu'elle arrosait le bas-côté. Elle se tourna pour suivre le vieil homme et parvenait presque à sa hauteur quand elle sentit une brûlure à la cuisse gauche. Ses jambes se dérobèrent sous elle. Elle se tourna sur le dos, passa en mode automatique et continua à tirer sur les hommes qui marchaient sur elle et qui plongèrent pour se mettre à l'abri. Quand la carabine fut vide, elle la jeta sur le côté et dégaina son pistolet. Elle s'apprêtait à le lever quand une main lui toucha doucement le bras. Sa tête pivota, son bras suivit, une fraction de seconde plus tard. Elle eut tout juste le temps de voir le trou noir de l'arme braquée sur elle avant que sa vie ne s'achève.

Mary Mason entendit les sirènes et les voix excitées de ses voisins. Elle tendit la main pour prévenir le grand costaud, le sentit totalement immobile et fondit en larmes.

Sur la route, le camion avait fait demi-tour et était déjà arrivé au lieu de l'embuscade. Ses portes arrière étaient ouvertes et une rampe fut abaissée pour hisser les deux camionnettes dans la remorque. Les cadavres furent allongés à l'intérieur pendant que deux hommes munis d'aspirateurs nettoyaient le sang et le verre brisé répandus sur la chaussée.

Faulkner continuait à courir malgré les bruyères dans lesquelles ses pieds se prenaient et les branches qui accrochaient ses vêtements. Il glissa sur les feuilles humides et détecta des mouvements autour de lui quand il se releva, la main droite crispée sur la crosse d'un pistolet. Il venait de se remettre debout lorsqu'une des silhouettes se détacha des arbres et s'avança pour l'intercepter. Il changea de direction, tenta de fuir par une trouée entre les arbres, au nord, mais un homme surgit devant lui et il s'immobilisa.

Le visage du prêcheur se plissa en le reconnaissant.

— Tu te souviens de moi ? fit Angel.

Il avait à la main un revolver qu'il laissait pendre le long de son corps.

A droite de Faulkner, Louis marchait lentement sur la terre et les pierres. Lui aussi tenait son arme près de sa cuisse. Le prédicateur voulut repartir en arrière, découvrit mon visage en se retournant. Il leva son pistolet, le braqua d'abord sur moi, puis sur Angel et enfin sur Louis.

— Vas-y, révérend, l'encouragea Louis, qui pointait maintenant son arme sur Faulkner, un œil fermé pour viser. T'as le choix.

— Tout le monde le saura, rétorqua le vieil homme. Vous ferez de moi un martyr...

— On retrouvera rien de toi, répondit Louis. Tout ce que les gens sauront, c'est que t'as disparu de la surface de la terre.

Je levai mon arme, Angel aussi.

— Mais nous, on saura, dit-il.

Les trois coups de feu claquèrent simultanément. Faulkner plia les genoux et tomba. Etendu sur le dos, il regardait le ciel, de minces filets de sang coulant aux coins de ses lèvres. Puis le ciel disparut quand nous nous penchâmes vers lui. Sa bouche s'ouvrit et se referma lorsqu'il voulut dire quelque chose. Il déglutit, lécha le sang avec sa langue. Il me regarda, bougea légèrement les doigts de sa main droite.

Lentement, prudemment, je m'agenouillai.

— Ta putain est morte, murmura-t-il tandis que ses yeux se fermaient pour la dernière fois.

Lorsque je relevai la tête, les arbres grouillaient de corbeaux.

Cyrus avait la bouche sèche. Il était tout près d'elle, maintenant, à dix, douze mètres environ. Il passa un doigt sur la lame et regarda le chien tirer sur la laisse, devant sa maîtresse. Cyrus ne comprenait pas pourquoi elle avait attaché le chien. Laisse-le courir, pensa-t-il. Quel mal il peut faire ?

Cinq mètres, maintenant. Plus que quelques pas. La femme entra dans un bosquet surplombant un étang, poste avancé de la grande forêt qui ombrageait le marais au nord, et soudain il la perdit de vue. Devant lui, il entendit un portable sonner. Il courut, les jambes douloureuses en atteignant les arbres. La première chose qu'il vit fut le chien, attaché par sa laisse au tronc pourrissant d'un arbre abattu. L'animal considéra Cyrus d'un air intrigué puis jappa joyeusement à la vue de ce qui venait d'apparaître derrière lui.

Cyrus se retourna et le rondin le frappa en pleine face, lui brisant le nez et le faisant ressortir du bosquet en titubant. Il voulut lever son couteau et reçut un deuxième coup au même endroit. La douleur l'aveugla. Il sentit du vide sous ses talons et agita les bras pour éviter de perdre l'équilibre au moment même où il basculait. Il tomba dans l'eau, remonta à la surface, lutta pour rejoindre la rive, mais il n'était pas bâti pour nager. En fait, il était incapable d'aligner deux mouvements et il fut pris de panique dès qu'il comprit qu'il n'avait pas pied.

Il reçut un autre coup sur le crâne et sentit quelque chose se briser dans sa tête. Son énergie parut s'écouler de son corps, bras et jambes refusant de bouger. Lentement, il commença à couler, s'enfonçant jusqu'à ce que la partie inférieure de son corps soit entourée d'herbes et de branches cassées, les pieds pris dans la boue. Des bulles d'air s'échappèrent de sa bouche et leur vue lui arracha un dernier effort. Tous ses muscles se contractèrent, ses membres se mirent à battre l'eau et il se rapprocha de la surface.

La remontée de Cyrus fut stoppée quand quelque chose lui saisit les pieds. Il regarda sous lui, ne vit que des herbes. Il voulut se dégager mais ses pieds étaient retenus par la vase et la végétation du fond, par des branches qui serraient ses chevilles comme des doigts.

Des mains. Il y avait des mains sur lui. Dans sa tête, les voix hurlaient, envoyaient des messages contradictoires, tandis que ses réserves d'air s'épuisaient.

Des mains.

Des branches.

Ce n'étaient que des branches.

Mais il *sentait* les mains sur lui, il sentait les doigts qui le tiraient, qui l'entraînaient vers le fond, qui voulaient le forcer à les rejoindre, et il sut qu'elles l'attendaient en bas. Les femmes du creux de la berge l'attendaient.

Sa tête creva la surface. Levant les yeux, il vit que la femme le regardait de la rive, que le chien penchait la tête sur le côté d'un air perplexe. Les écouteurs n'étaient plus sur les oreilles de la femme mais lui ceignaient le cou, et quelque chose fit comprendre à Cyrus qu'ils étaient silencieux depuis le moment où elle l'avait repéré et avait entrepris de l'attirer dans le marais. Il tourna vers elle un regard implorant, ouvrit la bouche comme pour la supplier de le sauver, mais, au lieu de mots, ce fut le reste de l'air de ses poumons qui sortit et l'eau se rua en lui. Il tendit un bras vers la femme, qui n'eut d'autre réaction que de poser sa main droite sur le léger renflement de son ventre et de le caresser, comme pour apaiser l'enfant qui y était lové, comme si celui-ci avait conscience de ce qui se passait hors de son monde et en était bouleversé. Le visage de la femme était dépourvu d'émotion : ni pitié, ni honte, ni culpabilité, ni regret. Pas même de colère. Une simple absence d'expression, pire que toutes les fureurs que Cyrus avait jamais provoquées ou éprouvées.

Il sentit une dernière traction sur ses jambes quand il commença à suffoquer, l'eau envahissant ses poumons, la douleur dans sa tête croissant à mesure qu'il manquait d'oxygène, les voix s'élevant dans son esprit en un ultime crescendo puis retombant lentement, dans une dernière vision d'une femme pâle et impitoyable frottant doucement son giron pour calmer son enfant à naître.

Epilogue

Les rivières coulent.

La marée reflue, les eaux retournent à l'océan. Les oiseaux de mer se rassemblent. Le marais est pour eux une escale sur le chemin des toundras arctiques où ils feront leur nid, et la marée, en descendant, leur offre une riche nourriture à picorer. Ils volettent au-dessus des cours d'eau, leurs ombres semblables à du minerai dans des rigoles d'argent fondu.

C'est seulement maintenant que je découvre, rétrospectivement, le rôle que l'eau a joué dans tous ces événements. Les corps engloutis en Louisiane, enfouis dans des barils de pétrole, muets et invisibles au milieu des courants coulant autour d'eux. Une famille massacrée, ses restes dissimulés sous les feuilles dans une piscine vide. Les baptistes d'Aroostock enterrés près d'un lac, attendant des décennies avant d'être découverts et libérés. Addy et Melia Jones, l'une assassinée à portée de voix d'une rivière, l'autre mourant deux fois dans une fosse remplie d'eau polluée.

Une autre encore, Cassie Blythe, retrouvée recroquevillée sous la terre dans un creux de berge, entourée des corps de cinq autres jeunes femmes dont les os des mains portaient la marque des couteaux de Cyrus Nairn.

L'eau, qui se jette sans fin dans la mer. Chacune de ces femmes privée, à sa façon, de cette promesse, incapable de répondre à son appel jusqu'à ce qu'enfin toutes soient emportées et puissent suivre son cours vers la paix finale qui vient à tous.

Cyrus Nairn se tenait parmi les longues tiges d'un carré de lin des marais, la route visible devant lui. Tout autour, elles bougeaient, leur contact comme de la soie sur sa peau, leur présence sentie autant que vue, masse descendant vers la mer où elles étaient enfin absorbées par le ressac qui attendait, leur pâleur se joignant à la sienne jusqu'à ce qu'elles disparaissent. Cyrus demeurait immobile, tel un brise-lames résistant à leur flot, il tournait le dos à la mer et elle ne l'appelait pas comme elle appelait les autres qui suivaient les routes blanches à travers le marais jusqu'à l'océan. Non, Cyrus regardait la vieille voiture qui ronronnait sur la route noire étirant ses méandres vers la côte, son pare-brise étoilé reflétant le ciel nocturne, jusqu'à ce que la portière s'ouvre et qu'il sache que le moment était venu.

Il s'extirpa du marais, se hissa sur les rochers et le métal, et marcha vers la Cadillac bosselée dont les vitres teintées ne révélaient que la forme sombre de ses occupants. Comme il contournait l'avant de la voiture, la fenêtre du conducteur s'ouvrit lentement et il vit l'homme assis au volant, un chauve à la bouche trop grande, le devant de son imperméable crasseux percé d'un trou rouge aux bords déchiquetés, comme s'il était mort d'avoir été empalé sur un pieu, une mort infligée pour l'éternité car, sous les yeux de Cyrus, la plaie parut guérir puis s'ouvrir de nouveau et l'homme roula des yeux de souffrance. Il sourit pourtant à Cyrus et lui fit signe. Derrière, à peine visible sur la banquette, une enfant vêtue de noir chantait et Cyrus pensa que c'était l'un des sons les plus mélodieux qu'il eût entendus, un don de Dieu. Puis l'enfant changea, devint une femme à la gorge transpercée par une balle et le chant cessa.

Muriel, pensa Cyrus. Elle s'appelle Muriel.

Il s'approcha de la portière ouverte, posa une main sur le bord supérieur et regarda à l'intérieur de la voiture.

L'homme assis à l'arrière était couvert de toiles d'araignée. De petites créatures brunes s'affairaient autour de lui, filant le cocon qui l'emprisonnait. Il avait la tête fracassée par la balle qui l'avait tué, mais Cyrus distinguait encore les restes de sa chevelure rousse. Les yeux de l'homme étaient à peine visibles sous les toiles d'araignée et les plis de la peau entourant les orbites, mais Cyrus y lut la souffrance, une souffrance à chaque instant renouvelée sous les piqûres des araignées.

Cyrus comprit enfin que par nos actes dans cette vie nous bâtissons notre enfer dans l'autre monde, et que sa place était là maintenant, et pour toujours.

« Je suis désolé, Leonard », dit-il.

Pour la première fois depuis son enfance, il entendit sa propre voix et il la trouva querelleuse, incertaine. Il remarqua qu'il n'y avait plus dans sa tête qu'une seule voix, que toutes les autres avaient été réduites au silence, et il sut que cette voix avait toujours été parmi celles qu'il entendait mais qu'il avait choisi de ne pas l'écouter. C'était la voix qui conseillait la raison, la pitié et le remords, la voix à laquelle il était resté sourd toute sa vie durant.

« Je suis désolé, répéta-t-il. J'ai échoué. »

La bouche de Pudd s'ouvrit, des araignées en tombèrent.

« Viens, dit-il. Nous avons une longue route à faire. »

Cyrus monta dans la voiture et sentit aussitôt les araignées courir sur lui ; la construction d'une nouvelle toile commença.

La voiture tourna sur la route, dos à la mer, dans la boue et l'herbe, et se perdit dans l'obscurité, au nord.

Une herbe haute pousse à la base de la pierre, ses brins ont trouvé un maigre ancrage dans la terre. Ils se détachent facilement dans ma main. Je ne suis pas venu ici depuis la fin du printemps. Comme le gardien du petit cimetière a été malade, les allées ont été entretenues mais pas les tombes. J'arrache les mauvaises herbes par poignées, de la terre collée à leurs racines, et je les jette sur le côté.

Le nom de la fillette, qui avait presque disparu, est de nouveau clairement visible. Je passe les doigts sur les rainures des lettres, un instant distrait de ma besogne, puis je recommence à nettoyer la pierre.

Une ombre tombe sur moi et la femme s'accroupit à mon

côté, les jambes écartées pour laisser de la place à son ventre renflé. Je ne la regarde pas. Je pleure, à présent, et je ne comprends pas pourquoi parce que je ne ressens pas en moi cette tristesse terrible et accablante qui me faisait fondre en larmes les autres fois. Je sens au contraire du soulagement, de la gratitude pour sa présence, là, maintenant, près de moi, pour la première fois, parce qu'il est bon et nécessaire qu'elle y soit, que tout cela lui soit enfin révélé. Pourtant, les larmes coulent et je m'aperçois que je ne distingue même plus les mauvaises herbes et le gazon, et son bras se tend vers moi, sa main guide la mienne et nous travaillons ensemble, arrachant ce qui est laid et disgracieux, gardant ce qui est beau et enrichissant, nos mains se frôlant, se touchant. Leur présence avec nous est dans le vent sur nos visages, dans l'eau qui coule près de nous : enfants enfuis et enfants à venir ; amour remémoré, amour présent ; les êtres perdus et trouvés, les vivants et les morts, côte à côte.

Sur la Route blanche.

Remerciements

Pour réunir la documentation de ce livre, j'ai beaucoup puisé dans les travaux d'autres auteurs, notamment *Before Freedom*, de Belinda Hurmence (Mentor, 1990) ; *Rice and Slaves : Ethnicity and the Slave Trade in Colonial South Carolina*, de Daniel C. Littlefield (Illini Books, 1991) ; *The Great South Carolina Ku Klux Klan Trials 1871-1872*, de Lou Falkner Williams (University of Georgia Press, 1996) ; *Gullah Fuh Oonah*, de Virginia Mixon Geraty (Sandlapper Publishing, 1997) ; *Blue Roots*, de Roger Pinckney (Llewellyn Publications, 2000) ; *A Short History of Charleston*, de Roger Rosen (University of South Carolina Press, 1992) ; *Kaballah*, de Kenneth Hanson (Council Oak Books, 1998) ; *American Extremists*, de John George et Laird Wilcox (Prometheus Books, 1996) ; et *The Racist Mind*, de Raphael S. Ezekiel (Penguin, 1995).

En outre, de nombreuses personnes m'ont généreusement accordé leur temps et fait partager leurs connaissances. Je suis particulièrement reconnaissant à l'attorney général adjoint Bill Stokes, à l'assistant de l'attorney général Chuck Dow, des services de l'AG du Maine ; à Jeffrey D. Merrill, directeur de la prison d'Etat du Maine, à Thomaston, et à son personnel, tout spécialement le colonel Douglas Starbird et le sergent Elwin Weeks ; à Hugh E. Munn, des services de police de Caroline du Sud ; au lieutenant Stephen D. Wright, de la police de Charleston ; à Janice

Kahn, mon guide à Charleston ; à Sarah Yeates, ancien membre du Muséum d'histoire naturelle de New York ; et au personnel du Parc national du Marais de Congaree.

Sur un plan personnel, je tiens à remercier Sue Fletcher, Kerry Hood et toute l'équipe de Hodder & Stoughton ; mon agent Darley Anderson et ses collaborateurs ; ma famille ; Ruth, pour ses nombreuses gentillesses ; ainsi que, avec quelque retard, le docteur Ian Ross, qui m'a présenté à Ross Macdonald ; et Ella Shanahan, qui m'a maintenu financièrement à flot quand peu d'autres s'en souciaient.

Composé par Nord Compo à Villeneuve-d'Ascq

Impression réalisée sur CAMERON par

BUSSIÈRE CAMEDAN IMPRIMERIES

GROUPE CPI

à Saint-Amand-Montrond (Cher)
en mars 2003

N° d'édition : 7072. — N° d'impression : 031393/1.
Dépôt légal : mars 2003.

Imprimé en France